할까요,
아가씨

할까요, 아가씨

1판 1쇄 찍음 2018년 6월 21일
1판 1쇄 펴냄 2018년 6월 28일

지은이 | 루연
펴낸이 | 고운숙
펴낸곳 | 봄 미디어

기획 · 편집 | 김지우, 김현주
표지 디자인 | 우물

출판등록 | 2014년 08월 25일 (제387-2014-000040호)
주소 | 경기도 부천시 원미구 길주로 64, 1303(굿모닝 오피스텔)
영업부 | 070-5015-0818 편집부 | 070-5015-0817 팩스 | 032-712-2815
E-mail | bommedia@naver.com
소식창 | http://blog.naver.com/bommedia

값 9,000원

ISBN 979-11-5810-539-6 03810

※파본은 구입하신 서점에서 교환하여 드립니다.

할까요, 아가씨

루연

장편 소설

contents

두 남자가 텅 빈 방 안을 보며 심각한 표정이었다. 기창과 집사, 경후였다.

"주 집사."

"네, 회장님."

"내가 이번 달에 세빈이 방에 온 게 겨우 다섯 번이네. 그때마다 몰래 나간 걸 어떻게 생각하나."

"아가씨가 클럽 죽순이가 되셨다는 생각이 듭니다."

필터링 없는 경후의 말에 기창이 슬그머니 미간을 찌푸리다가 인정할 수밖에 없는 사실에 한숨을 내쉬며 고개를 끄덕였다.

어두운 하늘에서 원치 않는 비가 부슬부슬 내린다. 장례식장 여기저기에서 곡소리가 들리는 가운데 경후는 조용한 빈소에 홀로 앉아 영정 사진 속 아버지를 멍하니 보았다.

반평생을 I기업 회장의 본가에서 집사로 일하다가 퇴직한 지 이제 겨우 1년. 하지만 암이라는 녀석은 불현듯 아버지에게 찾아와 시한부로 만들어 놓았다. 의사들이 석 달이라는 기간을 말했지만 하늘은 무심하게도 두 달 만에 아버지를 데려갔다.

"오빠."

익숙한 목소리가 들려서 뒤를 보았다. 반년 전에 헤어진 여자 친구, 화진이 서 있었다. 물론 그녀뿐만이 아니라 대학 동기들과 선후배들까지 함께였다.

"바쁠 텐데 뭐 하러 왔어."

순간 갈라진 그의 목소리에 화진이 금방이라도 울 것 같은 표정을 지었다. 다른 이들의 감정까지 신경 쓸 겨를이 없는 경후는 그녀를 가만히 보다가 다른 이들에게 시선을 돌렸다.

"다들 와 주셔서 고맙습니다."

"아뇨. 당연히 와야죠."

"그래, 고맙긴."

조용하던 빈소가 이제야 조금 시끄러워졌다.

"경후야."

한참을 왔다 갔다 하며 사람들을 챙기던 그가 자신을 부르는 목소리에 뒤를 돌았다. I기업 회장의 본가에서 함께 일하는 사람들이었다.

"아줌마, 아저씨."

그들이 경후에게 성큼 다가가 그의 손을 꼭 잡았다.

"하이고, 젊은 사람이 벌써 가서 어째. 아직 장가도 안 간 이 어린 것을 혼자 두고 가서 어째."

그의 나이 올해 스물일곱. 마냥 어린 나이는 아니지만, 경후의 아버지보다 오래 산 이들에겐 그저 아기같이 보였다.

"안 그래도 힘든 애한테, 언니도 참 주책이유."

다들 10년 넘게 같이 일해 온 사람들이라 말하는 게 거리낌 없었다. 그런 그들을 보고 있으니 집에 있는 것만 같아서 아버지의 빈자리가 더 크게 와 닿았다. 옆에서 허허, 웃으며 다들 아직도 어린애 같다고 놀려 줘야 하는데.

"주 집사!"

그때 장례식장에서 한 번도 듣지 못한 호칭이 귀에 박혔다. 생소한 호칭에 두루 모여 앉아 있던 경후의 지인들 또한 목소리의 출처를 찾아 두리번거렸다.

"아가씨."

목소리의 출처를 찾은 경후가 아가씨라고 칭한 앳된 여자에게 다가갔다. I기업 회장의 막내딸, 지세빈이었다. 어디서부터 울고 온 건지 뽀얀 맨 얼굴에 눈물 자국이 그대로 남아 있었고, 눈은 빨갛게 충혈되어 있었다.

"아저씨, 아저씨 정말…… 도, 돌아……."

세빈은 말이 차마 입 밖으로 나오지 않은 듯, 울음을 터트렸다. 소란스럽던 곳이 한 여자의 울음소리만 남기고 조용해졌다.

경두는 세빈이 태어나기 전부터 집사로 일하며 삼 남매의 교육을 담당하며 부모보다 더 부모 같은 존재였다. 거기다가 그중에도 세빈을 제일 예뻐했고, 그만큼 친밀했던 터라 그녀의 슬픔은 이로 말할 수 없었다.

"아저씨!"

결국 세빈은 그 자리에 주저앉아 버렸다. 아이처럼 울고 있는 그녀를 보고 있자니, 경후는 애써 누르고 있던 눈물이 올라와 코끝이 찡해졌다. 하지만 자신마저 울 수 없다는 생각에 눈물을 꾹 참은 그는 세빈의 앞에 쭈그려 앉았다.

"아가씨."

"주 집사……."

경후와 눈이 마주친 세빈은 그의 손을 꼭 잡았다. 그녀의 손이 흐느끼는 몸을 따라 덜덜 떨렸다.

이 작고 여린 어깨를 어떻게 해야 하나, 손을 마주 잡은 채로 아랫입술을 깨무는데 그녀가 코를 훌쩍이며 자리에서 일어났다.

"아가씨 괜찮으세요?"

"아니…… 안 괜찮아. 아저씨가 너무 보고 싶어. 나 저번 주에 과제 때문에 못 갔잖아. 그래서 내일 꼭 가려고 했단 말이야. 아저씨랑 수다 떨고, 밥 먹고, 내 노래 듣고 싶다고 해서 마이크도 샀어. 노래 불러 드리려고."

울지도 못하고 공허한 시선으로 앉아 있는 경후를 보고 있자니 애꿎은 눈물만 차올랐다. 하고 싶은 많은 말은 많았지만 눈앞에서 제 감정을 애써 숨기는 그를 보며 꾹 눌러 참았다.

"나도 이렇게 슬픈데 우리 주 집사는 얼마나 슬플까."

세빈이 잡고 있던 손을 놓고 그의 얼굴로 손을 뻗었다. 가느다랗고 차가운 그녀의 손이 볼에 닿자 경후가 움찔거렸다.

흐르지 않은 눈물을 닦아 내듯 볼을 쓰다듬는 손길이 다정했다. 순간 할 말을 잃어버린 그가 가만히 올려 보자 그녀는 한 발자국 앞으로 다가가 경후의 머리를 끌어당겨 안았다.

"아가……씨."

갑작스러운 행동에 세빈을 밀어내려 했지만 그녀는 그럴수록 더 힘주어 안으며 머리를 쓰다듬었다.

그 부드러운 손길에, 작게 내쉬는 눈물 섞인 한숨이 자신의 아픔을 알아주는 것 같아서 꾹 참고 있던 눈물이 솟구쳤다.

아내 없이 아들을 홀로 키워 온 아버지.

여섯 살 때까지 경후를 돌봐 주시던 할머니가 갑작스럽게 돌아가신 후 아버지는 강박 관념이라도 생긴 것처럼 그저 돈만 모았다.

우리 경후 학원 보내야 한다며, 대학 보내야 한다며, 장가 보내야 한다며 차곡차곡 쌓이는 돈만큼이나 경두의 병도 차곡차곡 쌓였다.

그런 아버지에게 해 드리고 싶은 것도 많았고 20년을 넘는 세월 동안 혼자 살아오셨기에 새 장가도 가셨으면 했다. 하지만 야속하게도 하늘은 그런 경후의 바람을 들어주지 않았다.

"아버지……."

그가 흐느끼며 세빈의 허리를 감싸 안았다. 경후의 마음이 전해진 듯 그녀는 소리 없이 눈물을 흘리며 두 눈을 꼭 감았다.

"힘들겠지. 많이 아플 거야. 그럴 때마다 내가 옆에 있어 줄게, 주 집사. 아저씨가 나에게 늘 그랬던 것처럼."

소녀 같은 여자의 작은 울림이 그의 마음에 깊이 스며들었다.

덜컹—

"음?"

잠결에 들리는 테라스 문 여는 소리에 경후가 눈을 번쩍 떴다. 분명히 의자에 앉아서 책을 읽고 있었는데 자신도 모르게 잠이 들었나 보다. 거기다가 예전 일을 꿈까지 꾸다니.

그가 기지개를 쭉 켜며 바닥에 떨어져 있는 책을 주워 드는데, 철과 벽이 부딪치는 소리와 삐걱거리는 소리가 들렸다. 썩 듣기 좋은 소리는 아니었다.

"또 가시는 모양이네."

그가 책을 펼치며 중얼거렸다.

아무래도 우리 막내 아가씨는 공부 머리와는 별개로 다른 머리는 영 못 쓰는 것 같다.

경후가 스무 살이 되면서 삼 남매의 관리를 위해 2층으로 방을 옮겼기에 테라스로 나가면 금방 들킬 거라는 걸 알 법도 할 터였다. 하지만 그녀는 몰래 나갈 때마다 테라스를 애용했다.

"아가씨도 참."

그가 피식 웃었다.

아버지가 돌아가신 지 2년이 흘렀다. 스물일곱이던 그는 어느새 스물아홉이 되었고, 스물하나였던 세빈은 대학 졸업을 앞둔 스물셋이 되었다. 다만 그렇게 성실하던 아가씨가 무슨 늦바람이 불었는지 몇 달 전부터 '클럽'에 다니기 시작했다.

"걱정이야."

I기업의 회장이자, 그녀의 아버지인 기창이 그렇게 가지 말라고 해도 몰래 나가는 위험까지 감수하면서 클럽을 다니는 세빈을 생각하니 한숨이 절로 나왔다. 그가 고개를 저으며 다시금 책으로 시선을 돌렸다.

띠링— 띠링—

이 집 첫째, 세정에게 추천받은 로맨스 소설을 집중해서 읽는데 집 내부와 연결되어 있는 인터폰이 울렸다. 이 집에서 새벽 1시가 되어 가는 시간에 자신을 호출할 사람은 딱 한 사람뿐이다.

"네, 회장님."

—쉬는데 미안하네. 자고 있었나?

종종 이렇게 늦은 시간에 전화하면 사과부터 하는 기창의 말에 그가 자신도 모르게 고개를 저었다.

"아닙니다. 서재로 갈까요?"

—그래 주겠나?

"네. 바로 가겠습니다."

그가 책을 덮고 자리에서 벌떡 일어났다.

무뚝뚝하기로 소문난 기창의 부드러운 말투. 다른 사람들이 들으면 놀라겠지만 그에게는 익숙했다.

할머니가 돌아가신 뒤 경후를 맡길 곳이 없어져 경두는 종종 그를 데리고 이 집에 드나들었다. 그때도 밝은 미소와 예의 바른 인사성으로 예쁨을 받았는데 성인이 된 이후 아버지와 같이 집안 대소사를 챙기고 삼 남매를 두루두루 살핀 덕인지, 이전과 크게 다르지 않은 듯했다.

똑똑—

1층에 있는 서재로 내려간 경후는 노크를 한 뒤 바로 문을 열었다.

"회장님."

"왔나."

서류를 보던 기창이 경후를 힐끔 봤다.

이 새벽에도 서류라니. 회장이란 위치가 마냥 쉽지 않다는 걸 익히 알고 있지만 볼 때마다 안쓰러웠다.

"세빈이 녀석 방에 있나?"

서재에 오자마자 나오는 본론에 그가 고개를 끄덕였다.

"계실 겁니다. 아마도."

'테라스로 나갔습니다'라고 말을 할 순 없어서 '아마도'라는 단어로 여지를 남겨 두었다. 그러자 기창은 미간을 살짝 찌푸리다가 이내 고개를 끄덕이며 자리에서 일어났다. 바로 서류를 덮어 버린 그는 경후를 지나 문 쪽으로 걸어갔다.

"한 번 가 봐야겠군."

"네."

경후는 군소리 없이 기창의 뒤를 따라 서재에서 나왔다.

서재에서 나온 두 사람은 발소리를 죽인 채 계단을 올라갔다.

서로 시선을 주고받은 기창과 경후는 조심스럽게 문고리를 잡고 밑으로 내리며 살며시 밀기를 시도했지만, 돌아오는 건…….

덜컹—

그녀가 방 안에 없음을 확신하는 소리뿐이었다.

"주 집사."

"네."

경후는 자연스럽게 품속에서 스페어 키를 꺼내 그녀의 방문을 열었다.

10초도 되지 않아서 달칵이는 소리와 함께 열린 세빈의 방 안은 언제나 그렇듯 텅 비어 있었다.

"전화도 안 받으십니다."

경후가 휴대폰을 내려놓으며 말하자, 기창은 침대 위에 털썩 앉아 활짝 열려 있는 테라스 문을 보며 작은 한숨을 내쉬었다.

"주 집사."

"네, 회장님."

"내가 이번 달에 세빈이 방에 온 게 겨우 다섯 번이네. 그때마다 몰래 나간 걸 어떻게 생각하나."

"아가씨가 클럽 죽순이가 되셨다는 생각이 듭니다."

필터링 없는 경후의 말에 기창이 슬그머니 미간을 찌푸리다가 인정할 수밖에 없는 사실에 한숨을 내쉬며 고개를 끄덕였다.

"그래, 죽순이. 그걸 죽순이라고 하나 보군."

"네."

이제껏 올곧게 자라 왔기 때문에 잘 키웠다고 자부하고 있었는데, 클럽이라니!

한 번도 속 썩인 적 없는 딸이기에 충격이 큰 기창이 또다시 한숨을 푹 내쉬었다.

"주 집사."

"네, 회장님."

"내일부터 당장에 시행할 게 있네."

기창의 말에 경후가 품에서 작은 수첩과 펜을 꺼내 들었다.

"네."

"세빈이 이 녀석 학교생활 이외의 다른 사생활에 대해 감시를 시작해. 특히 클럽 갈 때는 더 주시하도록 하고. 주마다 한 번씩 보고하게."

"감시는 한 번도 안 하지 않으셨습니까?"

경후가 놀란 표정을 짓자, 기창이 한숨을 억누르며 침대에서 일어났다.

"그래, 어렸을 때도 안 하던 짓을 다 커서 하게 될 줄은 몰랐네만. 허구한 날 클럽 가서 속을 태우니, 이대로 둘 수 있겠나?"

경후는 빈말이라도 아니라고는 할 수 없어 침묵으로 답을 대신했다. 그런 경후의 속뜻을 안 기창이 무거운 발걸음을 터벅터벅 옮기며 테라스를 힐끔 보고는 방에서 나갔다.

"테라스 창문이라도 잠가 두시면 편하실걸."

경후가 아무도 없는 세빈의 방에서 중얼거렸다.

하지만 기창이 몰라서 못 하는 게 아니라는 걸 안다. 날 좋을 땐 테라스 창문을 열어 두고 낮잠도 자고, 과제도 하고, 가끔 티타임을 즐기는 세빈을 알기에 미안해서 못 하는 거겠지.

"일에는 칼 같으시면서, 이런 일에는 또 무르시다니까."

경후가 하는 수 없다는 표정으로 피식 웃으며 고개를 젓고는 다시금 세빈에게 전화를 걸어 봤지만 돌아오는 건 연결되지 않는다는 기계적인 목소리뿐이었다.

"아가씨, 지금 그렇게 클럽에서 흔들고 계실 때가 아니에요. 회장님께서 감시라는 카드를 꺼내셨다니까요."

경후가 작은 한숨을 내쉬며 휴대폰을 주머니에 넣고는 세빈의 방에서 나와 문을 굳게 닫았다.

❈ ❈ ❈

쿵쿵거리는 음악 소리가 울리는 가운데, 급하게 클럽에서 빠져나온 세빈이 허겁지겁 발걸음을 옮겼다.

"택시! 여기, 여기!"

새벽 3시가 다 된 시간이지만 젊은이들의 거리라고 불리는 곳은 곳곳에 택시가 상주하고 있었다. 마음이 급해진 세빈은 헐레벌떡 택시에 올라탔다.

"아저씨, B아파트 근처로 빨리 가 주세요. 도착하면 제가 길 알려 드릴게요."

"네."

세빈의 클럽 철칙이 12시에 나와서 3시 이전에는 집에 들어가는 거였는데, 오늘 새로운 곳에서 너무 신나게 놀다 보니 시간이 이렇게까지 늦은지 모르고 있었다. 거기다가 몰래 나온 거라 더 심장이 떨렸다.

"으아, 전화."

가방 속에 넣어 두고 신경 쓰지 않고 있던 휴대폰을 꺼내 보니 경후에게 전화가 두 통이나 와 있었다. 전화한 시간을 보니 자신이 이미 방에서 몰래 빠져나온 후였다.

걸렸구나.

"아…… 안 되는데."

그녀가 머리를 부여잡으며 고통의 신음을 내뱉었다. 경후에게 들켰다면 이미 기창도 알고 있을 확률이 컸다.

자기 사람에게는 관대하고 자상한 기창이지만 약속을 어기면 그때만큼은 그 누구보다 무서웠다. 스물셋 인생 처음으로 아빠의 말을 어겼다. 사실 클럽에 한해서는 처음이 아니지만 그래도 걸린 건 처음이니까 봐주시진 않을까.

"안 봐주시려나."

"네? 뭐라고 하셨어요?"

"아무것도 아니에요. 저기 앞에 신호등에서 우회전해 주세요."

"네."

택시 기사에게 길을 설명해 주면서도 머릿속에는 집에 어떻게 들어가야 하나, 들킨 마당에 당당하게 현관으로 들어갈까, 아니면 모르는 척 다시 테라스로 들어갈까, 내일 마주치면 잘못했다고 해야 하나, 이것도 모르는 척해야 하나 걱정이 많다.

택시에서 내린 세빈은 들켰든 안 들켰든 어차피 몰래 나온 건 사실이기에 테라스로 들어가기를 택했다. 자신의 방이 집 뒤에 있어서 내려오기 편하도록 사다리까지 가져다 놨는데, 치워 놓지 않은 걸 보면 아직 사다리의 존재는 들키지 않은 것 같았다.

"읏샤."

능숙하게 테라스 안으로 들어가서 옷을 탈탈 터는데, 테라스 창문이 활짝 열려 있는 걸 보고 세빈이 고개를 갸우뚱거렸다.

"어라, 내가 테라스를 열어 놨던가."

"네, 아주 활짝 열어 놓으셨더군요."

"꺄아아악!"

아무도 없는 줄 알았던 방 안에서 다른 이의 목소리가 들려오자 화들짝 놀란 세빈은 냅다 소리부터 내질렀다. 목소리의 주인공, 경후는 그런 반응을 예상한 듯 어둠 속에서 성큼 걸어 나왔다.

"쉿. 회장님 주무시고 계십니다."

"헙……."

경후의 말에 놀란 세빈이 자신의 입을 틀어막았다. 당황함과 놀람에 눈을 빠르게 깜빡이던 세빈은 '잘하셨어요'라는 경후의 말에 고개를 끄덕이고는 신발을 벗고 방 안으로 들어왔다.

"기척 좀 내고 다녀. 깜짝 놀랐잖아. 그나저나 내가 방문도 열어 놨나?"

그건 아닌 것 같은데.

고개를 갸우뚱거리며 중얼거리는 세빈을 보던 경후가 한숨을 푹 내쉬었다.

"스페어 키 있는 거 아시잖아요."

"아, 그렇지."

대수롭지 않게 고개를 끄덕이던 세빈은 불현듯 든 생각에 눈을 크게 뜨고 경후를 쳐다봤다.

"그럼 수시로 내 방에……."

"수시로는 아닙니다. 제가 그렇게 파렴치한 놈으로 보이십니까?"

단번에 자르는 그의 말에 세빈이 고개를 저었다.

아무리 생각해도 그건 아니다. 누구보다 단정한 모습에 반듯한 인성을 가진 이가 방 주인이 없을 때 수시로 방에 드나들다니. 상상조차 되질 않는다.

"그럼 오늘은 왜……."

"왜 들어왔겠습니까."

"혹시 아빠가 나 나간 거 알고 계셔?"

세빈의 질문에 그가 그걸 질문이라고 하냐는 표정으로 빤히 쳐다봤다. 표정으로 대답하는 경후를 보며 그녀는 깊은 한숨을 푹 내쉬며 침대 위에 풀썩 앉았다.

"안 들킬 줄 알았는데……."

"이번 달에 사흘을 제외하고 매일 가셨으면서 안 들키는 게 이상하죠."

경후의 말에 화들짝 놀란 세빈이 숨을 헉, 들이마시며 경후를 빤히 보았다.

"아, 알고 있었어?"

"네. 제가 아가씨에 대해 모르는 게 뭐가 있겠습니까."

싱긋 웃는 경후의 표정이 상큼하다.

세빈은 쓸데없이 잘생긴 집사를 보며 깊은 한숨을 내쉬고는 어느덧 자신의 옆에 앉은 경후의 어깨에 머리를 기댔다.

"나 혼나겠지?"

"혼나시겠죠."

"주 집사가 막아 주면 안 될까."

"제가 회장님을 막을 수 있는 능력이 있으면 여기서 집사로 안 있죠."

"그렇겠지. 하아……."

깊은 한숨을 내신 세빈은 눈만 깜빡이고 있다가 이 상황이 주체가 안 되는 듯, 경후의 팔을 꼭 끌어안았다. 그럼에도 불안한지 어깨에 얼굴을 비비적거렸다.

"으잉. 어떡해."

1남 2녀 중 막내로 태어나서 해맑은 성격으로 사랑받으며 살아온 사람. 그만큼 애교도 많아서 가끔 이렇게 뜬금없는 행동으로 경후를 웃게 했다.

익숙해질 법도 했는데 갈수록 애교가 늘어나는 탓에 경후는 올라가는 입꼬리를 억지로 누르며 앞으로 고개를 돌렸다.

"말씀드린 건 농담이고."

"응?"

경후의 말에 그녀가 갸우뚱거렸다.

"뭐가 농담이야? 아빠 못 막는다는 거?"

"아뇨. 혼나신다는 거요. 저 보고 대신 설교하라고 하셔서 남아 있던 겁니다. 7시에 일어나야 하는데 잠도 못 자고 말이죠."

"미안."

그녀의 사과에 그가 한숨을 푹 내쉬자, 세빈이 미안한 마음에 괜히 경후의 팔만 꼭 끌어안고 입술을 삐죽 내밀었다.

"근데 나 맹세코 클럽에서 다른 거 안 하고 진짜 춤만 춘단 말이야."

"다른 게 뭔데요?"

"응?"

갑자기 훅 치고 들어오는 경후의 질문에 그녀가 눈을 빠르게 깜빡였다.

"저, 그…… 있잖아. 부비부비?"

그녀의 말에 그가 아무것도 모른다는 표정을 짓자, 세빈이 난감한 표정을 짓다가 이내 손을 내저었다.

"아니, 됐고. 아무튼 나는 그냥 춤추는 게 좋은 건데, 왜 싫어하실까."

"아가씨 옷차림을 보고 다시 말씀하시는 게 좋을 것 같은데요."

"아……."

세빈이 군소리 없이 고개를 끄덕였다.

평소 스타일과는 다른, 가린 곳보다 안 가린 곳이 더 많은 거침없는 옷차림.

아빠가 보면 경악할 수준이라는 걸 알면서도 어두운 클럽 안에서는 숨어 있던 자신감이 폭발하는 기분이라 끊을 수가 없었다.

"춤이 그렇게 좋으시면 따로 배우세요. 학원 끊어 드려요?"

"아니."

"그럼 1대 1 강습?"

"아니."

"운동하고 싶으신 거면 에어로빅이라도 하실래요? 아니면 발레? 폴댄스 배워 보시겠어요?"

"아니야, 아니야. 내가 원하는 건 그런 게 아니라고. 나는 그냥 그 분위기에서 음악에 몸을 맡기는 게 좋은 거야. 정해진 춤 같은 건 추고 싶지 않아."

단호한 세빈의 말에 경후가 한숨을 꾹 눌러 참았다. 왜 하필 그 많은 것 중에 클럽에 빠져서 헤어 나오질 못하는 걸까.

"아무튼 다시 한번 말씀드리지만 클럽 금지입니다. 클럽의 분위기가 정 그렇게 좋으시면 지하에 만들어 드릴게요."

"아니, 그건 좀……."

"다른 의견은 기각합니다."

경후는 세빈 만큼이나 단호하게 의견을 말하고는 그녀의 손을 밀어내고는 자리에서 일어났다.

"그럼 저도 이만 들어가 보겠습니다. 아가씨 꼭, 화장 지우고 주무세요."

"알았어. 잔소리쟁이."

그녀의 투덜거림에도 그는 피식 웃으며 방에서 나갔다. 그와 둘이 있다가 혼자 덜렁 남아 버린 큰 방이 너무 크게 느껴졌다.

"그냥 자고 싶은데."

열심히 땀 흘리고 왔더니 모든 게 귀찮다. 하지만 찝찝한 건 둘째 치고 화장을 안 지우고 자면 다음 날 바로 트러블이 올라와서 안 씻을 수도 없었다.

"가자, 가자. 앉아 있으면 눕고 싶고, 누워 있으면 자고 싶은 법이지. 그나저나 내일은 어디로 가 볼까."

내일부터 자신의 앞날이 어떻게 될지도 모른 채, 포기하지 않고 다른 클럽을 모색하려는 그녀의 중얼거림이 욕실에 작게 울렸다.

⁜ ⁜ ⁜

8월 말. 어느덧 세빈의 방학은 끝나 가고, 그녀는 상상도 하지 못하는 감시가 2주째 계속되는 날. 두 번째 보고를 하기 위해 서류를 들춰 보던 경후가 한숨을 푹 내쉬었다.

말리지 말라고 해서 안 말렸는데…….

그가 속으로 중얼거리며 다시금 나오려는 한숨을 꾹 누르며 서재 문을 두드렸다.

똑똑—

"들어와요."

작게 들리는 기창의 목소리에 경후가 심호흡을 하고 서재 문을 열었다. 오늘은 웬일로 서류 대신 책을 읽고 있는 기창의 모습이 새롭다.

"가져왔나?"

"네."

조금 놀라긴 했지만, 겉으로 티 내지 않고 검토한 서류 파일을 기창에게 넘겨주었다.

사실 세빈이 클럽 외에는 다른 곳은 잘 가지 않기 때문에 특별한 것도 없지만, 그 '클럽'이 문제였다.

탁!

두 장 중 첫 번째 장을 쫙 훑어보던 기창이 더 볼 것도 없다는 듯 서류 파일을 책상 위에 집어 던졌다. 예상했던 일이라 가만히 상황을 지켜보던 경후는 조심스럽게 입을 열었다.

"어떻게 할까요?"

"이 보고가 거짓말은 아니겠지?"

"설마 제가 아가씨 일로 거짓말을 하겠습니까."

단호한 그의 말에 기창이 고개를 끄덕였다. 그의 성품은 누구보다 자신이 더 잘 아니까, 거짓말이 아님은 알고 있다. 다만 저 서류에 적혀 있는 글들을 믿기 힘들 뿐이다.

"저번 주에는 일주일 내내 갔다고 하지 않았나?"

주어는 빠져 있었지만 무슨 말인지 알아들은 그가 고개를 끄덕였다.

"네."

"그래도 이번에는 6일이면 하루 줄었네."

최대한 긍정적으로 생각하자 싶어서 혼자 중얼거리는데 기어코 나오는 한숨은 막을 수가 없었다.

가만히 앉아서 아무런 행동도 하지 않고 생각하던 기창이 경후를 보았다.

"주 집사."

"네, 회장님."

"가지 말라고 한 게 한두 번도 아니고, 그렇게 말을 잘 듣던 녀석이 저러는 건 어떤 경우에라도 클럽을 가겠다는 의지가 명확하다는 거겠지."

"네."

"하지만 더는 못 봐줘. 어떤 방법을 써서라도 집에 붙여 놔."

감시에 이어 이번에는 강제성을 띈 방법이라. 속으로 중얼거리던 경후는 어차피 자신에게 선택권이 있는 건 아니기에 고개를 끄덕였다.

"네. 근데 정말 어떤 방법을 쓰더라도 괜찮습니까?"

"그래. 자네가 세빈이한테 몹쓸 짓을 할 사람은 아니니 믿고 하는 말이야."

"네. 알겠습니다."

경후는 주저하지 않고 싱긋 웃으며 대답했다.

조심스럽게 문을 닫고 서재 밖으로 나온 그가 거실 돌아다니는 세빈을 보며 고개를 저었다. 지금 저 아가씨는 자신에게 무슨 일이 닥쳐올 지도 모르고 저렇게 천진난만하게 다니는 거겠지.

"어? 주 집사!"

주변을 두리번거리던 세빈은 서재에서 나오는 그를 보고서 해맑게 손을 흔들며 뛰어왔다. 대리석 바닥이라 미끄러질 수 있겠다는 생각에 그가 서둘러 그녀에게로 향하자 세빈이 경후를 올려 보며 헤실 웃었다.

그 모습이 아기처럼 귀엽고 사랑스러워서 덩달아 싱긋 웃었다.

"네. 무슨 일이십니까?"

"내일 용돈 주는 날이잖아. 오늘 미리 넣어 주면 안 될까?"

어쩐지 평소보다 더 예쁘게 웃는다 싶더니, 용돈 때문이었다.

경후는 대학교 졸업 후 아버지의 뒤를 이어 집사 일을 시작하면서 삼 남매 중 가장 어린 세빈의 일을 주로 맡아 했다. 그리고 그중에서 제일 큰 비중을 차지하는 건 당연히 '용돈'이었다.

용돈이라는 말에 앞으로의 일정을 순식간에 계획한 경후가 싱긋 웃었다.

"안 됩니다."

"어? 왜?"

그동안 하루 정도 빨리 달라고 하면 항상 그렇게 해 주었기에 예상외의 반응을 보이자 세빈은 많이 당황한 눈치였다. 그 모습을 보며 경후가 팔을 내밀었다.

"일단 아가씨 방으로 가서 이야기하시죠."

"어."

세빈은 자연스럽게 경후의 팔에 손을 얹고 방으로 발걸음을 옮겼다.

"앉으시죠."

방에 들어간 경후가 작은 테이블에 딸린 의자를 뒤로 빼 주며 싱긋 웃었다. 쓸데없이 웃기만 하는 집사의 얼굴에 세빈이 입술을 삐죽 내밀며 맞은편에 앉는 그를 쳐다봤다.

"오늘은 왜 안 돼?"

"아가씨 오늘도 클럽 가시려고 하는 거죠?"

분명히 용돈에 대한 질문을 던졌는데, 훅 치고 들어오는 말에 당황한 세빈은 갈 곳 잃은 눈동자를 이리저리 굴리며 눈을 빠르게 깜빡였다.

"아, 아닌데."

"가시려고 했구나."

어릴 때부터 교육을 받았던 탓인지 유독 경후 앞에서 거짓말을 못 하는 터라 확신하는 그의 말에 세빈은 아무 말 없이 고개만 푹 숙이고 손을 꼼지락거렸다.

그런 세빈을 보며 작은 한숨을 내쉰 경후가 팔짱을 꼈다.

"이전에 회장님께 걸린 뒤로도 2주 동안 딱 하루 빼고 계속 가셨더군요."

"아, 알고 있었어?"

"전에도 말씀드렸지만, 제가 아가씨에 대해 모르는 게 뭐가 있겠습니까."

"그래, 그랬지."

"그리고 그 사실을 회장님께서도 알고 계십니다."

"뭐? 아빠도?"

폭탄 발언에 그녀가 입을 떡, 벌렸다.

경후야 알고 있어도 그냥 넘어가는 게 다반사고 가끔 설교하는 게 전부라서 그렇다고 치지만, 기창이 알고 있다면 그건 큰 문제였다.

기창이 모르기를 바랐고, 2주 동안 아무 말도 없었으니 모르리라 생각했다. 근데 알고 계셨구나.

"아빠 화 많이 나셨어?"

"네."

"어떡하지? 가서 잘못했다고 싹싹 빌까?"

"아뇨. 소용없을 겁니다."

"그렇지? 그럼 이제 어떡하지."

세빈이 울상인 표정으로 탁자에 머리를 콩, 박았다.

"그러니까 가지 말라는 걸 왜 가셨어요."

"아니, 처음엔 안 갔잖아."

"근데 이틀 만에 다시 가셨잖아요."

"그래, 이틀 만에 갔는데 다음 날 아무 말씀도 없으시잖아. 그래서 모르시는구나, 싶어서 계속 다녔지."

"모르실 리가요. 다 알고 계세요. 언제까지 그러나 두고 보자는 생각이셨겠죠. 그리고 이젠 안 되겠다는 회장님의 판단하에, 제가 아가씨의 스케줄을 관리하기로 결정이 났습니다."

"뭐?"

자유로운 생활에 익숙하던 세빈에게 낯선 단어가 들렸다. 스케줄을 관리하다니.

경후는 놀란 얼굴로 아무 말도 못 하고 있는 세빈을 보며 웃는 얼굴로 입을 열었다.

"이제까지 아가씨가 스스로 잘하셨기 때문에 딱히 신경 쓸 일이 없었지만, 이제는 아닙니다. 학교가 개강하는 내일부터 당장 제가 모셔다드리고, 모셔 오겠습니다."

"안 돼!"

그의 말에 놀란 세빈은 자리에서 벌떡 일어났다. 급하게 일어나는 통에 의자는 뒤로 넘어가고 탁자가 들썩였지만 서로를 보던 시선은 그대로였다.

"아가씨."

"안 돼, 내가 I기업 딸인 거 아무도 몰라. 근데 주 집사가 학교에 드나들면 들키잖아. 차라리 다른 방법을 찾아보자. 영상 통화, 영상 통화할까? 어디 갈 때마다 보고하고?"

갑작스런 말을 들은 세빈이 아무 말이나 뱉자 그가 단호하게 고개를 저었다.

"아뇨. 이 부분에서는 아가씨에게 결정권은 없습니다. 제 계획을 바꾸고 싶으시면 회장님께 직접 말씀드리세요."

"진짜 안 되는데……. 들키면 시끄러울 텐데."

울상을 짓고 입술을 삐죽 내밀고 있는 세빈의 모습이 귀여워서 피식 웃은 그가 자리에서 일어나 그녀의 옆으로 다가갔다.

"들키지만 않으면 되는 거죠?"

"응?"

"아가씨가 I기업 자제분이라는 거 들키지만 않으면 된다는 말씀이잖아요."

"어. 무슨 방법이라도 있는 거야?"

세빈의 물음에 여전히 웃는 얼굴로 그녀에게 바짝 다가갔다. 그녀의 입술이 경후의 가슴팍에 닿을 수 있을 정도로 훅 들어온 거리에 놀란 세빈은 뒤로 주춤거리다 넘어간 의자에 걸려 몸이 휘청거렸다.

"어어어!"

뒤로 넘어가겠구나, 싶어서 자신도 모르게 두 눈을 꼭 감는데 경후가 팔을 뻗어 세빈의 허리를 감싸 안으며 끌어당겨 안았다.

"주, 주 집사."

"조심하셔야죠."

낮고 그윽한 목소리가 귀에 울리자 기분이 이상하다.

눈을 뜨긴 떴는데 시선을 어디에다가 둬야 할지 모르겠다. 자연스럽게 그의 가슴에 손을 대자 생각보다 탄탄한 몸에 감탄사가 나오려는 걸 억누르며 경후를 힐끔 올려 보았다.

"주 집사…… 운동해?"

"네. 운동은 매일 합니다."

"그렇구나. 어쩐지 탄탄하더라고."

작게 중얼거리는 목소리에 그가 키득키득 웃으며 세빈의 허리를 더 바짝 끌어당겼다.

"마음에 드십니까?"

"어, 어?"

뜬금없는 질문에 그녀가 경후를 빤히 올려 보며 바보처럼 되묻자 그가 조금만 숙이면 입술이 닿을 수 있는 거리에서 천천히 입을 열었다.

"제가 마음에 드세요? 마음에 들어야 할 텐데, 걱정입니다."

자신의 당황하는 모습을 그가 내심 즐기는 것 같아서 조금 심술이 났다. 경후의 얼굴을 계속 뚱하니 보고 있자 그가 씩 웃으며 다시금 말했다.

"앞으로 제가 아가씨의 '남자 친구'로서 가드 할 테니까요."

"응……? 뭐라고!? 나, 남자 친구?"

당황한 세빈의 눈동자가 흔들렸다. 흔히 말하는 남자 사람 친구는 아닌 것 같은데.

"갑자기 그게 무슨……!"

"이것도 물론 아가씨에게 결정권은 없습니다."

여전히 웃고 있는 경후의 얼굴이 오늘따라 매력적으로 보였다.

✻ ✻ ✻

달칵—

현관문에서 나온 그녀가 한숨을 푹 내쉬었다.

9월 1일, 개강일. 꿈같던 방학이 끝나고 대학교에서의 마지막 학기를 보내야 한다는 생각에 마음이 착잡하다. 거기다가 고등학교 때도 안 하던 동반 등하교를 대학교 막바지에 하다니.

"오해하지 마세요. 아가씨가 I기업 자제분인 걸 들키기 싫다고 하시니 방법을 제시한 겁니다. 역시 결정권은 없지만요."

어젯밤 들었던 그의 목소리가 귀에 울린다.

결정권 없는 방법 제시라니, 그건 도대체 무슨 말이야.

자신의 속도 모르고 맑은 하늘을 올려 보며 한숨을 푹 내쉰 뒤 고개를 드는데 경후가 환하게 미소 지은 채 서 있었다. 뭐가 저렇게 좋을까.

"좋아?"

"네. 좋네요."

"……번거롭게 뭘 데려다주겠다고."

"아가씨 일인데 제가 번거로울 리가요."

다시 한번 싱긋—

여전히 상큼한 미소에 경두의 얼굴이 오버랩 됐다.

부자지간이니 당연하겠지만 두 사람은 닮아도 너무 닮았다.

자신이 너무 빤히 쳐다봤는지, 그가 고개를 갸우뚱했다.

"왜 그러고 보세요?"

"아니, 그냥. 아저씨 생각나서."

그녀의 눈가가 촉촉한 걸 본 그가 쓸쓸하게 웃었다.

"아버지가 보고 싶으세요?"

"……조금."

그녀가 애써 시선을 피하며 대답했다.

일 때문에 바쁜 부모님을 대신하여 자신을 돌보아 준 사람이었다. 그런 사람을 어찌 안 보고 싶어 할 수 있을까.

"차는 대문 앞에 있습니다. 가시죠."

"어."

경두를 떠올리니 괜히 울컥해서 눈물이 나려는데 모르는 척해 줄 모양인지 경후가 평소와는 다르게 그녀를 앞서갔다. 세빈은 코를 훌쩍이며 눈가에 맺힌 눈물을 닦아 내고는 그의 뒤를 따라갔다.

"이 차는 뭐야?"

대문 앞에 나가니, 처음 보는 승용차 한 대가 서 있었다. 거리에서 많이 본 모델이긴 하지만 집에 있던 차는 아니다. 거기다가 새 차도 아니고.

경후는 차를 이리저리 둘러보며 답을 찾는 모습이 귀여워서 피식 웃고는 세빈을 조수석에 태운 뒤 운전석에 올라탔다.

"I기업 딸인 거 들키기 싫다고 하셨잖아요. 그래서 중고로 뽑았어요. 아, 그리고 친구분들 앞에서 집사라는 호칭 주의하세요."

"알았어."

어제 그의 일방적인 통보 후 어쩔 수 없는 선택이라고는 생각했지만 기분이 뭔가 이상했다. 괜히 간질거린다고 해야 하나.

남자 친구 행세까지 하면서 픽업을 하겠다니 어찌나 투철한 직업 정신인지.

그래도 저만큼 잘생긴 남자 친구가 있다면 그건 좋을 것 같다는 생각에 운전하는 그를 쳐다보는데, 경후의 입꼬리가 씩 올라간다.

"세빈 씨. 내가 그렇게 좋아요?"

"으응?"

그의 입에서 낯선 호칭이 나오자 세빈은 움찔 놀랐다. 초등학교 시절에도 자신을 마주치면 꼬박꼬박 아가씨라고 불렀는데 다 커서 이름으로 불리니 기분이 이상했다.

"역시 이상한가요?"

그 역시 어색했는지 소리 내어 웃고는 그녀를 힐끔 보았다.

"그래도 적응해야죠. 혹시라도 친구분들 만나면 아가씨라고 부를 수 없는데."

"아, 그렇지."

멍청하게 있던 그녀가 이 모든 게 계획의 일부임을 다시금 되새기며 고개를 끄덕였다.

"그럼 나는 뭐라고 부르지? 겨, 경후 씨?"

"글쎄요. 오빠도 괜찮고, 자기도 괜찮고. 뭐…… 두 개 다 별로면 경후 씨도 나쁘지 않고요."

경후 씨라는 호칭은 별로라는 소리네.

그의 말에 그녀가 속으로 중얼거리며 고개를 끄덕였다. 아무리 그래도 자기는 아닌 것 같으니, 그나마 제일 입에 제일 익숙한 호칭으로 불러야겠다.

"그럼…… 오, 오빠라고 하기로."

"네. 좋네요."

그녀의 말에 그가 냉큼 대답했다. 싱글벙글 웃는 모습이 귀여워서 웃음을 터트렸다.

"주 집…… 아니, 오빠. 이 호칭이 그렇게 좋아?"

"좋네요, 아주. 흡족합니다."

"평소에는 오빠라고 못 들어서 안달 난 사람 같네."

"그런가요?"

그녀를 힐끔 보며 경후가 눈꼬리를 반달 모양으로 말았다. 다른 때보다 해맑은 미소가 너무 예뻐서 볼이라도 꼬집어 주고 싶었는데 그래도 연상이니 그건 참기로 했다.

"그러고 보니 오빠 나이가 몇이랬지?"

"……아가씨 제 나이도 모르셨어요?"

경후가 충격 받은 듯 그녀를 쳐다봤다. 왜 하필 그 타이밍에 신호에 걸렸는지 모르겠지만, 원망스러운 눈빛으로 자신을 쳐다보는 그의 시선에 괜히 신호등만 보며 고개를 저었다.

"내가 초등학교 5학년 때 고등학생이었으니까. 서른?"

"스물아홉입니다."

"어머, 그거밖에 안 됐어?"

"그거 '밖에' 라뇨. 제가 그렇게 나이 들어 보입니까?"

또 실수했다.

그런 의미로 말한 건 아니지만, 그에게는 늙어 보인다는 말로 들렸구나 싶어서 입을 아프게 때려 주고 싶은 걸 참고 어설프게 웃으며 그를 돌아보았다.

"그게 아니고 주…… 아니, 오빠가 우리 집에서 일한 지 벌써 4년 차잖아. 그래서 더 많을 줄 알았지. 하하. 그리고 호칭 조심해야지. 아가씨라니."

"네."

짧은 대답에 민망해진 그녀가 미안함에 그의 팔을 쿡, 찔렀다. 그가 어릴 때부터 왕래한 게 몇 년짼데, 그에 대해서 몰라도 너무 모른다는 생각이 들었다.

"미안. 하나씩 알아 갈게."

애교 섞인 손짓과 장화 신은 고양이처럼 커다란 눈망울을 하고 자신을 힐끔 쳐다보는 모습에 그가 하는 수 없다는 표정으로 피식 웃으며 고개를 끄덕였다.

"네. 그럼 전 하나씩 알려 줄게요."

그의 말에 그녀가 고개를 세차게 끄덕였다.

"그런데 오빠."

"네."

"계속 존댓말 할 거야?"

"네. 왜요? 싫어요?"

"아니, 그건 아니고."

그녀는 차마 극존칭보다 지금 말투가 더 설렌다고 대답할 수가 없어서 입을 꾹 다물었다.

"야, 지세빈!"

강의실로 들어가 자리를 잡고 앉으려는데 익숙한 목소리가 들린다. 뒤를 돌아보니 자신의 클럽 인도자 성애가 씩 웃으며 있었다.

"안녕."

"너 아까 차에서 내리는 거 봤다. 문 열어 주던 그 남자는 누구냐."

성애는 인사보다 자신의 궁금증 해결을 우선시했다. 새삼스럽지도 않은 상황에 세빈은 수줍은 미소로 성애를 툭, 쳤다.

"봤어?"

그녀의 이런 애교에 익숙해져 있는 성애는 옆에 자리 잡고 앉아서 세빈을 빤히 보았다.

"누구야? 남친?"

다른 사람 입에서 남친이라는 단어를 들으니 다시 한번 온몸이 간질간질하다.

그녀는 옆에서 눈을 반짝이는 성애를 보며 고개를 끄덕였다.

"맞어."

"이야, 얘 봐라. 클럽에서 만났냐? 너 클럽에서 남자랑 노는 거 못 본 거 같은데."

"클럽에서 만난 거 아니야."

"그럼 그렇지, 그럼 어떻게 만난 거야? 소개받았어?"

"아니. 원래 알던 오빠데, 어쩌다 보니 사귀게 된 거야. 사귄 지 며칠 안 됐어."

그녀가 거짓말을 자연스럽게 내뱉으며 싱긋 웃었다. 성애는 처음부터 알았다는 말에 할 말이 없었는지, 쩝 소리를 내며 책상에 엎드렸다.

"차 문도 열어 주던데. 하긴, 연애 초반에야 뭔들 못 해 주겠냐."

"그런가."

그녀가 어깨를 으쓱이며 성애의 중얼거림에 굳이 다른 말을 하지 않았다. 그와 정말 사귀는 게 아니라서 알 순 없지만 그녀의 처음이자 마지막 연애를 생각하면 아예 틀린 말도 아니니까.

노트북을 꺼내 놓던 그녀가 여전히 엎드려 있는 성애를 힐끔 보며 어깨를 쿡쿡 찔렀다.

"그래서 말인데, 성애야."

"엉?"

"나 이제부터 클럽 못 갈 거 같아."

"왜?"

어제도 클럽에 다녀온 모양인지 눈이 반쯤 풀려 있던 성애가 상체를 벌떡 일으키며 그녀를 보았다. 못마땅함이 가득한 표정이었지만 세빈은 그저 하하, 어설프게 웃으며 관자놀이를 긁적였다.

"네 남친이 싫어해?"

바로 대답하지 못하는 그녀를 보며 성애가 선수를 쳤다. 세빈은 고개를 흔들며 입을 열었다.

"그게 아니라, 전부터 그랬잖아. 부모님이 밤중에 나가는 거 싫어하신다고. 사실 방학 시작할 때부터 가지 말라고 했는데 몰래 나갔다가 걸렸거든. 한동안은 못 갈 거 같아."

그녀가 심통한 표정으로 진실을 실토하자, 성애가 탄식을 내뱉으며 미간을 찌푸렸다.

"야, 눈치껏 좀 다니지."

"처음이 어렵지, 그다음은 쉽더라고. 그래서 나도 모르게 고삐 풀린 망아지마냥 다녔지……."

그녀가 솔직하게 털어놓자 성애가 한숨을 푹 내쉬었다.

"언제까지?"

"응?"

"언제까지 못 다닐 거 같은데."

"그것까진 잘…… 모르겠어. 하하."

"하……."

그저 웃기만 하는 세빈을 보며 성애가 깊은 한숨을 내쉬었다. 일그러져 있는 얼굴이 상당히 마음에 안 든다는 표정이었다. 자신이 못 가는데 왜 저런 표정을 짓는지 모를 일이다.

방학 후 첫 강의인 만큼 눈은 뜨고 교수님을 보고 있지만, 머릿속에는 다른 생각만 가득했다. 예를 들면 클럽이라든가, 클럽이라든가, 클럽 같은…….

세빈에게 클럽은 취미에 불과하다. 장소의 특정상 밤에 가야 하지만 술을 마시는 것도, 남자를 만나는 것도 아니었다. 정말 순수하게 춤만 추다가 집에 들어왔다. 그게 새벽 3시라는 게 제일 큰 문제지만.

수업에 집중하지 못해서 그런지 시간은 더디게 갔다. 성애는 옆에서 대놓고 자고 있었지만 교수님은 그녀를 힐끔 보고는 익숙한 듯 무시했다.

"너 오늘 강의 몇 개 안 되지?"

강의가 끝난 후 점심을 뭘 먹어야 하나 고민하며 가방을 챙기는데 성애가 물었다.

"어. 2시에 하나."

"그럼 끝나고 카페나 가자."

"아……. 카페?"

성애의 갑작스러운 제안에 그녀가 당황스러운 표정을 지으며 대답을 망설였다. 평소에는 시원스럽게 알았다고 대답하던 애가 망설이는 게 이상해서 성애는 고개를 갸우뚱거렸다.

"왜? 안 돼?"

"어. 오빠가 데리러 올 거라서. 당분간 쭉 그럴 거 같아."

"야, 너 큰일이다. 벌써부터 잡혀 사냐?"

성애가 한심스럽다는 투로 고개를 흔들었다. 짜증을 내는 투였지만, 평소 말투라는 걸 아는 세빈은 그냥 웃기만 했다.

"잡혀 사는 건 아니고, 예전부터 알던 오빠라고 했잖아. 부모님도 다 아셔. 그래서 오빠한테 부탁한 거고. 사실 오빠도 클럽 가는 거 별로 안 좋아하긴 해."

인상을 쓰고 있던 성애는 부모님이라는 말에 더 이상 토를 달지 않았다.

"세빈 씨."

학교 앞이라는 그의 메시지에 성애와 같이 걷고 있는데, 경후의 목소리가 들렸다. 아침에 들었지만 여전히 낯선 호칭에 몸을 움찔거리며 고개를 돌리니, 그가 활짝 웃는 얼굴로 성큼성큼 걸어오고 있었다.

"어머, 어머. 저 사람이 네 남친이야?"

경후의 등장에 성애가 호들갑을 떨었다. 아침에 본 거 아니었나. 그녀가 고개를 갸우뚱거리다 이내 고개를 끄덕였다.

"응."

"이야, 멀리서 봐도 기럭지 장난 아니더니, 얼굴도 잘생겼네."

성애의 심상치 않은 눈빛이 그를 머리부터 발끝까지 쫙 훑어보았다.

그 눈빛이 사냥감을 앞에 둔 맹수 같아 썩 유쾌하진 않았지만, 상큼하게 웃는 그를 돌아보며 기분을 달랬다.

"안녕하세요."

어느덧 두 사람 앞으로 다가온 그가 성애에게 인사를 건넸다. 남녀노소 가리지 않고 마음을 풀어지게 만드는 경후의 상큼한 미소에 성애도 넋을 놓았다.

황급히 정신을 차린 그녀는 바보처럼 헤실 웃으며 그에게 고개를 꾸벅였다.

"안녕하세요. 저…… 세빈이 친구예요. 절친. 이름은 하성애구요."

싱긋 웃으며 말하던 성애가 갑자기 팔짱을 낀다. 성애와 친해진 건 1년도 채 안 됐지만, 이런 친근한 스킨십은 한 적이 없어서 당황한 세빈이 성애를 힐끔 쳐다보고는 그를 돌아봤다.

"저는 세빈 씨 남자 친구, 주경후입니다."

이미 '절친'이라고 표현할 만큼 친한 사이가 아니라는 걸 알고 있던 그는 가볍게 대답한 뒤 세빈에게 손을 내밀었다.

그녀는 이때다 싶어서 미안하다는 표정을 지으며 성애의 손에서 팔을 빼내고는 그의 손을 잡았다.

“성애야, 미안한데 이야기는 나중에 하자. 지금 가 봐야 해서.”

“부모님 부탁이라고 했지, 참.”

세빈의 말에 대답하고 있지만, 시선은 경후를 향해 있었다. 노골적인 시선에 기분 나쁠 법도 한데 그는 웃는 얼굴을 유지하고 했다.

“죄송합니다.”

“어머, 아니에요. 부모님 부탁인데 하는 수 없죠.”

“그럼 이만.”

“안녕히 가세요. 잘 가.”

발걸음을 옮기는데, 성애가 그를 따라 싱긋 웃으며 손을 흔들었다. 세빈은 성애의 낯선 표정, 낯선 말투에 찝찝한 표정을 지으며 차에 올라탔다.

“왜 그러십니까?”

남자 친구라는 단어에 익숙해지기도 전에 경후는 다시 집사로 돌아왔다.

그의 질문에 그녀가 고개를 저었다.

“아니, 그냥 이상해서.”

“뭐가요?”

“내가 알던 애가 아닌 느낌이라?”

세빈은 자신이 내뱉고도 무슨 말인가 싶어서 한숨을 푹 내쉬고는 가방을 밑에 내려놓고 안전벨트를 맸다.

"조심하세요."

"응?"

이번에는 뜻을 알 수 없는 말에 세빈이 고개를 돌려 그를 빤히 보았다. 아까와는 다르게 경후의 얼굴에는 웃음기가 하나도 없었다.

"아가씨는 사람을 너무 잘 믿어서 탈이라 걱정이에요."

"아니, 그러니까 그게 무슨 말이냐니까?"

"아닙니다. 아무것도."

"뭐야. 사람 찝찝하게."

세빈이 옆에서 투덜거렸지만 그는 다시 입을 열지 않았다.

하성애. 그녀가 클럽 갈 때쯤이면 항상 통화하던 사람.

클럽을 같이 가는 사이면 누군지 알아 둬야 할 것 같아서 몰래 뒷조사를 해 보니, 같은 과 동기였다. 술, 담배는 물론이고 남자 갈아 치우는 게 일상인 것도 모자라서 돈을 빌리고 안 갚기도 부지기수라며 주변의 평판이 좋지 않다고 했다.

사람도 어느 정도 가려서 사귈 줄 알아야 하고, 거리도 둘 줄 알아야 하는데, 자신이 모시는 아가씨는 그런 것과는 영 거리가 멀어서 걱정될 수밖에 없었다.

"근데 말이야, 주 집사."

"네, 아가씨."

"주 집사는 왜 연애 안 해?"

뜬금없는 질문에 뭔가 싶어서 세빈을 힐끔 보니, 그녀가 고개를 갸웃거리며 입을 열었다.

"아니, 사실 주 집사 잘생겼잖아. 키 크지, 인물 좋지, 우리 집에서 일하면서 돈도 많이 벌 거고."

뜬금없는 질문에 이어 갑자기 훅 치고 들어온 칭찬 릴레이에 경후가 키득키득 웃었다.

"하고 있잖아요."

"엉? 누구랑?"

"아가씨랑."

"뭐, 뭐……."

경후의 대답에 당황한 세빈이 말을 더듬었다. 그런 그녀의 반응에 경후가 씩 웃자, 세빈은 그의 다리를 쿡, 찔렀다.

"이런 가짜 연애 말고, 진짜 연애."

"흠."

세빈의 질문에 경후가 생각에 빠졌다. 없으면 없는 거고, 있으면 있는 거지 생각까지 해야 하나. 속으로 중얼거리며 그의 대답을 기다리던 그녀가 손바닥을 가볍게 쳤다.

"생길 틈이 없었나?"

대답하기도 전에 먼저 나온 답에 경후가 피식 웃었다.

"네. 틈이 없죠."

"그러네, 틈이 없네. 만날 집에만 있으니 여자를 마주칠 일도 없고. 나가도 우리 뒷바라지하느라 바쁘고."

그녀의 말에 경후는 그저 웃기만 한다. 스물아홉이면 여자 몇 명쯤은 만나지 않나. 없으면 없는 건데 생각은 왜 한 거야? 세빈은 속으로 중얼거리며 놀고 있는 그의 오른팔을 잡았다.

"그럼 소……."

"소개 안 받습니다."

말을 꺼내기가 무섭게 딱 자른 그의 대답에 그녀가 입술을 삐죽 내밀었다.

"왜?"

"아가씨 모시기도 바빠요."

"그럼 주 집사는 언제 연애해?"

"언젠가 하겠죠. 좋아하는 사람도 있고."

그의 말에 그녀의 눈이 커졌다. 그래서 고민했던 건가?

"누군데? 나도 아는 사람이야? 집에만 있으면서 좋아하는 사람은 언제 생겼어?"

세빈이 답을 듣자마자 본인 일처럼 좋아하며 해맑게 물었다. 정말 바보 같을 정도로 순수하고 착한 사람이었다. 자신이 예상했던 반응이 그대로 나타나자 경후는 피식 웃으며 그녀를 힐끔 쳐다봤다.

"당연히 비밀입니다."

"에이, 뭐야."

말해 줄 것처럼 해 놓고 비밀이라고 하니 기운이 쭉 빠진 그녀가 그의 팔을 쳤다.

"그래도 나중엔 말해 줄 거지?"

"네. 꼭 말씀드릴게요."

아마도 머지않은 시일 내에 말이죠.

그가 속으로 중얼거리며 집으로 향했다.

❋ ❋ ❋

"너희 오빠 오늘도 오지? 같이 갈래?"

성애의 질문에 세빈이 나오려는 한숨을 꾹 눌렀다.

남자 친구가 오늘도 오냐는 질문만 지금까지 다섯 번째. 본인은 자각하지 못하는 모양인지, 아주 해맑은 표정으로 묻고 있었다.

"너 이따 수업 하나 더 있지 않아?"

"어? 그랬나? 아닐 텐데?"

"너 학점 위태위태하다며. 시간표 다시 확인해 봐. 내가 네 시간표를 모르겠니."

세빈의 칼 같은 말에 성애가 못마땅한 표정을 지었지만, 그녀는 애써 모른 척하며 가방을 들고 자리에서 일어났다.

"그럼 나 먼저 가 볼게."

"남친 있다고 유세는."

"응?"

성애를 지나쳐 위로 올라가는데, 귀에 작게 들린 목소리에 가던 발걸음을 멈추고 고개를 돌렸다. 방금 전까지만 해도 앉아 있던 성애는 저 밑으로 내려가고 있었다.

"잘못 들은 건가?"

잘못 들었다고 하기에는 귀에 정확히 박힌 말이 선명하게 남아 있다. 하지만 물어볼 상대는 이미 눈앞에서 사라진 뒤였다.

"알 수가 없네."

세빈이 관자놀이를 긁적이며 강의실을 나섰다.

지난 3년간 성실했던 세빈과는 다르게 성애는 지금과 별반 다를 게 없었다. 미친 듯이 점수를 채워도 졸업이 간당간당한 판에 수업을 빼먹는다는 건 말도 안 된다.

잠시 복도를 걸으며 성애를 생각하니 클럽이 떠오르고, 클럽을 생각하니, 몸이 또 근질거린다. 다른 생각하지 말자 싶어서 고개를 흔들며 한숨을 푹 내쉬는데 주변이 웅성거린다.

"어머, 뭐야 저 남자. 잘생겼다. 모델인가?"

"배우 아니야, 배우? 누구 닮았는데……."

지나가던 여학생들의 말에 자신도 모르게 고개를 든 세빈은 주변을 두리번거렸다.

자신이 아는 한 배우와 모델의 모습을 동시에 가진 남자는 친오빠인, 세하를 제외하고 딱 한 명뿐이었다.

"세빈 씨."

누구보다 상큼한 미소로 다가오는 자신의 집사, 주경후.

그녀는 저도 모르게 그를 따라 웃으며 성큼 다가오는 그의 소매를 붙잡았다.

"건물 안까지 들어오고, 웬일이야? 어떻게 알고 기다리고 있었어?"

그녀의 질문에 경후가 귓가에 속삭였다.

"몇 번이나 말씀드렸지만, 제가 아가씨에 대해 모르는 게 뭐가 있겠습니까."

"뭐?"

그녀가 밉지 않게 노려보니, 어느새 고개를 든 그가 씩 웃고 있었다. 그 미소가 매력적이어서 지나가던 이들이 한 번씩 힐끔거렸다.

"내가 무슨 말을 못 하지. 가자."

세빈의 말에 경후가 말없이 팔을 내밀었다. 그녀는 평소처럼 손을 살짝 얹으려다 말고 씩 웃으며 그의 팔을 확 껴안았다.

"응?"

그녀의 행동은 경후도 예상하지 못했는지, 몸이 경직된 게 느껴진다. 이런 스킨십은 한두 번이 아니지만, 밖에서 이런 적은 처음이라 당황스럽긴 할 거다.

당황하는 경후가 귀여웠던 세빈이 바보처럼 웃어 보였다.

"왜 그래, 사귀는 사이에."

티 없이 맑은 미소에 경쾌한 웃음을 터트린 경후는 세빈에게 잡혀 있는 팔을 빼내고 어깨를 끌어당겨 안았다.

"그러게요, 사귀는 사이인데."

그녀 또한 갑작스러운 경후의 행동에 당황하긴 매한가지였다. 9월이지만 아직 더위가 가시지 않아 애정이 넘치는 커플들도 몸을 사렸다. 그런데 커플 연기를 하면서 이 더위에 이런 스킨십을 하다니.

하지만 그녀는 차마 밀어낼 수가 없어서 괜스레 그의 허리에 손을 살포시 얹어 보았다.

"더우니까 다음에는 이러지 말자."

"왜요, 나는 좋은데."

고개를 숙인 그가 세빈을 끌어안은 팔에 힘을 주며 귓가에 은밀하게 속삭였다. 경후의 거침없는 표현에 당황한 그녀가 올려 보자, 표정은 평소와 다를 바 없이 상큼하게 웃고 있었다.

뭐지, 이 갭은.

표정은 상큼한데 은밀한 속삭임이라니. 뭔가 괜히 야릇해서 기분이 이상했다.

"하지 마."

"뭘요?"

"그냥 다. 오빠 이상해."

세빈이 경후를 힐끔 노려보고는 고개를 돌렸다. 내려 봐도 보일 정도로 삐죽 나와 있는 입술이 귀여워서 키득키득 웃은 경후가 슬그머니 그녀의 어깨를 놔주며 가볍게 손을 잡았다.

"그럼 이건요?"

"이건…… 가능."

"그래요."

경후가 냉큼 고개를 끄덕이며 손을 마주 잡고 천천히 발걸음을 옮겼다.

〈오늘은 좀 늦을 것 같아요. 주변 카페에 가 계세요.〉

강의가 끝나 가방을 챙기고 있는데 경후에게 메시지가 왔다. 다정한 성격과 다르게 이모티콘 하나 없는 딱딱한 메시지를 확인한 세빈이 고개를 저으며 휴대폰을 주머니에 챙겨 넣었다.

"지세빈이!"

"응?"

자리에서 일어나려는데, 자신을 힘차게 부르는 소리에 피식 웃으며 고개를 돌렸다. 미주가 환하게 웃으며 다가오고 있었다. 그녀는 고등학교부터 대학 졸업반인 지금까지 자신의 옆을 지켜 주는 친구였다.

"오랜만이네. 얼굴 다 까먹겠다."

"에이, 왜 이러실까. 우리 어제도 통화했잖아."

미주가 그녀를 보며 눈을 찡긋한다.

미주는 터프한 성격이지만 반전 매력으로 애교가 많았다. 요즘 취업 준비다 뭐다 해서 보기 힘들었는데 오랜만에 보니까 굉장히 반가웠다.

"목소리만 듣는 거랑 얼굴 보는 거랑 같니?"

"에이, 너무 그러지 마라. 나도 너 보고 싶었어."

세빈의 투덜거림에 미주가 씩 웃는다. 개구쟁이 같은 미소에 그녀가 덩달아 웃으며 가방을 챙겨 들었다.

"나 오늘 이게 끝이거든. 집에 가기 전에 카페라도 갈까? 시간 괜찮아?"

"어. 나야 좋지만, 너 남친이 데리러 안 와?"

"어떻게 알았어?"

세빈이 놀란 얼굴로 되묻자, 미주가 소리 내어 웃었다.

"네 남친 유명하더라. 덩달아 네 이름도 유명해졌던데. 다들 '저 남자가 경영학과 4학년 지세빈 남친이래' 하고 하도 수근거려서 안 들을래야 안 들을 수가 없더라."

대학은 넓고, 학생은 많고, 그만큼 매력 있는 애들이 넘쳐나기에 상대적으로 세빈은 눈에 안 띄는 축에 속했다. 거기다가 공부만 하느라 친한 친구가 몇 없을 정도로 조용한 생활을 했는데, 요즘 자신을 데리러 오는 경후 덕분에 주변이 시끌시끌했다.

미주의 말에 세빈이 조용히 고개를 끄덕였다.

"그렇게 됐네."

그녀가 덤덤하게 받아들였다. 눈에 띄면 I기업 딸인 게 들통날까 봐 조용하게 지낸 거지, 어렸을 때부터 여러 가지 말들이나 시선에 대한 건 익숙했다. 굳이 학교가 아니더라도 부모님을 따라가거나 어느 모임에 참석이라도 하면 어찌나 말들이 많은지.

세빈은 여러 생각에 작은 한숨을 내쉬고는 미주를 보며 찡긋 웃었다.

"오늘은 좀 늦는다더라고. 걱정하지 말고 카페나 가자."

"그래."

평소 같으면 붙어 다녔을 테지만, 여전히 더운 날씨에 두 사람은 약속이라도 한 듯 가방만 꼭 붙들고 자리를 이동했다.

"그러고 보니 너 요즘에 하성애랑 잘 안 다녀?"

미주의 입에서 성애의 이름이 나오자, 그녀가 커다란 눈을 빠르게 깜빡였다. 둘 다 불꽃같은 성격이라 어울리지도 못할뿐더러 미주는 성애를 좋게 보지 않았다.

"잘 안 다닌다고 하기보단…… 바쁘지."

"네가?"

"아니, 성애가. 학점 채워야 하거든."

"하긴 걔 1학년 때부터 계속 놀았지."

미주가 한심하다는 표정으로 고개를 저었다. 남들 공부할 때 논 대가가 이만큼이나 크다.

"그리고 일부러 피하고 있는 것도 있어."

"응? 왜?"

미주가 놀란 얼굴로 세빈을 보았다.

그렇게 어울리지 말라고 할 땐 말 안 듣더니, 갑자기 무슨 바람이 분 건가 싶다. 다가오는 사람 밀어내지 못하는 이 순둥이가 피하는 거면 무슨 이유가 있다는 건데.

세빈은 미주의 시선에 볼을 긁적였다.

"내 남친을 너무 좋아해. 매번 언제 오냐, 오늘도 데리러 오냐, 같이 커피 마시자, 같이 밥 먹자고 노래를 불러. 치사하게 밥 한번 먹는 게 어렵냐고 하는데, 나는 어렵거든. 곤란한 일이라."

"응?"

남자 친구랑 밥 먹는 게 곤란한 건가. 남자 친구가 친구들 만나는 걸 싫어하나. 이상한 남자 만나는 거 아니야?

오만 가지 생각이 얼굴에 다 드러나 있는 미주를 보던 세빈이 키득키득 웃으며 미주의 팔을 툭, 쳤다.

"쓸데없는 걱정은 말고 이따가 보면 알아."

"오. 오늘 네 남친 보는 거?"

"응. 보는 거."

세빈의 대답에 미주의 얼굴이 기대감이 서린다.

막상 보면 어떤 표정을 할지 상상하던 세빈이 키득키득 웃으며 정문에서 10분 정도 걸어가야 있는 커다란 프랜차이즈 카페에 들어갔다.

아이스 아메리카노와 아이스 카페라테를 시킨 두 사람은 진동벨을 받아 들고 사람이 없는 구석에 자리를 잡았다.

"누군데 보면 알 거라고 그래?"

미주가 자리에 앉으며 물었다. 시원한 에어컨 바람에 땀을 식히던 세빈은 훅 치고 들어온 그녀의 질문에 웃고 말았다.

"기지배. 그냥은 말 안 해 준다 이거지?"

말하면 재미없으니까.

세빈이 속으로 중얼거리며 그저 웃기만 했다.

그런 세빈을 보며 궁금해서 속이 타는 건 미주였다. 다른 애들한테 숨기고 있는 집안에 대한 것까지 이야기할 정도로 친한 사이인데, 남자 친구가 생겼다고 말 안 하는 게 생기다니.

미주는 괜히 서운해져서 입술을 삐죽 내밀며 콧방귀를 뀌었다.

"흥. 너도 남친 생기면 친구 버리는 거냐."

"아니, 그건 아니고."

단호한 그녀의 대답에 미주가 알 수 없는 말로 투덜거렸지만, 7년째 보는 친구의 모습이라 그저 귀엽기만 느껴졌다.

지이이이잉—

투덜거림과 수다의 애매한 경계가 이어질 때쯤 진동벨이 요란스럽게 울렸다. 세빈은 자진해서 일어나 커피를 가져와 테이블 위에 내려놓았다.

"근데 세빈아."

"응?"

커피를 마시며 더운 속을 달래는데 한참을 삐쭉거리던 미주가 부른다. 뭔가 싶어서 빨대를 입에 문 상태로 눈만 크게 떠서 대답하는데, 미주가 테이블 밑을 한 번 보고는 미간을 살짝 찌푸렸다.

"너 다리 왜 이렇게 떨어?"

"음? 다리?"

갑작스러운 지적에 당황한 그녀가 다리에 손을 올리자, 정말 다리를 달달달 떨고 있었다.

금연하는 사람들은 담배 금단 현상이 온다는데, 그녀는 클럽 금단 현상이 오기 시작했다.

세빈은 절로 나오는 한숨을 푹 내쉬었다.

"나 요즘 클럽 못 가서 그래. 금단 현상이야, 금단 현상."

미주가 알겠다는 표정으로 고개를 끄덕였다.

금단 현상이 나타난 지 사나흘은 된 거 같다. 어디선가 신나는 음악이라도 나오면 당장 나가서 미친 듯이 춤을 출 것 같았다. 밝은 날 사람들 앞에 나서서 춤을 춘다는 건 상상도 한 적 없는데, 지금이라면 가능할 것 같다는 생각이 들었다.

그나마 카페라서 클럽 음악이 안 나오는 게 다행이지.

그녀가 차마 입 밖으로 내뱉을 수 없는 말을 속으로 중얼거리며 깊은 한숨을 내쉬었다.

학교와 집만 왔다 갔다 한 지 벌써 2주. 가끔 허락받고 친구들과 만나기도 하지만, 그것도 통금 시간이 10시까지라 제대로 놀지도 못하고 집에 들어가곤 했다.

"그러니까 적당히 다니라고 했잖아. 나도 너 옷 입는 거 보고 완전 깜짝 놀랐는데, 부모님이라고 안 놀라시겠냐?"

"……알아."

미주는 보면 말하는 게 경후랑 비슷하다. 둘 다 잔소리쟁이 기질이 있다고나 할까.

한참을 미주에게 잔소리를 듣고 있는데, 테이블 위에 커다란 그림자가 드리워진다. 뭔가 싶어서 고개를 돌리니 경후가 웃는 얼굴로 서 있었다.

"왔어?"

"구석에 있으면 구석에 있다고 말 좀 해 주지. 한참 찾았어요."

"그랬어?"

"네. 그나저나 미주 아가씨는 오랜만이네요."

경후가 미주를 보며 싱긋 웃었다. 여전히 상큼한 웃음을 마주한 미주는 상황 파악이 안 된 듯, 고개를 갸우뚱거렸다. 얼굴에 '남자 친구가 온다고 했는데, 왜 경후 오빠가 왔어?' 라고 쓰여 있었다.

그런 미주의 반응에 세빈은 김이 팍, 새어 버렸다. 뭔가 한 번에 캐치하고 화들짝 놀랄 줄 알았는데. 세빈은 하는 수 없다는 표정으로 손으로 경후를 가리켰다.

"내가 말한 남친님이시다."

"뭐야. 결국 둘이 사귀는 거야?"

경후와 세빈을 번갈아 보던 미주의 말에 세빈이 고개를 갸우뚱거렸다.

"결국?"

"아…… 아니, 젊은 남녀가 붙어 있으면 정분날 거라고 예전부터 생각하고 있었거든. 그래서 '결국' 인 거지."

미주가 씩 웃는다. 어느 때보다 해맑은 웃음에 농담인지 진담인지 알 길은 없지만, 경후와 같이 있어도 거리낌 없는 분위기에 세빈은 마음이 편했다.

"근데 진짜 어떻게 된 거야? 정말 사귀는 거?"

미주의 질문에 세빈이 주변을 두리번거리고는 상체를 숙이며 속삭였다.

"나 클럽 못 가게 하려는 감시용이야."

"감시용이라니. 옆에서 듣는 감시용 서운합니다."

그녀의 말을 들은 경후가 말했다. 입으로는 서운하다면서 얼굴은 웃고 있으니 진심을 알 수 없었지만, 세빈 또한 농담으로 한 말이라서 키득키득 웃어 버렸다.

"아무튼, 내가 그거인 거 들키면 안 돼서 그러는 거야."

혹시라도 주변에 아는 사람이라도 있을까 싶어서 에둘러 말했지만, 상황을 익히 잘 알고 있는 미주가 이해하는 얼굴로 고개를 끄덕였다.

"그래, 이해 완료했어. 너도 참 고생이 많다. 다른 애들은 내가 누구 아들이다, 누구 딸이다 목 빳빳하게 들고 다니는데."

"그런 애들은 대체로 사람들 사이에서 평이 별로지."

"그건 그렇지."

미주가 다시금 고개를 끄덕였다. 집안이 잘났다고 드러내는 사람 중에서 인성이 제대로 된 사람은 한 명도 못 본 거 같다.

"그나저나 둘이 뭐 잘 어울리니까, 의심할 일은 없겠네."

"응?"

남은 커피를 쪼록 마시는데 뜬금없는 미주의 말에 세빈이 눈을 빠르게 깜빡였다.

"뭐?"

"오빠랑 너 잘 어울린다고."

진심으로 툭, 내뱉는 말에 세빈이 붕어처럼 입을 뻐끔거렸다.

이왕 하는 거 잘 어울리면 좋은 건데 왜 심장은 출싹 맞게 쿵쾅거리는 건지.

"그런가? 음…… 나 잠깐 화장실 좀."

세빈은 영혼 없이 대꾸하고는 성급히 자리를 피했다. 당황하는 표정이 빤히 보여서 키득키득 웃던 미주는 세빈이 안 보인 후에야 경후와 하이파이브를 하고는 마주 보며 씩 웃었다.

❋ ❋ ❋

"다녀왔습니다."

"아가씨 오셨어요?"

"네."

집 안으로 들어오니, 가족보다 집에서 일하는 이들이 그녀를 반겼다. 부모님 모두 회사 일을 하시는 만큼 얼굴 보기가 힘들다. 거기다가 언니와 오빠가 독립하게 되면서 가족끼리 언제 밥 먹었는지 모를 정도였다.

"아가씨, 저녁은 어떻게 하실래요?"

"옷 갈아입고 올게."

"그럼 바로 준비해 놓겠습니다."

"어."

언제나 다를 바 없는 경후의 질문에 평소처럼 대답한 세빈이 방에 들어가 조용히 문을 잠그고는 주르륵 바닥에 주저앉아 버렸다.

"나 당황한 거 티 안 났지? 완전 아무렇지 않았지?"

그녀가 혼자 중얼거리며 화끈거리는 볼을 두 손으로 감쌌다.

카페에서 미주의 말을 들은 후부터 뭔가 기분이 이상하다.

"크게 의식한 적은 없었는데. 아니…… 없었나?"

그가 성큼 다가오면 놀라기는 하지만, 이제껏 경후를 알고 지내면서 남자로 생각한 적은 없었다.

아니, 그것도 아닌가. 한집에 사는 사이라 함께 밥을 먹고, 대화를 나누는 게 일상이니까, 그저 너무 오래 알고 지낸 탓인지도 모른다. 그냥 이런 일상이 당연한 거지. 남자다, 뭐다 생각할 틈이 없을 만큼.

고개를 끄덕이던 세빈이 퍼뜩, 정신을 차리고는 고개를 저었다.

"내가 이런 생각을 왜 하는 거야. 미쳤나 봐."

그녀가 제 볼을 톡톡 치며 자리에서 일어나 침대에 털썩 앉았다.

경후가 잘나고 멋진 남자인 건 이미 익히 알고 있었다. 집 앞까지 그를 따라온 여자들도 몇몇 봤고, 집에 들어오려다가 경호원들에게 쫓겨난 이들도 있을 만큼 인기도 많았다. 그에 비해서 경후는 명백한 입장을 보여 왔지만.

그렇게 잘 웃던 사람이 자신을 찾아온 사람들을 향해 단호하게 돌아가라던 게 떠올라서 흐뭇하게 웃다가 화들짝 놀란 그녀가 고개를 저었다.

"아니, 주 집사가 단호한 게 나랑 무슨 상관이야?"

그녀가 괜히 복잡한 생각에 한숨을 푹 내쉬고 침대 위에 누웠다. 멍하니 있어도 말간 천장에 그의 얼굴이 그려지는 착각이 들어서 두 눈을 질끈 감고 몸을 옆으로 뉘였다.

이럴 땐 생각 없이 춤추는 게 최곤데.

생각이 거기까지 미치자, 경후의 얼굴이 희미해진 대신 억누르고 있던 클럽에 대한 욕망이 다시금 샘솟으며 그녀를 괴롭혔다.

"2주에 한 번 안 갈까 말까 한 클럽을 2주 동안 안 가려니까 미치겠네."

당장에라도 뛰쳐나가고 싶어서 온몸이 근질거린다.

"한 번만 다녀오겠다고 하면……."

혼자 중얼거리던 그녀가 고개를 저었다.

"안 된다고 하겠지."

경후에겐 고용주의 지시 사항이다. 그가 말했던 것처럼 자신이 가고 싶으면 경후가 아니라 아빠에게 말해야 한다.

"당연히 안 된다고 하시겠지."

처음에 몇 번 가는 것도 못마땅하게 생각했는데, 지금이라고 될 리가.

그녀가 한숨을 푹 내쉬며 포기하고자 마음을 토닥이려 했지만, 이내 자리에서 벌떡 일어났다. 가면 안 된다는 생각과 가고 싶다는 생각이 충돌해서 제정신이 아닌 거 같았다.

"주 집사가 몇 시에 자지? 12시? 11시?"

세빈이 방 안을 서성거리며 고민했다.

그는 자신에 대해서 모르는 게 없다며 웃곤 했지만, 세빈은 경후의 나이조차 정확하게 모르고 있을 정도로 아는 게 없었다.

"안 되겠다. 일단 재우자."

결론을 내린 세빈이 휴대폰으로 플랜을 짜기 시작했다.

1. 밥을 먹고 족욕을 한다.
2. 족욕 후에 얘기 좀 하자면서 따뜻한 우유를 마신다.

2번까지 적어 놓고 보니 허술하기 짝이 없는 계획이었다.

목욕이 더 좋지만 그럼 그림이 이상해지겠지? 그런데 주 집사가 우유를 좋아했던가.

"이것도 계획이라고."

아무리 봐도 먹힐 것 같지 않는 계획이었지만, 일단 밀어붙이기로 했다. 같이 족욕을 하고, 우유를 마시며 얘기하면 의심은 하지 않겠지.

"다만, 어떻게 침대로 유혹해서 자게 만드느냐가 관건인데."

세빈은 혼자 중얼거리다 말고 뭔가 이상해서 턱 밑을 긁적이다가 숨을 헉, 들이마셨다.

"유혹이 아니라, 유인! 말이 잘못 나와도 한참 잘못 나왔네."

똑똑—

"아가씨."

"아, 깜짝이야."

도둑이 제 발 저리다고 다음 플랜을 짜려는데 들리는 노크 소리와 경후의 목소리에 그녀가 화들짝 놀라며 빠르게 뛰는 가슴 위에 손을 얹고 눈을 빠르게 깜빡였다.

"왜, 왜?"

"안 내려오셔서요."

"아."

담백한 그의 대답에 그녀는 놀랐던 마음을 진정시키고자 심호흡을 길게 하고는 자리에서 일어났다.

"나갈게."

"네."

옷을 갈아입고 나온 세빈은 주방으로 향했다. 10인용 식탁에 한가득 상이 차려져 있었지만 수저는 두 벌 뿐이었다.

"오늘도 주 집사랑 나뿐이구나."

그녀는 의자에 앉아 맞은편에 있는 경후를 보며 중얼거렸다.

"제가 싫으시면 다른 분을……."

"아니, 주 집사가 싫다는 게 아니고."

경후의 말에 그녀가 서둘러 변명하자, 그가 씩 웃는다. 장난친 거였구나. 그녀는 경후를 슬쩍 노려보고는 한숨을 푹 내쉬었다.

“다른 가족들 얼굴 못 본 지 오래된 거 같아서 하는 말이야.”

“하는 수 없죠. 회장님과 사모님께선 항상 바쁘시고, 세정 아가씨와 세하 도련님께선 독립하셨으니까요.”

그의 말에 그녀가 대답 대신 고개를 끄덕였다. 부모님은 출장이 아닌 이상 매일 귀가하셨지만 항상 늦게 들어오고 일찍 나가 얼굴을 볼 틈도 없다.

“나도 독립할까.”

“경제적 능력이 있으실 때 하세요.”

그냥 던져 본 말이었는데, 단호한 그의 말에 멋쩍어진 세빈은 숟가락을 들어 국을 한 모금 떠먹고는 경후를 보았다.

그래. 어차피 식구들도 없겠다, 오늘 한 번 질러 볼까?

머릿속으로 계획을 세우던 세빈은 숟가락을 조용히 내려놓고 허리를 곧추세웠다.

“근데 있잖아 주 집사.”

“네.”

“오늘 족욕할까?”

“준비해 놓도록 하겠습니다.”

아니, 이게 아닌데.

패기 차게 말은 꺼냈는데, 원하던 답이 아니다. 뭔가 말이 잘못 전달된 거 같다.

“나 혼자 말고, 주 집사도 같이 하자.”

"네. 그럼 족욕기 두 개 준비해 놓도록 하겠습니다."

"어. 그래."

용기 내서 한 말인데, 너무 담백한 대답이 돌아오자 할 말이 없어졌다.

괜히 민망해져서 이리저리 눈동자만 굴리던 세빈이 큼큼 목을 가다듬고 다시 한번 용기를 냈다.

"그리고 주 집사 방에서 티타임 좀 갖을까 하는데."

"네? 제 방에서요?"

이번에는 그가 놀란 표정을 짓는다. 계획은 아직 시작도 안 했는데, 이미 반절은 성공한 것같이 기분이 좋아진 세빈이 싱긋 웃으며 고개를 끄덕였다.

"응. 안 될까?"

"아뇨, 안 될 건 아니지만, 하실 말씀 있으십니까?"

"그냥 심심해서 그래. 할 일도 없고. 나가고 싶은데 나가지도 못하게 하니까."

그녀가 밉지 않게 살짝 흘겨보니, 그가 골똘히 생각하다가 이내 고개를 끄덕였다. 지하에 포켓볼, 다트, VR 게임 시설까지 갖춰져 있지만 혼자 노는 건 재미없으니까.

"알겠습니다. 족욕 끝나는 시간에 맞춰서 준비하라고 하겠습니다."

"아니!"

세빈은 저도 모르게 크게 튀어나온 목소리에 놀라서 입술을 안으로 말아 넣고 살짝 깨물었다가 괜히 배시시 웃었다.

"아니야. 내가 준비해서 갈게. 주 집사 우유 좋아해?"

"좋아합니다만, 아가씨가 준비하신다고요?"

"응. 차 들고 방에 들어가는 거 한 번 쯤 해 보고 싶었어. 물론 차를 타기에는 좀 무리일 거 같아서 우유 가져갈 거고."

이게 무슨 말도 안 되는 변명인가 싶었지만, 다른 말이 생각나지 않았다.

"아무튼, 그렇게 알고 족욕 끝나면 주 집사는 방에서 기다려."

"괜찮으시겠어요?"

"괜찮아. 우유 가져가는 게 무슨 큰일이라고. 일단 밥 먹어. 오늘따라 국이 맛있네."

그녀가 고개를 숙이고 이죽이죽 웃으며 밥을 서둘러 먹었다. 그럼에도 워낙에 밥 먹는 속도가 느려서 경후가 다 먹고 나서야 수저를 내려놓을 수 있었다.

"오늘은 빨리 드셨네요."

"음? 그랬나? 밥이 적었나?"

애써 아무렇지 않은 척 대답하는데 속에서 올라오는 트림을 막지 못한 그녀가 당황한 표정으로 입을 가렸다. 창피함에 발갛게 달아오르는 얼굴을 느끼며 피식 웃는 그의 시선을 피해 눈동자를 놀렸다.

"조, 족욕 준비는?"

"전달했으니, 바로 가면 됩니다. 속 안 좋으시면 탄산 한 컵 드실래요?"

"아, 진짜!"

그녀가 그를 노려보자, 경후는 하하 웃으며 세빈에게 손을 내밀었다.

"가시죠."

"미워, 진짜."

"미워하지 마세요. 마음 아픕니다."

세빈은 말과는 다르게 싱글싱글 웃고 있는 그가 얄미워서 슬쩍 노려보았다. 경후의 손을 탁, 쳐 내고 씩씩거리며 욕실로 향했다.

"아가씨, 조심해서 가세요. 넘어지시겠어요."

"흥이다!"

세빈이 툴툴거리는 소리에 경후가 호탕하게 웃는 소리가 들린다.

지금 이 순간 그가 정말 얄미운데 웃음소리는 듣기 좋아서 마음이 누그러진다. 씩씩거리던 게 부질없어졌다.

1층 욕실에는 족욕기 두 개가 마주 보도록 준비되어 있었다.

"주 집사 먼저 앉아."

"어떻게 제가 먼저 앉겠습니까. 아가씨가 먼저 앉으셔야죠."

경후는 싱긋 웃어 보이고는 그녀의 앞에 한쪽 무릎을 꿇고 앉아서 바지를 걷어 주었다.

"족욕할 거면 반바지 입고 나오시지."

"그냥."

무릎 아래까지 바지를 올려 주는 그의 손길이 섬세하다.

다리에 그의 손끝이 스칠 때마다 간지러워서 움찔거리자 경후가 고개를 들었다.

"간지러우세요?"

"조금. 그나저나 주 집사도 빨리 가서 앉으라니까."

"네."

보채는 말에도 경후는 그저 웃는 얼굴로 신고 있던 양말을 벗어 개어 놓고 바지를 걷었다. 매일 보던 모습과는 사뭇 다른 모습에 슬쩍 웃은 세빈이 조심스럽게 의자에 앉아 족욕기에 발을 담갔다.

조금 뜨겁다고 느낄 정도의 온도였지만, 견딜 만했다.

"그런데 갑자기 족욕은 왜 하자고 하신 거예요? 족욕보다 반신욕 좋아하시잖아요."

"그냥. 주 집사랑 같이하고 싶어서."

차마 '반신욕을 같이 할 순 없잖아' 라고 말할 수 없어서 그냥 웃었다.

그 마음을 경후도 이해했는지, 말없이 고개를 끄덕였다.

"다음에는 미리 말씀해 주시면 발 마사지도 예약해 놓겠습니다."

"응. 그것도 괜찮겠다."

세빈이 노곤노곤해지는 몸에 눈을 감으며 대답했다. 온몸에 온기가 퍼지는 느낌이었다. 이러다가 경후를 재우기 전에 자신이 먼저 잠들게 생겼다.

눈을 번쩍 뜬 세빈은 안 되겠다 싶어서 족욕기에 담갔던 발을 빼고 자리에서 일어났다.

"주 집사. 그만하고 방으로 들어가자. 여기서 자게 생겼다."

"그럴까요?"

경후도 다른 때보다 눈이 살짝 풀려 있었다. 쉬는 날 없이 일하니, 피곤하기도 하겠지.

세빈은 저런 사람을 속이려는 게 양심에 찔렸지만, 이번 한 번만 다녀오자는 생각에 미리 준비해 놓은 수건으로 물기를 닦아 내고 바지 밑단을 내렸다.

"그럼 주 집사 방에 가 있어."

"괜찮으시겠어요? 제가 준비해도 되는데."

"아니야. 우유 데워서 가져갈게. 그건 할 수 있어."

"그럼, 부탁드립니다."

"응."

세빈은 싱긋 웃어 보이고는 경후보다 먼저 욕실에서 나와 주방으로 향했다.

전자레인지에 돌려 따뜻한 우유를 한 번 홀짝인 세빈이 고개를 끄덕였다. 따뜻하기보다 조금 뜨거운 정도지만, 속이 따끈해지고 좋았다.

세빈은 쟁반 대신 양손에 컵 두 개를 들고 경후의 방으로 향했다.

"주 집사."

"네."

그녀의 부름에 방문 건너로 그의 목소리가 작게 들린다. 자신은 항상 인터폰으로 불렀기에 노크를 받는 입장이었다가 방문 밖에서 경후를 부르니 기분이 이상했다.

세빈은 괜히 어깨를 으쓱이고는 벌컥 열리면서 보인 경후의 모습에 웃어 보였다.

"따뜻한 우유 한 잔, 어때?"

머그컵을 올려 보이는 것도 잊지 않았다.

마치 옛날 CF에서나 볼 법한 모습이었지만, 경후는 그저 웃고 말았다.

"이리 주시고, 들어오세요."

경후가 세빈의 손에서 머그컵을 가져가며 뒤로 물러났다. 얼떨결에 그에게 컵을 빼앗긴 세빈은 방을 천천히 둘러보았다.

바로 옆이지만 처음 돌아오는 방이라 조금 어색했다. 괜히 두리번거리며 살펴보는데 자신의 방에서 좌우가 바뀐 구조였다. 침대는 화이트와 오렌지색이 어우러진 이불로 가지런히 정리되어 있었다.

"엄마 취향이네."

이불뿐만이 아니라, 침대 옆에 있는 탁상과 무드 등, 벽에 걸려 있는 액자까지도 모두 엄마의 손길이 닿아 있는 것이 한눈에 들어왔다.

그녀의 중얼거림에 그가 피식 웃으며 테이블 위에 쟁반을 내려놓고 옆으로 다가왔다.

"티 나나요?"

"어. 딱 알겠더라. 주 집사가 했을 리 없는 스타일이잖아."

"그렇죠."

단호한 그녀의 말에 푸스스 웃으며 대답한 경후가 자리를 옮겨 의자를 뒤로 뺐다.

"앉으세요."

"아니. 오늘은 여기가 좋겠어."

세빈이 침대에 풀썩 앉으며 말하자, 경후가 조금 난감한 표정을 지었다.

"침대에서요? 안 불편하시겠어요?"

"괜찮아. 안 흘리고 얌전히 마실게. 아까 족욕할 때 의자가 너무 딱딱했어. 폭신한 곳이 필요해."

"네. 알겠습니다."

경후는 더 묻지 않고 머그컵을 가져와 세빈에게 내민 뒤 그녀 옆에 자리 잡고 앉았다.

그의 방에서 단둘이 앉아서 우유를 마시는 이 상황이 조금 어색하고, 웃기기도 했다.

"그런데 무슨 하실 말 있으세요?"

바로 옆에서 들리는 그의 목소리에 세빈이 작게 웃었다.

"아니, 그냥. 주 집사 방이 궁금하기도 하고, 음."

역시 거짓말은 어렵다.

자신을 보며 고개를 갸우뚱거리는 그를 보며 하하, 웃어 보인 세빈은 우유를 홀짝거렸다. 거짓말을 하고 있다는 생각에 목이 탔다.

괜히 그의 방으로 왔나, 그냥 지하로 내려갈 걸 그랬나, 아니면 방문을 닫지 말걸 그랬나, 온갖 생각이 들었다. 평소에는 그와 둘이 있는 게 아무렇지 않았는데, 나쁜 짓을 하려니 괜히 심장이 두근거린다.

호록—

그가 우유를 마시는 소리에 힐끔 쳐다본 세빈이 냉큼 시선을 돌렸다.

족욕할 때 그의 표정도 노곤해 보였고, 그 상태에서 따뜻한 게 들어가면 100% 잠이 올 것이다. 아니, 잠이 와야 한다.

세빈은 비집고 나오는 한숨을 억누르며 침대 옆 탁상 위에 컵을 올려놓고 뒤로 벌러덩 누워 버렸다.

모르겠다. 될 대로 되라지.

"아가씨?"

세빈의 갑작스러운 행동에 경후가 당황한 목소리가 들렸다.

아무리 오랫동안 함께해 온 집사라고 해도 성인 남녀고, 여긴 남자 방이니 무방비하다고 생각하겠지.

"피곤하세요?"

하지만 그는 다정하게 그녀의 상태를 묻는다.

세빈은 그를 힐끔 보고는 천장을 보았다.

"주 집사야말로 안 피곤해?"

"괜찮습니다."

"그렇구나."

"왜 그러세요?"

"아니, 아무것도."

다시 벌떡 상체를 일으킨 세빈이 어느새 미지근해진 컵을 만지작거리다가 자리에서 벌떡 일어났다.

"우유 좀 더 데워서 올게. 많이 식었네. 주 집사 것도 데워 다 줄까?"

"전 괜찮습니다."

"그래. 조금만 기다려."

세빈은 그를 향해 싱긋 웃어 보이고는 서둘러 방에서 나갔다.

자야 하는데, 그는 잠잘 생각이 없는 거 같다. 아까 분명히 피곤해 보였는데.

"오늘은 틀린 건가."

컵을 전자레인지에 넣고 돌리는 사이 잠시 식탁 의자에 앉아 있는데, 주머니에 넣어 두었던 휴대폰이 지잉, 울린다.

"누구지?"

휴대폰을 꺼내 보니 성애였다.

받아야 하나, 말아야 하나 고민하는데 터벅터벅 계단을 내려오는 발자국 소리에 화들짝 놀란 그녀가 재빠르게 전화를 받았다.

"여보세요."

―야, 지세빈!

잔뜩 취한 목소리. 세빈이 미간을 찌푸리며 아무런 말도 하지 않자, 숨을 길게 내쉬는 소리가 들린다.

―야! 씹냐?

그사이를 못 참고 성애가 소리를 냅다 질렀다. 이제 겨우 9시가 다 되어 가는 시간인데 언제부터 마셨기에 이렇게 취해서 전화하는 걸까.

"듣고 있어. 술 마셨니?"

—내가 술을 마시든 말든.

술에 취해도 곱게 취하면 좋으련만, 비웃는 목소리에 시비조의 말투를 듣고 있자니, 미간이 저절로 찌푸려졌다.

"할 말 없으면 끊고."

—야 이씨! 끊으면 죽여 버린다!

얘가 이렇게 괴팍한 애였나. 클럽에선 함께 들어가서 따로 놀기 때문에 같이 술을 마셔 본 적이 없어서 잘 모르겠지만, 지금 상태로 봐선 성애의 술버릇은 아주 고약했다.

"왜 그러는데?"

그녀가 최대한 부드럽게 물었다. 성애는 도대체 뭐에 뿔이 난 건지 씩씩거리다가 숨을 길게 내쉬었다.

—야, 지세빈.

"듣고 있어."

—너 클럽 좀 와라.

성애의 말에 세빈이 움찔거렸다. 하필 저런 말을 해도 오늘 할 게 뭐람.

클럽에 가게 되더라도 새로운 곳에서 새로운 사람들과 뒤섞여서 잠깐 놀고 올 계획이었다. 하지만 이 계획에 성애가 낀다면……. 금방 끝나진 않을 거다.

"안 되는 거 알잖아."

—클럽에 무슨 마약 하러 가는 것도 아니잖아!

성애의 목소리 톤이 다시금 높아졌다.

"성애야."

—뭐!

"너 어디야?"

—블라썸! 왜! 올 거냐?

"아니, 주변이 너무 조용해서 물어봤어. 술 많이 취한 거 같은데 적당히 마시고 들어가. 아빠가 나 찾는다. 이만 끊을게."

—야! 이씨……!

세빈은 아직 들어오지 않은 아빠를 언급하며 급하게 전화를 끊었다. 끊기 전 성애가 욕을 하려는 것 같았지만, 정확하게 들은 건 아니라서 한 귀로 흘려 버리기로 했다.

블라썸은 피해서 가야겠네.

속으로 중얼거리며 한숨을 푹 내쉰 그녀가 자리에서 일어나 터벅터벅 발걸음을 옮겼다.

덜컥—

별생각 없이 경후의 방을 제 방문 열듯 노크도 없이 들어간 세빈은 화들짝 놀랐다. 자신의 방처럼 너무 자연스러웠다.

"주 집사, 미안. 나도 모르……게."

경후에게 사과를 건네던 세빈이 침대에 누워 있는 경후를 보며 눈을 빠르게 깜빡였다.

"주 집사? 자?"

혹시 몰라서 작은 목소리로 속삭이듯 말했다. 살금살금 다가가 탁상 위에 컵을 내려놓고 돌아보니, 경후는 어느덧 새근새근 잠이 들어 있었다.

괜찮다고 하면서도 많이 피곤했던 모양이다.

아기처럼 잠든 그를 두고 나가는 게 양심에 찔리긴 하지만, 들키지만 않으면 된다는 생각으로 조심스럽게 경후의 방에서 나온 그녀도 저도 모르게 올라가는 입꼬리를 감추고자 입술을 안으로 말아 넣고 앙다물었다.

❖ ❖ ❖

"주 집사님. 주 집사님!"

한참 달콤한 잠에 빠져 있는데, 누군가 자신을 흔들어 깨운다. 그나저나 '님' 이라니. 이 집에서 일하는 사람 중에서 날 그렇게 부르는 사람은 없는데.

경후가 떠지지 않는 눈을 겨우 뜨며 상체를 일으켰다. 과하게 허리를 말고 잠든 탓에 허리가 뻐근했다.

뒤늦게 자신을 깨운 사람을 돌아보니, 세빈에게 붙인 경호원 중 한 명인 주윤이 서 있었다.

"제 방 안까지는 어쩐 일입니까?"

"그건 제가 여쭤봐야 할 말 같습니다. 주 집사님은 왜 여기서 이러고 주무시고 계십니까?"

"그건……."

세빈이 잠시 우유를 데우러 간 사이, 억누르던 피곤함에 잠시 누워 있었다. 노크 소리가 들리면 바로 일어나려고 했는데 모르는 사이에 잠이 든 모양이다.

"많이 피곤했나 봅니다."

"그것도 그렇지만, 다른 이유도 있던 것 같습니다."

"네?"

다시금 올려다본 주윤의 얼굴은 잔뜩 굳어 있었다. 무슨 일인가 싶어서 빤히 보는데, 주윤이 한숨을 푹 내쉬었다.

"아가씨께서 클럽으로 가셨습니다."

주윤의 말에 몽롱하던 그의 눈빛에 불꽃이 튀었다.

"정말입니까?"

"네. 10시쯤 나가셨고, 집사님과 연락이 되지 않아서 직접 찾아왔습니다."

주윤의 말에 서둘러 휴대폰을 확인해 보니, 11시 30분을 가리키는 시계와 열 통이 넘는 부재중 전화가 눈에 들어왔다.

"설마 나를 재우고 나가신 건가."

뜬금없는 족욕과 어울리지 않는 우유를 수상쩍게 생각해야 했는데, 전혀 예상치 못한 일이었다. 뭔가 단단히 속은 기분이다.

"회장님과 사모님께선 들어오셨습니까?"

"네. 방에서 주무시고 계실 겁니다."

"그렇군요."

그가 다시금 나오는 한숨을 억누르며 머리를 거칠게 넘겼다.

"아가씨가 계신 곳으로 안내해 주세요."

"네."

❉ ❉ ❉

쿵쿵 몸을 울리는 비트에 그녀가 흥겹게 몸을 흔들었다. 평소 때보다 이른 시간에 왔지만, 금요일이라 그런지 생각보다 사람이 많았다.

클럽 안을 채운 젊은이들이 한쪽에선 술을 마시고, 스테이지에서는 몸을 흔들었다. 바람에 나뭇잎이 살랑이듯 부드러운 세빈의 몸짓에 남자들이 홀리듯 하나둘 접근해 왔지만, 그녀는 매정하게 돌아서서 벽을 보았다.

탁—

그 순간 누군가 그녀의 손목을 잡아챘다. 세빈은 자신의 즐거운 시간을 방해한 게 마음에 안 들어서 미간을 찌푸리며 손을 빼내려는데, 툭 치면 물러가던 이들과 다르게 손이 빠지질 않는다.

"뭐, 뭐……."

뭐냐고 소리칠 기세로 고개를 돌린 세빈의 말문이 막혔다.

힐을 신은 세빈보다도 큰 키, 떡 벌어진 어깨, 짙은 눈썹에 날렵하게 뻗은 코와 자칫 순해 보이는 눈매까지. 하지만 굳게 다문 입술만큼이나 굳어 있는 얼굴이 날카롭게 보이는 경후였다.

"주, 주 집사……."

경후는 세빈의 손목을 확 잡아당겨 허리를 감싸 안았다. 순간 종이 한 장도 들어가지 않을 정도로 밀착된 몸에 당황한 그녀가 밀어내려 했지만, 그가 팔에 힘을 더 꽉 쥐며 세빈을 놔주지 않았다.

“아가씨. 안 봐 드린다고 했을 텐데요.”

귓속을 파고드는 낮은 목소리에 몸을 움츠리기가 무섭게 그가 그녀를 번쩍 안아 어깨에 둘러멨다.

“이, 이거 내려놔!”

“아뇨. 이대로 집에 모시고 갈 겁니다.”

그의 가벼운 손짓에 주변에 있던 경호원 네 명이 일사불란하게 움직여 길을 터 주자 경후가 성큼성큼 클럽 안을 빠져나왔다.

“주, 주 집사.”

혹시라도 주변에 자신이 아는 이가 있을까 싶어서 최대한 고개를 숙이고 그에게 속삭였다. 하지만 경후는 굳은 얼굴로 그녀의 부름에 대꾸도 하지 않은 채 조수석에 세빈을 밀어 넣은 뒤 안전벨트까지 해 주고 운전석으로 발걸음을 옮겼다.

차 안에 단둘이 남게 되자 감도는 정적에도 어느 누구 하나 입을 열지 않았다. 그녀는 차에 타자마자 폭풍같이 잔소리를 내뱉거나 바로 집으로 향하리라 생각한 것과는 다르게 경후가 아무런 행동도 하지 않자, 불안한 마음에 아랫입술을 깨물었다.

“저 주 집…….”

“실망입니다.”

“어, 어?”

“적어도 절 속일 분이 아니라고 생각했는데, 믿음을 저버리다니요. 족욕과 우유가 절 위한 게 아니라, 재우기 위한 거였다니."

"아니, 그게……."

그녀는 입이 열 개라도 할 말이 없는 상황이라 변명거리를 찾다가 입을 꾹 다물었다.

"정말 순수하게 춤만 추는 곳이었으면 제가 아가씨를 말리지도 않고, 픽업하지도 않았을 겁니다. 근데 제가 그 클럽에서 아가씨를 보고 있던 5분 동안 접근한 남자들이 몇 명인지는 아십니까?"

"보고 있었어?"

"네!"

평소에 생글생글 웃기만 하던 그의 목소리가 점점 커졌다. 화를 다스리려는 듯 숨을 길게 내쉬며 거칠게 머리카락을 올리는 그 모습이 섹시했다.

"푸훗……."

아니, 분명히 섹시한데 그 느낌이 너무 생경해서 자신도 모르게 웃음이 비집고 나와 버렸다. 자신의 웃음에 놀란 그녀가 서둘러 입을 막았지만, 그도 이미 웃음소리를 들은 뒤였다.

"지금 제가 이러는 게 웃기십니까?"

"아니, 그게 아니라 주 집사 화내니까 좀 섹시해서 나도 모르게 그만."

"아니, 지금 그게 무슨……."

그가 무슨 말을 하려다 말고 고개를 휙 돌렸다. 더 뭐라고 안 하는 건가 싶어서 경후를 힐끔 보니 귀가 빨갛게 변해 있었다.

"주 집사 귀 빨개. 떨어질 거 같다."

"저 지금 장난도 아니고, 농담도 아닙니다."

아까보다 목소리에서 화가 풀려 있었다. 그녀는 이때다 싶어서 그에게 바짝 다가가 팔을 붙잡았다.

"알아. 내가 잘못했어. 근데 2주 동안 한 번도 안 가려니까 금단 현상까지 오는 거야. 아까 낮에는 카페에서 춤출 뻔했다니까."

"그래도 안 되는 건 안 되는 겁니다."

쓸데없이 단호박이야.

그녀가 속으로 중얼거리며 입술을 삐죽 내밀다가 지금은 자신이 이럴 때가 아니라는 걸 깨닫고 다시 생글생글 웃었다.

"주 집사, 미안해. 응? 미안해. 잘못했어. 안 그럴게. 응응? 주 집사아."

세빈이 그의 팔에 매달려 비음 섞인 목소리로 애교를 부리며 빤히 올려 봤다. 아까보다 미간이 펴진 걸 보아하니, 화는 어느 정도 누그러진 모양이다.

"다음에 또 그러시면……."

"응! 다음에 또 그러면 머리라도 밀까?"

"아뇨. 용돈 안 드릴 겁니다."

"헐. 그건 안 되는데."

"머리 미는 건 되고요?"

"그거야 가발로 커버가 되니까."

농담인지 진담인지 모를 말이 진지하게 이어지자, 그가 자신도 모르게 피식 웃어 버렸다. 화를 내야 하는데 저 얼굴로 애교를 부리면 화가 언제 났냐는 듯 사라져 버려서 문제다.

"어? 주 집사 웃었다."

"네. 웃었습니다. 하지만 용돈 안 드린다는 건 진심이에요."

"알았어. 아빠한테는 비밀이다."

"고용주의 지시를 어기라는 아가씨 때문에 참 힘들군요."

그의 푸념에 세빈은 히, 웃고는 경후의 손을 꼭 잡았다.

"안 그럴게. 정말로."

"네. 하지 마세요. 아가씨한테 다가오는 남자들 다 패대기치고 싶은 거 참았으니까."

패대기라니. 부드러운 말투로 읊조리는 낯선 단어에 세빈이 눈을 빠르게 깜빡이는데, 경후가 그녀의 손을 맞잡았다. 차가운 자신에 비해서 따뜻한 그의 손을 잡고 있자니, 뭔가 기분이 이상하다. 주 집사가 손이 이렇게 컸었나.

"아가씨, 집에 서둘러 가야겠습니다. 회장님이 주무시고 계신다고는 하는데, 혹시 몰라서요."

"아, 어!"

회장님이라는 말에 그녀가 고개를 성급히 끄덕이며 그의 손을 놔주었다.

❖ ❖ ❖

세빈은 자신의 뒤에 서 있는 경후를 힐끔 보았다.

클럽에 몰래 다녀온 지 어느덧 일주일이란 시간이 흘렀다. 그때 웃으면서 잘 풀어서 나중에 슬그머니 찔러 볼까 했는데, 그건 자신의 착각이었다. 몰래 따라다닌 모양이던 경호원은 그녀의 방문 앞과 테라스 밑을 지키고 서 있었고, 그는 방 안에서 세빈만 빤히 보고 있었다.

"주 집사……. 이제 그만 방에 들어가서 쉬어."

"아뇨. 아가씨 주무시는 거 보고 들어가겠습니다."

"아니, 안 그래도 되는데."

"하루 이틀도 아닌데, 새삼스럽게 왜 그러십니까."

하루 이틀이 아니니까 그러는 거지.

그녀는 차마 입 밖으로 내뱉지 못하고 속으로 중얼거리며 한숨을 푹 내쉬었다.

몰래 클럽을 간 대가가 이렇게 클 줄이야.

제대로 놀기라도 했으면 억울하지라도 않을 텐데, 제대로 놀지도 못한 채로 끌려와서 굉장히 억울했다.

침대에 앉아서 입술만 삐죽 내밀고 있던 그녀가 손을 꼼지락거리다가 침대에서 발을 내려놓았다.

"안 주무십니까?"

"잘 거야. 잘 건데, 주 집사."

"말씀하세요."

"나 솔직하게 말할게. 클럽 가고 싶어."

"안 된다고 스무 번은 넘게 말씀드린 거 같은데요."

"주 집사아."

그녀가 애교 섞인 목소리로 그를 은밀하게 불렀다. 자신의 부름 속에 섞여 있는 말을 눈치챈 그는 세빈을 힐끔 보고는 고개를 휙, 돌려 버렸다.

“그렇게 부르셔도 안 됩니다.”

“아아, 주 집사아.”

“코맹맹이 소리 내도 안 되고, 비 맞은 강아지처럼 처량 맞은 눈빛이어도 안 됩니다.”

“치.”

단호한 그의 말에 그녀가 입술을 삐죽 내밀었다. 용기 내서 말한 건데 너무 단번에 거절당하니 기분이 별로였다.

투덜거리며 다시 침대에 풀썩 앉는 세빈을 가만히 보던 경후가 한숨을 푹 내쉬었다.

“그러니까 지하에 만들어 드린다고 했잖습니까.”

“나 혼자 무슨 재미로 놀아.”

“왜 혼자라고 생각하세요? 저도 있는데.”

“주 집사? 에이…….”

그녀가 그를 보고는 고개를 저었다. 곧은 자세와 단정한 스타일을 빼면 시체인 저 남자가 춤이라니. 상상도 안 간다.

“보기 싫으시면 굳이 권해 드리긴 않겠습니다.”

아니라고 생각하면서도 조금은 자극이 되길 바랐건만, 그는 너무나도 시원스럽게 뒤로 물러났다. 당한 기분이다.

“아니, 남자가 뭐가 그리 포기가 빨라?”

“아가씨가 싫다는 건 굳이 권해 드리고 싶진 않으니까요.”

“하기 싫다는 건 하라고 하면서.”

"보통 그런 경우는 제 뜻이 아니죠. 회장님 뜻이지."

이것도 안 통하는구나 싶어서 투덜거리며 한숨을 푹 내쉬었다.

"그래. 하는 수 없지."

"……."

그가 고개를 돌린 그녀를 빤히 보았다. 입으로는 어쩔 수 없다고 말하면서도 다리는 달달달 떨고 있었다.

"아가씨."

"왜."

그녀가 삐쳐서 툴툴거리는 투로 대답하자, 경후의 시선이 세빈의 다리에 닿았다가 떨어졌다.

"다리 떨고 계십니다."

"아."

그의 지적에 그녀가 급히 다리를 부여잡았다. 신경 쓰고 있으면 괜찮은데 풀어지는 순간 다리를 어김없이 떨고 있었다. 클럽 다녀오고 나서 한 나흘은 괜찮았는데, 그저께부터 조금씩 반응이 오기 시작했다.

자신도 모르게 이럴 정도인데 한마디를 안 들어주는 그가 야속해서 눈물이 찔끔 나올 지경이었다.

"내가 매일 가겠다는 것도 아니고 한 번만 가겠다는데……. 치사하게 정말."

결국 그녀가 속마음을 입 밖에 내놓았다. 일부러 들으라며 크게 말했지만, 힐끔 본 경후는 쳐다보지도 않았다.

그는 금방이라도 울 것 같은 세빈의 얼굴을 보고는 약해지는 마음에 두 눈을 꼭 감으며 고개를 돌렸다.

아무리 마음을 굳게 먹고 있어도 금단 현상까지 올 지경인 그녀가 불쌍하지 않은 건 아니다. 항상 활발하던 세빈이 기운 없이 축 늘어져 있었고, 평소보다 웃는 일도 줄어들었다. 클럽이 뭐라고 저러는지 이해할 수 없었지만 안쓰러운 건 사실이었다.

"아가씨."

"왜. 뭐."

그녀가 눈에 고여 있는 눈물을 거칠게 훔치며 경후를 노려보았다. 동그란 눈으로 자신을 노려보는 것도 귀여워서 웃음이 나오려는 걸 억누르고 목을 큼큼 가다듬었다.

"클럽이 그렇게 좋으세요?"

"정확히는 클럽에서 춤추는 게 좋아. 왜, 보내 줄 거야? 그런 거 아니면 말 걸지 마."

그녀가 콧방귀를 뀌며 고개를 돌렸다. 정말이지 사랑스러운 사람. 그는 결국 참지 못하고 슬그머니 웃으며 세빈에게 다가갔다.

"좋습니다. 가세요."

"어? 정말?"

조금 전까지만 해도 안 된다고 단호하게 말했던 사람이 순식간에 말을 바꾸자 놀란 그녀가 경후를 빤히 올려 보았다. 그가 덜 마른 세빈의 머리카락 사이로 손가락을 넣어 몇 가닥을 들어 올렸다.

"아니, 정말이냐니까?"

그녀가 움찔 놀라며 묻자, 그가 씩 웃으며 허리를 살짝 숙여 끌어 올린 세빈의 머리카락에 입을 맞췄다.

"네. 대신 저도 가겠습니다."

"엉?"

그를 멍하니 보고 있던 그녀가 갑자기 튀어나온 말에 눈을 동그랗게 떴다.

"뭐라고? 같이 가겠다고?"

"네. 그게 조건입니다."

"주 집사가 클럽에?"

중얼거림과 함께 세빈은 그를 위아래로 훑어보았다. 항상 슈트 차림이라 저대로 가는 건 무리 없을 거 같긴 하지만, 뭐가 부족하다. 뭐랄까. 잘생긴 범생이 느낌이랄까.

"그러고?"

"물론 T.P.O에 맞게 하고 가야죠. 가시겠습니까? 싫으시면 뭐……."

"가! 가야지! 누가 안 간데? 주 집사도 가고 싶었으면 말을 하지! 빨리 가서 옷 갈아입고 와."

세빈은 혹시라도 마음이 바뀔까 싶어서 서둘러 말하고는 방 밖으로 그를 밀어냈다.

"그럼 한 시간 뒤에 뵙도록 하죠."

"콜!"

경후는 아까보다 훨씬 힘찬 그녀를 보며 씩 웃고는 발걸음을 옮겼다.

방문이 닫히고 나서 한참을 멍하니 있던 세빈은 제 방 안을 서성였다.

"아니, 아니. 내가 지금 이럴 때가 아니지. 아까 씻었으니까 옷이랑 화장이랑 액세서리 세팅하고……."

오랜만에 당당하게 가는 클럽에 신이 난 그녀가 콧노래까지 흥얼거리며 준비를 시작했다.

드레스룸을 둘러보던 세빈은 클럽 갈 때마다 입던 옷은 포기했다. 생각보다 보수적인 그가 자신의 옷차림을 보고 취소할 가능성도 있으니까.

"옷차림이 뭐 어떠면 어때. 가는 게 중요하지."

혼잣말을 하고는 고개를 끄덕이며 다시금 콧노래를 흥얼거렸다. 이미 간다는 것만으로도 몸이 근질거리는 터라 이대로 가서 춤을 추라면 출 수 있을 거 같았다.

똑똑—

"아가씨."

정신없이 화장까지 다 하고 막 귀걸이를 착용하는데, 경후가 불렀다.

급한 와중에 손은 왜 자꾸 엇나가는 건지. 귀걸이 한쪽을 마저 다 하고 대답하려다가 이내 포기하고 한숨을 푹 내쉬었다.

"어. 들어와."

말이 떨어지기가 무섭게 문이 달칵 소리를 내며 열리더니, 그가 성큼 들어왔다.

방에 들어온 경후는 그녀가 바로 보이지 않자 드레스룸으로 발걸음을 옮겼다. 화장대 앞에 앉은 세빈이 귀걸이와 사투를 벌이고 있었다.

"준비 안 되셨습니까?"

"다 했어. 근데 얘가 오늘따라 잘 안 들어가네."

한두 번 시도한 건 아닌 듯, 그녀의 미간이 찌푸려져 있었다.

"주 집사 머리……."

거울 너머로 그를 본 세빈이 눈을 동그랗게 떴다. 최근에 투블럭으로 자른 경후는 항상 머리를 내리고 다녔는데, 오늘은 포마드 스타일로 말끔하게 올라가 있었다. 거기다가 평소 입는 슈트의 단정함은 어디로 갔는지, 셔츠 단추가 두어 개 풀어져 있는 모습이 섹시했다.

예상치 못한 모습에 넋을 놓고 있는데, 그녀를 가만히 내려 보던 그가 세빈의 손을 잡고 끌어당겼다.

"왜, 왜?"

얼떨결에 자리에서 벌떡 일어난 그녀가 화들짝 놀라며 경후를 올려 보았다. 맨 얼굴도 예쁘지만 화장한 모습은 내보내기 싫을 정도로 예쁜 막내 아가씨의 모습에 그가 씩 웃으며 세빈의 손에 들려 있는 귀걸이를 가져갔다.

"평소에는 잘만 하시면서 이런 날 허둥거리세요."

따뜻한 경후의 손이 그녀의 귓불을 만지작거렸다.

간지러운 건 둘째 치고 기분이 이상해진 세빈이 머리를 살짝 기울자, 그가 그녀의 턱을 잡고 옆으로 살짝 돌렸다. 우악스럽지 않은 손길이었지만, 고개를 움직일 수가 없었다.

"주, 주 집사……."

"움직이지 마세요."

낮은 목소리가 귓가에 아찔하게 맴돌자, 세빈은 두 눈을 꼭 감으며 마른침을 꿀꺽 삼켰다. 이상하다, 이런 분위기, 이런 느낌.

"다 들어갔어요."

그가 속삭이며 귀에서 손을 뗐다. 손이 닿은 곳곳마다 화끈거리는 것 같아서 괜히 목을 큼큼 가다듬는데, 경후가 화장대 위에 따로 빼놓은 목걸이를 집어 들었다.

"이것도 하실 거죠?"

"아……. 어."

"해 드리겠습니다."

"응."

세빈이 고개를 끄덕이며 뒤를 돌아, 머리카락을 한 손에 쥐고 위로 올렸다. 화장대 거울을 앞에 두고 서 있는데, 새삼 그의 키가 더 커 보였다.

"주 집사 키가 크구나."

"네. 크죠."

거울을 통해 싱긋 웃는 그의 시선과 마주쳤다. 조용한 가운데 백허그 하는 자세로 있으니, 이것도 이상하다.

아니, 내가 더 이상해. 평소에 이래도 전혀 아무렇지 않았잖아?

세빈은 그를 보지 않겠다는 듯, 눈을 감았다. 하지만 등 뒤에서 느껴지는 경후의 체온에 괜히 긴장했다.

"아가씨?"

왠지 모르게 굳어 있는 그녀의 얼굴을 보며 경후가 고개를 갸우뚱거렸다. 억지로 보지 않으려고 하는 것을 그가 눈치라도 챈 건지 피식 웃으며 목걸이 펜던트를 가지런히 놔주었다.

"됐습니다."

"고마워."

"별말씀을요."

"잠깐만 가방만 좀 챙길게."

"네."

그녀가 서둘러 드레스룸에서 나왔다.

내가 미쳤나 봐. 주 집사 한두 번 봐? 왜 긴장해?

그녀가 드레스룸에서 나오는 그를 힐끔 보고는 크게 심호흡을 했다. 아무래도 오늘은 긴장할 일이 많을 것 같다.

세빈은 온몸을 울리는 커다란 음악 소리에 몸을 맡겼다. 아무런 생각 없이, 아무런 걱정 없이 이 순간을 온전히 즐기며 부드러운 몸짓으로 스테이지를 점령했다.

그사이 경후는 옆에서 다가오는 남자들이 그녀의 몸이 손대지 못하도록 철저하게 막으며 가드 역할을 충실하게 해냈다.

무슨 이유에서인지 이동하는 내내 어색해하던 세빈은 클럽에 들어오자마자 돌변했다. 정말 순수하게 춤만 춘다는 걸 보여 주듯 주변은 전혀 신경 쓰지 않고 혼자 음악에 심취해서 벽을 보고 춤추기도 부지기수였다.

정말 지하에 만들어야겠는데.

주변을 둘러보며 리듬에 몸만 가볍게 흔들던 경후는 지하에 클럽 분위기를 조성할 계획을 세우기 시작했다. 디자인, 비용, 기간, 완공 후의 계획까지 차곡차곡 계산하는데, 어떤 남자가 훅 들어와 세빈에게 몸을 들이밀었다.

"저……!"

잠깐 방심한 사이에 일어난 일이었다. 그가 미간을 팍 찌푸리며 남자를 밀어내려는데, 세빈이 몸을 휙 틀며 그 남자의 어깨를 툭 쳤다.

거친 춤사위에 거칠어진 숨결, 술에 취한 것처럼 나른한 눈매가 항상 순하게만 보이던 그녀를 다른 분위기로 만들었다.

"꺼져."

음악 소리에 묻혀 그 남자에게 들릴지는 모르겠지만, 바로 뒤에 있는 그의 귀에 똑똑히 들렸다. 살짝 잠긴 목소리마저도 섹시하니. 시간이 흐르면 흐를수록 넘쳐나는 그녀의 매력에 정신을 못 차릴 지경이다.

세빈은 꿋꿋하게 벽을 보며 춤을 추는데, 남자는 포기할 생각이 없는지 미간을 찌푸리면서도 다시금 그녀에게로 다가왔다. 그런 남자를 피해 뒤로 물러나던 세빈의 등 뒤에서 익숙한 체향이 느껴졌다.

"이리 오세요."

경후가 허리를 낮춰 그녀의 귓가에 속삭이며 어깨를 감싸 안았다. 순식간에 그의 품에 안긴 세빈은 눈만 빠르게 깜빡이며 숨을 흡, 들이마셨다.

무아지경으로 춤을 춰서 땀에 젖어 있을 거라는 생각에 밀어내려 했지만, 그가 손에 힘을 주며 그녀를 놔주지 않았다.

"이런 상황 때문에 오는 걸 말리는 겁니다."

시끄러운 음악 소리에 묻힐 법도 한데 선명하게 들리는 그의 목소리가 무엇 때문인지 평소보다 낮았다. 목소리에서도 느껴지는 치명적인 섹시함에 그녀가 두 눈을 꼭 감았다.

이 섹시함에 헤어 나오지 못할 것 같다는 생각이 들었다.

쾌청한 가을의 하늘. 수업이 끝난 학생들이 우르르 빠져나가고 멍하니 있던 세빈도 주섬주섬 가방을 챙겼다.

"아, 미치겠네."

그녀는 가방을 챙기다 말고 어깨를 축 늘어트리며 한숨을 푹 내쉬었다.

수업은 귀에 하나도 안 들어오고, 자꾸 머릿속에 경후만 떠올랐다. 그러다가도 이따 볼 생각하면 괜히 심장이 쿵쿵 뛰고 긴장부터 하게 된다.

"자꾸 이러면 안 되는데."

그와 얼굴을 마주 보기만 하면 심장이 입 밖으로 튀어나올 것 같아서 주말에는 방에서 거의 나오지 않았고, 밥 먹을 때는 밥만 보고, 학교를 오갈 땐 창밖만 봤다. 그가 물어보는 것에만 대답하고 굳이 말도 걸지 않았다.

아니라고 말하고 싶어도 발뺌할 수 없는 감정에 그녀가 책상에 머리를 꽁, 박았다.

"반했나 봐……."

남자로 안 보이던 사람이 마음속에 들어오는 건 정말 한순간이었다. 생각할 틈도 없이, 방어할 틈도 없이 한 번에 훅 들어와 버렸다.

이제 주 집사 얼굴을 어떻게 봐야 하지.

세빈은 차마 말을 입 밖으로 내지 못하고 울상이 되었다. 경후가 퇴근하는 일도 아니고 한 지붕 아래, 심지어 옆방에 사는 것도 모자라서 학교에 있는 시간을 제외하면 거의 같이 있기 때문에 감정 조절이 시급했다.

지잉지잉— 지잉—

"엄마야."

책상 위에 있던 휴대폰에서 진동이 울리자 그녀가 움찔 놀랐다. 휴대폰에는 손도 대지 않고 누군가 힐끔 봤더니, 화면에 '경후 오빠' 라고 떠 있었다. 혹시라도 다른 사람이 볼까 싶어서 저장해 놓은 이름에 심장이 쿵, 떨어졌다.

"지, 진정하자, 지세빈."

세빈이 심호흡을 하며 떨리는 손으로 휴대폰을 들었다.

침을 한 번 꿀꺽 삼킨 그녀가 두 눈을 꼭 감고 전화를 받았다.

"여보세요."

—아가씨, 정문 앞이에요. 끝날 시간 된 거 같은데 멀었어요?

다정하고 달콤한 그의 목소리에 심장이 튀어나올 것만 같다. 평소에 느끼지 못한 감정들이 응축돼서 한 번에 느껴졌다.

그녀가 자신도 모르게 고개를 저었다.

"아니야. 끝났어. 나갈게."

—네.

"……어."

그녀가 놀란 마음에 전화를 급히 끊고 벌렁거리는 심장에 숨을 길게 내쉬었다. 얼굴이 화끈거리는 게 빨개진 기분이었다.

"미쳤나 봐, 진짜."

그녀가 중얼거리며 물건을 마저 챙기고 자리에서 일어났다. 강의실에서 나가며 한 발자국, 한 발자국 움직이는데 마음은 들떴지만 발걸음은 한없이 무거웠다.

"매일 보는 얼굴 뭐가 그렇게 보고 싶은 거야. 막상 만나면 쳐다보지도 못할 거면서."

세빈은 터벅터벅 걸어가며 길바닥에 작은 돌 하나를 툭, 쳤다.

동그란 돌은 데구르르 굴러 반질거리는 구두 앞에 멈췄다.

"세빈 씨."

자신을 혼란스럽게 만든 주인공, 경후였다.

"왔어?"

하하, 어설프게 웃으며 경후의 구두 끝에 있는 돌만 빤히 봤다. 어색한 분위기에 그가 고개를 갸우뚱거렸다.

"어디 아파요?"

어느새 걸어왔는지 경후가 훅 다가왔다. 빤히 보고 있던 경후의 발이 움직이자 화들짝 놀란 세빈이 뒤로 주춤 물러나며 고개를 흔들었다.

"아니, 안 아픈데."

"……이상한데요."

"아니, 이상하지도 않은데."

"……."

끝까지 시선을 맞추지 않는 그녀를 가만히 보던 그가 심각한 표정을 짓더니 작은 한숨을 내쉬며 손을 내밀었다.

"일단 가죠."

"응."

그녀는 경후의 손을 힐끔 보고는 잡을까 말까 1초 정도 고민하다가 그가 내민 손을 살짝 잡았다. 잡긴 잡았는데 긴장해서 손에 땀이 차는 것 같다.

"근데 좀 덥지 않아?"

"아뇨. 전혀."

세빈이 손을 빼내려고 했지만, 그가 꽉 잡는 통에 빼지 못하고 눈동자만 이리저리 굴렸다.

"손잡는 게 싫어요?"

"아니, 그냥 더운 거 같아서……."

한숨을 내쉰 그가 그녀의 손을 잡아당겨 손을 놔주고 어깨를 감싸 안았다.

"하나도 안 더워요. 해가 지면 쌀쌀하다고 말한 사람이 누구더라."

"내가 그랬어?"

"그랬어요."

그는 거부는 용납하지 않겠다는 듯 그녀의 어깨를 꽉 잡고 발걸음을 옮겼다.

"타세요."

어느새 주차한 장소에 도착해 차 문을 열어 주고 세빈이 자리에 앉자마자, 경후는 그녀에게 안전벨트를 해 줬다. 갑자기 성큼 다가온 그의 상체에 놀란 세빈이 카시트에 몸을 바짝 붙이자 경후가 미간을 살짝 찌푸렸다.

탁—

조수석 문을 닫고 운전석으로 돌아온 그가 세빈을 돌아보았다.

"아가씨 오늘 좀 이상한 거 아세요?"

"내가? 언제?"

그녀가 서둘러 대답하며 경후를 힐끔 보고는 살짝 찌푸려져 있는 미간에 냉큼 고개를 돌렸다.

"지금도 이상해요. 이렇게 시선 피하시는 분 아니잖아요."

"내가 오늘 화장을…… 이상하게 해서 그래. 창피하니까 자꾸 보지 마."

"정말입니까?"

"정말이야."

말하면서도 양심이 쿡쿡 찔린 그녀가 슬그머니 창밖으로 시선을 돌리며 대답했다. 경후는 의심쩍다는 표정이었지만,

이내 고개를 끄덕이며 시동을 걸었다.

"알겠습니다."

똑똑—

"응?"

그가 사이드 브레이크를 풀고 출발을 하려는데 누군가 창문을 두드린다. 뭔가 싶어서 고개를 돌리니, 성애가 창문에 바짝 붙어 있었다.

"저분……."

똑똑—

반응이 없자 다시금 창문을 두드리는 성애를 보던 두 사람은 누가 먼저라고 할 것 없이 창문을 내렸다.

"역시 맞았네. 안녕하세요."

성애가 활짝 웃으며 경후에게 인사를 건넸다.

"안녕하세요."

경후의 인사에 생긋 웃어 보인 그녀가 세빈에게로 시선을 돌렸다.

"오랜만이다."

"어. 오랜만이야. 수업은?"

"바로 들어가 봐야 해. 너 얼굴 보기 너무 힘들어서 눈에 익은 차 서 있기에 한 번 달려와 봤어."

뭔가 평소같이 대화하는데 이질적인 기분이 든 세빈은 성애의 말에 그저 웃었다.

"길게는 얘기 못 하고, 나중에 술이나 한잔하자. 오빠도 나중에 같이 한잔해요."

성애의 시선이 다시금 경후에게 닿았다.

오빠라니. 언제 봤다고 오빠인가 싶어서 찌푸려지는 미간을 억지로 핀 세빈이 숨을 길게 내쉬며 고개를 세차게 끄덕였다.

“그래. 나중에 한잔하자. 그나저나 바로 들어가 봐야 한다면서. 괜찮아?”

경후의 대답을 기다리고 있던 성애는 훅 치고 들어오는 세빈의 말에 하하, 웃고는 고개를 끄덕였다.

“가 봐야지. 나중에 연락할게.”

“그래.”

세빈이 웃는 얼굴을 유지하며 뒤돌아가는 성애에게 손을 흔들었다.

“가실 겁니까?”

“응?”

창문을 올리고 한숨을 푹 내쉬는데 그의 질문에 무심결에 고개를 돌린 세빈은 아차, 싶은 마음에 다시금 고개를 반대로 돌렸다.

“뭐가?”

“……아닙니다. 같이 초대받은 자리니까, 가게 되면 같이 가시면 되죠.”

그녀가 힐끔 그를 돌아보았지만, 경후는 묵묵히 학교를 돌아 빠져나왔다.

그들이 탄 차가 유유히 떠나는 모습을 지켜보던 성애는 미간을 찌푸리며 못마땅한 표정을 지었다.

"아무리 봐도 나 일부러 피하는 거 같은데."

물론 자신이 바빠서 그런 것도 있지만, 전에 술 마시고 전화했던 게 한몫하는 것 같다.

"이러면 차질 생기는데."

술이 원수였다. 그날 그렇게 마시는 게 아닌데.

"그나저나 그렇게 남친이랑 계속 붙어 다니면 곤란하단 말이지."

성애는 걱정이 가득한 표정으로 차가 떠난 자리를 보다가 시간을 확인하곤 황급히 강의실로 발걸음을 옮겼다.

"아가씨. 식사하세요."

"어."

대답을 들은 경후는 자리를 옮기지 않고, 세빈의 방 앞에서 미간을 살짝 찌푸렸다.

요 며칠 세빈이 이상하다. 전에는 애교도 잘 부리고 스킨십도 잘하던 사람이 순식간에 변했다. 화장이 이상하게 돼서 자신을 피했다고 하기에는 의문점투성이었다.

덜컥—

"머리 아직 덜 말렸는데. ……아."

문을 열며 중얼거리며 나오던 세빈은 문 앞에 서 있는 경후를 보고 움찔 놀랐다. 그 모습을 본 경후는 미간을 살짝 찌푸리며 세빈에게 성큼 다가갔다.

"아가씨."

"아, 잠깐만. 나 머리 좀 다 말리고 올게."

그녀가 시선을 피하며 방에 다시 들어가려고 했지만 순식간에 그에게 손목이 잡혔다. 갑작스런 행동에 세빈이 경직된 몸으로 뻣뻣하게 서 있다가 뒤늦게 경후의 손에서 손목을 빼내려 했지만, 자신의 힘으로는 어림도 없었다.

"왜 피하세요?"

"안 피했는데……?"

"피하셨어요."

"아니야."

그녀가 뒤돌아보지 않은 상태로 계속 부정했다.

부정하려면 얼굴을 봤어야지.

경후는 끝까지 얼굴을 안 보여 주려는 세빈을 보며 작은 한숨을 푹 내쉬었다. 오늘만 피했다, 아니다 이 주제로 몇 번의 대화를 한지 모르겠다.

"오늘 화장 이상하게 돼서 못 본 거라고 하셨잖아요."

"……어."

"지금은 화장 지웠고."

"맨 얼굴이니까……."

"제가 아가씨 맨 얼굴을 한두 번 봅니까?"

그의 칼 같은 말에 세빈은 입을 꾹 다물었다. 경후는 끝까지 뒤돌아보지 않는 그녀를 보며 한숨을 푹 내쉬고 손목을 놔주었다.

"그럼 머리 말리고 오세요. 전 밥 따로 먹을 테니까, 걱정하지 마시고요."

단호하게 말한 그가 그녀를 지나쳐 자신의 방으로 걸음을 옮겼다. 문을 닫을 때 세빈이 자신을 쳐다보는 걸 알았지만 못 본 척했다.

무슨 이유에서 자신을 피하는 건지 모르겠지만, 지금 같이 밥을 먹더라도 아침과 똑같이 행동할 터였다. 그럴 바에는 편하게 혼자 먹으라고 두는 게 낫겠지.

예상치 못하게 여유가 생긴 경후는 시간을 어떻게 활용해야 하나 잠시 고민하다가 밥 먹고 하려고 했던 운동을 해야겠다 싶어서 운동복을 챙겨 들었다.

지잉— 지잉—

방문을 여는데, 주머니에서 울리는 휴대폰 진동 소리가 들린다. 경후는 방문을 닫으며 누군지 확인도 하지 않고 전화를 받았다.

"여보세요."

—오빠.

오빠?

익숙한 목소리긴 한데 누군지 모르겠다. 뒤늦게 액정을 확인한 그는 화진의 이름을 보고는 다시금 휴대폰을 귀에 댔다.

—여보세요? 오빠?

"어. 누군가 했다."

—뭐야. 또 누군지 확인 안 했어?

"무슨 일이야?"

무심한 대답에 치, 하는 소리가 들린다. 대답하지 않으면 끊어 버릴 심산으로 방문에 기대서 말을 기다리는데, 화진이 한숨을 내쉰다.

—꼭 무슨 일이 있어야만 전화할 수 있는 사이야?

“어.”

—매정하긴.

화진은 툴툴거렸지만 자신에게 그녀는 전 여자 친구, 혹은 그저 아는 지인에 불과했다. 자세한 상황을 모르는 친구들은 안 좋게 헤어진 것도 아니고 너무 쌀쌀맞은 거 아니냐고 뭐라고 하지만, 이미 정리된 사이에 어설픈 정을 주긴 싫었다.

“할 말 없으면 끊고.”

—아냐, 아냐. 할 말 있어. 이번 주 일요일에 하는 태호 오빠 생일 파티 때문에 연락한 거야.

그의 말에 화진이 서둘러 말했다.

대학에서 같은 동아리 활동을 한 터라, 화진과 경후는 아는 사람이 많이 겹쳤다. 그중에서 태호는 두 사람과 모두 친한 친구다. 조금 있으면 서른을 바라보는 나이에 웬 생일 파티인가, 싶지만 한 번도 해 본 적이 없다고 기대하는 통에 진행하기로 했는데, 그 생일 파티 총무가 화진이다.

“돈 걷어 갔잖아. 모자라?”

모자라진 않을 거 같은데.

그가 고개를 갸우뚱거렸다. 생일을 맞은 장본인을 빼고 준비하는 인원은 화진과 자신을 포함해서 네 명. 하고 싶었다는 거 다 해 주고 끝내자며 꽤 큰 액수를 걷어 갔다.

—아니, 그게 아니고, 나랑 백화점 가자.

“백화점은 왜?”

—오빠 돈만 주고 아무것도 안 할 생각이야? 선물이라도 골라야지.

"선물? 선물은 각자 하기로 한 거 아니었나?"

경후가 알 수 없다는 표정을 지으며 말하자 잠시 조용하던 휴대폰 너머에서 잠시 침묵이 흘렀다.

—우리 저번에 말할 때 오빠 없었구나, 참. 파티 준비하고 남은 돈으로 선물 살 거야. 그러니까 오빠도 협조해.

통보하는 화진의 말에 경후가 작은 한숨을 내쉬며 고개를 끄덕였다.

이런저런 핑계로 모임에도 잘 못 가니까 이럴 때라도 협조해야겠지. 선물 사는 데 몇 시간이 걸리는 것도 아니고.

"알았어. 나머지는 메시지로 얘기해."

—응. 그나저나 오빠 밥은 먹었어?

"이따가 운동하고 먹을 거야. 끊자."

—밥 먹고 연락해.

"어."

매정한 말에도 참 꿋꿋하구나 싶어서 한숨을 내쉬며 발걸음을 돌리는데 밥 먹는 줄 알았던 세빈과 눈이 마주쳤다. 바로 그의 시선을 피한 세빈은 목을 큼큼 가다듬고는 입을 열었다.

"친구?"

조심스러운 질문에 잠시 생각하던 그가 고개를 끄덕였다.

"네. 아는 지인이에요."

"아. 그렇구나. 반말하는 게 낯설어서 물어봤어."

세빈은 발로 바닥에 그림 그리듯 빙글빙글 돌리다가 관자놀이를 긁적였다.

"다른 건 아니고, 나 밥 다 먹었거든. 내려가서 밥 먹으라고. 그럼 이만."

세빈은 손을 한 번 들어 올려 보이고는 서둘러 자리를 피했다. 피하는 것뿐만 아니라 평소와는 다른 굉장히 어색한 분위기가 그의 신경을 건드렸다.

밥을 다 먹었다고 하기에는 너무 이른 시간. 밥도 제대로 못 먹을 정도로 무슨 일이 있었던 걸까.

"아니면 내가 뭐 잘못했나."

이미 닫힌 그녀의 방문을 보며 경후가 심각한 표정을 지었다.

❈ ❈ ❈

"언니! 여기, 여기!"

카페에 앉아 있던 세빈이 카페 안으로 들어오는 세정을 보고 팔을 힘차게 흔들었다. 오랜만에 봐서 그런지 오두방정 떠는 동생의 반응에 세정은 피식 웃으며 발걸음을 옮겼다.

"일찍 왔네."

"낮에는 좀 더워서 서둘러 왔지. 이렇게 약속을 안 하면 얼굴 보기가 뭐 그렇게 힘들어? 집에 좀 와라, 언니야. 차가 없는 것도 아닌데."

투덜거리는 동생의 말에 세정은 그저 피식 웃었다.

"평일에는 야근에 치이고, 쉬는 날에는 모자란 잠 보충한다고 시간이 없었어."

"그러니까 편한 길 택하지, 꼭 어려운 길 택해서는."

세빈의 말에 세정은 어깨를 으쓱였다.

독립해서 사는 세정과 세하는 I기업이 아닌 각기 다른 곳에서 일하고 있다.

기창이 그렇게 I기업으로 들어오라고 해도 학교 다닐 때부터 귓등으로 안 들었다. 결국 세정은 유명한 게임 회사에 들어갔고, 세하는 한복의 매력에 빠지더니 대학교 4학년 때부터 세계적으로 유명한 한복 디자이너 밑에서 조수로 일하고 있다.

"회사 들어가는 건 너 하나면 되지, 뭘."

"사람 일은 어떻게 될지 아무도 모르지."

"응?"

세빈이 당연히 회사에 들어갈 거라 생각했던 세정은 예상치 못한 대답에 고개를 들어 얼굴을 쳐다봤다. 하지만 그녀는 커피를 마실 뿐이었다.

"그나저나 오늘은 주 집사가 안 보이네? 당연히 같이 오는 줄 알았더니."

세정의 질문에 움찔거린 세빈이 얼음만 남은 잔을 보며 괜히 목을 큼큼 가다듬었다.

"오늘 오프. 약속 있다나 봐."

"그래? 별일이네."

"주 집사도 사람이니까 쉬는 날도 있어야지. 그럼 그만 일어날까? 백화점부터 싹 돌자. 언니가 없으니까 옷 못 고르겠더라고.”

세빈은 세정이 다른 질문을 던지기 전에 바보같이 웃으며 자리에서 일어났다. 그런 동생을 향해 세정도 덩달아 미소 지어 주며 고개를 끄덕였다.

“그래, 그러자. 그러고 보니 너 화장품도 다 떨어졌다고 안 했어?”

“쿠션도 다 썼어. 그것도 사러 가자.”

세빈이 세정의 팔에 딱 달라붙으며 생글생글 웃었다.

유난히도 사이좋은 자매는 백화점 1층에 있는 화장품 매장부터 싹 훑어보았다. 썼던 것도 좋지만, 여기저기 입소문을 탄 제품도 테스트해 보느라 손등과 팔이 남아나질 않았다.

새로운 제품을 볼에도 두어 번 찍어 발라 본 세빈이 거울을 보며 고개를 끄덕였다. 이걸 사야겠다 싶어서 직원을 부르려는데, 뒤에 있던 사람과 어깨가 부딪쳤다.

“죄송합니다.”

“괜찮습니다.”

놀란 마음에 사과부터 했는데 익숙한 목소리가 들렸다. 놀라서 고개를 돌리니 경후가 낯선 여자와 함께 있었다.

“어, 아가씨.”

“응? 주 집사.”

익숙한 단어에 고개를 돌린 세정이 경후를 보며 환하게 웃었다.

"오늘 오프라더니 여기에서 다 보네."

"네, 오랜만에 뵙네요."

"그러게. 오늘 데이트?"

세정의 시선이 옆에 있는 여자에게 닿았다가 떨어졌다. 여자는 묘하게 부끄러워하는 것 같았지만, 경후는 단호하게 고개를 저었다.

"아닙니다. 친구 생일이라 선물 사러 왔습니다."

그가 서둘러 말하며 세빈을 힐끔 보았다. 하지만 세빈은 다른 곳에 시선을 두며 말을 듣는 둥, 마는 둥 했다.

그런 두 사람을 번갈아 가며 보던 세정이 고개를 갸우뚱거리다 세빈의 손을 꼭 잡았다.

"그래, 그럼 우린 이만 가 볼게. 살 게 많아서."

"네. 나중에 뵙죠."

"응."

세정은 싱긋 웃으며 고개를 끄덕이고는 경후 옆에 있는 여자에게 묵례를 했다. 덩달아 고개를 꾸벅인 세빈은 세정의 손에 잡혀 질질 끌려갔다.

직원에게 새 제품을 받아서 계산을 마치고 사라지는 두 사람을 가만히 보던 경후가 한숨을 푹 내쉬는데, 옆에 있던 화진이 그를 힐끔 쳐다보았다.

"왼쪽에 있던 사람이지?"

뜬금없는 말에 경후가 화진을 내려 보았다.

"뭐가?"

"나랑 사귈 때 전화만 받았다 하면 뻰질나게 뛰어가게 만든 장본인. 그리고 아버지 장례식장에서 오빠 끌어안고 펑펑 운 여자."

화진의 눈에서 불빛이 튀는 것 같았지만, 경후는 무심하게 시선을 돌리며 고개를 끄덕였다.

"그게 중요해?"

"……아니. 지금은 중요하지 않지."

굳은 얼굴로 한숨을 푹 내쉰 화진이 싱긋 웃으며 그를 보았다.

"그럼 향수로 살까? 요즘 태호 오빠 관심 있는 여자 있다면서 이것저것 신경 쓰던데."

"그래, 그럼."

끝까지 무심한 그의 반응에 화진이 다시금 나오려는 한숨을 꾹 밀어 넣고 직원을 찾았다.

헤어진 지 2년 반. 그는 자신에게 미련 따위 하나도 없는 것 같았지만 마음이 그대로인 상태로 헤어진 화진에겐 미련을 버리기란 쉬운 일이 아니었다.

먼저 좋아했고, 먼저 고백했고, 시간이 없어서 못 사귄다는 그를 억지로 밀어붙였다. 그렇게 사귀는 1년 동안 자신보다 다른 이가 우선인 걸 보며 먼저 헤어지자고도 했다. 붙잡을 거란 일말의 희망을 품었지만, 그는 이유를 묻지도 않고 바로 그러자고 했었다. 과거나 지금이나 자신보다 우선순위가 높은 사람이 아까 그 여자일 터였다.

"그럼 난 이만 가 볼게."

계산을 끝마치자마자 가려는 경후의 손을 냉큼 잡았다.

“조금만 더 있다가 가.”

“더 있어서 뭐 해.”

“아까 그 여자 때문에 그래?”

정곡을 찔린 건지 다른 곳을 보고 있던 경후가 화진에게로 시선을 돌렸다. 그 여자 이야기가 나와야 자신을 보는구나 싶어서 화진이 그의 손을 놓아 주며 고개를 저었다.

“아니야. 내가 말을 잘못 꺼냈다. 가 봐.”

“어. 간다.”

다른 사람들한테는 그렇게 잘 웃으면서 자신에게는 한없이 매정한 사람. 헤어지자고 하면서 감정에 복받쳐서 그 집안 사람들 이야기를 꺼내는 게 아니었는데, 아직도 후회된다.

“잘 가. 내일 보자.”

화진은 이미 멀어진 그의 뒷모습을 보며 조용히 인사를 건넸다.

❈ ❈ ❈

오랜만에 부모님과 함께하는 저녁 식사 시간. 먹기는 열심히 먹고 있는데 입맛이 없어서 그런지 밥이 도통 줄어들지 않았다.

“잘 먹었습니다.”

결국 숟가락을 내려놓자 반도 제대로 먹지 않은 밥그릇을 힐끔 본 유정이 눈을 동그랗게 떴다.

"너 다이어트 하니? 왜 그거밖에 안 먹어?"

"그냥 입맛이 좀 없어서요."

"어디 아픈 건 아니지?"

"그건 아니고."

엄마가 걱정이라도 할까 싶어서 그녀가 밝게 웃어 보였다. 천진난만하고 사랑스러운 미소에 유정이 덩달아 웃으며 고개를 끄덕였다.

"그래, 그럼 됐고. 다 먹었으면 방에 가 있어. 이따가 부를게."

"네. 들어가 볼게요."

"그래."

유정의 대답에 싱긋 웃은 세빈은 자신을 빤히 쳐다보는 경후의 시선을 무시한 채로 방으로 발걸음을 옮겼다.

달칵—

"후……."

방문을 닫은 그녀가 터덜터덜 침대로 걸어가서 벌러덩 드러누웠다.

최대한 아무런 생각도 하지 않고 있으려 하는데, 백화점에서 여자와 함께 있던 그의 모습이 떠오르자 심장이 쿡쿡 쑤시며 미간이 찌푸려졌다.

그녀가 옆으로 누우며 눈을 꼭 감았다.

그 여잔 누굴까. 전에 통화한 그 지인? 설마…… 좋아한다던 여자?

그도, 그의 옆에 있던 여자도 생각하고 싶지 않은데 자꾸 온갖 내용이 떠다녔다. 그 여자가 누군지, 경후가 좋아하는 여자가 누군지 알 바 아니라고 생각하면서도 심장의 불쾌한 반응에 한숨이 절로 나왔다.

그래, 주 집사 존재만으로도 혼란스러운데 주변의 여자가 신경 안 쓰일 리가 없지.

그녀가 속으로 중얼거리며 자신이 느끼고 있는 감정을 인정했다.

하지만 그가 남자로 느껴지자마자 다른 여자의 등장이라니. 이건 아무래도 신의 장난인 것 같았다.

"나한테는 꼬박꼬박 존댓말 하면서."

심지어 남자 친구로 대할 때도 그는 존댓말이었다. 확실히 자신은 그의 '지인' 축에 속하진 않는 모양이다.

"하긴, 굳이 따지자면 고용주의 딸이지. 갑과 을인가."

중얼거린 그녀가 못마땅한 표정을 지었다. 친하지 않은 지인보다도 더 못한 관계가 아닐까.

똑똑—

한참을 누워서 뒹굴뒹굴하며 심각하게 생각하는데 갑자기 들리는 노크 소리에 상체를 벌떡 일으켰다. 보통 이 시간에 노크하는 사람 한 사람뿐인데.

"아가씨, 주 집사입니다."

역시 경후였다.

알고 있으면서도 경후의 목소리에 요동치는 심장을 느낀 그녀가 침을 꿀꺽 삼키며 뒹굴거리느라 흐트러진 머리카락과 옷을 정리했다.

"어. 왜?"

"들어가도 되겠습니까?"

그의 질문에 잠시 고민하던 세빈은 안 된다고 하려다가 고개를 저었다. 한집에 살면서 언제까지 피할 수도 없고, 너무 노골적으로 피하면 경후가 이상한 걸 눈치챌 테니까, 마주하는 것도 익숙해져야 한다.

"어. 들어와."

세빈의 대답에 문이 조용히 열리며 그가 들어왔다. 차분한 표정의 경후를 보자, 벌렁거리는 심장 소리가 그에게 들릴까 싶어서 이불을 목까지 올렸다.

"무슨 일이야?"

"요즘 표정도 안 좋고 식사도 제대로 못 하시는 것 같아서요. 어디 안 좋으신 건가 걱정이 돼서."

힐끔 본 그의 눈동자에 걱정이 한가득이었다. 분명 아픈 거 아니라고 했는데도 무슨 걱정을 한다고. 속으로 투덜거렸지만, 진심이 담긴 그의 말과 눈동자에 입꼬리가 씰룩이며 올라가려는 걸 억지로 막았다.

"정말 괜찮아."

"열나십니까? 요즘 일교차가 심하던데, 혹시 몸살이라도……."

시선을 밑으로 내리고 있는 사이 성큼 다가온 경후가 침대 옆에 살포시 앉았다. 가까워진 거리에 세빈이 이불을 들어 얼굴을 묻으려는데 그의 커다란 손이 제 이마에 닿았다.

"열이 좀 있는 거 같은데요."

최대한 피하려고 노력했는데 갑자기 훅 들어오는 그 때문에 얼굴에 피가 몰리는 기분이었다. 긴장해서 그런지 땀도 송골송골 맺히는 게 입안이 바짝바짝 말랐다.

"아니, 진짜 괜찮아. 그냥 입맛만 없는 거야."

"괜찮긴요. 열도 나고 식은땀까지 나는데. 어디 보세요."

그가 세빈의 얼굴을 보고자 했지만, 그녀는 가까이 얼굴을 마주 볼 자신이 없어서 고개를 저었다.

"아냐. 제발 그냥 가. 정말 괜찮아."

"아가씨……."

목소리에서도 느껴지는 경후의 걱정에 양심이 찔린 그녀가 결국 자리에 누우며 이불을 머리끝까지 뒤집어썼다.

"주 집사 말 듣다 보니까 좀 아픈 것도 같아. 푹 자면 나을 거 같으니까 그만 잘게."

"약이라도 가져다 드릴까요?"

"아냐. 자면 나을 정도니까, 약까진 됐어."

"네. 그럼 회장님과 사모님께는 주무신다고 전해 드리겠습니다."

"응. 고마워."

"네. 주무세요."

달콤한 그의 목소리에 이불 속에서 발가락만 꼼지락거리던 그녀가 두 눈을 꼭 감았다.

쓸데없이 친절해서 사람 설레게 하긴.

두근거리는 심장이 나쁘진 않았지만 자신이 그저 고용주

의 딸이라서 그런 거라고 생각하면 기분이 축, 처진다.

툭툭—

응?

입술을 삐죽 내밀고 있는데, 이불 위에 느껴지는 손길에 그녀가 눈을 떴다. 머리를 쓰다듬듯이 부드러워 세빈은 자신도 모르게 이불을 눈 밑까지 내렸다가 그와 눈이 마주쳤다.

"아프지 마세요."

경후는 그녀의 머리카락을 옆으로 넘겨 주곤 방에서 나갔다.

적어도 이건 고용주의 딸을 걱정하는 게 아니지? 그렇지?

속으로 중얼거리면서도 누군가의 긍정적인 대답을 바라본 자신을 느낀 그녀가 그가 나간 방문을 빤히 보았다.

아까만 해도 바닥까지 내려앉았던 기분이 그의 말 몇 마디와 따뜻한 시선 한 번에 하늘까지 치솟았다.

쿵— 쿵— 쿵—

심장이 크게 울린다. 당장에라도 터질 것 같은 심장에 정신을 못 차리겠다.

"우와…… 이거 어떡하지."

다시금 이불 속에 묻은 세빈의 얼굴이 아까보다 더 화르륵 달아올랐다.

❈ ❈ ❈

—아가씨, 식사하세요.

잠결에 울리는 인터폰을 받았더니, 우강댁의 밥 먹으라는 소리가 들렸다 세빈은 영혼 없이 대답하고는 침대 위에서 꼬물거렸다.

밤새도록 이걸 어떻게 해야 하나 고민하다가 늦게 잠든 타격이 이렇게 클 줄이야.

한참을 더 누워 있던 그녀는 바로 내려가지 않으면 그가 또 자신의 방으로 올 거라는 생각에 상체를 벌떡 일으켜 곧장 화장대로 향했다.

"아우, 얼굴 봐."

팅팅 부은 얼굴에 산적처럼 정신없이 흐트러진 머리카락, 볼에 남은 침 자국이 선명한 자신을 보니 한숨이 절로 나왔다.

"이건 여기 앉아서 될 문제가 아니네."

중얼거린 그녀가 바로 욕실로 발걸음을 옮겼다. 간단하게 세수만 하고 다시 화장대 앉은 세빈은 산발이 된 머리를 단정하게 빗어 묶고 나서야 봐줄 만한 얼굴에 씩 웃었다.

"평소처럼, 평소처럼. 아자!"

그녀가 주문을 외우듯 중얼거렸다.

밤새도록 생각해도 딱히 이렇다 할 결론이 난 건 없지만 결국 최선의 방법은 그를 '평소처럼' 대하는 것뿐이었다.

"좋았어."

똑똑—

시간이 지나도 내려오지 않자 어김없이 들리는 노크 소리에 그녀가 벌떡 일어났다.

"나갈게!"

"네."

경후의 작은 목소리에도 심장이 쿵쾅쿵쾅 기분 좋게 뛴다. 떨리는 마음에 심호흡을 한 번 깊게 내뱉은 세빈은 달칵, 조심히 방문을 열었다.

"안녕히 주무셨습니까."

나오자마자 들리는 경후의 정중한 아침 인사에 그녀가 고개를 끄덕였다.

"응. 주 집사도 잘 잤어?"

"아뇨."

"응? 못 잤어?"

그녀가 놀란 마음에 고개를 들어 그를 보았다. 아직은 빤히 보는 시선이 부끄러워서 그의 눈동자를 피해 여기저기 살펴보았는데, 다크써클이 좀 내려온 것 같았다.

"왜?"

"아가씨가 아프다고 하시니 걱정돼서요."

"……아이 참."

이게 무슨 달콤한 말인가 싶어서 세빈이 그의 팔을 치고는 돌아섰다. 익숙한 애교인데도 괜히 부끄럽다.

"정말 괜찮다니까 말도 안 들어요."

투덜거리면서도 그가 걱정해 준 게 좋아서 씰룩씰룩 올라가는 입꼬리에 입술을 안으로 말아 넣고 앙다물었다.

"정말 괜찮으십니까?"

"응."

고개를 열심히 끄덕인 그녀가 서둘러 주방으로 발걸음을 옮겼다. 일요일이라서 부모님도 계시겠구나, 싶었지만 오늘도 수저는 두 벌뿐이었다.

“응? 엄마, 아빠는?”

“데이트 가셨습니다.”

저번 주에도 같이 출장이더니 오늘은 데이트다. 금실 좋은 부부인 건 알지만 그래도 집에 혼자 있는 딸한테 너무 무신경한 거 아닌가.

주 집사랑 둘이 있게 된 게 다행인 건지, 불행인 건지.

그녀는 자신의 옆에 있는 경후를 힐끔 보고는 그가 꺼내준 의자에 앉았다.

굳이 따지자면 집에서 일하는 사람들이 몇 명 더 있지만, 주말에는 주방을 책임지는 우강댁 외에는 다 쉰다. 고로 자신이나 경후가 나가지 않는다면 단둘이 있는 상황이 이어지겠지.

무슨 말을 꺼내야 하나 고민하며 밥을 열심히 먹고 있는데, 뭔가 묘한 기분이 들어서 고개를 들어보니 경후가 자신을 빤히 보며 씩 웃고 있었다. 익숙한 웃음인데도 괜히 심장이 벌렁거려서 시선을 식탁 위에 반찬으로 돌렸다.

“왜 그러고 봐?”

“아가씨 밥 먹는 게 귀여워서요.”

“……놀리지 마.”

“놀리는 거 아닙니다. 진심이에요.”

진심이라는 그의 말에 입술을 삐죽거리던 세빈이 슬그머

니 웃었다.

"주 집사도 밥 먹어. 내 얼굴 뚫어져."

"네."

밥 먹다가 경후를 힐끔 보니, 그는 여전히 웃는 얼굴이었다. 자신이 그를 보면 자꾸 웃음이 나오려는 것처럼 경후도 그럴까. 아니면 그냥 단순히 귀여운 동생 같아서 그러는 건가. 그의 속마음을 알 수만 없으니 혼자 생각하는 것만 늘고 있었다.

"아, 맞다."

"응?"

밥을 어느 정도 먹었을 때, 어느덧 다 먹고 숟가락을 내려놓은 그가 세빈을 보았다.

"아가씨, 저 오늘 저녁에 약속이 있어서 자리에 없을 예정입니다."

"그래?"

"네. 저 없다고 클럽 가시면 안 됩니다."

나는 또 무슨 말을 하나 했네.

나가라고 기도한 건 아니지만 막상 외출한다는 말에 그러려니 했다. 근데 그새를 못 참고 또 잔소리라니. 그녀가 속으로 투덜거리며 고개를 끄덕였다.

"알았어."

사실 요즘 저번 주에 클럽을 다녀온 뒤로 계속 그를 신경 써서 그런지 언제부턴가 큰 의미를 두지 않았다. 자신의 제일 큰 관심사가 클럽에서 경후로 옮겨 갔다는 뜻이라 다행이라고 해야 할지, 아니라고 해야 할지 의문이지만.

"오늘 나가면 늦어?"

아무리 그래도 혼자 있으면서 집에 클럽도 가지 말라니, 너무 가혹하지 않은가 싶어서 물었다. 세빈의 질문에 그가 잠시 생각하더니 고개를 끄덕였다.

"친구 생일이라서 늦을 것 같습니다."

"그렇구나."

세빈이 시무룩한 표정으로 밥을 먹다가 겨우 비워 낸 밥그릇을 보고는 숟가락을 내려놓았다.

"가지 말까요?"

"잘 먹었…… 응?"

자리에서 일어나려는데 귓속에 훅 박히는 말 때문에 세빈은 움찔 놀라며 그를 보았다. 마주친 시선에는 거짓이 없었다.

"안 간다고?"

"네."

"나 때문에?"

"네."

뭐가 저렇게 솔직해.

서슴없는 대답에 눈동자를 이리저리 굴리던 그녀가 고개를 저었다.

"아니야. 나 때문에 그럴 거 없어. 다녀와."

할 것도 없이 혼자 있어야 하는 건 싫지만, 경후의 개인적인 일을 뒤로하면서까지 옆에 있어 달라고 하기는 싫다. 거

기다가 생일인데 빠지면 안 되지.

가만. 생일?

문뜩 떠오르는 생각에 그녀가 고개를 갸우뚱거렸다.

"그럼 어제 산 선물 주인공?"

"네."

"그렇구나."

그럼 그 여자도 같이 가겠네. 같이 선물 살 정도면 그 친구도 함께 안다는 소리니까.

그의 옆에 딱 달라붙어 있는 여자를 떠올리니 기분이 썩 좋은 건 아니었다. 하지만 무슨 관계인지도 모르고, 안다고 하더라도 자신이 뭐라고 할 처지가 아니기에 그저 고개만 끄덕이고 말았다.

"알았어. 언제 출발해?"

"5시쯤에는 나갈 거 같아요."

"생각보다 일찍 나가네."

"생일 파티하고 술 한잔할 예정이라서요."

"그렇구나."

알았다는 듯 고개를 끄덕이던 세빈이 딱히 할 말이 없어서 자리에서 일어났다.

"그럼 나는 먼저 올라갈게. 조심히 다녀와."

"네. 일찍 오겠습니다."

"응?"

뜬금없는 그의 말에 그녀가 고개를 갸우뚱거렸다.

"늦는다며?"

"안 가는 것보다는 나을 거 같아서 하는 말입니다."
"아냐. 나 신경 쓰여서 그런 거면 괜찮아. 친구들이랑 자주 만나는 것도 아닌데, 재미있게 놀다 와."
"네. 그래도 일찍 오겠습니다."
알 수 없는 경후의 고집에 그녀가 피식 웃음을 터트렸다.
"친구들 서운하게 만들지 말고, 너무 일찍 오지 마."
"네. 적당히 있다가 일찍 오겠습니다."
끝까지 일찍 오겠다는 그의 말이 세빈에게는 '너와 같이 있고 싶다'라는 뜻으로 왜곡되어 들려서 그저 웃을 수밖에 없었다.
"응. 진짜 들어갈게."
"네."
그녀는 경후에게 손을 흔들어 보이고는 주방에서 나왔다.
"설마 나 클럽 안 간다는 말이 못 미더워서 그러는 건 아니겠지."
불현듯 드는 생각에 그녀가 뒤를 돌았다가 이내 고개를 저으며 다시금 방으로 발걸음을 옮겼다.
"설마."
좀 찝찝하긴 했지만 자신이 왜곡한 그 뜻대로 받아들이기로 했다.

어느덧 저녁 8시. 경후가 나간 지 꽤 지났지만 그가 수시로 메시지를 보내는 통에 심심할 틈이 없었다. 대화의 주제는 따로 없었고 자신은 지금 뭘 하고 있는지, 뭘 먹는지 혹은 뭘 보고 있는지에 대한 이야기였다. 옆에 없어도 자신을 생각해 주는 것 같아 기쁘면서 이야기를 듣는 소소한 재미가 있었다.

띠링— 띠링—

마침 휴대폰 메시지 도착 알림음이 울리자, 그녀가 침대에서 데굴데굴 굴러서 휴대폰을 집어 들었다.

〈이제 저녁 먹고 술 마시러 갑니다.〉

이모티콘 없는 딱딱 메시지지만, 세빈은 피식 웃었다.

〈나는 드라마나 볼까 봐. 재미있는 거 뭐 있으려나.〉

메시지를 전송해 놓고 다시 침대에서 뒹굴거렸다. 한 번 누워 있으니 일어나기가 싫어서 한참을 고민하는데 착신 음으로 해 놓은 피아노 소리가 울렸다.

"뭐야."

액정에 떠 있는 경후의 이름을 본 그녀가 눈을 빠르게 깜빡였다. 술 마시러 간다는 사람이 왜 전화한 건가 싶어서 받으려 했더니, 그 순간 소리가 뚝 끊겼다. 뭔가 싶어서 전화를 걸려는데 경후에게서 다시 전화가 왔다.

"응, 주 집사."

또 끊어질까 싶어서 잽싸게 전화를 받자 휴대폰 너머에서 나는 왁자지껄한 소리에 귀가 따가웠다.

"여보세요?"

—야, 이거 좀 놔 봐. 여보세요?

어라, 주 집사 목소리가 아닌데.

주변에서 웅성거리는 소리에서 경후의 목소리가 작게 들린다. 아무래도 친구들이 장난치는 모양이다.

"네."

—안녕하세요, 아가씨!

해맑은 목소리에 그녀가 푸훗, 웃음을 터트렸다.

—어어? 여보세요? 아가씨 아니에요?

"누구세요?"

—저 경후…… 아니, 주 집사 친굽니다, 아가씨! 만날 우리 아가씨, 우리 아가씨 듣기만 해서 보고 싶습니다!

어쩜 저리도 해맑은 목소리로 외치는지. 키득키득 웃는데 작은 목소리로 경후가 '저 새끼 좀 말려!' 라고 외치는 게 들렸다. 주 집사도 욕을 쓰는구나 싶어서 새삼 신기했다.

"뭐…… 나중에 기회가 있다면 뵙죠."

—지금 어떠세요? 제 생일날 특별 게스트로 모시겠습니다!

술 마시러 간다더니, 1차로 이미 술을 마셨나 싶을 정도로 해맑음의 정도가 도를 지나쳤다.

이름 모를 경후 친구의 말에 세빈은 관자놀이를 긁적였다.

"제가 가면 방해될 거 같은데요."

—아니에요. 다들 보고 싶다고 난리예요.

남자의 말에 '야, 그런 걸 뭐 하러 말해!', '사실이긴 하잖야' 등등 여러 가지 대화가 오갔다. 참 재미있는 친구들이구나 싶어서 키득키득 웃다가 목을 큼큼 가다듬었다.

"저기 죄송한데요, 주 집사 좀 바꿔 주실래요?"

―잠시만요. 어이 주 집사! 전화 받아라!

키득키득 웃으며 장난치는 게 아무래도 술은 이미 한잔한 것 같았다. 그 장난스러운 말투가 밉다기보다는 초등학생 장난 같아서 계속 웃고 있는데, 그가 전화를 받았다.

―네, 아가씨.

"이미 한잔했어?"

―반주로 하고 있습니다.

"그럴 줄 알았어. 파티는 잘했고?"

―옆에서 아이들 생일 파티 하는데 다 커서 고깔모자 쓰고 창피해서 죽는 줄 알았습니다.

그의 말에 그녀가 키득키득 웃었다. 전화라서 그런지 심장이 쿵쿵 울리면서도 기분 좋게 경후와 통화할 수 있어서 좋았다.

"그나저나 주 집사 친구들이 자꾸 오라는데 어쩌지?"

―아닙니다. 친구들이 취해서 장난이 좀 심했네요. 안 오셔도 괜찮습니다.

그의 말에 야유하는 소리가 들린다. 이대로 안 가면 친구 생일에 주 집사가 엉망이 되겠구나 싶어서 고개를 끄덕였다.

"갈게. 메시지로 장소 보내 줘."

―저 때문에 죄송합니다.

시원스러운 그녀의 대답에도 경후의 목소리가 축 늘어졌

다. 신경 안 쓴다 하면서도 같이 있을 여자가 신경 쓰였던 참인데 차라리 잘됐다 싶었다.

"마침 심심했는데, 뭐. 준비하고 갈게."

—네.

그렇게 야유하던 목소리가 다들 환호성으로 바뀌었다. 반주로 한잔한 게 아니라 거하게 마신 듯했다.

"그나저나 뭘 입고 가야 하나."

침대에서 내려온 그녀가 드레스룸으로 달려가 중얼거렸다. 어제 쇼핑한 게 오늘을 위함이 아니었지만 타이밍이 잘 맞았다.

쌀쌀한 바람이 부는 10월 초의 일요일 저녁. 그녀가 옷을 고르며 흥얼거렸다.

"무슨 일이야, 뭐가 이렇게 시끄러워."

잠시 화장실에 다녀온 화진이 자연스럽게 경후의 옆에 앉으며 호들갑을 떨고 있는 이들을 보았다.

술을 잘 못 마시는 태호는 저녁을 먹으며 마신 소맥 두 잔에 이미 정신이 반쯤 나가 있었고, 그 소맥을 말아 준 민기는 새로 나온 술을 정성스럽게 섞고 있었다. 그리고 그나마 정신이 멀쩡한 줄 알았던 우경은 태호를 보며 키득키득 웃고 있었다.

"경후 오빠, 저 오빠들 왜 저래?"

"취했어."

"아니, 취한 건 나도 알고."

화진은 다른 대답을 원했지만 그는 굳이 입을 열지 않았다.

어울리는 친구들이 어색해할까 봐 최소한의 관계만을 유지하고 지내는 건 알지만 내심 따뜻한 말 한마디라도 건네줬으면 하는데 헤어진 뒤로 멀어진 거리는 좁혀지지 않았다.

"야, 화진아!"

태호가 활짝 웃으며 성큼 다가왔다. 술 냄새는 안 나는데, 온몸으로 취했음을 보여 주는 태호를 보며 화진이 피식 웃었다.

"왜?"

"경후의 아가씨가 오신대!"

"무슨 말이야? 아가씨?"

단순하게 사전적 의미로 말하는 건 아님을 알기에 머리로는 이해해도 마음으로는 받아들이고 싶지 않은 단어가 훅 파고들었다. '경후의 아가씨' 라니.

"경후가 일한다는 집 아가씨! 알면서 뭘 또 묻냐."

태호가 키득키득 웃는다. 아깐 저 모습이 그냥 웃기기만 했는데 원치 않는 주제로 대화가 흘러가자 미간이 절로 찌푸려졌다.

"그 사람이 여길 왜?"

"내가 전화해서 오라고 했어."

"번호를 알아?"

"알긴. 이 녀석 휴대폰 빼앗아서 했지."

태호가 씩 웃으며 말했다. 어찌나 당당해 보이는 표정이던지. 가만히 지켜보던 화진이 기가 찬다는 표정으로 고개를 돌렸다.

"오란다고 또 오겠대?"

이번에는 화진의 화살이 경후에게로 닿았다. 까칠한 투에도 경후는 표정 변화 없이 세 친구를 훑어보았다.

"이 녀석들 보고 말해. 안 온다고 해서 그냥 넘어갈 애들인지."

"아니, 아무리 그래도 그렇지. 와도 아는 사람 오빠밖에 없잖아. 그런데도 오겠다고 했다고? 사람이 넉살이 좋은 거야, 눈치가 없는 거야? 여기가 어디라고 와?"

화진의 언성이 점점 높아졌다.

"거절했는데, 주인공께서 특별 게스트로 모시고 싶다고 해서 온다고 한 거야."

경후는 정말 미울 정도로 표정 변화가 없었다. 덩달아 화라도 내는 게 차라리 속 편했을 터였다. 하지만 어떻게 해도 관심 없다는 표정으로 일관하고 있으니 더 미칠 거 같았다.

"아니, 적어도 같이 있는 사람 동의는 받아야 하는 거 아니야?"

계속되는 말에 경후가 한숨을 푹 내쉬며 태호를 보았다.

"야, 이태호."

"엉?"

"화진이가 아가씨 오는 거 반대한다고 하는데, 오지 말라고 할까?"

경후의 말에 태호가 세차게 고개를 저었다.

"아니, 와야 해!"

단호한 태호의 말에 화진이 태호를 노려보았다.

"왜 오빠와 전혀 상관없는 사람이 여기에 와야 하는데?"

"특별 게스트니까?"

화진은 술에 취해 대화가 되질 않는 태호를 보며 한숨을 길게 내쉬었다.

"오지 말라고 하면 집까지 찾아갈 기세더라. 여기 오는 거로 정리하고 끝내."

"차라리 집으로 가든가!"

"말도 안 되는 소리."

화진의 큰소리에 경후가 단호하게 잘랐다.

아무리 한집에 산다고 하지만 일터임을 알기 때문에 자신의 말이 말도 안 된다는 걸 알면서도 점점 속이 부글부글 끓었다.

아까 소맥 한 잔 마신 게 이제야 술기운이 오르는지, 얼굴까지 화끈거렸다.

"화진이 너 왜 그렇게 과민 반응이야?"

민기의 말에 화진이 도끼눈을 뜨고 그를 노려보았다.

"동의도 없이 낯선 사람 부르니까 그렇지!"

"만날 우리 동의 없이 친구 데리고 오던 네가 할 말은 아닌 거 같은데. 나는 그런 네가 낯설다."

"이……!"

순식간에 얼굴이 붉으락푸르락해진 화진이 반박을 하려 했지만, 딱히 할 말을 못 찾아서 씩씩거리고 있는데 민기가 다시금 입을 열었다.

"아니면 화진이 너 설마 아직도 경후 애한테……."

"아니거든!"

말이 끝나기도 전에 딱 자른 화진의 대답에 민기가 어깨를 으쓱였다.

"아니면 말고."

화진은 민기가 얄미워서 한껏 노려보고는 팔짱을 끼며 숨을 길게 내쉬었다.

술기운인지, 뭔지 모르겠지만 자신이 너무 흥분한 탓도 있어서 마음을 가라앉히고자 심호흡을 두어 번 하고는 네 사람을 쫙 훑어보았다.

"일단 오라고 했으니 어쩔 순 없지만 좋게는 못 대하니까, 그렇게들 알아."

"못되게만 하지 마."

실실 웃는 우경의 말에 화진은 새침한 표정을 지으며 고개를 끄덕였다.

"알았어."

이후로 그들은 한 시간 정도 천천히 이야기하며 술잔을 기울였다. 노래 부르고 술 마시자며 들어와 놓고 정작 노래는 안 부르고 술만 마시고 있으니, 이게 뭐하는 건가 싶기도 했다.

휴대폰을 확인한 경후가 자리에서 벌떡 일어났다. 화장실에 가려는 건가 싶었지만, 곧이어 들리는 문을 두드리는 노크 소리에 안 왔으면 하던 사람이 도착했음을 직감하고 화진은 미간부터 찌푸렸다.

"실례합니다."

경후가 테이블을 밀어 공간을 확보하고 화진을 지나쳐 나가는데 문이 슬그머니 열렸다. 열린 문틈 사이로 빠끔히 내민 얼굴을 본 이들은 자동으로 자리에서 벌떡 일어났다.

"제대로 찾아왔네."

경후를 본 여자가 싱긋 웃으며 안으로 들어왔다. 전에 백화점에서는 갑작스러운 만남이라 제대로 보지 못했는데 웃는 게 참 예쁜 사람이다. 인정하고 싶지 않지만 사람의 시선을 끌어당기는 매력이 있었다.

"안녕하세요! 처음 뵙겠습니다. 지세빈이라고 합니다."

싱긋 웃는 얼굴이 귀엽다. 평생을 저렇게 해맑게 살아온 사람이구나, 생각할 수 있을 정도였다.

"안녕하세요."

"안녕하세요, 아가씨!"

"처음 뵙겠습니다."

우경과 태호, 민기가 차례대로 인사를 건넸다. 세빈은 여전히 웃는 얼굴로 고개를 꾸벅였다.

화진이 종종 겪어 본 돈 많은 집 딸들은 다 콧대 높고 이 세상에 자기만 사는 줄 아는 오만함이 있었는데, 그런 느낌보다는 상큼함이 가득했다.

"저, 안녕하세요."

세빈이 인사가 없는 화진에게 다시금 고개를 숙였다. 화진은 세빈을 빤히 보다가 고개를 꾸벅이는 것으로 인사를 대신했다.

자신을 반기지 않는다는 걸 느낀 모양인지 난감한 표정이 세빈의 얼굴을 스쳤다. 경후는 그런 그녀에게 성큼 다가갔다.

"잘 찾아오셨네요."

급하게 말을 돌리는 다정한 경후의 목소리에 화진의 시선이 그에게 닿았다. 살짝 미소를 머금은 얼굴은 자신이 볼 수 없었던 표정이었다. 달아올랐던 얼굴이 싸늘하게 식는다.

"아아, 그게. 사실 택시 타고 오려고 했는데 나오다가 이 기사 아저씨랑 마주쳤거든. 택시 위험하다고 데려다주셨어. 내리려는데 가게 지나다가 생각나서 샀다고 초콜릿도 주시더라. 아저씨는 내가 아직도 일곱 살짜리 어린앤 줄 아나 봐."

마주 보며 키득키득 웃는 두 사람의 모습에 미간이 절로 찌푸려졌다.

"그만하고 자리 앉지."

날카로운 화진의 말투에 세빈이 힐끔 쳐다보고는 싱긋 웃었다.

"네."

세빈의 시선이 양쪽 의자에 닿았다. 왼쪽 의자 끝에는 화진이 앉아 있고, 오른쪽 끝에는 태호가 앉아 있었다. 안으로 들어가려면 어디로 들어가도 사람을 한 명 지나쳐야 하는 상황이었다.

"아, 여기 앉으세요!"

상황을 눈치챈 태호가 해맑게 웃으며 안으로 들어가서 의자를 팡팡 쳤다. 세빈이 종종걸음으로 가려는데, 경후가 그녀의 손목을 붙잡더니 태호를 밀어내고 세빈에게 자리를 내어 주었다.

"들어가."

"왜. 나 안쪽 싫어. 화장실 가기 힘들단 말이야."

"들어가."

태호가 투덜거렸지만, 경후는 단호했다.

"아, 진짜."

그가 계속 투덜거리면서 안으로 들어가자 경후가 끝에 확보된 자리를 툭툭 쳤다.

"앉으세요."

세빈이 자연스럽게 그의 옆에 앉자, 경후가 그녀 앞에 수저를 놓아 주고 목마르지 않느냐며 물을 주었다. 한집에서 살면서 집사 일을 하고 있으니 저렇게 챙기는 게 지극히 자연스러운 건 알겠지만 한 번 안 좋게 보기 시작하니 모든 게 다 마음에 들지 않았다.

"경후 오빠. 어린애도 아닌데, 혼자 할 수 있는 건 그냥 두지?"

다섯 사람의 시선이 동시에 화진을 향했다. 한 번에 몰린 시선이 부담스러울 법도 하건만, 화진은 꿋꿋했다.

"아무리 아가씨라지만 수저 놓는 것도 못 하는 건 아니죠?"

까칠한 그녀의 말에 경후가 움찔하며 뭐라 하려 입을 뗐다. 하지만 세빈이 그를 막으며 싱긋 웃었다.

이미 이 정도는 예상한 일이다. 세빈은 앞에 있는 여자를 경후의 지인으로만 생각하고 무례하지 않게 굴지 않기 위해 마음을 다독이며 웃는 얼굴을 유지했다.

"네. 물론이죠. 주 집사. 이제 안 챙겨 줘도 돼."

"그렇지만……."

"여기 집 아니에요. 자제하세요."

"……네."

그는 못마땅한 표정을 지으며 화진을 힐끔 보았지만, 그녀는 팔짱을 끼고 고개를 휙, 돌렸다.

"미안해요. 저 녀석이 지금 좀 까칠해서."

민기의 사과에 세빈이 고개를 저었다.

"아니에요. 틀린 말도 아닌 걸요."

"그나저나 아가씨는 술 좀 해요? 민기 이 녀석이 소맥을 아주 끝장나게 말거든요!"

분위기를 바꾸려는 건지, 아니면 술에 취해 상황이 분간이 안 간 건지 모를 태호의 말에 세빈이 고개를 끄덕였다.

"잘 마시는 편이에요."

"혹시 주량이……."

"글쎄요. 딱히 취해 본 적이 없어서 잘 모르겠어요. 다섯 병까진 마셔 봤는데."

"맥주를요?"

"아뇨. 소주를요."

세빈이 해맑게 웃었다. 저 아기 같은 얼굴에서 나온 예상치 못한 말에 경후를 빼고 다 놀란 얼굴이었다.

"우와, 아가씨 술꾼이었네."

"가족들이 다 술을 잘 마셔요."

경후가 세빈의 말에 고개를 끄덕였다. 부모님을 시작해서 슬하 삼 남매가 모두 술을 잘 마시니까.

"그럼 소맥 한 잔 어때요?"

"좋죠. 요즘 우리 집에 어느 누구 씨가 나가지 못하게 해서 술도 못 마셨거든요. 아무튼, 과보호한다니까요?"

세빈이 새초롬한 표정으로 경후를 밉지 않게 노려보다가 그와 눈이 마주치자 씩 웃었다.

못마땅한 표정으로 꼿꼿하게 앉아 있는 화진을 뺀 다섯 사람은 부어라 마셔라 신나게 마시기 시작했다.

처음 만난 사람들 같지 않게 죽이 어찌나 잘 맞는지 호칭 정리만 간단하게 하고, 서로 존댓말을 하면서도 깔깔깔 웃으며 웃고 떠들기 바빴다.

"언니는 안 드세요? 따라 드릴까요?"

그사이에 끼지 못하는 화진을 힐끔거리며 신경 쓰고 있던 세빈이 먼저 말을 건넸다.

입 꾹 다물고 있는 게 한 고집 할 거라고 생각은 했지만, 저렇게 셀 거라고는 생각도 못 했다. 중간중간 술도 따라 주고 말도 걸었지만 화진은 꼼짝도 하지 않았다.

세빈의 말에 화진은 무슨 말을 하려다가 입을 꾹 다물고 앞에 있는 잔을 흔들었다.

"있어요."

"아, 네."

그녀는 3분의 1 정도 밖에 남지 않은 걸 보고는 자신이 싫은 게 맞구나 싶었다. 괜히 민망해져서 뻗었던 손을 거둬들이고는 자신의 잔에 있던 술을 한 번에 쭉 들이켰다.

안주로 나온 돈가스를 오물거리고 있는데 화장실이 급해졌다.

미간을 살짝 찌푸린 채 자리에서 일어나자 자신을 쳐다보는 경후에게 말 대신 손짓으로 나갔다 오겠다 하고는 급히 방을 나섰다.

"아으, 맥주는 이게 싫어."

술은 가리지 않는 그녀지만, 굳이 마신다면 소주 혹은 양주를 마신다. 물론 대학생 주머니가 가볍기 때문에 주로 소주를 마시는 편이지만, 오늘처럼 소맥으로 마시는 날에는 화장실을 들락날락해야 해서 불편했다.

"끝에 앉은 게 다행이지."

그녀가 나와서 손을 씻으며 중얼거렸다.

"오빠."

거울 앞에서 머리와 얼굴 상태를 한 번 점검하고 화장실에서 나오는데 익숙한 목소리에 저절로 발걸음이 느려졌다.

"이화진."

뭔가 싫어서 자신도 모르게 까치발을 드는데 경후의 목소리가 귀에 박혔다.

"이제까지 말 한마디 제대로 안 하다가 뭐 하는 짓이야?"

"뭐 하는 짓은. 오빠랑 둘이 있고 싶어서 그랬지. 오빠는 나 안 보고 싶었어?"

아까하고는 비교할 수 없을 정도로 달달한 목소리지만 분명히 자신의 앞에 있던 그 여자다. 자신이 온 순간부터 못마땅한 표정을 유지하며 말도 안 하고 술만 마시고 있던 여자.

근데 웬 갑자기 애교? 그것도 주 집사한테?

세빈은 이게 무슨 상황인가 싶어서 모서리만 돌면 두 사람을 마주할 수 있는데도 벽에 딱 달라붙어서 한 발자국도 움직이지 않았다.

"어제 봐 놓고 뭘 보고 싶어 해."

"에이. 너무 매정하게 그러지 마. 한때 한 이불도 덮었던 사인데."

"입조심해."

"사실이잖아. 내 몸은 아직도 오빠의 손끝 하나하나 다 기억하고 있는 걸?"

"너 취했다. 들어가. 아니면 집에 가든지."

"아아. 좀만 더 있다가."

모서리에서 고개를 빼꼼 내밀고 보니 화진이 경후의 목에 매달려 있었다. 금방이라도 넘어갈 것 같은 화진의 허리를 받치고 있는 모습이 어쩐지 익숙해 보였다.

세빈은 놀라 가슴을 부여잡고 다시금 벽에 붙어서 숨을 내쉬었다.

한 이불 덮었고, 손끝을 기억하는 사이라니.

아니라고 부정하면서도 머릿속에서 맴도는 야릇한 상상에 손이 달달 떨리기 시작했다.

덮었다는 건 과거 일이라는 건데. 과거에 두 사람이 파트너였는지, 사귀던 사이였는지는 모르겠지만 아무튼 화진이 자신을 적대시한 이유가 그것일 터였다.

과거 일이라고 해도 저쪽은 아직도 마음이 있는 거 같고.

떨리는 손으로 가슴을 꾹 누르며 다시금 힐끔 보니, 화진은 경후에게 매달려 잠이 든 것 같았다. 경후는 한숨을 푹 내쉬며 화진을 가뿐하게 안아 들고 발걸음을 옮겼다.

"아……."

그녀는 두 사람의 뒷모습을 멍하니 지켜봤다. 다 같이 있을 땐 화진이 아무 말도 하지 않고 있으니 두 사람 사이가 어떤지 몰랐는데, 단둘이 있는 모습은 너무 다정해 보였다.

"뭐야…… 신경 안 쓰는 척한 건가."

그녀가 중얼거리며 입술을 삐죽 내밀었다.

"그럼 주 집사는 연애 언제 해?"

"언젠가 하겠죠. 좋아하는 사람도 있고."

전에 그와 했던 대화가 떠올랐다. 정해진 날에도 거의 쉬지 않고 집사 일을 하면서 여자를 마주할 일이 없는 그와 과거에 마음이든 몸이든 엮였던 여자. 그런데도 다른 친구들과도 친하고, 제일 자주 마주할 수 있는 여자라니.

"좋아하는 사람이 저 언니야?"

그녀에게 결론은 하나였다.

⁂ ⁂ ⁂

"다……."

탁—

다 왔다고 말하기도 전에 차에서 내린 세빈의 뒷모습을 창밖으로 빤히 보던 경후는 황급히 차에서 내렸다.

분명히 어제 재미있게 놀고 집에 들어왔다. 잘 자라고 싱긋 웃는 얼굴로 인사까지 했었는데 오늘 아침부터 눈을 마주치면 빤히 보기만 할 뿐 한마디도 하질 않았다.

"아가씨!"

그의 외침에 세빈의 발걸음이 멈췄다. 이때다 싶어서 뛰어간 경후가 그녀의 팔을 꼭 잡았다.

"아가씨, 무슨 일 있으세요?"

자신의 물음에 고개를 절레절레 젓는 것으로 대답을 대신하는 그녀를 보며 한숨을 푹 내쉬었다. 무슨 생각을 하는지 알 수 없는 표정으로 입을 꾹 다물고 있으니 답답할 따름이었다.

"아가……."

"주 집사."

꿀 먹은 벙어리처럼 꾹 닫혀 있던 그녀의 입이 열렸다. 경후는 세빈의 팔을 놔주고 자세를 바로잡았다.

"네, 아가씨."

바닥을 보며 심각한 표정으로 생각하던 그녀가 고개를 들어 그와 눈이 마주쳤다. 반짝이는 눈동자가 가슴속 깊이 파고드는 기분이었다.

"내가 곰곰이 생각해 봤거든."

"네."

"이제 나 안 데려다줘도 돼. 물론 데리러 오지 않아도 되고."

뜬금없는 그녀의 말에 그가 미간을 살짝 찌푸렸다.

"갑자기 그게 무슨 말씀이세요?"

"원하면 경호원 더 붙여도 되고, 내가 주 집사랑 한 약속 지키지 않고 몰래 클럽을 간다거나 하면 용돈도 안 줘도 돼."

단호한 말에 경후가 말없이 그녀를 빤히 보았다. 머리는 밀어도 용돈은 안 된다던 사람이 저렇게까지 나오면 진심이라는 소린데 무슨 심경의 변화인 걸까.

"정말 무슨 일 있는 거 아니죠?"

"없어. 그냥 얌전히 학교에 갔다가 집에 오면 되는데, 주 집사한테 너무 민폐 끼치는 것 같아서."

"아니, 전 괜찮습니다."

그녀도 진심으로 하는 말이겠지만, 그도 진심이었다. 세빈을 데려다주고 데리고 오는 게 무슨 큰일이라고.

하지만 그의 진심에도 그녀는 고개를 저었다.

"아니. 안 그래도 바쁜 사람 더 바쁘게 하기 싫어. 그러니까 쉴 땐 쉬고, 일할 땐 일해. 아빠가 주 집사 너무 안 쉰다고 아프진 않을까, 걱정하시더라."

"저는 정말 괜찮습니다."

자신을 위해 주는 말인데도 무슨 이유에선지 자꾸만 밀어내는 기분이 들어서 다급하게 말했지만, 세빈은 피식 웃으며 작은 한숨을 내쉬었다.

"주 집사가 괜찮아도 내가 안 괜찮아."

바닥을 신발 끝으로 툭툭 치던 그녀가 다시금 환하게 웃으며 경후를 보았다.

"나 이제 스물세 살이야. 많은 나이는 아니지만, 그렇다고 마냥 어린 나이는 아니라고 생각해. 이제 나도 주 집사 졸업해야지. 언제까지 보살핌 받을 수 없는 노릇인데."

"졸업이라니……."

"홀로서기 하겠다고. 나 먼저 들어간다."

세빈은 심각한 표정으로 서 있는 그를 보며 씩 웃고는 집 안으로 들어갔다.

달칵— 삐리릭—

문이 닫히는 소리에 그녀가 애써 올려 웃던 입꼬리를 내리고 한숨을 푹 내쉬었다.

이게 밤새 생각한 결론이었다.

그가 누굴 좋아한다고 하더라도 그건 자신이 어쩔 수 없는 일이었다. 옆에 있는 게 당연해서, 기본적으로 자신에게 친절하고 잘해 주기 때문에 자연스럽게 경후가 자신의 남자인 것처럼 착각하고 있던 모양이다.

하지만 그는 자신의 소유물도 아니고, 자신의 남자도 아니다. 그렇게 만날 시간이 없는데도 좋아하고 있는 건 진심일 거라는 생각도 들었다. 좋아하는 사람이 있음에도 자신 때문에 연애를 못 하는 거면 그건 그거대로 비참할 것 같아서 경후가 개인 생활을 보낼 수 있을 정도의 시간을 확보해 주기로 했다.

"그래, 지세빈. 너 지질한 여자 아니잖아. 쿨하게, 쿨하게."

그녀가 중얼거리며 신발을 벗고 무거운 발걸음을 옮겼다.

그가 다른 여자에게 가도 된다는 괜찮다는 건 아니지만, 고용인과 피고용인의 관계를 이용해서 다른 사람도 못 만나게 붙잡아 두긴 싫었다. 왜 이럴 때 쓸데없는 자존심이 나오는지 모르겠지만 그런 건 치사하니까.

"됐어. 그쪽은 이미 찐한 사이였다잖아."

방에 들어가자마자 자신의 결정을 합리화하기 위해 중얼거린 말이 화살이 되어 되돌아왔다. 따끔거리는 심장에 미간을 찌푸리며 가방과 카디건을 바닥에 집어 던져 놓고 침대에 철퍼덕 누웠다.

연애를 한 번 하긴 했지만 얼떨결에 사귀었던 터라 보는 것만으로도 심장이 떨린 건 이번이 처음이었고, 이렇게 가슴이 먹먹한 것도 처음이었다. 근데 이런 말도 안 되는 상황이라니.

"거기다가 그 언니는 왜 예쁜 거야."

그녀가 이불을 끌어안으며 중얼거렸다.

인정하고 싶지 않았지만 화진은 예뻤다. 무표정으로 있으면 차갑고 섹시해 보였지만, 웃는 얼굴로 애교 부릴 땐 같은 여자가 봐도 귀여웠다. 그런 걸 팔색조라고 하던가.

"그 언니 옆에 있으면 나는 완전 애 같겠지."

그녀가 다시금 한숨을 푹 내쉬었다.

며칠 전 생각으로나마 경후의 외모와 나이면 여자를 몇 명은 만났어야 하는 거 아냐고 했던 걸 후회했다. 한 명으로도 지금 이 지경인데, 화진 같은 여자가 몇 명 더 있다고 생각하면 벌써 머리가 지끈거린다.

⁜ ⁜ ⁜

똑똑.

세빈은 노크 소리에 화들짝 놀라며 눈을 떴다. 그냥 누워 있겠다는 게 잠이 들었던 모양이다. 벌떡 일어나 시계를 보니 오전 7시 30분이었다.

"아가씨, 식사하세요."

경후의 목소리가 들린다. 그녀는 괜히 삐죽거리던 입술을 안으로 말아 넣고 침대에서 내려왔다.

"나갈게."

대충 대답하고는 드레스룸으로 들어가 급히 옷만 갈아입었다.

문을 열자마자 보이는 경후에 그녀가 멈칫했다. 잠시 바보처럼 눈을 깜빡거리다가 그를 힐끔 올려 보고는 하하, 어색하게 웃으며 관자놀이를 긁적였다.

"깜빡 잠이 들어서. 가자."

"아가씨."

그의 목소리가 그녀의 발을 붙잡는다. 가서 얘기하자며 주방으로 계속 가면 되는데 평소보다 낮은 목소리에 발걸음을 뗄 수가 없었다.

아무렇지 않게, 아무렇지 않게.

세빈은 속으로 주문을 외우듯 중얼거리며 경후를 돌아보았다.

"왜?"

"정말 무슨 일 있으신 건 아니죠?"

"밥 먹자고 불러 놓고 갑자기 무슨 말이야."

"무슨 일도 없으신데 왜…… 갑자기 홀로서기를 하시겠다고 하는지 모르겠습니다."

그의 진지한 말에 세빈이 고개를 끄덕였다.

경후를 위한다는 말로 포장하고 있지만 결국은 혼자만의 결론이고 그에게는 일방적인 통보에 불과하다. 그가 이해를 못 하는 것도 당연하지.

하지만 직설적으로 만나고 싶은 사람 편하게 만나라고 말할 수 있을 정도로 대인배는 못 되기에 어떤 말을 해야 하나 생각하던 세빈이 고개를 들어 경후와 마주 봤다.

"어제 주 집사 친구분들 만나고 불현듯 이런 생각이 들었어. 이렇게 재미있고, 좋은 친구들이 있는데도 집사 일 때문에 못 만나는 거 같다는."

"아뇨. 시간 내서 만나면 언제든 만날 수 있습니다."

"하지만 주 집사가 그랬잖아. 나 때문에 연애할 시간도 없다고."

"그건……."

"그러니까 주 집사도 여유 좀 가지고 살아. 쉬는 날 안 쉰다고 돈 더 주는 것도 아니잖아."

그녀가 억지로 씩 웃으며 뒤를 돌았다.

이런 결정을 하게 된 계기가 굳이 친구들 때문은 아니지만 이 정도면 자신의 생각을 잘 전달한 거 같다.

그녀가 작은 한숨을 내쉬며 주방으로 들어서자 먼저 앉아 있던 기창과 유정이 그녀를 반겼다.

"왔니?"

"와서 앉아라. 밥 식겠다."

"네."

그녀가 자리에 앉고 나서야 경후가 주방으로 들어왔다. 경후를 가만히 보던 기창이 손을 살짝 올렸다.

"주 집사. 아까 그거."

"네."

아까 그거?

두 사람의 대화에 그녀가 고개를 갸우뚱거리는데 주방에서 나갔던 경후가 서류 파일 같은 걸 들고 와서는 세빈에게 내밀었다. 뭔가 싶어서 그와 기창을 힐끔 봤지만 두 사람 모두 아무런 말도 없었다.

"받으세요."

"응."

경후의 말을 듣고서야 파일을 받아 든 세빈은 무슨 상황인지 깨달았다. 올해 초까지 종종 이 파일을 받긴 했었는데 요즈음에 들어서는 너무 조용해서 잊고 있었다.

약혼 제의는 오랜만인데.

그녀가 속으로 중얼거렸다.

정말 약혼을 '제의'라고 표현해도 될 정도로 이 상황은 사무적이었다.

"이번에는 어디인데요?"

세빈이 파일을 열어 보기 전에 질문부터 하자 기창이 입을 열었다.

"L기업."

"아아."

그녀가 고개를 끄덕였다.

파일을 열어 보니 굳게 다문 입술에 고집이 느껴지는 잘생긴 남자 사진이 있었다. 그저 사진인데도 참 강렬한 시선이라는 생각이 들었다.

파일 안에는 남자의 신상 정보가 간단하게 나열되어 있었다. 이름, 생년월일, 키, 가족 사항 정도까지. 잘생긴 것과는 별개로 우직해 보여 자신과 적어도 열 살 정도는 차이가 날 줄 알았던 남자는 놀랍게도 경후와 동갑이었다.

그녀가 경후를 힐끔 보고 사진 속 남자를 다시 보니 차이가 더 크게 느껴졌다.

"날짜 잡혀 있어요?"

그녀가 파일을 덮으며 기창에게 물었다. 평소 같으면 묻지 않을 질문이라 잠시 당황하던 기창이 고개를 끄덕였다.

"이번 주 토요일."

"만나 볼게요."

"……뭐라고?"

잘못 들었다는 표정으로 되묻는 기창을 보며 세빈이 싱긋 웃었다.

"만나 볼게요."

같은 대답이 돌아오자 기창은 조금 놀란 표정이었다. 본인에게 결정권을 주기 위해 먼저 보여 주고는 있지만 만나 보겠다고 한 건 이번이 처음이었다.

"진심이냐?"

"네. 만나 보라고 주신 거 아니에요?"

"맞긴 하다만……."

"그러니까 만나 볼게요."

"그래. 알았다. 주 집사는 따로 연락 넣어 두고."

"네."

경후는 세빈이 내려놓은 파일을 가져가며 조용히 주방에서 나갔다.

그의 뒷모습을 슬쩍 보던 세빈이 밥으로 시선을 돌렸다.

다른 남자를 만나 보겠다고 하는데도 아무렇지 않아 보이는 모습이 상처로 다가왔다. 사랑만큼이나 크게 보이는 게 질투라고 해서 써먹어 본 방법이었는데 약혼까지 하더라도 그는 별 반응 없을 것 같았다.

역시 내가 고용주 딸이라 잘해 주는 건가.

경후가 화진을 좋아한다는 것에 확신이 들어서 입맛이 뚝 떨어졌다. 그녀가 젓가락으로 밥을 깨작거리자 그 모습을 가만히 보던 유정은 기창과 눈을 한 번 마주치고는 세빈의 어깨를 토톡 쳤다.

"막내야."

"응? 네?"

"만나기 싫은데 억지로 만난다는 거 아니니? 굳이 만날 거 없어."

"아니에요. 그냥 생각할 게 좀 있어서 그랬어요. 그거 때문에 그러는 거 아니니까 걱정하지 마세요."

"그렇다면 다행이지만……."

그녀의 말에도 유정은 걱정스러운 표정을 지우지 못했다. 세빈은 그런 엄마에게 안심하라는 듯이 보다가 다시금 주방에 들어오는 경후에게 고개를 돌렸다. 그는 역시 표정에 변화가 하나도 없었다.

괜히 만나 본다고 했나.

뒤늦은 후회를 했지만 이미 전화까지 하고 왔을 텐데 무를 수는 없는 일. 약혼이 걸린 중대한 일이라 중간에 취소하면 상대방에게 약점이 될 수 있다는 걸 알기에 세빈은 목구멍까지 올라온 한숨을 억누르고자 밥을 꾸역꾸역 집어넣었다.

"이 기사님."

대문 밖을 나서기 전, 경후는 본가 옆에 고용인들이 사는 별가에 들어가 우강댁과 바둑을 두는 이 기사를 불렀다. 마침 바둑을 마무리 짓고 집을 세던 때라 이 기사가 바로 자리에서 일어났다.

"어, 경후야. 무슨 일이냐?"

어릴 때부터 봐 왔던 사람들이기에 일할 때만 빼고 평소에는 그의 이름을 불렀다. 다정한 부름에 경후가 애써 씩 웃었다.

"혹시 언제 주무실 계획이세요?"

"나야 항상 1시 넘어서 자지. 나이 드니까 잠이 없어져서. 그나저나 그건 왜?"

"다른 게 아니고, 저 약속이 있어서 술 좀 마실 것 같은데요. 12시 넘어도 연락 없으면 제 휴대폰으로 전화 좀 주세요."

"얼마나 마시려고 이런 부탁까지 해?"

"일이 있어서요. 괜찮을까요?"

"전화야 문제가 안 된다만, 몸 상하니까 너무 많이 마시지는 말고."

"네."

"차 가지고 갈 거냐?"

"그래야 할 거 같아요."

"알았다. 나갔다 와."

"네. 감사합니다."

이 기사는 고개를 꾸벅이고 나가는 경후의 뒷모습을 보며 작은 한숨을 내쉬었다. 애써 웃고 있지만 그 속에 감춰진 표정은 좋지 못한 것 같았다.

"무슨 일이래? 저런 부탁을 할 애가 아닌데."

슬그머니 다가온 우강댁의 말에 이 기사가 고개를 저었다.

"나도 모르지. 제 아버지 닮았으면 말술일 텐데 얼마나 마시려고 이런 부탁까지 하는지."

이 기사는 너무 빨리 떠나가 버린 친구를 생각하며 고개를 푹, 숙였다.

탁—

술집에 들어오자마자 소주부터 주문한 경후가 잔을 거칠게 내려놓았다. 그의 친구들은 다짜고짜 연거푸 술을 들이붓는 경후를 보며 당황한 기색이 역력했다.

"야, 주경후. 너 오늘따라 많이 마신다?"

경후는 잔에 넘치도록 술을 따른 뒤 바로 입에 털어 넣고서야 테이블을 보았다. 홀짝홀짝 마시다 보니 벌써 네 병째였다.

그가 술을 다시금 들이켰다. 한때는 짝으로 사다 놓고 마셨는데 네 병이 무슨 대수라고.

우경은 병나발 불 기세인 친구를 보며 당황스러운 표정으로 그가 잡은 술병을 낚아챘다.

"내놔."

"야, 너 그 집에서 일하면서 이렇게 마신 적 없었잖아."

"그랬지."

"근데 오늘 왜 그래?"

"그 집 일 때문에 좀 마시려고."

경후는 어리둥절한 표정을 짓고 있는 우경의 손에서 소주병을 낚아챘다.

"무슨 말이야, 저게."

"나도 모르겠는데. 무슨 일 있었나?"

"그러게."

우경과 태호가 마주 보며 영 모르겠다는 표정으로 어깨를 으쓱였다. 소주 몇 병에 취할 친구가 아니라는 건 알지만 안 그러던 애가 저러니까 걱정이 되었다.

또각또각.

연거푸 술을 마시는 경후를 말리지도 못하고 가만히 보고만 있는데 입구 쪽에서 여자 구두 소리가 들렸다. 우경과 태호는 뭔가 싶어서 자연스럽게 고개를 돌리니 화진이 두리번거리고 있었다.

"응? 화진아!"

먼저 화진을 발견한 태호가 손을 올리며 그녀를 크게 불렀다. 태호의 목소리에 혼자 술을 홀짝이던 경후도 시선을 돌렸다.

"여기 있었어?"

경쾌한 구두 소리로 사람들의 이목을 받으며 자리를 찾은 화진이 끝에 앉아 있는 경후의 어깨를 쳤다.

"안으로 들어가 봐."

"저기 가서 앉아."

그가 턱짓으로 맞은편을 가리켰지만, 화진이 단호하게 고개를 저었다.

"좁아. 옆으로 가."

화진은 말로는 안 되겠다 싶었는지 좁은 자리에 엉덩이를 붙이고 앉아서 그를 밀어냈다. 원치 않게 그녀의 몸이 닿자 미간을 찌푸린 경후는 소주를 입에 털어 넣고 옆으로 쓱 들어갔다.

"여긴 어떻게 알고 왔어?"

"민기 오빠랑 얘기하다가."

"민기 그 새끼는 여친이랑 200일인가 이벤트 준비한다고 바쁘다고 안 와 놓고 너한테 할 말은 다 했구나."

"그렇지 뭐."

태호의 물음에 대충 대답한 화진이 재킷을 벗으며 테이블을 보고는 눈을 빠르게 깜빡였다.

"이게 몇 병째야. 오빠들 내일 출근 안 해?"

"하지. 그래서 우린 맥주 마시잖아."

"그럼 이 소주병들은 뭐야?"

"네 옆에."

우경이 턱짓으로 경후를 가리키며 말하자 화진이 소주병과 그를 번갈아 가며 보았다.

"이걸 경후 오빠 혼자 다 마셨다고?"

"어. 한 시간 만에 클리어 하셨다."

"오빠, 미쳤어? 갑자기 술을 왜 이렇게 많이 마셔?"

화진이 놀라서 물었지만 그는 대꾸도 하지 않고 마지막 잔을 쭉 들이켰다.

"오빠."

"그만."

그를 저지하려 손을 뻗었지만 칼 같은 거부에 멈칫했다.

화진은 허공에서 방황하던 손을 거둬들이며 아랫입술을 깨물었다가 놨다.

"네가 와서 무슨 말을 하든 신경 쓰지 않겠지만, 나한테 손대진 마."

경후는 화진을 쳐다보지도 않으며 말을 내뱉었다. 을씨년스러운 두 사람 분위기에 태호가 팔을 휘휘 저으며 하하, 웃었다.

"에이, 왜들 그러시나. 기왕 모인 거 즐겁게 마시고 갑시다. 이모! 여기 소두 두 병 주세요!"

벨은 뒀다가 어디에 쓸 건지, 태호의 큰 목소리에 카운터에 있는 사장이 그들에게 소주 두 병을 가져다줬다.

"오늘은 소주 혼자 마셔?"

대학 시절부터 다닌 곳이라 사장과도 안면이 있었다. 그의 질문에 태호가 고개를 끄덕였다.

"네. 일하는 게 힘든 가 봐요."

"그래, 무슨 일이든 쉽지 않지. 기다려. 서비스로 알탕 만들어 줄게."

"오, 감사합니다."

"감사는 무슨, 너희들이 와서 팔아 주는 게 얼만데."

사장은 주방으로 발걸음을 옮겼다. 경후는 작은 한숨을 내쉬며 빈 소주잔에 술을 따르고 바로 입에 털어 넣었다. 그런 경후를 가만히 보던 화진이 그의 접시에 치킨 텐더를 얹어 주었다.

"술만 마시면 속 버려. 안주 좀 챙겨 먹어."

경후는 반갑지 않은 배려에 접시를 그녀 쪽으로 밀어내며 말없이 소주를 따랐다. 걱정돼서 그런 건데 꼭 이렇게까지 할 필요가 있나 싶어 뭐라고 하려다가 이내 입을 꾹 다물고 한숨을 푹 내쉬었다.

"야, 이런 분위기에서 즐겁게 마시는 건 무리겠다."

태호의 말에 우경이 고개를 끄덕였다.

"그러게. 무슨 일인지 말도 해 주질 않으니."

두 사람이 답답하다는 표정으로 경후를 힐끔 보고는 맥주를 쭉 들이켰다.

말없이 술만 마시는 그에게 누가 뭐라고 해도 귀에 들어오는 건 아무것도 없었다. 경후는 갑자기 변한 세빈의 태도에 머릿속이 복잡했다. 무슨 이유도 없이 갑자기 그런 생각을 할 리는 없는데, 말할 생각이 없어 보이니 속이 탔다.

세빈을 마음에 품은 지 2년. 어느 때보다도 거칠게 뛰는 낯선 심장에 놀라고, 그녀를 보고 있으면 웃고 있는 자신을 보며 놀라기를 여러 번.

그때 그의 나이 스물일곱 살, 그녀 나이 겨우 스물한 살이었다.

자신보다 여섯 살이나 어린 데다가 일하는 집안의 아가씨. 쉽게 다가갈 수 있는 상대도 아니었고, 그래서도 안 되는 상대였다.

그럼에도 마음속 한구석에서 뜨겁게 타오르는 마음을 주체하지 못해 허송세월을 보낸 게 2년이다. 감정을 이성으로 애써 누르며 지내려 했건만, 자신을 보며 웃는 그 얼굴과 그

애교를 마주하며 마음은 억누를 수 없을 정도로 거세졌다.

자신을 거둬 준 회장님께 죄송하다는 마음과 세빈에 대한 마음 사이에서 우왕좌왕 하는 사이, 그녀는 자신을 밀어내고는 생전 거들떠도 안 보던 남자를 만나 보겠다고 한다.

그녀는 어떤 생각으로 만나 보겠다고 한 건지 모르겠지만, 일단 만나 보겠다는 것 자체가 약혼하겠다는 말이나 다름없었다. 두 사람이 만나고 부정적인 말이 없으면 약혼은 그대로 진행될 것이다.

"젠장할."

경후는 어금니를 꽉 깨물었다. 이대로 아무것도 못 하고 끝나는 것인가. 이러려고 마음을 억누르며 참았던 게 아닌데.

속이 타 술을 물 마시듯 마시다 보니 소주 두 병은 금세 사라졌다.

"쟤 좀 말려야 하는 거 아니냐?"

이윽고 또 주문한 소주를 마시는 경후를 보며 우경이 걱정스러운 표정으로 태호에게 말하자, 그가 작은 한숨을 내쉬며 고개를 저었다.

"어쩌겠냐. 본인이 마시는 걸."

두 사람은 경후가 술에 취해야 무슨 말이 나오려나 싶어 기다렸다. 그러다가 경후만 쳐다보고 있는 화진을 힐끔 보고 서로 눈치를 주고받았다.

두 사람 모두 술을 잘하는 편은 아니라서 술 마실 때마다 항상 경후보다 먼저 쓰러지다 보니 그가 취한 모습을 본 적이 없다. 술을 잘 마신다는 것 정도는 알지만, 주량이 어느 정도인지도 모르고.

걱정되는 마음에 다시금 말려 볼까, 생각했지만 이내 포기했다. 말린다고 들을 친구가 아닌 걸 알기에 지켜보는 걸 택했다.

친구들의 걱정스러운 시선 속에 그의 옆에는 소주병에 점점 쌓이고 있었다.

"후……."

숨을 길게 내쉰 그가 셔츠 단추를 두어 개 풀고는 또다시 빈 잔에 소주가 찰랑거릴 만큼 가득 따랐다.

"우리 아가씨 말이야."

"응?"

그가 술 마신 지 두 시간 만에 입을 열었다. 소주병은 이미 세기 무서울 정도로 쌓여 있었고, 경후의 눈도 살짝 풀려 있었다.

"너희 아가씨 뭐?"

우경의 물음에 그가 피식 웃었다.

"우리 아가씨는 배려가 너무 넘쳐서 탈이다."

"무슨 소리야?"

"솔직히 일하면서 부딪칠 일도 없고 다들 너무 잘해 주셔서 힘든 거 하나도 없는데, 그래서 받은 만큼 일하려고 더 열심히 하는 건데……."

말끝을 흐린 그가 고개를 저었다.

"아니, 다 그런 건 아니다. 반은 취소."

그가 키득키득 웃는다. 알 수 없는 경후의 웃음에 세 사람은 당황한 표정을 지었다.

"뭐야, 재 왜 저래. 취했나?"

"……그런 거 같은데."

취하지 않은 사람처럼 정확한 발음으로 문장이 토시 하나 틀리지 않았지만, 중간중간 키득키득 웃는 게 도무지 정상으로 보이지 않았다. 취했다고 결론지은 두 사람은 다시금 경후에게로 시선을 돌렸다.

"그래서 그 취소한 나머지 반의 이유가 뭔데."

"아, 우리 아가씨 때문에."

"아가씨 때문에? 아가씨가 왜?"

"좀 더 신경 쓰고, 더 잘해 주고 더 챙겨 주면서 옆에 있고 싶었거든. 그거 말고도 회장님한테 밉보이면 안 된다는 생각도 있었고."

경후의 말에 두 사람은 눈을 크게 떴다. 사랑 고백인가.

그의 말에 옆에 있던 화진은 미간을 팍 찌푸리며 저절로 술로 가는 손을 막으며 냉수를 벌컥벌컥 들이마셨다.

그런 세 사람이 전혀 눈에 들어오지 않는 듯 경후는 소주를 추가로 두 병 더 시키고는 물 한 모금으로 입가심을 했다.

"쉬는 날에도 아가씨 보는 게 쉬는 거고, 그게 좋으니까 하는 건데 내 속도 모르고 쉴 땐 좀 쉬래. 돈은 더 바라지도 않는데."

그의 말에 화진은 심장이 따끔거려서 물만 계속 마셨다.

속이 타들어 간다. 자신과 연애할 때 그렇게 칼 같았던 사람이 맞나. 저런 순정을 지닌 사람이었다니. 그 순정이 자신에게 닿지 않음이 슬플 뿐이다.

다른 친구들은 시작부터가 잘못됐다고 말한다. 밀당을 할 줄도 모르고 바쁘다는 사람에게 밀어붙여서 억지로 사귄 거나 다름없는데, 마음이 가겠냐면서 아직도 잔소리다.

그래, 시작이 잘못된 거 알고 있다. 아버지 일을 돕기 때문에 데이트를 하더라도 전화가 오면 바로 들어가야 했다. 자신에게는 공부보다 우선시하는 게 일이라서 사귀더라도 더 외롭게 만들 수 있다는 말에도 어떻게든 그를 붙잡아 두는 게 먼저라고 생각해 무조건 다 이해하겠다고 했다.

하지만 제 이해의 유통 기한은 1년이었다. 그가 무슨 일을 하는지 알게 되고, 데이트 도중에 돌아가는 일 대부분이 그 집안 딸 때문이라는 걸 알게 되면서 모든 생각이 질투로 꼬이기 시작했다. 결국 일방적인 짜증과 이별로 이어졌다.

그 집안 사람들 몸종이냐는 못된 소리까지 하면서 그를 질리게 했다. 다시 만나자고는 못 해도 사귈 때 세빈이라는 여자의 전화에 달려가던 경후를 떠올리면 얌전히 놓기도 싫었다.

쿵—

이런저런 생각을 해도 자신이 너무 한심스러워서 속으로 욕을 읊고 있는데 테이블이 울린다. 뭔가 싶어서 고개를 돌리니 경후가 테이블에 머리를 박고 쓰러져 있었다.

"오빠?"

처음 보는 모습에 당황한 화진이 경후를 흔들어 깨웠다.

그의 몸이 흔들릴 때마다 테이블 위에 있는 술병들이 위태롭게 흔들리는 걸 보고 조심스럽게 손을 뗐다.

"이야, 주경후 대단하다. 저걸 쉬지 않고 다 마시더니 드디어 가셨네."

"그러게."

쓰러진 경후를 가만히 보던 우경과 태호가 중얼거리다 테이블 위에 숱한 술병을 보며 고개를 저었다.

지잉— 지잉—

"응?"

갑자기 울리는 진동 소리에 세 사람 모두 본인의 휴대폰 먼저 확인했다.

"나 아니야."

"나도."

"나도 그런데. 그럼 경후 휴대폰인 모양인데."

"내가 찾아볼게."

화진이 서둘러 대답하고는 그의 옆으로 바짝 다가가 바지 주머니부터 확인하고, 재킷을 들었다.

재킷을 들자마자 의자에 떨어지는 휴대폰을 주은 그녀가 액정에 '이 기사님'이라고 쓰여 있는 걸 보고는 우경과 태호에게 내밀었다.

"어떡하지?"

"이 기사님이면 같이 일하시는 분 아닐까? 그런 집안에 기사 한 명이 없을 리 없잖아."

"아, 그러네."

받아 봐야겠다고 생각하는데 전화가 뚝 끊긴다. 휴대폰을 켜 보니 잠겨 있는 상태라 다시 전화를 걸 수가 없는데 이걸 어떡하나 고민하는 사이 또다시 전화가 울렸다.

"네, 주경후 씨 휴대폰입니다."

전화가 오자마자 바로 받은 화진이 말했다.

—안녕하세요. 저는 경후랑 같이 일하는 사람입니다.

"네, 안녕하세요."

—경후가 지금 전화 받을 상태가 아닌가요?

이 기사의 말에 화진이 잠든 그를 보며 작은 한숨을 내쉬었다.

"네. 술에 취해서 자고 있네요."

—그럼 거기가 어딘지 좀 알려 주겠어요? 제가 갈게요.

이 기사의 말에 화진이 불현듯 떠오른 생각에 고개를 저었다.

"아뇨. 제가 데리고 가겠습니다. 주소만 알려 주세요."

—아가씨 혼자 데리고 오기엔 힘들 텐데.

"아니에요. 차에 실어 줄 사람들이 있어서요. 집에서만 좀 도와주시면 될 거 같아요."

—정말 괜찮겠어요?

"네. 걱정하지 마세요."

—그럼 부탁할게요.

그녀는 제 휴대폰을 꺼내 이 기사가 불러 준 주소와 연락처를 받아 적고는 전화를 끊었다.

"화진이 네가 데려다주겠다고? 너 차 안 가지고 왔어?"

"어. 아침에 배터리가 나갔는지 시동이 안 걸려서 지하철 타고 출근했거든. 마침 잘됐지, 뭐."

"집에는 어떻게 가려고?"

"어차피 집에 가려면 택시 타야 해. 가서 택시 잡으면 되지, 뭘."

그녀의 자연스러운 말에도 두 사람은 뭔가 찜찜하다는 표정을 지었지만 이내 고개를 저었다.

"그래, 네가 좋다는데 우리가 뭐라고 할 게 아니지."

"뭐?"

"아니, 너 착하다고."

화진의 되묻는 말에 대충 둘러댄 우경이 자리에서 일어났다.

"그럼 나는 계산하고 올게. 태호, 너는 걔 좀 차에 좀 실어라."

"알았어."

순박하게 생긴 얼굴과는 다르게 어린 시절 역도 선수 생활을 해서 힘이 제일 센 태호가 시원스럽게 대답하며 자리에서 일어났다. 그는 화진이 자리에서 비켜 주자, 테이블을 밀어내고 경후를 가뿐하게 업었다.

"화진아."

경후의 차가 어디에 주차되어 있는지 확인하려 두리번거리는데, 태호가 조용히 불렀다. 뭔가 싶어서 고개를 돌리니 그가 사뭇 심각한 표정을 짓고 있었다.

"왜 그래?"

"너 아직도 경후한테 마음 있지?"

"뭐래. 아니거든?"

"아니라고 할 거면 티라도 내지 말든가."

칼같이 말했지만, 그 말보다도 더 단호한 태호의 대답에 화진이 입을 꾹 다물었다.

"알면서 그건 왜 물어봐?"

"너희 헤어진 지 3년 다 되어 가잖아. 이 녀석은 그 아가씨 좋아하는 모양이고. 근데 한 번 보니까 왜 좋아하는지 알 거 같더라. 사람이 착하고 해맑아. 그래서 그런지, 사랑스럽더라."

뜬금없는 세빈의 칭찬에 화진이 미간을 찌푸렸다.

"지금 그 여자 칭찬하려고 경후 오빠한테 마음 있냐고 물어본거야?"

"당연히 아니지."

"그럼 뭔데?"

"너도 매력이 있고, 충분히 사랑스럽지만, 경후가 좋아하는 게 그 집 아가씨라면 화진이 너는 몇 년이 지나도 경후 눈에 안 찬다는 말이야."

태호의 날카로운 말에 그녀는 우뚝 발걸음을 멈췄다.

인정하고 싶지 않았던 부분을 잔인하게 콕 집어 주니 아주 몸 둘 바를 모르겠다.

"너무 잔인한데."

터벅터벅 앞서가던 그가 화진의 작은 목소리에 뒤를 돌아보았다.

"칭찬 고마워."

"칭찬 아니야."

날카로운 화진의 말에도 태호는 씩 웃으며 그녀에게 성큼 다가왔다.

"경후 눈에 안 찬다는 말은 잊어도 너도 매력 있고, 사랑스럽다는 말은 잊지 마."

"지금 병 주고 약 줘?"

"아니, 처방전 주고 약 주는 건데."

"아, 진짜."

되도 않는 아재 개그에 화진이 자신도 모르게 피식 웃어 버렸다. 분명 태호가 뱉은 말에 기분 나빴는데 결국 또 그의 말 한마디에 웃은 게 자존심 상했다.

"그러니까 너무 목매지 마."

조금 있으면 서른의 나이에 생일 파티를 해 달라고 할 정도로 철부지 같던 태호가 오늘따라 어른스럽게 충고를 하고는 먼저 성큼성큼 걸어갔다. 그런 태호가 낯설어서 화진이 가만히 쳐다보자 그가 열심히 걸어가다가 주변을 두리번거리고는 다시금 돌아왔다.

"근데 차 어디 있지?"

눈을 동그랗게 뜬 아이 같은 순박한 모습에 화진이 키득키득 웃으며 태호 팔을 치며 발걸음을 옮겼다.

"찾으러 가자."

"어, 같이 가!"

화진은 자신의 빠른 걸음 뒤로 성큼성큼 따라오는 태호를 힐끔 돌아보며 피식 웃었다.

"대박."

같이 가겠다는 태호를 억지로 떼어놓고 내비게이션으로 주소를 찍고 가던 화진의 귀에 도착했다는 알림이 들렸다. 한쪽에 길게 이어진 담을 보며 속도를 줄이고 연신 두리번거렸다. 지도에서 봤을 때도 부지가 넓긴 했는데, 실제로 이렇게 클 줄은 상상도 못했다.

쭉 이어진 담을 따라서 천천히 가자 중년 남성이 서 있는 게 보였다. 거기가 대문이구나 싶어서 차를 세우고 창문을 내렸다.

"이 기사님 맞으세요?"

"통화했던 동생분이시군요."

"네. 차는 어디에 주차해야 하나요?"

"주차는 내가 할게요. 대문 안에 들어가 있어요."

"네."

이 기사의 말에 화진은 급히 차에서 내리고 그가 열어 둔 작은 문을 통해 안으로 들어갔다.

담 길이를 보고 놀랐던 화진은 넓은 정원을 보고 한 번 더 놀랐다. 이 오밤중에 켜 놓은 조명 아래 반짝이는 정원에서 산책해도 될 정도였다. 거기다가 그에 걸맞게 큰 집은 화진의 입을 떡 벌어지게 했다.

"괜히 아가씨가 아니네."

애초에 집에 집사가 있다는 것부터 자신같이 평범한 월급

쟁이하고는 다르다고 생각은 들었지만, 이 정도일 줄은 몰랐다.

"저 좀 도와주겠어요?"

정원을 둘러보다가 옆에서 들리는 목소리에 화진은 고개를 돌렸다. 이 기사가 경후의 팔을 어깨에 두르고 끙끙거리며 걸어오고 있었다.

"네, 지금 갑니다."

화진은 재빠르게 다가가 그의 반대쪽 팔을 어깨에 두르고 이 기사와 발을 맞춰 천천히 옮겼다. 태호가 너무 가뿐하게 업어서 몰랐는데, 술에 취해 축 늘어진 사람의 무게는 엄청났다.

"회장님하고 사모님 주무시니까, 조용히 들어갑시다."

집 안으로 들어간 화진은 회장님과 사모님이라는 말에 경직되어 냉큼 고개를 끄덕였다. TV나 인터넷에서 가끔 보던 인물들이 방 안에 자고 있다니. 누구에게나 당당한 모습으로 대하는 화진이였지만, 권력의 힘은 무시하지 못한다는 생각을 하면서 집 안 내부를 둘러볼 틈도 없이 그를 방에 끌어다 놓았다.

경후를 침대에 던지듯 내려놓은 두 사람이 허리를 펴며 숨을 골랐다.

하필 방이 2층에 있을 게 뭐람.

투덜거리던 화진은 가볍게 스트레칭을 하는 와중에 처음 와 보는 그의 방을 둘러보며 작은 감탄을 내뱉었다.

방 하나가 원룸을 가져다 놓은 것처럼 크고 넓었다. 침대

오른쪽에는 욕실이 있었고, 왼쪽에는 드레스룸으로 보이는 곳이 있었다.

"그나저나 집에는 어떻게 가나요?"

"네, 네?"

슬금슬금 그의 방을 살펴보던 화진이 화들짝 놀라자, 이 기사가 고개를 갸우뚱거리며 다시금 말했다.

"경후 차 운전하고 온 것 같은데 집에 어떻게 가려고요?"

"택시 타고 가려고요."

"시간이 늦었는데, 괜찮겠어요?"

"네. 엄마 친구분이 택시 하시거든요. 전화해서 가면 돼요."

"그럼 다행이고."

이 기사의 말에 화진이 씩 웃었다. 덩달아 미소 지은 이 기사가 방문을 조심스럽게 열었다.

"그럼 이만 나갈까요?"

"네."

이 기사는 화진을 먼저 내보내고 그 뒤를 따라나섰다. 조용히 문을 닫고 발걸음을 옮기려는데, 경후의 옆 방문이 확 열리는 걸 보고 놀란 두 사람이 눈을 크게 떴다.

"누구야, 이 시간에?"

"아가씨, 깨셨어요?"

"이 기사 아저씨?"

세빈은 잠에서 덜 깬 얼굴로 눈을 찌푸리며 이 기사를 올려 보았다.

"안 주무시고 여기서 뭐 하세요?"

"경후가 술을 좀 마셔서 데려다 놓느라고 왔어요. 아가씨는 시끄러워서 깨신 거예요?"

"네. 문이 덜 닫혀 있었나 봐요."

뒷목을 긁적이며 말하던 세빈은 이 기사 옆에 다른 누군가 있다는 걸 그제야 눈치채고 얼굴이 잘 보이지 않아서 눈을 찌푸렸다.

"안녕하세요, 또 보네요."

먼저 인사해 오는 화진을 보며 눈이 더 안 보이는 척, 미간을 팍 찌푸렸다.

"아, 화진 언니구나. 언니가 여긴 어쩐 일이세요?"

"같이 술 마시다가 오빠가 취해서 데리고 왔어요."

"그랬구나."

화진은 다른 이들과 함께였던 사실까지는 굳이 말하지 않았다. 그저 이 많고 많은 방 중에 왜 하필 세빈의 옆 방인 건지 이해가 되질 않았다.

"그럼 저는 이만 가 볼게요. 내일 출근해야 해서."

"네. 안녕히 가세요."

세빈은 예의상 꾸벅 인사하고는 현관으로 가는 화진의 뒷모습을 지켜보다가 방 안에 들어와서야 미간을 찌푸렸다. 피곤해 당장이라도 잘 수 있을 것만 같았는데 화진을 보니 정신이 번쩍 들었다.

"뭐야, 내 말에 당황하는 척하더니, 아주 좋은가 보네. 바로 여자랑 술 마시고 취해서 들어오는 거 보면."

세빈은 투덜거리며 침대에 벌러덩 누웠다. 억지로 자려고 누웠는데, 경후가 취한 채 화진의 손을 빌려 집에 왔다는 게 마음에 들지 않아 속에서 열이 부글부글 끓었다.

아무래도 잠자기는 다 그른 거 같았다.

"자. 다 됐어요. 오늘 세빈 씨 너무 예쁘다."

메이크업에 헤어까지 다 끝낸 헤어숍 원장이 흡족하게 웃었다.

"근데 오늘 무슨 약속인데 이렇게 힘을 주는 거예요?"

원장이 헤어 에센스를 발라 주며 물었다. 그녀가 대답 대신 그저 웃자, 소파에 앉아 있던 경후가 자리에서 일어났다.

"끝나셨으면 가시죠."

"어."

원장은 두 사람의 분위기가 평소와는 다르게 냉랭한 것을 감지하고 고개를 갸우뚱거렸다. 하지만 굳이 말하지 않는 걸 캐물을 순 없어서 궁금증으로만 끝냈다.

주차장으로 나온 두 사람은 아무런 말없이 차에 올라탔다. 그녀는 오랜만에 꾸민 자신의 모습에 어색했지만 그가 다른 반응을 보여 주길 바랐다. 하지만 그는 앞만 볼 뿐 다른 말은 일절 하지 않았다.

다른 때 같으면 먼저 예쁘다고 해 줬을 텐데. 이젠 칭찬조차 아끼는 건가.

그녀가 혼자 상상의 나래를 펼쳤다. 늦은 밤까지 남녀 단둘이 술을 마셨다는 건…….

세빈은 미처 생각을 마치지 못하고 두 눈을 꼭 감았다가 떴다.

"생각보다 차가 많이 밀려서 좀 늦을 거 같습니다."

괜히 침울해져서 창밖만 보고 있는데, 경후의 목소리에 그녀가 그를 힐끔 보고는 다시 창밖으로 시선을 던졌다.

"그럼 저 앞에 세워 줘."

그녀가 통신사 앞을 가리키며 말했다. 위치상으로 잠시 정차할 수 있었지만 경후는 단호하게 고개를 저었다.

"안 됩니다."

"얼마 안 남았잖아. 걸어가는 게 더 빨라. 저기서 안 세우면 지금 여기서 내리고."

세빈은 경후를 쳐다보지도 않고 딱 잘라 말했다. 어떻게든 내리겠다는 의지에 그가 작은 한숨을 내쉬며 핸들을 꺾었다.

"혼자 괜찮으시겠습니까?"

"어. 들어가."

그녀는 차에서 내려 그를 쳐다보지도 않고 문을 닫았다.

집에서 마주친 화진의 모습이 아직도 머릿속에 맴돈다.

괜찮다는 그에게 친구들을 만나라며 괜한 고집을 부려 밀어낸 건 자신인데, 사귄 적도 없고 고백한 적도 없는 사이에 괜히 차인 기분이 들어서 찔끔 눈물이 나오려 했다.

"아, 울면 안 돼. 화장 지워진다."

가던 걸음을 멈추고 눈물이 마르길 바라며 하늘을 올려 봤다. 지나가던 이들이 하나둘 힐끔거리며 쳐다봤지만, 세빈은 시선을 무시하며 코를 훌쩍이고 다시금 발을 옮겼다.

괜한 자존심을 세웠나 후회도 하지만 이미 틀렸을지 모른다. 자신이 기억하기로 한 번도 취한 적이 없던 그가 술을 얼마나 마셨으면 여자와 같이 집에 온 걸까. 친한 친구조차 집 근처로도 데리고 온 적이 없던 사람인데.

터벅터벅 걸어가다 보니 약속 장소인 Li레스토랑에 도착했다.

"어서 오십시오."

들어가니, 단정한 차림의 직원이 정중하게 반긴다. 큰 건물만큼이나 넓은 내부를 둘러보고 있는데, 여직원이 싱긋 웃었다.

"예약했는데요."

"성함이 어떻게 되십니까?"

"지세빈이요."

"네. 안내해 드리겠습니다."

웃는 얼굴이 특히나 예쁜 직원이 앞장서 걸었다. 왼쪽으로 쭉 들어가서 창가 자리를 안내해 주었다. 테이블에는 L기업 박 회장의 아들, 박도준이 와서 기다리고 있었다.

그녀를 발견한 도준이 자리에서 벌떡 일어났다. 그가 일어서자 시선이 쑥 올라간 세빈이 움찔 놀라며 뒤로 주춤 물러났다. 키가 192cm라는 걸 보긴 했지만 이렇게 클 줄은 생각도 못 했다. 힐을 신어도 이렇게 올려다봐야 한다니.

당황한 얼굴로 빤히 보고 있자, 도준이 고개를 살짝 숙였다.

"안녕하세요. 박도준이라고 합니다."

"안녕하세요. 지세빈이라고 합니다."

도준을 따라서 고개를 꾸벅인 세빈이 최대한 자연스럽게 싱긋 웃었다.

각자의 자리에 앉은 두 사람이 앞에 놓인 물만 홀짝 마셨다. 세빈은 사진보다 더 우직한 모습을 보며 운동하던 사람이었나, 하고 머릿속으로 프로필을 떠올리는데 도준이 작은 한숨을 내쉬었다.

"이렇게 만나게 될 줄은 몰랐습니다."

"그런가요?"

하하, 세빈의 입에서 어색한 웃음이 흘러나왔다.

도준은 앞에 앉아 있는 어린 여자를 보며 다시금 나오려는 한숨을 꾹 참았다.

스물세 살이라고는 알고 있지만, 실물은 그보다 더 어려 보였다. 지금 L기업이 투자금 유치에 목매고 있다는 건 아는 사람은 다 아는 사실. 아버지는 이번 약혼을 빌미로 I기업에서 투자를 받을 생각이다.

이제까지 모든 기업에서 거절당했기에 이번에도 마찬가지일 거라고 생각했는데, 약속이 잡혀서 굉장히 놀랐다.

"저……."

"저……."

조용히 있던 두 사람이 동시에 입을 열었다. 세빈이 눈을 빠르게 깜빡이다가 싱긋 웃었다.

"먼저 말씀하세요."

"아, 네."

뭘 보고 나온 건지는 모르겠지만, 이대로 약혼까지 흘러가게 둘 수 없다. 자르려면 지금 당장, 무례하다고 생각이 들 정도로 단칼에 잘라야 한다.

"왜 나오셨는지 모르겠습니다만, 저는 약혼 생각이 없습니다."

"네?"

뜬금없는 말에 당황한 그녀가 되묻자, 도준이 다시금 입을 열었다.

"저희 집에서 먼저 제안한 일을 받아들이는 입장에서 이런 말이 무례한 거 압니다. 다른 자세한 말씀은 드리지 못해 죄송합니다."

"아……."

빤히 보고만 있는 그녀의 표정에서는 속마음을 읽을 수가 없어 난감했다. 차라리 이런 남자가 다 있냐며 화를 내는 게 속 시원할 거 같은데 아무런 반응이 없었다.

"……생각 없으시구나."

그녀가 고개를 푹, 숙였다.

뭐지, 내가 마음에 들었던 건가?

도준이 심각한 표정을 지으며 속으로 중얼거렸다.

가끔 자신의 사진을 보고 마음에 들었는지 몰래 연락 오는 경우는 있었다. 이번에도 그런 경우인 건가 싶어서 세빈이 무슨 말을 할지 바짝 긴장했다.

"여기서도 까이고, 저기서도 까이고……."

"네?"

한참을 조용히 있던 그녀가 중얼거리며 눈물을 뚝뚝 떨어트렸다. 눈앞에 벌어진 일에 놀란 도준이 자리에서 벌떡 일어났다. 갑자기 불쑥 솟아오른 거대한 남자의 모습에 몇 없는 손님의 시선이 몰렸지만, 여자의 눈물에 당황한 도준은 신경 쓸 틈이 없었다.

"아, 저, 저기……."

세빈에게 다가가니 다리 위에 올려진 두 손은 주먹을 꽉 쥔 상태로 굵은 눈물을 뚝뚝 떨어트리고 있었다.

자신의 거절이 그렇게 충격이었던 건가, 사진을 보고 결혼까지 생각할 정도로 반한 건가. 오만 가지 생각을 다 하면서도 소리를 죽이며 우는 그녀의 모습이 안쓰러워서 재킷 안주머니에 있는 손수건을 꺼내 건넸다.

"닦으세요."

"감사합니다."

도대체 무슨 일인지 코까지 훌쩍이며 계속 울었다. 도준은 자신이 원인이라는 생각에 이러지도 못하고 저러지도 못하면서 그녀 옆에만 서성였다.

"저……."

"네!"

세빈의 부름에 당황한 도준이 큰소리로 대답했다. 어느덧 눈이 빨갛게 된 세빈은 그를 힐끔 올려 보고는 맞은편 자리를 보았다.

"일단 앉으세요. 사람들이 자꾸 쳐다봐요."

"네."

도준이 성급히 맞은편에 앉았다.

너무 갑작스러운 눈물에 당황한 마음을 가라앉히는데, 그녀가 떨리는 숨을 길게 내쉬었다. 아까보다도 한결 안정된 얼굴이었다.

"제가 싫다는 건 알겠고, 일단 왔으니까 디저트라도 먹고 가죠. 여기 케이크가 맛있다고 들었는데."

"아니, 싫은 건 아닙니다."

도준의 말에 세빈이 고개를 들어 그를 보았다. 입술을 삐죽 내밀고 보는 모습이 꽤 귀여웠다.

"혹시 여자 친구가 있으신 건가요?"

"아뇨, 그건 아닙니다."

그는 말해 놓고도 아차, 싶었다. 차라리 변명할 거면 여자가 있다는 게 나을 수도 있는데.

재빨리 표정을 지운 그를 본 세빈은 작은 한숨을 내쉬었다.

"궁금하긴 하지만 묻진 않을게요. 그리고 초면에 죄송해요. 울려고 한 건 아닌데, 안 좋은 일이 좀 있어서 저도 모르게 눈물이 터졌네요."

그녀가 다시금 입을 삐쭉거리며 눈에 고이는 눈물을 닦아 냈다. 세빈이 어떤 이유로 울었든 그 이유 중 반은 자신의 책임이라 생각한 도준은 얌전히 기다렸다. 일단 거절의 의사를 확실히 전달했으니 그것으로 됐다.

"그리고 저도 초면에 죄송한 말씀 하나 드려도 될까요?"

앞으로 어떻게 해야 하나 고민하는 도중에 훅 치고 들어오는 그녀의 말에 그가 고개를 끄덕였다.

"네. 하세요."

무슨 말이든 겸허히 받아들여야겠다 싶어서 무슨 말을 할지 기다리는데 그녀가 숨을 푹 내쉬며 입을 열었다.

"이따 술 좀 같이 마셔 주세요."

"네?"

"술은 안 가리는데 오늘은 매운 낙지볶음에 소주가 당기네요. 어떻게 생각하세요?"

대기업의 막내딸 입에서 나온 예상치 못한 말에 그가 당황한 표정을 짓다가 이내 그녀를 쭉 훑어보았다. 온몸에 귀티가 흘러 스테이크에 와인을 마셔야 할 거 같은데 낙지볶음에 소주라니. 안 어울려도 너무 안 어울렸다.

"술 못 하시면 말 상대만 해 주세요. 술 강요 안 하니까요."

도준이 고개를 갸우뚱거리자 세빈은 나름 진지한 표정으로 그의 얼굴을 쳐다보았다.

"아닙니다. 소주 두 병은 마십니다."

"얼마 못 드시는구나."

그녀의 중얼거림에 그가 두 눈을 크게 떴다. 두 병이면 많이 마시는 건 아니지만, 그렇다고 해서 못 먹는다는 소리를 들을 정도는 아닌데, 이런 반응은 처음이었다.

"술 잘 드시나 봅니다."

"취해 본 적 없어요."

그녀의 말에 그가 입을 꾹 다물었다.

진심인지, 허세인지 모를 저 말을 어떻게 받아들여야 할지 모르겠다.

진지하게 고민하던 도준은 그녀가 눈치채지 못하게 고개를 끄덕였다.

그러고 보니 지 회장 내외가 모두 술을 잘 마신다고 했다. 술 마시는 것도 유전이라고들 말하니, 앞에 있는 이가 잘 마신다고 하는 것도 이해가 간다.

도준은 적어도 앞에 있는 여자가 술을 빌미로 자신을 어떻게 해 보려고 하는 건 아니구나 싶은 마음에 고개를 끄덕였다.

"좋습니다. 저녁은 먹고 이동할까요?"

그의 질문에 세빈이 잠시 생각하다가 고개를 저었다.

"아뇨. 낙지볶음에 소면 섞어서 반주로 먹는 게 좋겠어요. 제가 배가 부르면 술을 못 마셔서."

그가 동의한다는 표정으로 고개를 끄덕이며 자리에서 일어났다.

"저도 마찬가지입니다. 그럼 세빈 씨가 아는 곳 있으면 거기로 가죠."

"네. 좋아요."

두 사람은 케이크를 포장해서 밖으로 이동했다.

"차 가져오셨습니까?"

밖으로 나온 도준이 정중하게 물었다. 면허는 있지만, 장롱면허가 된 지 벌써 3년째. 그녀가 고개를 저었다.

"아뇨."

"그럼 제 차 타고 이동하죠."

"네. 학교 근처로 갈 거거든요. 길은 안내해 드릴게요."

"아, 네."

도준은 세빈이 일러 주는 곳으로 가다 보니 어느덧 대학로에 들어왔다. 젊은이들의 거리답게 학생들이 넘쳐 났다.

세빈의 안내에 따라 주차를 하고 차에서 내린 그가 근방을 싹 훑어보았다.

"저, 도준 씨."

"네?"

그녀의 입에서 나온 제 이름에 그가 자신도 모르게 움찔 놀라며 돌아보았다. 그의 반응에 덩달아 놀란 세빈이 멋쩍은 표정으로 관자놀이를 긁적였다.

"너무 친한 척했나요?"

"아닙니다. 편하게 부르세요."

"도준 씨도 편하게 부르세요."

"네, 세빈 씨."

세빈은 바로 대답하는 도준을 보며 피식 웃으며 발걸음을 옮겼다.

"혹시 장소 가리세요? 허름한 곳을 싫어한다거나……."

도준이 고개를 저었다. 2년 전까지만 해도 단칸방에서 어머니랑 단둘이 살았는데, 허름하고 자시고를 따질 리가.

"아뇨. 가리지 않습니다."

"그럼 다행이구요. 싸고 양이 많긴 한데 건물은 좀 허름하거든요."

"괜찮습니다."

시원스러운 그의 대답에 세빈이 고개를 끄덕였다.

그녀를 따라 도착한 곳은 정말 허름한 식당이었다. 하지만 밖에서도 보일 정도로 빼곡하게 앉아 있는 학생들을 보며 그가 난감한 표정을 지었다.

"자리가 없을 거 같은데요."

"아뇨. 에어컨 옆에 있어요."

매의 눈으로 스캔을 끝마친 그녀가 씩 웃었다. 천진난만한 미소에 덩달아 따라 웃은 도준은 큰 몸을 구겨 가며 가게 안으로 들어갔다.

가게와는 영 어울리지 않는 차림의 두 사람이 들어오자 사람들이 힐끔힐끔 쳐다봤다. 어느 정도의 시선을 예상했던 터라 무시하고 자리에 앉은 두 사람은 손을 들어 바로 아르바이트생부터 불렀다.

"주문하시겠어요?"

"낙지볶음에 소주 두 병 주세요. 아, 사리는 곱으로 주세요."

"네."

도준은 메뉴를 보지도 않고 주문하는 그녀를 보며 고개를 끄덕였다.

"자주 오시나 봐요."

"단골이에요. 학생들이라 주머니가 가볍잖아요. 가격을 보면 아시겠지만 매우 저렴한 곳이라."

도준은 이해한다는 표정으로 고개를 끄덕였다. I기업 딸이 할 소리는 아닌 거 같지만 그녀 주변에 다 난다 긴다 하는 집의 자제들만 있는 건 아닐 테니.

"그리고 도준 씨, 잠깐만 귀 좀."

"네?"

세빈이 상체를 일으키며 다가오라는 손짓을 하자 도준이 고개를 갸우뚱거리며 상체를 숙였다.

"학교에서는 제가 어느 집 딸인지 몰라요. 적절한 단어 선택 부탁드립니다."

"알겠습니다."

그의 대답에 만족스러운 표정으로 자리에 앉은 세빈이 작은 한숨을 내쉬며 주변을 둘러보았다. 적어도 아는 사람은 없는 거 같아서 안심하고 위에 걸치고 있던 재킷을 벗어 다리 위에 올려놓았다.

그녀가 도준을 힐끔 보았다. 비싼 슈트를 입고 무표정으로 물을 홀짝이며 주변을 두리번거리는 모습이 이 공간과 너무 안 어울렸다.

하긴 그건 내가 할 말이 아니지.

메이크업에 헤어까지 하고 와서는 소주를 마신다는 게 웃겼다. 거기다가 처음 본 남자와 함께.

레스토랑에서는 여기저기에서 다 거부당한다는 생각에 울컥하긴 했는데, 지금 생각해 보면 창피하다.

보통 약혼 제의는 부모가 진행하는 게 대부분이라서 당사자가 약혼 생각이 없을 수도 있다. 약속 자리에 나오기까지 했으니 웬만해서는 부모님 의견을 따르는 사람들이 많겠지만, 가끔은 자리에서 서로 적당히 이야기하고 끝내는 사람도 있다고 익히 들어서 알고 있다. 울 정도의 일은 아니었는데 괜히 경후의 생각에 울컥해서 눈물부터 나왔다.

"자, 드세요."

먼저 나온 소주 두 병에 있는 안주라고는 튀긴 건빵이 전부였지만 그녀는 그의 잔에 찰랑거리게 술을 따라 주고 본인의 잔에도 가득 따랐다.

"이후로는 각자 마셔요."

"네."

앞으로 안 볼 사람이라는 생각에 그런 건지, 아니면 술 앞이라서 그런지 몇 년 만난 사람처럼 편했다.

그녀의 행동이 불편하거나 예의 없게 느껴질 법도 한데, 도준은 별말 없이 술을 입에 털어 넣었다.

"저…… 도준 씨."

그녀의 부름에 그가 대답 대신 세빈을 빤히 보았다. 왜 부르냐는 표정에 그녀가 다시 입을 열었다.

"사실 도준 씨 만나러 오기 전에 전체적인 상황에 대해 전달받았어요."

"아……."

정확하게 설명하진 않았지만, 도준은 무슨 말인지 바로 이해하고는 고개를 끄덕였다.

"알고도 온 건가요?"

궁금증만 확연히 드러나 있는 질문에 그녀가 고개를 끄덕였다.

이 남자를 만나 보겠다고 결정하게 된 이유는 집안 때문이 아니라, 그냥 그 제안을 받을 당시의 상황이었으니까.

하지만 여기서 말을 제대로 하지 않으면 오해할 수 있다는 생각에 입을 열었다.

"사실 저도 다른 이유가 있어서 만나 보겠다고 한 거라서요."

"다른 이유요?"

"네. 말하면 창피하니까 말은 안 할래요. 그나저나 이대로 들어가도 괜찮으시겠어요?"

그녀가 서둘러 말을 돌렸다. 굳이 그녀의 개인적인 이유에 대해서 캐물어 볼 필요가 없는 도준이 한숨을 푹 내쉬었다.

다른 사람이 집안 사정을 봤을 땐 만남을 거부할 만한 입장은 아니지만, 그건 정말 그 집안을 생각했을 때 이야기였다. 피만 섞였을 뿐이지 남이나 다름없는 그에게 집안의 사정을 봐줄 이유는 없었다.

집에 들어가면 똑같은 이유를 들먹이며 또 협박하겠지. 이젠 그 협박이 안 통하는지도 모르고. 바보 같은 영감탱이.

그는 생각이 입 밖으로 나올까 싶어 한숨만 푹 내쉬었다.
"안 괜찮겠죠."

"역시 부모님께서 정해 주신 건 싫으신 거죠? 거기에다가……."

세빈이 무슨 말을 하려다 말고 입을 꾹 다물었다. 슬그머니 시선을 피하는 그녀를 보며 도준이 피식 웃었다.

"네. 거기에 만난 지 2년밖에 안 된 아버지께 정도 없고요."

"아, 네."

그녀가 다른 말은 하지 않고 고개를 푹 숙인 채로 술만 홀짝였다.

역시 알고 있었구나 싶어서 도준도 덩달아 술을 마셨다. 달았던 술이 조금 쓰게 느껴졌다.

"다른 것도 알고 오신 거죠?"

세빈은 힐끔 그의 눈치를 보고 고개를 끄덕였다.

집안과 집안 간의 교류는 판은 커도 결국은 다 거기서 거기라서 이야기는 돌고 돈다. 거기다가 갑자기 2년 전에 아들이라며 나타났으니 이야기가 안 도는 게 더 이상하겠지. 심지어 첫째보다도 네 살이나 많은 아들이라니.

"죄지은 것처럼 그러실 거 없어요. 다른 것도 아니고 결혼이나 약혼을 전제로 만나는 건데 알아볼 건 알아봐야죠."

오히려 알아보고 거절해 주길 바랐다. 어린 나이에 사고쳐서 버림받은 여자의 아들, 심지어 언제 또 버림받을지 모르는 남자와 누가 연을 맺고 싶어 할까.

"음, 걱정돼서 꺼낸 이야긴데 괜히 불편하게 만든 거 같아서 죄송해요. 제가 오지랖이 좀 넓어서."

슬그머니 건넨 세빈의 사과에 그가 고개를 저었다.

"괜찮습니다. 오히려 걱정해 줘서 고마워요."

그가 슬쩍 웃었다. 세빈은 괜히 부끄러워서 시선을 피하며 건빵을 하나 집어 먹었다.

"그나저나 기분 좀 이상하네요. 보통 아가씨들은 안 좋게 보던데."

그의 말에 그녀가 고개를 갸우뚱거렸다.

"왜요?"

"굴러들어 온 돌이니까요."

"그런가, 나는 오히려 도준 씨가 안됐다고 생각했는데."

그녀의 중얼거림에 도준이 호기심으로 눈을 반짝였다.

"왜요?"

세빈은 잠시 고민하다가 아르바이트생이 가져다준 낙지볶음을 먹고는 힘겹게 입을 열었다.

"어차피 아는 척한 거 그냥 말해도 돼요?"

"네."

"기분 나쁘실 거 같은데."

"각오하고 있습니다."

"아니, 각오는 제가 해야 할 거 같은데."

그녀가 난감한 표정으로 소주를 쭉 들이켜고는 물 한 모금으로 입가심을 하며 슬그머니 눈치를 보더니 입을 열었다.

"사실 저는 도준 씨가 이용당한다고 생각했거든요. 모르는 척하던 아들을 갑자기 찾은 것도 그렇고, 지금처럼 투자금이 필요한 상황에 이리저리 약혼을 알아보면서 도준 씨를 내보내는 게 팔려 가는 거 같다는 생각도 했고요."

도준은 핵심을 쿡 찌르는 그녀의 말에 말없이 소주를 쭉 들이켰다.

"그래서 도준 씨가 안됐다고 생각한 거예요."

마침표를 찍는 그녀의 말에 그가 피식 웃었다. 다들 자신을 그저 L기업의 사생아 정도로만 보기 때문에 저런 생각을 하는 사람이 있으리라고는 생각도 못 했다.

주변을 쓱 둘러본 그가 상체를 숙이고 그녀를 빤히 보았다. 갑자기 느껴지는 뜨거운 시선에 움찔 놀란 세빈이 눈을 빠르게 깜빡이며 도준을 보았다.

"왜…… 그러고 보세요?"

"그리고 또 무슨 생각한 거 없어요?"

"무슨 생각이요?"

"내가 왜 이용당하면서 가만히 있을까, 하는 그런 거."

"그거야 뭐…… 가만히 있을 수밖에 없는 이유가 있는 거 아니겠어요? 아까 도준 씨가 말한 것처럼 만난 지 2년밖에 안 된 아버지한테 무슨 정이 있어서 당하고만 있겠어요. 효심 지극한 심청도 아니고."

그녀가 대수롭지 않은 표정으로 말고는 낙지볶음을 집어 먹다가 도준을 보며 다시금 입을 열었다.

"다른 이유가 없더라도 L기업의 보복이 두려워서 그럴 수도 있고. 혹시 두려운 건가요?"

되물음에 그가 잠시 생각하다가 씁쓸하게 웃었다. 그녀와 속도를 맞추면 안 된다는 생각에 아껴 두었던 소주를 입에 털어 넣으며 고개를 끄덕였다.

"어떻게 보면 그럴 수도 있겠네요. 금전적 보복."

중얼거리듯 말한 그가 잔에 흐르도록 가득 따르고는 또다시 술을 입에 털어 넣었다. 연속으로 석 잔을 마신 그가 몽롱해지는 정신에 숨을 길게 내쉬었다. 아무래도 너무 빨리 마신 듯했다.

"스물여덟 살의 나이에 열아홉 소녀를 임신시키고 도망간 아버지가 20년이 훨씬 넘은 지금에 와서야 병에 걸린 어머니 목숨을 담보로 절 끌어들이더군요."

정신이 몽롱한 사이 입에선 머릿속에 맴돌던 말이 튀어나왔다. 몸이 안 좋으면 주량이 한 병으로 훅 줄어드는데, 오늘이 그날인가 싶으면서도 나오는 말을 막을 수 없었다.

"이제 갓 입사한 신입한테 모아 놓은 돈이 얼마나 있겠어요. 들어와서 꼭두각시 노릇 하면 얼마가 됐든 병원비를 다 내어 준다는 말에 유전자 검사하고 들어갔죠."

"유전자 검사까지……."

"네. 덕분에 어머니는 병원 치료 잘 받고 계신 줄 알았는데……."

그가 말끝을 흐리자 뭔가 안 좋은 상황을 예상한 세빈은 미간을 찌푸렸다. 정신이 몽롱한 상태에서 마지막 잔을 비운 도준이 숨을 길게 내쉬며 입을 열었다.

"1년 전에 돌아가셨어요."

도준의 말에 그녀가 숨을 헉, 들이마셨다. 1년 전에 돌아가셨는데 왜 아직도?

"아버지가 그 사실을 숨기고 제대로 안 하면 모든 지원을 끊겠다고 협박하셨거든요. 안 지 두 달이 채 안 됐어요. 미국으로 데리고 가서 수술 진행한다고 할 때부터 알아봤어야 했는데."

"아……."

뒤늦게 나오는 상황 설명에 그녀가 심각한 표정을 지었다.

바빠서 얼굴은 자주 못 마주쳐도 삼 남매를 위해 주는 부모님 밑에서 자란 그녀로서는 정말 믿기 힘든 일이었다.

"자, 그럼 세빈 씨도 얘기해 볼래요?"

"네, 네?"

갑자기 훅 치고 들어온 그의 말에 세빈이 당황하며 놀란 표정을 짓자, 도준이 피식 웃는다. 기분 좋은 웃음은 아니라서 덩달아 웃을 수가 없었다.

"무슨 이야기요?"

"아까 여기저기에서 까였다면서요."

"아."

심각한 도준의 상황에 잠시 잊고 있던 일이 다시금 떠오르니 그녀의 표정이 시무룩해졌다.

"뭐, 내가 일방적으로 떠들었으니까. 말하고 싶지 않은 거면 말 안 해도 돼요."

난처한 표정을 본 그가 술기운에도 그녀를 배려하며 말했다. 세빈은 어떻게 해야 하나 테이블 위에 올려놓은 손을 꼼지락거리며 고민하다가 힘겹게 입을 열었다.

"좋아하는 남자가 생겼는데, 아무래도 그 남자한테…… 좋아하는 여자가 있는 거 같아서요."

"저런."

그의 입에서 탄식이 흘러나왔다. 아까 자신이 그랬던 것처럼 제 말을 듣고 표정이 한층 심각해지자 세빈은 조금 더 용기 내어 그녀가 입을 열었다.

"근데 제가 싫은 건 그 상황을 제가 만들어 줬다는 거예요. 괜한 자존심 때문에 멍청하게."

그녀가 자신을 탓하며 연속으로 술을 계속 들이켰다. 저렇게 마셔서 정신이 몽롱한 그와는 다르게 멀쩡한 세빈이 아르바이트생에게 소주 두 병을 더 주문하고 물을 벌컥벌컥 마셨다.

"말하고 나니까 좀 창피하네요."

"창피할 게 뭐 있어요. 사람을 좋아하는 게 죄도 아니고."

"그, 그렇죠?"

"네."

그가 씩 웃었다. 그녀가 덩달아 웃으며 얼굴을 살폈다.

"그나저나 도준 씨는 취한 거 같은데…… 주량이 두 병이라고 안 했어요?"

그의 옆에는 소주 한 병뿐이었다.

"제가 요즘 좀 피곤해서."

그의 말에 그녀가 고개를 끄덕였다. 피곤하면 더 빨리 취하는 사람이 있긴 하지.

"그럼 수다나 좀 떨어 볼까요? 술 대신 물 드세요."

"네."

도진과 이것저것 많은 이야기를 나눴다. 끊임없이 이야기가 나오는 걸 보며 처음 만난 사람치고는 대화가 잘 통해서 기분이 좋았다. 무뚝뚝한 거 같으면서도 생각보다 말은 많았고, 피식 웃는 게 큰 덩치와는 상반되게 좀 귀여워 보이기도 했다.

"그만 자리에서 일어날까요?"

그녀는 혼자 소주 여섯 병을 마시고서야 배가 불러서 자리에서 일어났다.

술기운에 정신이 몽롱했던 도준은 그녀와 많은 이야기를 해서 그런지 아까보다는 훨씬 맑은 정신으로 멀쩡하게 자리에서 일어났다.

"아까 디저트는 도준 씨가 샀으니까 이번 계산은 제가 하죠."

세빈이 자신 있게 체크 카드를 보이며 말했다. 프리미엄 카드라도 들고 있는 것 같은 귀여운 허세에 그가 키득키득 웃으며 고개를 끄덕였다.

"네."

"여기 계산이요."

그녀가 계산서를 들고 가서 결제를 끝마치고 밖으로 나왔다. 서늘한 바람이 손을 감싸자 얼른 주머니에 손을 넣었다.

"어떻게 가실 거예요?"

도준의 질문에 세빈은 주머니에 넣어 두었던 휴대폰을 만지작거렸다. 아까 보니 경후에게 부재중 전화가 다섯 통이나 와 있었다. 메시지로 집에 올 때 연락하라고 되어 있었지만, 애써 풀어진 기분을 굳이 경후와 단둘이 있으면서 흐트러뜨리고 싶진 않았다.

"택시 타려고요."

"그럼 제 차 타고 가시죠."

"음주운전은 안 됩니다."

그녀가 진지한 표정으로 단호하게 말하자, 그가 손을 내저었다.

"당연히 아니죠. 대리운전 불렀으니까, 세빈 씨네 들렀다가 가요. 택시보다는 그게 안전할 거 같은데."

"그런 거면 뭐……."

그녀가 말끝을 흐렸지만 고개를 끄덕거리는 걸 본 도준은 수긍의 뜻이라고 이해하고 다른 말은 하지 않았다.

지잉— 지잉— 지잉—

대리운전 기사를 기다리며 멍하니 있는데 진동 소리가 울린다. 그녀는 자신의 휴대폰임을 알면서도 진동을 끄고는 굳이 받지 않았다.

"전화 온 거 아니에요?"

도준의 질문에 그녀가 억지로 씩 웃었다.

"맞아요."

"안 받아도 돼요?"

"집사일 거예요. 너무 늦으니까 전화한 거 같은데, 어차피 금방 들어갈 거니까."

세빈은 아무렇지 않은 표정으로 어깨를 으쓱이며 말했다. 그녀의 말에 도준은 굳이 다른 질문을 던지지 않고 고개를 끄덕였다.

탁—

대리운전 기사의 능숙한 운전 솜씨로 집까지 무사히 도착한 그녀가 차에서 내렸다. 덩달아 내린 도준을 보며 세빈이 손을 내밀었다.

"오늘 즐거웠습니다."

"저야말로."

"오늘 나눈 이야기는 무덤까지 가져갈게요."

그녀의 다짐에 도준이 피식 웃었다.

"네. 언제 또 볼지는 모르겠지만, 마주치면 반갑게 인사하죠."

"좋아요."

두 사람은 서로 마주 보며 싱긋 웃는 것을 끝으로 손을 놓았다. 세빈은 먼저 들어가라는 도준의 손짓에 고개를 꾸벅이고 대문 안으로 들어갔다.

"아가씨."

"아, 깜짝이야."

그리고 대문 너머에는 주경후, 그가 서서 그녀를 기다리고 있었다.

너무 놀란 나머지 심장 박동 소리가 귓가에 울릴 정도로 쿵쿵 뛴다.

그녀가 마른침을 꿀꺽 삼키며 서 있는데, 경후가 한숨을 내쉬며 고개를 돌렸다.

"일단 들어가서 얘기하시죠."

일단이라는 말이 더 무섭게 들렸다.

그녀는 그의 말에 군소리 없이 집 안으로 들어갔다. 자신의 방으로 들어가는 경후를 보며 그를 따라 들어갔다.

"아가씨, 제가 오늘 전화만 몇 번 한지 아세요? 11시가 넘도록 전화, 메시지 한 통 없이 안 들어오시면 제가 걱정을 하겠습니까, 안 하겠습니까?"

역시나 방에 들어서자마자 그의 잔소리가 쏟아졌다. 예상했던 말이라 그녀가 묵묵히 듣고만 있자, 경후가 머리카락을 거칠게 쓸어 올리며 숨을 길게 내쉬었다.

"거기다가 술까지 드시고. 요즘 세상이 얼마나 흉흉한데 처음 본 사람과 술을 마십니까? L기업의 자제분이 그렇게 마음에 드셨습니까?"

그의 말이 세빈의 가슴에 날카롭게 다가와 박혔다.

아닌데, 그거 아닌데. 그 사람이 마음에 들어서 술을 마신 게 아니라 주 집사한테 여자 친구 생긴 게, 다른 여자가 생겼다는 게 너무 힘들어서 마신 건데.

세빈은 차마 내뱉지 못할 말을 속으로 중얼거리며 고개를 푹 숙였다.

"아가씨께서 만나 보신다고 한 분이니까, 마음에 든다고 해도 저도 할 말은 없습니다만……."

조용히 말을 듣던 그녀가 고개를 들자 말끝이 흐려졌다. 애써 꾹 참고 있던 눈물이 세빈의 눈에 그렁그렁했다.

"아, 아가씨."

그녀가 입술을 삐죽거리며 말했다.

"정말 그래? 내가 마음에 든다고 하면 주 집사 할 말 없어?"

그녀의 눈에서 뚝뚝 떨어지는 눈물에 그는 감정 조절을 못하고 쓸데없는 말을 내뱉은 자신의 입을 탓하며 고개를 숙였다.

"아뇨. 그건 아닙니다."

경후가 바로 솔직하게 내뱉었다. 그의 솔직함에도 그녀는 떨어지는 눈물을 주체하지 못하고 어깨를 들썩였다.

"왜 주 집사는 내 말 들어 보지도 않고 그런 말 하는 건데? 그리고 주 집사가 술 마시고 늦게 들어왔다고 잔소리할 건 아니잖아. 주 집사도 며칠 전에 술에 떡이 되도록 마시고 들어왔으면서. 심지어 화진 언니랑 같이 들어왔더라. 자다 일어나서 그 언니를 보고 내가 얼마나 놀란 줄 알아?"

떨리는 목소리로 눈물을 뚝뚝 떨어트린 세빈이 말했다.

자신의 마음을 어떻게 하기도 전에 다른 여자가 생긴 경후를 원망할 수도 없었다. 그로 가득 차 버린 마음을 어떻게 해야 할지 몰라서 속상해 죽겠는데 이 상황에서도 잔소리를 듣고 있는 스스로가 너무 싫었다.

"주 집사 진짜 미워."

"아가씨……."

경후가 성큼 다가와 손을 뻗었다. 속상한 마음에 모든 것이 싫어 세빈은 그의 손을 쳐 내고 뒤로 물러났다.

"가지 말라는 곳에 갔으니 감시를 당해도, 집 밖으로 못 나가도 할 말 없어. 그래서 가만히 있었고. 23년을 자유롭게 살면서 처음 당해 보는 억압에 답답해 죽을 거 같은데, 주 집사가 원하지 않는 내 남자 친구 행세까지 하면서 일하는 거 보니까 나보다 더 힘들 것 같아서 열심히 참았단 말이야."

"아가씨. 그건 아닙니다."

경후가 놀란 마음에 다시 그녀에게 성큼 다가갔다. 하지만 세빈은 고개를 저으며 그의 발자국을 따라 뒤로 물러났다.

"오지 마."

"원하지 않다뇨. 아가씨, 그건 오해입니다."

그녀가 경후를 올려 보았다.

"그럼 남자 친구 행세하는 걸 원하기라도 했단 말이야? 여자 친구도 있으면서?"

"아니, 그……."

갑자기 훅 치고 들어오는 말에 순간 당황한 그가 무슨 말을 하려다 말고, 뒤에 이어진 그녀의 말에 멈칫했다.

"여자 친구요?"

"그래, 여자 친구!"

"누가요? 제가요?"

경후가 당황스럽다는 표정을 지었다. 세빈은 그 반응에 뭔가 잘못됐다는 걸 깨달았다. 사실을 들은 사람에게 나오는 반응이 아닌데. 그렇다고 주 집사가 거짓말할 사람도 아니고.

그녀가 덩달아 당황해서 눈을 빠르게 깜빡이며 숨을 훅,

들이마셨다.

"무슨 말씀을 하시는지 모르겠습니다. 진짜 여자 친구라도 있으면 억울하진 않겠습니다만……."

그의 미간이 살짝 찌푸려지며 눈썹이 처졌다. 억울하다는 표정에 그녀가 괜히 싫어서 시선을 둘 곳을 찾지 못해 이리저리 방황하다가 침을 꿀꺽 삼키며 경후를 올려 보았다.

"그럼 그 언니랑 술 마신 건?"

"그 언니? 화진이요?"

"어."

그녀의 대답에 경후가 미간을 팍 찌푸렸다가 고개를 흔들며 미간을 꾹꾹 눌렀다.

"아니, 술을 마신 건 맞지만, 지금 여기서 걔 이름이 왜……."

중얼거리듯 말하던 그가 다시 한번 멈칫했다. 그날, 술을 마시지 않은 화진이 자신의 차를 끌고 왔다는 건 애들한테 들었다. 하지만 무슨 상관인가 싶어 대수롭지 않게 넘겼었다.

"혹시 무슨 말을 하던가요?"

"무슨 말을 하긴, 주 집사랑 술 마셨다고 하지."

"다른 애들이 있다고는 안 하고요?"

"다른 애들?"

뭔가 말이 이상하게 흘러간다. 그는 처음 듣는 이야기라는 세빈의 표정을 보며 한숨을 내쉬었다.

"여기서 왜 이화진 이름이 나오는지, 아가씨가 왜 이런 오해를 하셨는지 알 거 같네요."

"그럼 둘이 사귀는 거 아니야? 내가 친구 만나라고 하자마자 둘이 술 마시고, 전에는 막 한 이불 덮던 사이라고……."

그녀는 당황한 나머지 굳이 말하지 않아도 될 말을 했다는 사실에 입을 틀어막았다. 방정맞은 입술을 꿰매고 싶을 정도로 후회했지만, 이미 그녀의 말을 들은 그가 미간을 찌푸렸다.

"한 이불 덮던 사이라니, 그게 무슨……."

딱딱하게 굳은 목소리로 말을 내뱉던 그가 집히는 구석이 있는지 두 손으로 얼굴을 쓸어내리며 깊은 한숨을 내쉬었다.

"전에 애들 만났을 때 말씀하시는 거죠?"

그의 물음에 그녀가 시선을 피하는 것으로 대답을 대신했다.

세빈의 모습을 긍정으로 받아들인 경후는 아랫입술을 깨물며 작은 테이블에 딸린 의자에 앉았다.

테이블 위에 팔을 올리고 고개를 푹 숙인 그의 모습이 달빛에 비치자 화보처럼 아름다웠다.

아니, 내가 지금 이런 생각을 할 때가 아니지.

정신을 차린 그녀가 두 눈을 꼭 감았다가 떴다.

그에게 물어보지 않은 건 잘못이지만, 상황을 봤을 때 화진과 그가 만난다는 것에 99%를 걸었다. 그런데 혹시 몰라서, 작은 희망으로 남겨 두었던 1%가 진실이었던 모양이다.

불과 10분 전에 그에게 내 말도 안 듣고 뭐라고 한다고 뭐라고 했는데, 모든 것에 한 가지씩 모자란 것 같은 자신의 행동에 그녀가 작은 한숨을 내쉬었다.

"저, 그…… 일부러 들은 건 아니야. 그냥 화장실 갔다가 자리로 돌아가려던 중에 우연히 들은 것뿐이야."

그녀의 변명에 그가 깊은 한숨을 내쉬었다. 경후의 한숨에 움찔 놀란 세빈은 그를 화나게 했다는 생각에 어쩔 줄 몰랐다. 그가 숙였던 상체를 들어 그녀를 돌아보았다.

"아가씨."

"어?"

"들은 대화 말해 보세요. 어디서부터 어떻게 들었는지, 뭘 봤는지."

"그게……."

그녀가 우물쭈물하며 자신이 기억하는 두 사람의 대화와 보았던 모습을 천천히 말했다. 내용이 진행될수록 그의 표정이 굳어지는 게 조금 무서웠지만, 그녀는 경후가 화진을 안아 들고 갔다는 것까지 말하고 나서야 말을 마무리했다.

"결국은 다 보고 들은 거네요?"

"그런……가?"

"네."

그가 조용히 자리에서 일어났다. 오늘따라 유난히 밝은 달빛에 역광으로 보이는 그의 모습은 실루엣이 전부였지만 그것마저도 섹시했다.

"이제 이해가 되네요. 아가씨가 갑자기 왜 홀로서기를 하겠다고 하신 건지, 평소하고는 다르게 절 자꾸 피하셨는지."

"내가 피해? 언제?"

그의 말에 자신의 마음을 들킨 건가 싶어서 모르쇠로 일관하며 되물었다.

조용히 물음을 듣고 있던 경후가 성큼 다가와 그녀의 허리를 감싸 안았다.

"꺅!"

작은 휘청거림에 놀란 세빈이 짧은 비명을 지르며 그의 가슴에 얼굴을 묻었다.

쿵쿵쿵.

그의 심장 소리가 그녀의 귓가에 울린다.

넓은 품에 안겨 굳어 있는데, 경후가 다른 손으로 그녀의 어깨를 끌어안았다. 연인에게 하는 것 같은 진한 포옹에 부끄러워진 세빈은 경후의 셔츠를 꼭 부여잡았다.

"주, 주 집사."

"아가씨는 모르셨는지 그것까진 잘 모르겠습니다만, 말도 잘 안 하시고, 눈도 제대로 안 마주치고 그러셨어요."

"그, 그랬나."

사실 누구보다 그녀가 더 잘 알고 있었지만, 일부러 그랬다는 걸 알면 그가 상처 받을 거 같아서 모르는 척 대답하자, 경후는 고개를 끄덕였다.

"네. 홀로서기 같은 거 안 하셔도 되니까, 피하지 마세요. 그리고 저에 대한 건 혼자 생각하지 마시고 물어보세요. 아가씨가 물어보는 거면 숨기는 거 없이 다 말할 테니까요."

그의 나지막한 목소리가 귀에 울린다. 고백도 아닌데, 고백하는 것처럼 느껴질 정도로 달콤해서 세빈은 두 눈을 꼭 감은 채 빳빳하게 굳어 있던 목에 힘을 풀고 머리를 편하게 그에게 기댔다.

"주 집사 이상해."

"네. 압니다."

"여자 친구가 없다고는 하지만, 이렇게 끌어안아도 되는 거야?"

"싫으세요?"

그의 직설적인 말에 그녀가 입을 꾹 다물었다. 싫다고 할 수도 없고, 그렇다고 솔직하게 좋다고 할 수도 없고.

잠시 고민하던 그녀가 그의 가슴을 툭, 쳤다

"아무튼, 화진 언니랑은 사귀는 건 아니라는 거지?"

그녀가 대답 대신 말 돌리는 걸 선택했다. 경후도 눈치챘지만, 일단 가만히 안겨 있는 게 싫다는 건 아니라고 생각하며 고개를 끄덕였다.

"네."

"사귀었던 사이고?"

세빈의 기습 질문에 그의 몸이 움찔거렸다. 숨기는 거 없이 다 말한다더니 이건 왜 바로 대답 못 하나 싶어서 밀어내려는데, 경후가 더 꽉 끌어안는다.

"주 집사."

"맞습니다. 대학 다닐 때, 잠깐."

"잠깐?"

"……아뇨. 1년 정도."

솔직한 말에 그녀가 미간을 살짝 찌푸렸다. 과거의 여자라는 것이 마음에 안 들었지만 그래도 현재의 여자가 아니라고 하니 그걸로 만족했다.

"그리고."

뒤에 이어지는 경후의 말에 고개를 들어 얼굴을 올려다보자 이제껏 꼭 끌어안고 있던 그가 세빈을 놔주었다. 한 뼘 정도의 거리를 두고 마주 보고 있는 시선이 얽히자, 심장이 터질 것 같아서 그를 밀어내며 거리를 확보했다.

"흠흠. 그리고?"

그녀는 자신을 빤히 쳐다보는 그를 힐끔 보며 어색함을 무마하고자 대답을 채근했다. 그러자 경후가 고개를 끄덕이며 다시금 입을 열었다.

"또 오해하실까 봐 말씀드리는 건데, 전에 술 마신 건 우경과 태호였어요. 화진이가 민기한테 술자리가 있다는 걸 듣고 중간에 합류하게 된 겁니다."

"……그게 더 이상한데? 장정 둘이 있는데 왜 화진 언니가 주 집사를 데리고 와?"

"그건 술을 안 마셔서 제 차를 끌고 온 거라고 하는데, 걔가 왜 그랬는지는 저도 잘 모르겠습니다."

왜 그러긴. 뻔하지.

그녀는 차마 입 밖으로 내진 않았지만, 여자의 촉이라는 건 무섭다. 물론 가끔 혼자만의 상상의 나래로 엉뚱한 답을 내놓기도 하지만, 술에 취해서 그에게 했던 말과 행동을 떠올려 보면 100% 화진은 아직도 경후에게 마음이 있는 거다.

근데 이 남자는 알면서 모르는 척하는 건지, 정말 모르는 건지.

알 수 없는 그의 마음에 세빈이 작은 한숨을 내쉬며 고개를 끄덕였다.

"알았어. 말해 줘서 고마워. 그리고 혼자 생각하고, 혼자 오해해서 미안. 앞으로는 꼭 물어볼게."

"네."

"나도 오해할까 봐 미리 말하는 건데."

경후를 힐끔 본 그녀가 부끄러움에 고개를 돌리며 입을 열었다.

"나 까였어."

"네?"

"박도준 씨한테 까였다고. 약혼은 물론이고 결혼 생각 전혀 없대. 술 같이 마신 건 그냥…… 술이 마시고 싶었는데 그 사람이 내 앞에 있었을 뿐이고, 까인 마당에 마주칠 일은 없을 것 같아서 마시자고 한 거야."

그녀가 횡설수설 변명을 늘어놓고는 지금 자신이 무슨 말을 하고 있는 건가, 하는 마음에 괜히 창피해서 고개를 푹 숙였다.

"아무튼, 그랬어."

"그랬군요."

"어."

"다행입니다."

그의 목소리에 웃음기가 살짝 묻어나 있었다.

사랑을 롤러코스터 타는 기분이라고 했던가. 사랑하는 사람의 말에, 행동에 기분이 오르락내리락한다더니 자신이 딱 그런 기분이었다. 웃음기 머금은 그의 목소리에 바닥까지 가라앉던 기분이 붕 떴다.

"아무튼, 끝. 연락 안 한 건 잘못했어. 주 집사가 여자 친구 있다고 생각하니까, 괜히 연락하기 미안해서 연락 못 했어."

"그럼 앞으로는 꼬박꼬박 연락하시는 겁니다?"

"응."

"남자랑 단둘이 술 마시는 것도 안 됩니다."

"알았어."

"마시고 싶으면 말하세요. 클럽도 가고 싶으시면 말씀하시구요. 같이 갈 테니까."

"언제든?"

"아뇨, 2주에 한 번만. 회장님께 허락받았습니다."

"정말?"

경후의 말에 그녀가 두 눈을 크게 뜨며 그를 돌아보았다. 그녀가 원하는 대답은 아니었지만, 적어도 아빠에게 허락을 받았다고 하니 마음이 편했다.

"근데 2주에 한 번은 좀 심했다. 일주일에 한 번으로 해주지."

"한 달에 한 번이라고 하시는 걸 힘들게 늘린 겁니다."

그의 칼 같은 말에 그녀가 냉큼 고개를 끄덕였다. 여기에서 더 많은 요구를 한다면 2주에 한 번에 한 달에 한 번으로 바뀌는 건 일도 아니니까.

"그나저나 술은 많이 드셨습니까?"

"아니. 여섯 병?"

당당한 세빈의 말에 그가 잠시 고민했다. 다른 사람 같으면 놀랄 만한 정도의 양인데, 많이 안 마셨다고 하는 거에 동의해야 하는 건가, 말아야 하는 건가.

하지만 며칠 전 친구들과 같이 술을 마셨을 때 소맥에도 끄떡없었고, 지금도 술 냄새는 나지만 누구보다 멀쩡한 걸 보니 얼마 안 마신 기준으로 둬도 될 것 같았다.

"모……."

"아, 벌써 시간이."

'모자라면 한 잔 더 하실래요?' 라고 말하려고 했는데, 탁상에 있는 시계를 본 그녀의 중얼거림에 말이 묻혔다. 큰 소리도 아니었는데, 그 소리를 들었는지 그녀가 고개를 돌렸다.

"뭐라고?"

"아뇨. 오늘은 늦었으니까, 주무시라고요."

"응. 그래야지. 주 집사도 들어가서 쉬어."

"네."

"잘 자."

그녀가 수줍게 웃으며 경후에게 손을 흔들었다. 그 모습이 귀여워서 한 번 더 끌어안고 싶었지만, 경후는 꾹 참고 포옹 대신 세빈의 손을 꼭 잡았다.

"잘 자요."

"아, 응."

그의 달콤한 속삭임에 당황한 그녀가 시선을 피하며 고개를 끄덕였다. 그리고 힐끔 웃고 있는 경후를 보고 있자니, 이 상황이 뭔가 야릇했다.

밀폐된 공간에 있는 남녀, 포옹을 시작으로 계속되는 스킨십. 지금 자신이 고개를 들면 키스라도 할 거 같았다.

"그럼 들어가 보겠습니다."

세빈이 고개를 들까, 말까 고민하는 사이 그는 평소의 깍듯한 집사로 돌아왔다. 그녀는 밑져야 본전인데 그냥 고개 한 번 들어 볼 걸 후회하며 고개를 끄덕였다.

"어. 들어가."

"네."

그녀의 손을 잡고 있던 경후의 커다란 손이 스르륵 빠져나갔다. 그녀는 손을 다시 잡고 싶은 걸 꾹 참으며 그가 나간 방문을 가만히 보았다.

"사람 설레게 왜 끌어안고 그런대."

방 안이 조용해지자 그녀가 중얼거렸다.

그에게 여자 친구가 없다는 걸 확인해서 좋았다. 포옹으로 서로의 마음을 확인한 것 같아 그저 좋으면서도 자기 자신에게 감정을 숨기듯 투덜거렸다.

"아무튼."

하지만 올라가는 입꼬리를 숨기지 못한 그녀가 푸스스 웃었다.

❈ ❈ ❈

"어제 박 회장 아들이랑 잘 만난 모양이더구나. 술까지 마셨다고 하는 걸 보면."

다음 날 아침. 밥을 먹고 있는데 뜬금없는 기창의 말에 세빈은 물론이고 경후까지 눈을 크게 뜨며 놀란 표정을 지었다.

"잘 만났고 그런 건 모르겠고, 술 마신 건 어떻게 아셨어요?"

"저녁에 전화 왔더라고. 애들이 레스토랑에서 나와서 술 마시러 갔더라고. 마음이 잘 통하나 보더라고."

"……누가요?"

"누구긴 박 회장이지. 아들 녀석이 연락했다고 하던데."

기창의 말에 그녀가 미간을 찌푸리며 고개를 갸우뚱거렸다.

자리를 옮긴 건 맞지만 도준은 처음부터 끝까지 단 한 번도 휴대폰을 보지 않았다. 아니, 애초에 테이블 위에도 올려놓지 않았다.

"정말 그 사람이 마음에 든 게냐?"

"아뇨. 그건 아니고, 혹시 박 회장님이 다른 말씀은 안 하시던가요?"

"있었지. 정확히는 어제 말고 오늘 아침에."

아침에? 그녀가 궁금하다는 표정으로 보자, 기창이 작은 한숨을 내쉬었다.

"돌아오는 금요일에 또 날을 잡자고 하더구나."

"……응?"

기창의 말에 세빈과 경후가 서로 마주 보다 다시 돌아보았다.

보자마자 까인 것도 까인 거지만, 그 아버지를 위해서 뭔가를 할 상황은 아닐 텐데.

"이거 도준 씨 의견 아닌 거죠?"

"아들 의견이었다면 나한테 연락이 오는 게 아니라, 너한테 개인적으로 연락이 왔겠지."

기창의 말에 세빈이 고개를 끄덕였다.

술까지 같이 마셨고 비밀까지 공유했지만 연락처도 모르는 사이에 불과하다. 둘 다 그저 스쳐 가는 인연일 거라고 생각했기에 거침없이 말한 거라 이런 상황이 될 줄은 몰랐다.

그래, 재정 상황을 아는 사람들이 먼저 수락한 경우가 몇 번이나 있겠어. 술까지 마셨다고 하니까 얼씨구나 하고 붙잡겠지.

세빈은 어떻게 해야 하나 고민했다. 솔직하게 말하면 도준에게 안 좋은 일이 벌어질 테고, 그렇다고 그냥 만나자고 하기에는 좀 그랬다. 어떡하지? 일단 만나?

난감한 상황이라 경후를 힐끔 쳐다보는데 그와 눈이 딱 마주쳤다.

밥 먹어.

그녀는 괜히 민망해서 그에게 입 모양으로 말하고는 자연스럽게 기창에게로 시선을 돌렸다.

"일단은 만나는 걸로 하는 게 좋을 거 같아요. 도준 씨하고는 이미 얘기가 다 된 부분이라 연락처도 안 주고받았는데, 박 회장님이 직접 나선 거면 다시 정리해야 할 것 같아요."

"그래, 그럼."

기창은 관심 없는 듯 무뚝뚝하게 대답하고는 밥을 먹다 말고 다시금 세빈을 보았다.

"정말 그 사람이 마음에 든 건 아니지?"

"아니에요. 말은 통하긴 했지만, 제 스타일은 아니라서."

자신은 좀 더 라인이 슬림한 남자가 좋았다. 예를 들면 주경후라든가, 경후라든가, 주 집사라든가.

그녀는 또다시 그와 눈이 마주칠까 봐 쳐다보지는 못하고 밥을 오물거리며 혼자 웃었다. 어제 분위기도 나쁘지 않았고, 낯선 마음에 피하기만 했던 그와의 스킨십을 자연스럽게 할 수 있을 거라는 자신감도 생겼다.

근거 없는 자신감에 흐뭇해하며 자신도 모르게 나오는 콧노래를 자각하지 못했다.

밥을 다 먹고 주방에서 나오는데 계단을 올라가는 경후의 뒷모습이 보였다.

"주 집사!"

"어? 아가씨."

경후는 세빈의 부름에 다시금 아래로 내려와 그녀와 시선을 마주했다.

"어디 가?"

"아가씨 방에요."

"응? 내 방은 왜?"

일부러 눈을 크게 뜨고 천천히 깜빡였다. 저절로 올라가는 입꼬리를 감추지 못하고 헤실헤실 웃는데, 표정 없이 가만히 내려 보고 있던 그의 입꼬리도 씰룩거리며 이내 웃음을 터트렸다.

"묻는 말에 대답은 안 하고 왜 웃기만 해."

"아니, 아가씨가 웃으시니까요."

"뭐야, 그게."

듣기 싫은 소리는 아니라서 괜히 앙탈 부리듯 팔을 툭, 치자 그가 푸스스 웃으며 그녀의 손을 잡았다.

"그나저나 오늘 기분 좋은 일 있으세요?"

"응? 기분 좋은 일?"

"아니, 아까 밥 드시면서 계속 웃으셨잖아요. 콧노래까지 부르시고."

"내가 그랬어?"

깨닫지 못한 행동을 말하자, 그녀가 놀란 표정으로 눈을 빠르게 깜빡였다. 언제 콧노래를 부른 거지.

"그 박도준 씨하고 약속 잡고 나서 계속 웃으시던데."

"내가? 설마."

그녀가 손을 휘휘 내저었다. 말도 안 되는 소리라고 표정에 쓰여 있는 것 같았다. 진심이 담긴 표정에 경후가 잡고 있는 손에 힘을 더 주며 씩 웃었다.

"그럼 됐고요."

그의 엄지가 세빈의 손등을 천천히 문질렀다. 별거 아닌데도 굉장히 친밀하고 은밀한 행동에 얼굴이 화끈거려 그녀가 황급히 손을 빼내려 했지만 경후는 놔주지 않았다.

터벅터벅.

누군가 주방에서 나오는 발걸음 소리가 들린다. 그의 터치에 온 감각이 예민해진 그녀가 자신도 모르게 손에 힘을 주며 귀를 쫑긋 세웠다.

약간 무겁고 빠른 발걸음. 아직 다른 가정부들은 출근할 시간이 아니라 주방에 우강댁만 제외하면 집에 사람은 부모님뿐이다. 그렇다면 이 발걸음의 주인은…….

"두 사람, 거기서 뭐 하나?"

기창이었다.

그녀는 누구 발걸음 소린지 깨달았지만, 행동이 늦었다. 당황한 나머지 아무런 행동도 하지 못하다 어느새 정신을 차린 그가 싱긋 웃으며 잡고 있는 손을 올려 보였다.

"아가씨 손이 좀 차가워서요."

"응?"

기창이 두 사람을 번갈아 가며 쳐다봤다. 아무런 생각도 읽을 수 없는 아빠의 시선에 움찔 놀라며 정신 차린 그녀가 손을 빼내려 했지만, 경후는 여전히 웃는 얼굴로 기창의 시선을 받아 내며 손을 놔주지 않았다.

경후를 가만히 보던 기창이 크흠, 헛기침을 하고는 다른 말은 하지 않고 자리를 옮겼다.

기창이 방으로 들어가는 걸 가만히 보던 세빈이 자유로운 손으로 그의 팔을 탁, 쳤다. 소리가 꽤 둔탁했다.

"주 집사 미쳤어? 아빠가 이상하게 생각하시면 어쩌려고 이러고 있어?"

"별말씀 안 하셨잖습니까."

"아니, 그래도."

"그리고 아가씨 손이 차가워서 그렇다고 하는데, 왜 이상하게 생각하세요. 그냥 그런가 보다 하겠죠."

그런가 보다 하실까, 과연.

속으로 중얼거린 그가 그녀를 보며 씩 웃었다.

그녀 보고 걱정하지 말라는 의미로 대충 둘러대긴 했지만, 기창이 이상하게 생각한다는 것에 80%는 걸 수 있다. 아니, 100%일 수도 있고.

경후는 이번 사건으로 자신이 더는 안일하게 있으면 안 된다는 걸 깨달았다. 바로 고백하면 그녀가 놀라서 달아나지 않을까, 걱정이 돼서 좀 더 깊숙하게 스며들기로 결심했다.

한편으로는 기창이 자신의 마음을 눈치채고 해고라도 하면 어떡하나 고민을 끊임없이 해 왔지만, 지금 자신만큼 이 집안이 어떻게 돌아가는지 잘 아는 사람이 없다고 자부하기 때문에 그런 걱정은 일단 접기로 했다.

"근데 주 집사."

"네, 아가씨."

"이모들이 출근하면서 한 번씩 보고 가는데, 좀 놔주면 안 될까."

"정 원하신다면."

손잡는 것도 아직은 그녀에게 부담스러운 일이구나 싶어

서 머릿속에 체크해 뒀다. 스킨십 자제? 천만에. 이 정도는 아무것도 아니라고 생각하게끔 자연스럽게 만들어 놓을 계획이다.

그는 아쉬운 마음을 뒤로하고 그녀의 손을 놔주며 양손을 가지런히 모았다. 정갈한 자세의 경후를 가만히 올려 보던 세빈이 그의 팔을 툭, 치고는 계단을 올랐다.

"무슨 의미지."

표정 변화 없이 치고만 가니 그 뜻을 알 수가 없어서 그가 고개를 갸우뚱거렸다. 하지만 그마저도 사랑스러워서 푸스스 웃어 버렸다.

"경후야."

세빈은 이미 방에 들어가고 없는 계단을 빤히 보는데, 우강댁이 그를 부르며 다가왔다. 자연스럽게 이름을 불러 놓고 움찔 놀라 주변을 둘러보고는 머쓱한 듯 관자놀이를 긁적였다.

"주 집사 하면 너희 아버지 생각나서 입에 자꾸 안 붙네."

"괜찮습니다. 하루 이틀인가요."

경후가 싱긋 웃으며 말했다. 그 말에 더 머쓱해진 우강댁이 어설프게 웃고는 그에게 다가가 으이그, 소리를 내며 어깨를 쳤다. 이건 또 뭔가 싶어서 쳐다보니 우강댁이 씩 웃었다.

"그나저나 주 집사, 우리 아가씨 좋아하는 거 너무 티 나는 거 아니야?"

"네?"

처음으로 듣는 직설적인 질문에 경후가 되물었다. 당황한 표정을 읽은 우강댁이 키득키득 웃었다.

"밥 먹을 때도 그렇고, 지금도 그렇고 우리 막내 아가씨 얼굴 뚫어지겄어."

"그것도 하루 이틀인가요."

그가 애써 침착하게 웃으며 대답했다. '나는 원래 그랬다. 특별한 게 아니다' 라는 뜻을 포함해서 한 대답이었지만, 우강댁은 웃는 얼굴을 지우지 않고 다시금 경후의 어깨를 툭 쳤다.

"나도 주 집사 하루 이틀 보나?"

"……."

우강댁은 아무런 대답도 하지 못하는 그를 보며 여전히 웃는 얼굴로 뒤를 돌아, 천천히 발걸음을 옮겼다.

좋은 게 좋은 거라며 그냥 웃으며 넘기긴 했는데 경후와 멀찌감치 떨어진 우강댁의 얼굴에 근심이 서렸다.

"그나저나 회장님이 경후를 아무리 예뻐해도, 아가씨 짝으로 인정해 주려나 몰러."

우강댁이 작게 중얼거리며 창밖 말간 하늘을 보며 한숨을 푹 내쉬었다.

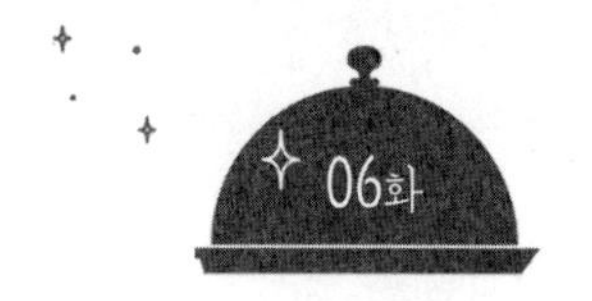

“잘 다녀와요. 끝나면 연락하고.”

“알았어.”

그녀가 그를 보며 싱긋 웃었다.

오해를 풀고 나서 그와 다시 동행하기 시작했다. 자신이 혼자 한 오해라도 어쨌든 그가 불편할 거라 생각한 건 사실이었기에 혼자 통학하려 했다. 하지만 경후가 기어코 나와서 데려다주는 통에 당분간 홀로서기는 힘들 거 같았다.

“세빈 씨, 잠깐만.”

“응?”

뒤를 돌자마자 그가 붙잡는다. 뭔가 싶어서 뒤를 돌아보니, 경후는 싱긋 웃으며 그녀의 턱을 살짝 들어 올렸다.

뭐야, 뭐?

점점 다가오는 그를 보며 당황한 세빈이 눈을 크게 뜨자,

경후는 여전히 웃는 얼굴로 그녀의 고개를 살짝 돌려 볼에 쪽 소리 나게 입을 맞췄다.

"애정 표현을 까먹어서."

놀란 그녀는 눈에 보이지 않는지 여전히 웃는 얼굴이었다. 너무 아무렇지 않아 보이는 모습에 그녀가 붕어처럼 입만 뻐끔거리다가 그의 팔을 살짝 쳤다.

"장난치지 마."

"장난이라뇨. 사랑이 가득 담긴 애정 표현을 그렇게 말하면 이 남자 친구는 매우 섭섭합니다."

경후가 가슴에 손을 올리고 슬픈 표정을 연기하며 말했다. 조금 과장된 그 모습이 코믹스러워서 피식 웃은 세빈은 그의 팔을 다시금 툭, 치고는 뒤로 한 발자국 물러났다.

"정말 갈게."

"네. 이따 봐요."

"응."

그녀는 천천히 뒤로 가면서도 그에게 눈을 떼지 못했다. 경후도 차에 올라탈 생각이 없는지 그 자리에 그대로 서서 그녀만 뚫어지라 쳐다봤다.

어쩌지? 해, 말아?

달콤하게 다가온 뽀뽀에 세빈도 작은 용기가 붙었다. 비록 지금은 남자 친구 행세긴 하지만, 이 정도의 스킨십이 허용된다면 자신이 해도 이상하게 생각하지 않을 것 같았다.

그녀가 뒤로 조금씩 가던 발걸음을 멈추고 경후와 시선을 맞춘 채로 싱긋 웃었다.

경후가 웃는 얼굴로 고개를 갸우뚱거린다. 이런 게 콩깍지인가. 예전에는 아무렇지 않았는데 그가 너무 귀여워 보였다.

다시 한번 마음먹은 세빈은 성큼성큼 다가가 그가 한 것처럼 볼에 쪽 소리 나게 입을 맞추고 떨어졌다. 자신이 놀랐던 것만큼이나 놀라는 그를 보며 그녀가 키득키득 웃으며 뒤를 돌았다.

"갈게!"

그녀는 뒤도 돌아보지 않고 손을 흔들고 창피함에 빠른 걸음으로 자리를 벗어났다. 그와 똑같이 했을 뿐인데 뭐가 그리 부끄러운지. 화끈거리는 볼이 선선한 바람에도 식지 않아서 괜히 손부채질을 하며 성큼성큼 걸어갔다.

미주와 강의실에서 만나기로 했는데 이 모습을 본 건 아닐까, 모르겠다. 다른 사람은 가짜 남자 친구인 걸 모른다고 치지만 모든 걸 알고 있는 미주가 보면 좀 창피할 거 같은데.

"야, 지세빈!"

퍽—!

"윽……!"

부끄러움에 괜히 배시시 웃고 있는데 뒤에서 성애의 목소리가 들렸다. 그와 동시에 목과 뒤통수가 찌르르할 정도로 어깨에 고통이 느껴졌다. 어찌나 세게 쳤던지, 온몸이 휘청거리면서 크게 엄습해 오는 고통에 그녀가 미간을 찌푸리며 상체를 숙였는데도 성애는 옆에 와서 세빈의 팔을 툭툭 쳤다.

"야, 너 아주 닭살이더라. 학교에서 꼭 그래야 하냐?"

"성애야."

"적당히 해라. 눈꼴 시렵더라."

"아니, 성애야!"

"간다. 나중에 보자!"

그녀가 불렀지만 성애는 끝까지 자신이 할 말만 하고 성큼성큼 걸어갔다. 아무리 생각해도 의도적으로 쳤다고밖에 생각할 수 없는 강도였다.

"이거 완전 폭력 수준인데."

고통에 굽었던 어깨를 펴자 아픔이 다시 한번 머리를 관통했다. 저절로 찌푸려지는 미간을 꾹꾹 누르며 숨을 길게 내쉬었다.

"세빈아, 너 거기서 뭐 해?"

통증이 좀 가라앉고 나서야 움직이려는데, 뒤에서 미주의 목소리가 들렸다. 표정이 굳어 있던 그녀가 환하게 웃으며 고개를 돌렸다.

"미주야."

"강의실에서 보자니까, 밖에서 뭐 하고 있는 거야?"

"아, 그게."

휴대폰으로 시간을 확인한 그녀가 미주의 손을 잡았다.

"나랑 화장실 좀 가자."

"무슨 일인데?"

아직 답을 듣지 못한 미주가 재차 물었다. 방금 있었던 일을 생각하던 세빈이 한숨을 푹 내쉬었다.

"아니, 어깨를 너무 세게 때려서."

"응? 누가?"

"성애."

그녀가 고개를 돌려 속삭이듯 작게 대답하고는 앞을 보았다. 그런 세빈의 말에 미주가 미간을 찌푸렸다.

"걔가 널 왜 때려?"

"아니, 그냥 부르면서 친 건데 뭔가 감정 담긴 것처럼 때렸거든. 아무래도 멍든 것 같아서 한 번 봐 달라고."

"그 정도야?"

"어. 아직도 욱신거려."

세빈의 대답에 미주가 심각한 표정을 지었다. 얼마나 세게 때렸기에 확인까지 하는 걸까.

탁—

화장실에 들어온 두 사람은 상대적으로 넓은 장애인 전용 칸에 들어가서 들고 있던 가방부터 올려놨다.

마침 블라우스를 입고 온 그녀가 단추를 풀러 성애에게 맞은 왼쪽 어깨를 확인하도록 옷을 내렸다.

"어때?"

"……팔 움직일 때 안 아프냐?"

"아파."

"그래, 아프겠지. 안 아픈 게 이상하지."

"왜, 왜?"

"진짜 별 미친년을 다 보겠네. 사람 부르면서 누가 멍이 들도록 때려?"

화장실에 미주의 목소리가 울렸다. 밖에서 수다 떨던 소리가 잠잠해지는 걸 눈치챈 세빈이 미주를 보며 목소리 낮추라는 제스처를 취했다.

“일단 좀 진정해.”

“야. 이게 진정할 일이냐? 나중에 집에 가서 봐. 파랗게 멍들었어. 아니, 도대체 어떻게 때려야 단시간에 이렇게 멍이 드는 거야?”

“벌써 멍이 든 거야?”

“그래, 이 머저리야!”

“머저리라니.”

가만히 서 있다가 당한 그녀가 억울하다는 표정을 지었다. 미주는 한숨을 푹 내쉬며 세빈의 옷을 올려 주고는 변기 위에 앉았다.

“너 걔랑 무슨 일 있었어?”

“아니.”

“아무 일도 없는데 왜 그 지경이 되도록 쳐?”

“나도 모르지. 나한테 무슨 불만 있나. 클럽 오라고 전화 왔었는데, 내가 못 간다고 해서 그런가.”

“그런 일밖에 없어?”

“응. 요즘에 잘 마주치질 않는걸. 클럽에 가질 않으니까 연락도 안 하고.”

“에휴. 너도 참 걱정이다. 등신처럼 그렇게 맞고 애를 그냥 보내냐.”

“아니, 말하려고 했는데 이미 가 버린 걸 어떡해.”

그녀는 잔뜩 화가 나 있는 미주를 보며 웃는 얼굴에 침 못 뱉는다는 생각으로 배시시 웃었다. 세빈의 웃음에 다시금 한숨을 내뱉은 미주가 일어나서 허리에 손을 얹더니 말했다.

"정신 똑바로 차리고 다녀."

"알았어."

미주는 그녀의 대답이 영 마음에 안 차는 듯, 혀를 한 번 쯧 차고는 가방을 챙겨서 화장실에서 나갔다.

다행히 어깨의 통증은 시간이 지나면서 점점 완화됐다. 움직일 때마다 고통이 느껴져 미간을 찌푸리기도 했지만, 그럭저럭 견딜 만했다.

"오늘도 경후 오빠가 데리러 와?"

마지막 강의까지 다 해치우고 나서야 한숨 돌린 그녀에게 미주가 물었다. 세빈은 대답 없이 고개를 끄덕였다.

"그래, 그래도 경후 오빠가 온다니까 안심이네. 무슨 강물에 내놓은 애처럼 안심을 할 수가 있나."

"아니, 이거 한 번 맞았다고 너무 애 취급하는 거 아니야?"

그녀가 소심하게 항변하자 미주가 눈을 가늘게 뜨고 노려보았다. 세빈은 삐죽 내밀었던 입술을 안으로 밀어 넣고 다물었다.

"내가 이번 일로만 그런다고 생각해?"

미주의 의미 모를 질문에 그녀가 고개를 갸우뚱거렸다가 이내 끄덕였다. 이런 일은 처음 있는 건데, 자신이 모르는 게 또 있었나?

그녀의 모르겠다는 표정에 미주가 한숨을 푹 내쉬며 입을 열었다.

"얌전하던 애가 하성애랑 좀 친해지고 나서 하루가 멀다 하고 클럽 다녔지, 걔랑 어디 갔다 하면 돈은 네가 다 쓰고 오지. 아니, 나는 아직도 이해가 안 가는 게 걔가 술 마시고 깬 유리 값을 네가 왜 내줘?"

미주의 입에서 예전 일이 나오자 그녀가 입을 다문 상태로 아무런 말도 하지 않았다.

이미 1년이 지난 이야기다. 그때도 미주가 미쳤냐고 뭐라고 큰소리를 내긴 했지만 금방 잊힌 줄 알았는데, 그게 아니었나 보다.

"아무튼 걔랑 알고 나서부터 네가 호구란 호구 짓은 다 하고 있는데, 내가 속이 안 터지냐?"

"잘못했어……."

그녀가 순순히 잘못을 인정했다. 자신에게 큰 피해를 줄 정도가 아니면 부딪치기 싫어서 사는 이유도 있지만, 그런 말을 했다가는 미주의 입에서 불이라도 나올 것 같아서 생략하기로 했다.

세빈의 인정에 미주가 한숨을 푹 내쉬며 가방을 챙겨 들고 일어났다.

"네가 어린애도 아니고, 나도 친구끼리 이런 말 하기 정말 싫은데, 걔는 아니야."

"무슨 말인지 알아."

"안다는 애가 1년을 그렇게 붙어 다녔냐? 응?"

"……그건 할 말 없고."

"어휴, 내가 보모도 아니고, 고등학교 때부터 이게 무슨 짓이니."

"에이, 미주야."

그녀가 민망해짐을 웃음으로 순화시키며 미주의 팔에 찰싹 달라붙었다. 그녀의 애교에 익숙한 미주가 세빈의 이마를 찌르고 하는 수 없다는 표정으로 웃음을 터트렸다.

"그러니까 조심해."

"알았어."

그녀가 동그란 눈을 깜빡이며 진심을 담긴 표정으로 대답했다.

건물 밖으로 나오니, 비가 오려는 모양인지 날씨가 제법 쌀쌀하다. 낙엽이 조금씩 떨어지는 걸 보니 가을은 가을이구나 싶어서 미주의 팔에 딱 달라붙어 발걸음을 옮겼다.

"그러고 보니 오늘 부모님 출장 가신다고 했는데."

세빈의 말에 미주가 그녀를 힐끔 보고는 고개를 돌렸다.

"그래?"

"응. 그래서 말인데 미주야."

"나 오늘 시간 많아."

무슨 말을 하기도 전에 냉큼 대답하는 미주를 보며 그녀가 푸핫, 웃음을 터트렸다. 모 광고처럼 말하지 않아도 안다는 게 이런 건가, 싶었다.

"그러면 오늘 우리 집 갈 수 있겠네?"

"어. 요즘 너무 힘들게 살았더니, 좀 쉬어야 할 거 같아."

"그럼 외박?"

"콜."

미주가 시원스럽게 대답하고는 뒤늦게 부모님께 전화를 걸어 이 사실을 알렸다. 휴대폰 너머로 뭐라고 하는 소리가 들리는 것 같았지만 미주의 표정에는 아무런 변화가 없었다.

"뭐라고 하셔?"

전화를 끊는 친구를 보며 세빈이 조심스럽게 물었다. 미주는 씩 웃으며 손가락으로 동그라미를 만들었다.

"정말? 아까 뭐라고 하시는 거 같던데."

"남의 집에 가서 민폐 끼치는 거 아니라고. 너희 집에 간다니까 알았다고 하시네."

"부모님도 아셔?"

세빈이 주변을 둘러보며 조심스럽게 물었다. 주어는 빠져 있었지만, 무슨 의미인지 캐치한 미주가 고개를 저었다.

"아니. 고등학교 때부터 내가 너랑 붙어 다닌 거 알잖아. 그리고 내가 장담하는데, 우리 엄마 바로 너한테 전화한다."

지잉지잉—

말 끝나기가 무섭게 울리는 진동 소리에 주머니에 있던 휴대폰을 꺼내 들고는 푸핫, 웃음을 터트렸다. 액정에는 '미주네 어머니'라고 떠 있었다.

"그러네. 진짜 어머니셔."

"거봐. 내 말이 맞지?"

그녀는 이상한 부분에서 으스대는 친구를 보며 키득키득

웃으며 전화를 받았다.

"네, 어머니!"

해맑은 목소리에 전화 너머에서 푸스스 웃는 소리가 들린다.

—오랜만이네. 잘 지내니?

"저야 잘 지내죠. 어머니는요? 어디 편찮으신 데는 없으세요?"

—그럼. 병원 갈 일이 없어도 너무 없어.

"없으면 좋죠, 뭐."

세빈은 자연스럽게 안부를 주고받고는 목을 큼큼 가다듬는 소리에 본론이 나오겠다 싶어서 얌전히 기다렸다.

—그나저나 미주가 오늘 너희 집에 간다는데? 외박한다고.

"네."

—부모님이 괜찮다고 하셨어?

"오늘 부모님 출장 가셔서 일주일 동안 집 비우세요."

—그러고 보니 외국 계열에서 일하신다고 들은 거 같다. 그래서 출장이 잦은가?

세빈이 처음 듣는 소리에 어리둥절한 표정을 짓다가, 옆에서 귀를 바짝 대고 통화 내용을 듣고 있던 미주가 넘어가라며 손짓했다.

"네. 그렇게 됐어요. 언니랑 오빠도 다 독립해서 집에 혼자거든요. 그래서 같이 있을까 하는데. 괜찮을까요?"

—괜찮아. 나는 또 괜히 가서 잔소리할까 싶어서. 미주 성

격 알잖니.

미주는 엄마의 말에 못마땅한 표정을 지으며 입술을 삐죽 내밀었다. 그 모습을 본 그녀가 웃었다.

“좀 많긴 하죠?”

너까지 그럴래?

조용히 통화 내용을 듣고 있던 미주가 입 모양으로 말했다. 그녀는 무슨 말인지 알았지만 미주의 뜨거운 시선을 무시하며 고개를 돌렸다.

—아무튼 이왕 노는 거 재미있게 놀고.

“네. 감사합니다.”

—감사는 무슨. 나중에 놀러 와. 오랜만에 보고 싶네.

“네. 꼭 갈게요!”

—그래.

세빈은 화기애애한 통화를 마치고 휴대폰을 가방 속에 넣었다. 옆에서 계속 못마땅한 표정을 짓고 있던 미주가 그녀의 손을 쳤다.

“너 진짜 그럴래?”

“사실이잖아.”

그녀가 ‘나는 거짓말 같은 건 몰라요’ 라는 것 같은 순수한 표정을 하고 말했다. 그 모습에 뭐라고 한마디 더 하려던 미주는 작은 한숨을 푹 내쉬며 고개를 돌렸다.

“됐고, 저기 네 남친님 기다리신다. 가자.”

“아, 응.”

미주의 ‘남친님’ 이라는 말에 움찔 놀란 그녀가 자신도 모르게 배시시 웃으며 가벼운 발걸음을 옮겼다.

"오빠!"

세빈보다 미주가 그를 먼저 불렀다. 미주가 손을 들어 올리며 가볍게 인사하자, 경후가 피식 웃으며 고개를 살짝 까딱였다.

"같이 오네요?"

"오늘 세빈이랑 뜨거운 밤을 보내려고요."

"네?"

남자가 했으면 오해할 만한 말을 내뱉는 미주를 보며 그가 당황한 표정을 지었다. 미주의 장난에 익숙한 세빈은 키득키득 웃으며 그녀를 툭, 쳤다.

"경후 오빠 이런 장난 못 받아쳐."

"음. 그런 거 같네."

그의 표정을 살펴보고는 고개를 끄덕이며 수긍한 미주가 하는 수 없다는 표정으로 다시 입을 열었다.

"오늘 세빈이네 부모님 출장 가셨다면서요. 가서 놀기로 했어요. 술도 마실 거니까 말리지 마세요."

"집에서 노는 건 말리지 않습니다."

"좋아요, 그럼."

경후의 대답에 미주가 흡족하게 웃었다.

"그럼 가시죠."

경후의 친절한 말에 미주가 뒤에 타려는 세빈이를 앞에 밀어 넣어 놓고 혼자 뒷좌석에 올라탔다. 얼떨결에 조수석에 탄 그녀가 문을 닫아 주고 운전석으로 오는 그를 보며 관자놀이를 긁적였다.

"눈치도 없게 누가 남친 두고 뒤에 앉아. 잊지 마라. 집에서는 집사일지라도 학교에선 남친이다."

미주가 가볍게 타박을 하고는 그가 차에 올라타자 싱긋 웃었다.

"음?"

백미러로 미주의 웃는 얼굴을 본 경후는 의문도 모른 채로 덩달아 웃어 보였다.

"그 짧은 사이에 무슨 일 있었습니까?"

그의 질문에 미주가 고개를 저었다.

"아니에요. 출발합시다, 출발!"

"네."

그는 미주가 외박에 들떠서 저러는 건가, 생각을 정리하고 중요한 일을 언급하지 않은 채 집으로 차를 몰았다.

그가 뒤로 물러나며 문을 활짝 열어 주었다. 미주는 고등학교 때 특히나 자주 놀러 왔던 터라 자연스럽게 안으로 들어가서 신발을 벗었다.

"어라, 못 보던 신발이 있네?"

뒤에 따라 들어오던 세빈이 현관에 있는 신발을 보며 고개를 갸우뚱거렸다. 흔히 신는 운동화나 구두가 아닌, 꼬까신 같은?

"이런 걸 뭐라고 하더라."

"태사혜라고 한단다, 동생아."

"그렇구나. 태사…… 응?"

고개를 끄덕이며 중얼거리던 그녀가 익숙한 목소리에 눈을 동그랗게 뜨고 고개를 들었다. 앞에는 그녀의 오빠, 세하가 씩 웃으며 서 있었다.

"어? 뭐야, 오빠. 연락도 없이 언제 왔어?"

"주 집사가 오면서 나 있다고 말 안 해 줬어?"

세하의 말에 세빈이 어느덧 옆에 와 있는 경후를 올려 보았다. 미주와 함께 셋이서 수다를 떨며 오긴 했지만, 오빠가 와 있다는 말은 일언반구도 없었다.

"서프라이즈……랄까요?"

세빈이 따로 묻지 않았지만, 시선만으로도 무슨 뜻인지 캐치한 그가 싱긋 웃으며 답했다. 친구까지 데리고 온 마당에 이게 무슨 일인가 싶었지만, 성큼 다가온 세하가 미주의 머리를 거칠게 흐트러트렸다.

"꼬맹이. 오랜만이네?"

"아, 진짜. 손 안 떼?"

"오랜만에 봐도 꼬맹이는 여전히 꼬맹이구나. 나이만 먹고."

"나보다 더 먹은 오빠가 할 말은 아닌 거 같은데!"

"적어도 나는 키는 크잖아."

"키만 크지!"

"어허. 키만 크다니. 키도 큰 거야. 얼굴도 잘생겼잖냐."

"별……."

세빈은 두 사람을 번갈아 가며 보다가 고개를 저었다. 어릴 때도 놀러 오면 볼 때마다 그렇게 투닥거리더니 커서도 변한 게 하나도 없었다.

"미주 때문에 일부러 말 안 한 거지?"

그녀가 경후에게 작게 속삭이자 그가 싱긋 웃었다. 그걸 굳이 말로 해야 아냐는 거 같았다.

"뭐, 두 사람 저러고 있는 거 보면 재미있긴 하지만."

항상 말로만 저렇지 진심으로 언성을 높이며 싸우려는 게 아닌 걸 알기에 어깨를 으쓱인 그녀가 뒤늦게 신발을 벗고 안으로 들어갔다.

"그나저나 동생아. 이 오빠 뭐 좀 달라진 거 없냐?"

여자가 남자 친구한테나 물을 법한 질문에 세빈이 미간을 살짝 찌푸렸다.

"없는 거 같은데."

그녀가 세하를 머리부터 발끝까지 훑어보며 말했다. 세하는 성의 없는 동생의 대답에 못마땅한 표정을 지었지만, 이내 한숨을 푹 내쉬었다.

"그래, 눈치라고는 1도 없는 동생에게 뭘 바라냐."

"그걸 알면 머리라도 밀고 와서 달라진 거 없냐고 물어보던가. 단번에 달라진 거 알 텐데."

"어림도 없는 소리."

그녀의 말에 세하가 슬쩍 노려보았다. 익숙한 시선에 그녀가 어깨를 으쓱이는데, 어느덧 세빈의 옆으로 다가온 미주가 세하를 쭉 훑어보았다.

"옷 때문에 그런 거 아니야? 오빠 예전에는 캐주얼로 입었던 거 같은데."

"아."

미주의 말에 세빈이 다시 한번 세하를 보았다. 그러고 보니 평소에 입고 다니던 스타일과는 달랐다. 한복 만든다고 한복을 입고 다니진 않았는데, 오늘은 검은색 롱 조끼로 된 생활한복을 입고 있었다.

"오빠 한복 입은 사진을 너무 많이 봤나 보다."

그녀가 작게 변명하자 세하가 피식 웃었다.

"됐네요. 너한테는 기대도 안 했어."

"기대도 안 했으면 묻지를 말든가."

"그래도 동생이니까 알 줄 알았지. 그런데 예상외로 꼬맹이가 맞췄네."

그가 여전히 웃는 얼굴로 미주의 볼을 살짝 잡았다가 놔주었다.

"꼬맹이는 눈치가 좀 있는데?"

미주는 그런 세하를 노려보고는 볼을 문질거리며 세빈의 손을 꼭 잡았다.

"됐고, 방에 들어가서 가방 좀 두고 올게. 가방 무거워서 안 그래도 작은 키 더 작아지겠어."

"어어. 우리 꼬맹이 그러면 안 되지. 빨리 두고 와."

우리 꼬맹이라니.

세빈이 놀라 고개를 돌리려다 미주의 우악스러운 손길에 질질 끌려 방으로 들어갔다.

"세하 오빠 있는 거 알면 안 오는 건데."

들어오자마자 가방을 내던지며 말하는 미주를 보며 세빈은 고개를 갸우뚱거렸다.

"오빠는 너 보고 기분 좋아 보이던데."

"날 놀리는 게 좋은 거겠지."

그녀의 말을 단호하게 부정한 미주가 한숨을 푹 내쉬며 침대에 풀썩 앉았다. 오랜만에 와도 어김없이 엉덩이를 폭 감싸는 느낌이 좋아서 벌러덩 누워 버렸다.

"폭신한 침대가 날 위로해 주는구나."

침대 위를 뒹굴거리던 미주가 엎어진 상태로 대자로 팔다리를 뻗었다.

"너희 집 침대 정말 좋다. 가져가고 싶네."

"가져가."

"……응?"

그냥 중얼거린 말이었는데, 시원스럽게 대답하는 세빈을 보며 미주가 당황한 표정을 지었다.

"뭐래."

"가져가고 싶다며. 가져가. 우리 집 침대 매트리스 다 똑같아. 쓰던 거 가져가라는 건 아니고, 손님용 방에 새것 있을 거야. 물어보고 올게."

"아니야, 아니!"

미주는 당장에라도 나가려는 세빈을 보며 급하게 외쳤다. 다급한 외침에 그녀는 놀란 표정으로 뒤를 돌아봤다.

"왜?"

"아니, 무슨 매트리스를 립스틱 하나 가져가라고 하는 것처럼 말해?"

"가져가고 싶다며. 어차피 새것도 있고 하니까."

"그냥 하는 말이지. 얘는 무슨 말을 못 해요."

미주가 손을 내저으며 말했다. 예전부터 뭔가 갖고 싶다고 혼잣말하면 그걸 어떻게 용케 듣고 그때마다 안 쓰는 건데 쓰라며 주곤 했다. 어릴 땐 그게 자신의 말을 들은 거라고 생각도 못 하고 잘됐다며 받았었다. 지금 생각하면 일부러 자신을 위해 산 게 아니었을까, 하는 생각도 들었다.

"너는 너무 호구 짓하는 거 같아. 내가 그러다 너 이용하면 어쩌려고 그러냐."

미주의 걱정 어린 말에 세빈이 씩 웃었다.

"너는 안 그럴 거잖아."

"무슨 근거로?"

"우리가 함께해 온 7년이라는 세월을 근거로."

당당한 세빈의 말에 미주가 푸스스 웃어 버렸다. 자신을 저렇게 믿는 친구에게 어찌 못된 짓할 생각을 할까.

"그래도 사람 일은 모르는 건데?"

하지만 가만 보면 세빈은 얼마 안 되는 금액은 거리낌 없이 쓰고, 그걸 성애처럼 이용하려는 애들이 있어서 걱정되는 마음에 쿡, 찔러 보았다.

"아니. 다른 사람은 몰라도 넌 안 그래."

다시금 되돌아오는 강한 믿음에 미주가 씩 웃었다.

"그건 또 무슨 근거로?"

"지금 이 대화를 근거로."

"응?"

알 수 없는 세빈의 말에 고개를 갸우뚱거리자, 그녀가 푸스스 웃었다.

"정말 이용할 애들은 이런 걱정 안 하니까. 근데 걱정하지 마. 적어도 나만의 적정선을 지키면서 살고 있는 거니까."

세빈의 말에 덩달아 키득키득 웃은 미주가 침대에서 상체를 일으켰다.

"그래도 매트리스는 좀 과하지 않냐."

"너한테는 적정선이 좀 달라서."

어찌나 당당한 대답인지. 친구의 적정선은 알아서 지켜 줘야겠다고 생각하며 작은 한숨을 내쉬었다.

몇 달만에 보는 오빠와 오랜만에 집에 놀러 온 친구, 그리고 단짝처럼 붙어 있는 경후까지 네 명이 노는 건 생각보다 재미있었다.

간단하게 저녁을 먹고 뭘 할까 고민하던 참에 어디서 났는지 세하가 화투장을 불쑥 내밀었다. 그대로 2만 원을 잃은 세빈은 안 되겠다 싶어서 지하로 내려가서 다트 게임으로 내기를 해서 돈을 도로 찾았다. 세빈은 무언가를 맞추는 건 누구보다 자신 있었고 안타깝게도 세하는 이 사실을 모르고 있다.

"아, 이게 뭐야."

재벌가 자제 같지 않게 고작 2만 원을 땄다고 좋아하던 세하는 실망한 표정으로 들고 있던 맥주를 벌컥벌컥 마셨다.

잔을 입에서 뗀 세하는 이리저리 둘러보더니, 팔을 쭉 뻗었다. 뭔가 싶어서 세 사람이 동시에 고개를 돌리니 포켓볼이 눈에 들어왔다.

"이번에는 저거로 하자."

"그럼 이번에는 팀으로 해야겠군요."

경후의 제안에 세하가 냉큼 고개를 끄덕였다.

"좋아! 인원수도 맞고, 딱 좋네. 어떻게 나눌까? ……응?"

힘차게 외치는 세하를 두고 경후가 세빈의 손을 잡았다. 그리고 당당하게 들어 올려 보이는 행동에 세하가 고개를 갸우뚱거렸다.

"뭐야. 손은 왜 잡아?"

"이렇게 팀 하면 되니까요. 저는 세빈 아가씨랑 도련님은 미주 아가씨랑."

"아, 왜요?"

이번에는 미주가 튀어나왔다. 이제까지 개인전에다가 세하랑 세빈이 대결하는 구도였던 터라 별 신경 안 쓰고 있을 수 있었는데, 갑자기 팀 전이라니. 거기다가 세하와!

"꼬맹이. 나랑 팀 하는 게 싫어? 이 오빠 당구 좀 칠 줄 알거든?"

"싫어."

"어허. 이 오빠만 믿어."

세하가 당당하게 말하고는 미주의 손을 덥석 잡았다. 놀란 그녀가 손을 빼내려 했지만 발버둥 칠수록 더 세게 잡는 통에 1분도 안 돼서 포기하고 한숨을 푹 내쉬었다.

그렇게 억지로 정해진 팀으로 게임이 시작되었다. 시작은 공평하게 가위바위보를 해서 정했고, 첫 타자가 된 세하가 능글능글 웃으며 큐대를 잡았다.

"주 집사. 세빈이랑 편먹은 걸 후회하게 만들어 줄게."

"얼마든지요."

경후가 싱긋 웃었다. 그 웃음이 불편했던 세하는 미간을 찌푸리며 자세를 잡아 수구를 쳤다.

땅—

맑은 소리가 지하에 울렸다. 공이 시원스럽게 퍼졌지만 안타깝게도 들어간 건 하나도 없었다.

"아쉽네."

아직 초반이라 그런지 여유를 잃지 않은 세하가 싱글싱글 웃으며 뒤로 물러났다. 그 모습을 가만히 보고 있던 경후가 세빈에게로 고개를 돌리자, 그녀가 시선을 느끼기라도 한 듯 고개를 돌렸다.

눈이 마주친 두 사람이 웃었다. 그러고는 그녀가 옆에 세워 둔 큐대를 잡고 성큼 앞으로 나왔다.

탁—

그녀가 싹 훑어보고 수구를 가볍게 치자, 마침 좋은 자리에 3번 볼이 쏙 들어갔다. 여유로움에 콧노래까지 흥얼거리던 세빈은 자리를 잡고 씩 웃었다.

"우리 미주 때문에 내가 내기도 못 하겠고 말이지."

탁—

"오빠랑만 하는 거면 돈 왕창 거는 건데."

탁—

연속 세 개.

예상치 못한 세빈의 실력에 세하가 입을 떡, 벌리자 경후가 조용히 말했다.

“도련님께선 모르셨겠지만, 세빈 아가씨 저보다 잘 치세요.”

“뭐? 예전에는 안 그랬던 거 같은데……?”

“옛날이야기죠.”

“헐.”

탁—

두 사람이 대화하는 사이 세빈이 다시 한번 수구를 쳤다. 애매한 위치에 있어서 쿠션을 이용해 치려고 했는데, 아슬아슬하게 살짝 스치기만 했다.

다음 순서는 미주였지만, 아쉽게도 미주는 포켓볼은 잘 치지 못해 볼을 제대로 맞히기도 어려웠다. 거기다가 다음 타자인 경후는 세하도 인정할 정도로 실력이 좋아서 삼세판의 게임은 쉽게 끝났다.

“진짜 돈 내기했으면 큰일 났을 뻔. 세 판을 다 질 줄이야.”

게임을 끝내고 네 사람은 지하 입구 바로 옆에 있는 작은 바에 나란히 앉아 술을 마시며 수다를 떨었다.

세하의 말에 세빈이 씩 웃었다.

“내가 뭐든 때려 맞추는 건 잘해. 나중에 볼링장 가자. 볼링도 좀 치거든. 그땐 내기 콜?”

세하는 동생이 웃는 폼이 '좀' 치는 게 아니라는 걸 깨닫고는 고개를 저었다.

"아니. 안 그래도 쥐꼬리만 한 월급 다 털리기 싫다. 돈 없어서 차도 못 끌고 다니는 판에 돈 내기는 무슨."

세하가 깊은 한숨을 내쉬었다. 원래 예술 쪽이 성공하기 전까진 박봉인 건 알고 있었지만, 차도 못 끌고 다니면 심각한 수준 아닐까.

"오빠 처음에 전세 얻어 준다는 거 안 받는다고 했잖아. 그거 안 받았으면 어쩔 뻔했어?"

세빈의 말에 세하가 고개를 끄덕였다.

"그러니까. 자존심 세우고 안 받았다가는 밥 굶고 다녔을지도 몰라. 아직 혼자 사는 건 힘든데, 그래도 일이 재미있으니까 할 만해. 선생님도 잘해 주시고. 다만 월급 좀 올려 주셨으면……."

먼 곳을 보는 것 같은 세하의 시선이 촉촉하게 젖어 있었다. 넉넉하게 살다가 빡빡하게 살기도 힘들 텐데. 참 대단하다는 생각이 들었다.

"그나저나……."

세빈의 시선이 미주에게로 닿았다.

"미주 너는 좀 괜찮아? 억지로 안 마셔도 돼."

"아…… 응."

세 사람이 모두 술을 잘 마시는 터라 소주 반병이 주량인 미주를 말릴 생각을 못 했다.

"꼬맹이 술 못 마셔?"

"소주 한 병도 못 마셔. 그 이상 마시면 술이 술을 마셔서 먹긴 하는데, 다음 날 못 일어나."

세빈의 말에 세하가 뒤늦게 미주를 보았다. 미주는 이미 양주 두 잔에 눈이 풀린 상태였다.

"꼬맹아. 너 자야 할 거 같은데?"

"아직…… 괜찮은데."

"괜찮긴. 방까지 데려다줄게."

"으응."

세하의 말에 미주가 고개를 저으며 앙탈을 부렸다. 예상치 못한 행동에 푸핫, 웃음을 터트린 그가 키득키득 웃으며 미주의 팔을 잡았다.

"우리 꼬맹이 술 마시면 애교가 느는구나. 이 오빠가 졌다. 업어 줄게. 이리 와."

세하의 말에 미주는 다시금 앙탈을 부렸지만 어느덧 앞으로 와서 팔을 잡아당기는 세하의 힘에 가뿐하게 등에 업힌 채 바로 곯아떨어졌다.

"잘 거면서 고집은."

그런 미주를 보며 세빈이 중얼거리자 세하가 피식 웃었다.

"그럼 미주 데려다주고 올게."

"어."

그렇게 본인한테는 꼬맹이라고 부르더니, 미주가 잠들고 나서야 이름을 부른다. 아무리 투닥거려도 사이가 너무 좋단 말이지.

세빈이 키득키득 웃으며 양주를 홀짝였다.

시끄럽게 투닥거리던 두 사람이 빠지니 지하가 순식간에 조용해졌다. 글라스에 있던 얼음이 달그락거리는 소리조차도 크게 들려서 괜히 기분이 이상했다.

"조용하네요."

적막함이 흐르자 경후가 먼저 말을 내뱉었다.

그를 힐끔 쳐다본 그녀가 하하, 어설프게 웃으며 고개를 끄덕였다.

"그러게. 되게 조용하다."

단둘이 술을 마시는 건 처음이었다. 처음이라 어색하기도 하지만 조용한 공간에 경후와 있다는 사실에 심장이 빠르게 뛰었다.

이전에도 이런 비슷한 분위기가 있었다. 시선이라도 마주치면 무슨 일이라도 벌어질 것 같은 그런 묘한 분위기.

그때가 그동안의 오해를 풀고 경후와 포옹했던 날이라는 걸 깨달은 세빈은 괜히 긴장돼 입안이 바짝바짝 말랐다. 자신을 빤히 쳐다보는 것만 같고, 경후가 있는 쪽으로 시선을 돌리면 안 될 것 같은 기분에 글라스만 뚫어지라 쳐다봤다.

아니, 오빠는 왜 안 오는 거야?

미주를 데려다주고 오더라도 한참 전에 왔어야 할 시간인데 세하는 깜깜무소식이었다.

"도련님이 늦네요."

"그, 그러게. 너무 오랜만에 와서 내 방을 못 찾나."

"음…… 그럴 수도 있죠. 특색 없이 문도 다 똑같고, 어두우면 헷갈릴 수도 있죠."

그냥 한 말이었는데 경후의 대답을 듣고 나니 저절로 고개가 끄덕여졌다. 거기다가 술에 취한 사람을 업은 상태면 더 정신없을지도.

고개를 열심히 끄덕이고 술을 홀짝이는데 다시금 대화가 끊기고 조용해졌다. 이제야 겨우 마주 볼 수 있게 됐다고 생각했는데, 단둘이 남으니 경후를 돌아보기가 겁난다. 이 마음이 제대로 표현을 하기도 전에 들킬까, 싶어서.

어찌 되었든 이 적막함을 어떻게든 없애야겠다는 생각에 무슨 말을 꺼내야 하나 고민하는데 끼익, 하고 의자가 움직이는 소리가 났다. 술을 더 가지러 가나 싶어서 슬쩍 고개를 들었는데 그는 보이지 않았다.

"아가씨."

"응?"

바로 귀 옆에서 들리는 목소리에 세빈이 움찔 놀라 고개를 돌렸다. 그리곤 바로 앞에 있는 얼굴을 보고 눈을 빠르게 깜빡이는데, 그의 눈이 예쁘게 접혔다.

"이제 그만 들어가시죠."

"아…… 벌써?"

"벌써라뇨. 지금 1시가 넘었는데."

"들어가야겠네. 근데 주 집사."

"네?"

"너무…… 가까이 있는데."

그녀가 슬그머니 시선을 피하며 말하자 경후가 푸스스 웃는다. 조금만 움직이면 입을 맞출 수 있을 정도로 가까운 거리라 그런지 그의 숨결이 그대로 느껴졌다.

"죄송합니다. 가까이 보면 더 예뻐서 그만."

"응?"

뜬금없는 칭찬에 세빈이 두 눈을 크게 떴다. 여전히 바로 앞에 있는 경후의 얼굴에 시선을 마주하지 못했지만, 쿵쿵쿵 심장이 아까보다도 더 빠르게 뛴다. 터질 것만 같았다.

다시금 피식 웃은 그가 살짝 숙였던 상체를 일으키며 손을 내밀었다. 세빈이 뭔가 싶어서 경후의 손을 빤히 내려 보는데, 이럴 때만큼은 참을성이 없는 그가 그녀의 손을 덥석 잡았다.

"가시죠."

손은 꼭 잡을 필요가 있는 건가, 생각은 들었지만 커다란 그의 손이 애지중지 자신의 손을 감싸고 있는 게 기분 좋아서 입을 꾹 다물고 고개를 끄덕였다.

이끌어 주는 그의 손을 따라서 바 의자에서 내려오는데 문득 옛날 생각이 떠올랐다. 자신이 한참 천방지축이었던 열두 살 때, 정글짐에 올라가서 못 내려오는 어린 세빈을 그가 조심스럽게 달래 가며 안아서 내려 줬었다. 열여덟 살의 나이에 이미 성장이 끝난 경후는 그녀에겐 슈퍼맨만큼이나 멋있었다.

가만 생각해 보면 주 집사가 내 첫사랑인 거 같기도 하고.

워낙 어렸을 때라서 사랑이라는 감정을 제대로 깨닫지 못하고 넘어간 게 아닐까, 하는 생각이 들었다.

두 사람은 손을 꼭 잡고 1층으로 올라와서 방으로 향했다.

아무도 없이 넓은 공간에 손을 잡고 걷고 있으니, 꼭 몰래 데이트하는 기분이었다.

"그러고 보니 아가씨."

"응?"

"여름 방학에 아무 데도 못 가셨죠? 클럽 가시느라."

그의 목소리에는 아무런 악의도 느껴지지 않았지만 마지막 말에 혼자 제 발 저린 그녀가 하하, 어설프게 웃으며 고개를 끄덕였다.

"그랬지. 근데 그건 왜?"

"아쉽지 않으실까, 해서. 나중에 같이 놀러 갈까요? 근처 바닷가라도."

근처라고 해 봤자 제일 가까운 곳이 차 타고 두 시간 거리. 당일치기면 부모님도 시간이 괜찮지 않을까, 싶어서 고개를 끄덕였다.

"좋아. 엄마랑 아빠 스케줄은 괜찮으신 거야?"

"음?"

이해할 수 없다는 표정을 지은 경후가 고개를 갸우뚱거렸다. 그의 알 수 없는 반응에 덩달아 고개를 갸우뚱거리는데, 뒤늦게 말의 뜻을 파악한 경후가 작게 웃었다.

"아뇨. 회장님이랑 사모님은 언제나 그렇듯 바쁘십니다. 시간이 나더라도 두 분이 데이트하시기 바쁘시고요."

"그럼 어떻게 가?"

"아가씨랑 저. 단둘이."

그의 은밀한 말에 그녀가 커다란 눈을 빠르게 깜빡였다.

방심한 사이 훅 치고 들어온 경후에 얼굴이 붉게 달아오르는 게 느껴졌다.

"가, 갑자기 무슨 말이야. 단둘이 놀러 가자니."

"1박 아닙니다. 당일치기예요. 오해하지 마세요."

이어지는 담백한 대답에 세빈은 입술을 삐죽 내밀며 그를 흘겨보았다.

"그, 그런 오해 안 해."

"네."

은밀하면서도 가벼운 대화를 나누는 사이 어느덧 방문 앞에 도착했다. 아쉬움이 남아 한참이나 손을 잡고 서 있던 두 사람은 힐끔 서로를 훔쳐보다가 눈이 마주치자, 괜히 목을 큼큼 가다듬으며 고개를 돌렸다.

"이만 들어가서 주무셔야죠."

"응. 그래야지."

말은 그렇게 하지만 누구 하나 손을 놓을 생각조차 하지 않았다. 마치 손이 떨어지지 못하게 접착제라도 붙여 놓은 기분이었다.

"그럼 내일은 9시에 깨우면 될까요?"

이대로 계속 서 있을 순 없다는 생각에 경후가 그녀를 슬쩍 돌아보며 물었다. 세빈이 대답 대신 고개를 끄덕이자, 그도 고개를 끄덕였다.

"알겠습니다. 그럼 9시에 오겠습니다."

"응. 잘 자."

그녀의 나긋한 목소리에 싱긋 웃은 그가 상체를 살짝 숙였다. 아까처럼 가까운 거리는 아니지만 자신의 머리 위에 경후의 얼굴이 가까이 있다고 생각하자 조금 긴장됐다.

"잘 자요."

잔뜩 긴장하게 해 놓고 잘 자라는 말을 내뱉은 경후는 아쉬움을 표현하듯 손가락을 하나하나 천천히 놔주었다. 마지막에 검지 하나를 붙잡은 그가 작은 한숨을 내쉬더니, 다시금 손을 꽉 잡았다.

"아가씨."

"응?"

그녀가 슬그머니 시선을 올리자, 경후와 눈이 마주쳤다. 그는 몇 번을 무슨 말을 하려다가 이내 한숨을 푹 내쉬며 고개를 저었다.

"아닙니다, 아무것도. 들어가 보겠습니다."

아까와는 다르게 그의 커다란 손이 한 번에 빠져나갔다. 왠지 아쉬워서 손을 보며 입술을 삐죽 내밀다가 자신의 앞에 있는 경후를 올려 보았다.

"나도 들어갈게. 주 집사도 들어가. 피곤하겠다."

"네."

세빈은 싱긋 웃으며 손을 흔들고 먼저 방 안으로 들어왔다.

"하, 정말이지. 심장 떨리게 만드는 데 선수 같아."

그녀가 고개를 흔들며 자고 있을 미주를 생각하며 미등을 켰다. 혹시라도 미주가 없으면 어쩌나 걱정했는데, 다행히 그녀는 침대 위에서 이불까지 목까지 덮은 채로 새근새근 자고 있었다.

"그럼 오빠는 왜 안 온 거지?"

그녀가 고개를 갸우뚱거렸다.

⁜ ⁜ ⁜

시간이 빨리 지나가는 만큼 도준과의 만남도 성큼 다가왔다.

오늘은 집에 있는 원피스를 골라 입고 숍을 가는 대신 집에서 헤어 롤을 말고 화장을 끝마쳤다.

"이 정도면 나쁘지 않지?"

클럽을 다니며 화장을 해 본 솜씨가 여기에서 드러나나 싶을 정도로 피부는 매끄럽고 반짝였으며, 과하지 않은 아이 메이크업과 상반되는 붉은 입술이 그녀를 도도하게 보이게 했다.

지잉— 지잉—

이제 머리를 마무리하려 롤을 빼내려는데 화장대 위에 올려놓은 휴대폰이 울린다. 끊임없이 울리는 진동에 모르는 사람이면 바로 끊어야겠다 싶어서 바로 전화를 받았다.

"여보세요."

—세빈 씨. 저 박도준입니다.

"네. 안녕하세요."

도준의 이름을 듣자마자 어떻게 번호를 알았을까 고민하다가 처음에 받았던 파일이 떠올랐다. 저장해 뒀구나.

그녀가 고개를 끄덕이는데 주변에서 잡음이 계속 들려 미간을 찌푸리며 휴대폰을 귀에서 떨어트렸다가 다시 가까이 했다.

"그나저나 어디신데 이렇게 시끄러워요?"

—그게. 지방 출장 갔다가 올라오는 중에 사고가 나서요. 오늘 약속 못 지킬 것 같습니다.

사고라는 말에 그녀가 헉, 소리를 내며 손으로 입을 가렸다.

"다치신 곳은 없고요?"

—네. 다행히 크게 다친 건 아닌데, 정밀 검사는 받아 봐야 할 거 같습니다.

"아아. 네. 그럼 병원 조심해서 다녀오시고요."

—네, 고맙습니다. 그리고…….

그가 말끝을 흐렸다. 무슨 말을 하려나 싶어서 얌전히 기다리는데, 휴대폰 너머에서 깊은 한숨이 들렸다.

—원하지 않는 약속 잡게 해서 죄송합니다.

그의 사과에는 진심이 묻어 있었다. 말하지 않아도 어떤 상황인지 짐작이 간다. 도준은 약혼을 안 한다고 했을 거고, 박 회장은 그 말을 귓등으로도 듣지 않았을 거다.

"아니에요. 도준 씨가 원하던 방향이 아니라는 거 알아요. 걱정하지 마세요. 그나저나 병원 가서 검사부터 받아 보세요. 약속은 몸이 괜찮아지면 다시 정하죠."

—네.

"입원이라도 하게 되면 연락 주세요. 비밀 공유한 사이니까 병문안은 갈게요."

그녀의 말에 도준이 피식 웃는 소리가 들린다.

—그렇게 하겠습니다.

"그럼 끊을게요."

—네.

전화를 끊은 그녀가 거울 속에 있는 새초롬한 자신을 마주하며 작은 한숨을 내쉬었다.

"지워야 하나."

애써 한 화장인데 하자마자 지워야 한다니. 그녀가 입술을 삐죽 내미는데, 똑똑 노크하는 소리가 들렸다.

"아가씨, 주 집사입니다."

그녀는 버릇처럼 '들어와' 라고 말을 하려다 말고 거울 속에 헤어 롤을 말고 있는 자신의 모습을 보고 헉, 숨을 들이마셨다.

"자, 잠깐만!"

"응? 무슨 일 있으십니까?"

"잠깐만! 3분, 아니, 1분만!"

그녀가 허둥지둥 헤어 롤을 서둘러 뺐다. 중간중간 잘못 말아서 엉킨 부분을 억지로 잡아당겼더니, 머리는 엉망이고 여기저기서 머리카락이 뜯겨 눈물까지 찔끔 나왔다.

"그래도 이 정도면 됐겠지?"

전문가의 손이 아닌지라 완벽하게 하진 못해도 에센스를 발라 주고 나니 한층 단정해졌다. 숨을 고르며 마음을 가라앉힌 그녀가 다시 새초롬한 표정으로 가다듬었다.

"다 됐어. 들어와도 돼."

말이 떨어지기 무섭게 문이 열리는 소리가 들린다. 괜히 긴장이 되어서 세빈은 목을 큼큼 가다듬으며 화장대에서 일어났다.

"준비 다 되셨습니까?"

"응. 준비는 다 됐는데, 약속이 취소됐어."

"네?"

"도준 씨 사고 났다고 연락 왔어. 다행히 크게 다친 건 아닌데, 병원은 가야 하니까."

"그렇군요."

"응."

그녀가 머리카락을 검지로 돌돌 말며 가만히 있다가 경후를 힐끔 올려 보았다.

"있잖아, 주 집사."

"네."

"어차피 화장도 했고, 머리도 했는데 클럽이나 갈까? 안 간 지 좀 된 거 같은데."

세빈이 최대한 흘리는 투로 아무렇지 않게 말했다. 클럽 가는데 목매지 않는다는 걸 보여 주기 위함이었는데, 그가 사뭇 심각한 표정이었다.

"왜?"

"아, 요즘 결혼 시즌이라 결혼 참석 스케줄이 많거든요. 회사 스케줄 고려해서 정리해야 해서 오늘은 시간이……."

사정을 말하던 그가 자신을 빤히 쳐다보는 그녀의 시선을 마주하며 말끝을 흐렸다. 오늘도 약속이 일정대로 진행된다면 자신이 못 가고 이 기사가 데려다줄 예정이라 단호하게 '시간이 없습니다' 라고 말하려 했는데, 반짝이는 저 눈동자를 보고 있으니 마음이 약해졌다.

"두 시간은…… 기다리셔야 할 겁니다."

"그래?"

그녀가 싱긋 웃었다.

"괜찮아. 나 먼저 가 있을게."

그리고 이어지는 그녀의 말에 경후는 안 된다고 말하기 이전에 잠시 고민했다.

주변에 이미 경호원은 배치되어 있고 세빈이 자주 가던 곳을 기준으로 했을 때 차로 20분 거리. 막히지 않으면 15분이면 갈 수 있는 거리다. 능력 있는 이들을 채용했으니 그 정도는 괜찮겠다 싶어서 그가 고개를 끄덕였다.

"좋습니다. 단, 아가씨가 자주 가시던 곳이 좋을 거 같습니다. 가깝기도 하고."

"아, 그럼……."

그녀가 진지하게 고민하다가 경후를 돌아보았다.

"그럼 'NY' 로 갈게. 어딘지 알지?"

"네."

그가 고개를 끄덕이며 대답하자, 그녀도 덩달아 고개를 끄덕였다.

"출발할 때 연락하고."

"네. 알겠습니다. 이 기사님께 말씀드려 놓을 테니까, 차 타고 가세요."

"응. 한 20분 뒤에 출발한다고 전해 줘. 옷이랑 화장 손보고 나가게."

"네."

그는 정중하게 고개를 숙이고 방에서 나갔다.

세빈은 이제 당당하게 클럽을 가는구나 싶어서 콧노래를 흥얼거리며 옷을 챙기려 드레스룸으로 들어갔다.

주윤은 클럽 안으로 들어가는 세빈을 보고 주변을 힐끔 보며 발걸음을 옮겼다. 옷을 단정하게 손보고 당당하게 들어가려는데 클럽 가드가 그의 앞을 막아섰다.

"들어가시면 안 됩니다."

한 번도 겪어 본 적 없는 일이라 뭔가 싶어서 미간을 찌푸리며 쳐다보았다. 날카로운 눈빛에 클럽 가드가 움찔거렸지만, 단호한 얼굴이었다.

"일 때문에 그럽니다."

"저도 일 때문에 그런 겁니다."

똑같이 일 때문에 그런다는 말에 주윤이 할 말이 없어져서 어떻게 해야 하나 한숨을 푹 내쉬었다.

며칠 전 자신의 머리로 연습을 하다가 홀랑 태워 먹은 헤어 디자이너인 여자 친구 덕분에 머리를 반삭 수준으로 밀어 버렸었다.

안 그래도 날카로워 보이는 인상인데 머리카락까지 없어 더 날카로워 보이는 듯했다.

하긴 내가 봐도 조폭 같긴 했어.

주윤이 까슬까슬한 뒷머리를 긁적였다. 그래도 머리 밀기 전에는 클럽 정도는 가뿐하게 들어갈 수 있었는데 나이가 든 건가 자괴감도 들었다.

"하는 수 없지."

가발을 사서 쓸 수도 없는 노릇이니, 팀원 중 제일 젊은 태성을 불렀다.

"부르셨습니까."

근방을 둘러보던 태성이 헐레벌떡 뛰어와서 물었다. 경호원을 한다는 놈이 이 정도도 못 뛰나 싶어 체력 단련을 시켜야겠다는 생각을 하면서 고갯짓으로 클럽을 가리켰다.

"네가 들어가야겠다."

"네? 팀장님이 안 들어가시고 제가 왜……."

"막혔어."

"네?"

되묻는 태성을 째려보자, 눈치를 보며 고개를 숙였다.

"죄송합니다."

"아니, 네가 죄송할 건 아니고. 보다시피 내 꼴이 이래서 막혔으니까, 네가 들어가서 아가씨 좀 살펴라. 네가 정신 팔려서 놀면 너는 바로 모가지야. 주 집사님 그런 거에 민감하신 거 알지?"

"네. 알겠습니다."

"가 봐. 무슨 일 있으면 바로 호출하고."

"네."

클럽으로 향하는 태성의 발걸음이 유독 가벼워 보이는 건 자신의 착각일까. 제일 젊고 그나마 외모가 제일 반반한 놈이라 보내기는 하는데, 아직 투입된 지 2주밖에 안 된 신참이라 불안했다.

"앞으로는 가발도 챙겨야 하나."

주윤이 중얼거리며 태성이 있던 자리로 들어갔다.

태성이 세빈을 따라 클럽에 들어간 지 한 시간 정도가 지났다. 업무 특성상 시간마다 보고하게 되어 있는데 20분 전을 끝으로 태성은 보고를 하지 않았고 불러도 답이 없었다. 주윤은 자신의 걱정이 현실이 되는 건가 싶어서 미간을 찌푸리며 태성과 예전부터 아는 사이였다는 다른 팀원을 불렀다.

"부르셨습니까."

"현진아. 네가 클럽에 좀 들어가 봐야겠다."

"네? 제가요?"

"어. 내 꼴이 이래서 태성이 녀석 보냈는데, 20분 째 조용해. 불러도 대답도 없고."

"태성이가 들어갔습니까?"

주윤의 말에 현진의 눈이 커진다. 뭔가 불안한 느낌에 미간을 팍 찌푸리자 현진이 아차, 싶었는지 입을 꾹 다물었다.

"너 아는 거 있지?"

"아닙니다."

"너까지 이 일에서 빠지기 전에 불어."

그가 협박까지 했건만 현진은 입을 열지 않았다. 애초에 체력, 기술, 뭐 하나 뛰어난 게 없는 태성이 이 일에 투입된 것부터가 이상하다고 생각했다. 태성이 부장님 줄이라는 소문을 들었었다. 그저 가벼운 연줄은 아닌 모양이다.

"그래, 그럼 이거 하나만 묻자. 그 녀석 클럽 좋아하나?"

"……정확히는 여자한테 약합니다. 여자를 좋아하기도 하고요."

"뭐?"

"연락이 없는 거 보면 아마 여자들의 유혹에…… 넘어갔을 겁니다."

"그래, 그렇군."

아무래도 여자 밝히는 골칫덩이를 자신이 맡은 모양이다. 아가씨를 그렇게 헤벌쭉 쳐다볼 때부터 알아봤어야 했는데.

주윤이 얼굴을 쓸어내렸다. 무슨 일이 벌어지면 당장에 모가지다. 아니, 모가지인 건 둘째 치고 지금 자신들이 경호하는 인물은 다른 곳도 아닌, I기업의 막내딸. 잘못하면 한국에 발붙이고 살긴 힘들 수도 있다.

부장님도 참 대단하시지. 다른 사람도 아니고 I기업 딸을 경호하는데 기본도 안 되는 애송이를 꾸역꾸역 투입시키다니.

주윤은 한숨을 푹 내쉬며 현진을 돌아보았다.

"현진이 네가 주변 관리 좀 하고, 주 집사님께 연락 좀 드려라. 내가 가서 태성이 녀석 끌고 나와야겠다."

"네."

마음을 굳게 먹은 주윤이 성큼성큼 클럽으로 걸어갔다. 이번에도 역시 클럽 가드가 막아섰지만 주윤은 안주머니에서 명함을 꺼내 그들에게 내밀었다.

"전 이런 사람입니다. 죄송하지만, 큰 폐는 끼치지 않을 테니 비켜 주셨으면 합니다."

주윤이 정중하게 말했다. 명함을 보니 자신도 알 만큼 유명한 경호업체 직원이었다. 하지만 이 명함이 진짜인지 가짜인지도 모르는데 무작정 들여보낼 수 없어서 단호하게 고개를 저었다.

"그래도 안 됩니다."

"QR 코드 확인해 보시면 바로 나올 겁니다."

"네?"

클럽 가드가 모른다는 표정이자, 경후가 마른세수를 하며 한숨을 푹 내쉬었다. 어떻게 하라고 말해 줘도 모른다니.

"뭔데 그러고 있어?"

그리고 그 두 사람을 지켜보던 이가 성큼 다가왔다.

"이거."

주윤을 마주하고 있던 이가 명함을 건넸다. 명함을 받은 이는 자연스럽게 휴대폰을 꺼내 명함에 있는 QR 코드를 스캔했다. 휴대폰에 뜬 사진과 실물을 확인하더니, 고개를 끄덕였다.

"들어가셔 좋습니다. 단, 문제가 생길 시 전적으로 책임지셔야 합니다."

이렇게 간단한 걸 이렇게 한참 실랑이하고 있었다니. 주윤이 작은 한숨을 내쉬며 고개를 끄덕였다.

"네. 알겠습니다."

"들어가세요."

"감사합니다."

주윤이 고개를 꾸벅이고는 클럽 안으로 들어갔다. 일단 스테이지부터 둘러보는데 세빈이 보이질 않는다.

자리를 찾는 척 걸어 다니며 주변을 훑어봤다. 일단 1층에는 없고, 2층으로 올라가자마자 여자 한 명과 남자 세 명 사이에 껴 있는 세빈이 눈에 들어왔다.

"하성애?"

어두운 조명 때문에 멀리서는 얼굴이 잘 보이지 않아서 몇 발자국 더 걸어가니, 세빈과 같은 테이블에 앉아 있는 건 성애가 맞았다. 성애야 그렇다고 쳐도 붙어 있는 저 남자들은 뭐란 말인가.

세빈은 살짝 풀린 눈으로 불편하게 있었지만, 그 네 사람은 아랑곳하지 않고 계속 술잔을 부딪치고 그녀의 잔이 비워지면 술을 가득 따르기를 반복하고 있었다. 성애의 평소의 행실이 좋지 않은 걸 알고 있기에 뭔가 구린 냄새가 난다.

주윤은 그들을 지나쳐 근처 벽 뒤에 몸을 숨기고 이어 마이크에 손을 댔다.

"현진아."

—네.

"집사님께 연락드렸냐."

—네. 오시는 중이랍니다.

"빨리 오셔야 할 것 같다. 하성애한테 붙잡혀 있다고 전해 드려. 그리고 아가씨 취하신 것 같다고도."

—알겠습니다.

그리고 주윤의 예감은 적중했다.

온몸을 쿵쿵 울리는 비트에 몸을 맡기며 신나게 흔들었다. 최신 유행하는 춤 같은 건 모르지만 세빈은 매끄럽고 섹시한 몸짓으로 이목을 집중시키는 매력이 있었다.

"야, 지세빈!"

무아지경 상태로 춤추는 와중 들리는 목소리에 세빈이 움찔 놀라서 뒤를 돌아봤다. 뒤에는 유독 오늘만큼은 마주치지 않았으면 하는 성애가 씩 웃고 있었다.

"야, 너. 클럽 가는 거 안 된다면서 오늘은 어떻게 왔냐?"

웃으며 말하고 있었지만, 말에 가시가 느껴졌다. 잘못하면 거짓말을 했다고 생각하겠다 싶어서 최대한 자연스럽게 웃으며 성애의 팔을 툭, 쳤다.

"오늘은 허락받고 왔지."

생긋 웃는 세빈의 표정에 성애가 잠시 떨떠름한 표정을 지었다가 이내 웃었다.

"그럼 잘됐네. 아는 오빠들이랑 같이 있는데 술이나 한잔 하자."

"아니, 나는 춤추러 온 거라. 알잖아, 내 스타일."

애써 자신을 끌고 가려는 손을 막으며 웃는 얼굴을 유지했지만, 성애가 단호하게 고개를 저었다.

"네 스타일을 알기 때문에 안 돼. 클럽에 오면 술 마시고 놀아야지, 맨 정신으로 뭔 재미로 놀아? 가자, 가자. 다 좋은 오빠들이야."

좋은 오빠들이라니 영 신뢰가 가진 않지만 잡아끄는 힘에 못 이겨 2층으로 올라갔다.

"오빠들, 내 친구 데리고 왔다!"

그나마 덜 시끄러운 2층에 성애의 목소리가 울렸다. 테이블 위에 양주와 맥주를 가득 채우고 마시고 있던 남자 세 명이 고개를 돌린다. 눈이 마주치자마자 싱긋 웃는 세 사람의 웃는 모습이 꽤 매력적이었다.

"안녕하세요."

그녀의 등장에 세 사람이 자리에서 일어났다. 훤칠한 키에 슈트까지 번듯하게 갖춰 입은 모습이 성애가 그동안 지내던 불량해 보이던 사람과는 거리가 있어 보였다.

"안녕하세요."

하지만 경계심을 완전히 없앨 수는 없어서 고개를 살짝 숙여 조심스럽게 인사를 건네고는 엉거주춤하게 서 있는데 성애가 그녀의 어깨에 손을 얹으며 말했다.

"들어가서 앉아."

"사실 나 낯선 사람 있는 자리를 별로 안 좋아해서."

그녀가 성애의 귀에 속삭였다. 이제껏 낯을 한 번도 가려 본 적 없는 세빈은 애써 변명을 찾아 둘러댔지만, 성애는 단호했다.

"처음부터 낯설지 않은 사람이 어디 있냐. 보다 보면 익숙해지는 거지. 일단 앉아."

"자, 잠깐……!"

힘이 어찌나 센지, 안쪽으로 미는 성애의 힘에 세빈은 반항도 제대로 못 하고 휘청거리며 어정쩡하게 자리에 앉았다.

왜 자리가 이렇게 된 거지.

어느새 세빈은 남자 두 명 사이에 껴 있었다. 그리고 자연스럽게 다른 남자 옆으로 간 성애는 그의 어깨에 머리를 기댔다.

"내 친구한테 이상한 짓할 생각 말고 잘해 줘."

지금 모르는 남자 사이에 껴 넣은 사람이 할 말인가 싶었지만 세빈은 예의상의 웃음을 지어 보였다.

막무가내로 세빈을 끌고 온 성애는 이 상황이 만족스러운지 흡족하게 웃으며 자신의 어깨에 팔을 두르고 있는 두현에게 더 바짝 다가갔다.

"재야."

얼굴을 거의 맞대고 있다시피 한 터라 작은 목소리도 무리 없이 들렸다.

성애의 말에 세빈을 훑어본 두현이 흠, 하는 소리와 함께 못마땅한 표정을 지었다.

"재가 돈이 많다고? 옷도 다 보세인데?"

"오빠가 재 학교 다닐 때 입는 옷을 못 봐서 그래. 재 시계 보면 알겠네. 저거 작년 모델인데 지금도 천만 원 넘어."

세빈의 손목을 유심히 보던 두현이 코웃음을 쳤다.

"이미테이션 아니야?"

"내가 정품이랑 가짜도 구분 못 할까 봐? 나만 믿어."

성애가 당당하게 말했다. 사지 못하기에 눈으로만 봐 온 지 어언 5년째. 구분하기 어렵다는 A급 이미테이션도 구분할 수 있을 정도의 눈을 키워 온 터라 성애의 명품 자부심은 굉장했다.

"근데 학생이 천만 원짜리 시계 차고 다닐 정도면 그냥 돈 많은 집 딸 같지는 않은데."

"에이, 저 정도로 뭐. 내 친구 아는 동생은 부모님이 병원 하시는데 아빠가 외제차 뽑아 줬어. 부자여도 그 정도겠지."

"병원 하는 집이어도 잘못 걸리면 골로 간다."

"재네 집은 그 정도는 아니야. 부모님이 그냥 회사 다닌다고 했거든. 물려받은 유산이 많을지도?"

두현은 정확하지 않은 상대의 정보에 영 찜찜한 표정을 지었지만 클럽에 온 사람치고 다소곳하게 앉아서 양주를 홀짝이는 세빈을 보며 고개를 끄덕였다.

"그래, 나보다 네가 더 잘 알겠지."

"그럼. 클럽 다니면서 1년 동안 붙어 다녔어. 믿어도 돼."

호언장담하는 성애를 힐끔 본 두현이 다리를 쭉 뻗어 두 친구를 툭툭 치고는 눈이 마주치자마자 세빈을 힐끔 보았다. 그 행동이 무슨 뜻인지 눈치챈 두 사람은 고개를 끄덕이고는 바로 표정 관리에 들어갔다.

친구를 가만히 보던 두현도 성애에게서 떨어져 상체를 숙여 테이블에 기댔다.

"그나저나 성애한테 이렇게 예쁜 친구가 있는 줄은 몰랐네요."

세빈은 성애와 무슨 이야기를 하는지 딱 달라붙어 있던 남자가 웃으며 다가오자 어설프게 웃었다.

"감사합니다."

"이름은 성애한테 들었어요. 지세빈이라고. 나는 민두현이에요. 말 편하게 해도 되나요?"

"네."

"그래, 그럼. 세빈이 너도 편하게 오빠라고 불러."

"아……. 네."

두현이 생글생글 웃으며 다가왔지만, 세빈은 술 한 모금을 마시는 것조차 조심스러웠다. 날을 잡아 놓고 만난 것도 아니라 성애를 무조건 의심하진 않았지만 그냥 이 상황이 불편했다.

그래, 어차피 조금 있으면 주 집사도 올 거니까. 조금만 참자.

"세빈이는 술 못 마셔? 왜 그렇게 홀짝거려?"

세빈의 오른쪽에 앉아 있는 운기가 물었다. 세빈이 반도 안 줄어든 자신의 잔을 보며 어설프게 웃자, 그녀의 왼쪽에 앉아 있는 나담이 동조하듯 고개를 끄덕였다.

"그러게. 술 못 마셔?"

"아뇨, 아예 못 마시진 않아요."

술을 못 마신다고 말해 봤자 적게 줄 것 같진 않아서 '아예' 라는 말로 여지를 두고 대답했다. 성애를 포함한 네 사람은 예상외라는 표정이었다.

"너 술 마시는 거 한 번도 못 봤는데, 못 마시는 거 아니었어?"

"아니, 술자리에서는 항상 마셨는데?"

성애의 말에 세빈이 고개를 갸웃거리며 말했다. 술자리에 성애가 없던 것도 아닌데, 기억을 못 하는 모양이다.

"그러고 보니 성애 너 술 얼마 못 마시잖아. 먼저 취해서 못 본 거 아니야?"

"그런가."

성애는 누구보다 술자리를 좋아하지만, 술을 잘 마시진 못했다. 겨우겨우 마셔서 소주 한 병이 한계였다. 그래서 오늘도 성애의 앞에는 양주가 아닌 맥주가 놓여 있다.

"술 마시나, 못 마시나가 중요하나? 지금 이 술자리를 즐기는 게 중요하지."

두 여자의 대화 가운데 두현이 끼어들었다. 두현은 세빈의 잔에 술을 가득 채워 주고는 씩 웃었다.

"마셔."

세빈은 술을 홀짝이며 클럽까지 와서 이게 뭐 하는 짓인가, 진지하게 고민했다. 그저 춤이 추고 싶어서 온 것뿐인데

술이라니. 거기다가 사람 좋게 웃어 보이는 세 명의 남자들은 아닌 척하면서 술을 계속 권하고 있었다.

최대한 술을 적게 마시려고 하고 있는데 점점 마시는 속도가 빨라졌다. 홀짝거리면 왜 그렇게 못 마시느냐며 원샷을 강요하고, 마시자마자 또 따라 주고, 마시고, 또 따라 주고 마시고를 반복하며 양주가 네 병까지 탈탈 털렸다.

거기다가 왠지 저 술들을 내가 다 마신 기분이란 말이야.

굳건하게 버티던 세빈의 눈이 초점을 잃어 갔다. 소주는 밑 빠진 독에 물 붓듯이 술술 잘 들어가는데 양주는 생각보다 취기가 빨리 돈다.

고개를 흔들던 세빈의 눈에 익숙한 사람이 지나간다. 클럽과 안 어울리게 반삭에 정장을 입은 키 크고 덩치 큰 남자. 다른 사람들도 힐끔거릴 정도였는데, 세빈은 그 사람이 눈에 익었다.

누구더라.

과일을 주섬주섬 먹으며 생각했다. 이름을 기억 못 하는 거 보면 친한 사이도 아니다. 생긴 게 딱 조폭…… 아니면 경호원?

아, 그 사람이네.

그제야 누군지 떠오른 세빈이 피식 웃으며 고개를 끄덕였다.

몰래 클럽을 다녀온 뒤 걸려 한동안 자신의 방문 앞을 지키고 있던 사람 중 한 명. 그때는 저런 머리가 아니었던 것 같은데 왜 저렇게 된 걸까.

그나저나 누군지 생각 못 했으면 정말 조폭이라고 생각할 뻔했네.

확실히 취기가 오르나 보다. 속으로 중얼거리던 그녀가 키득키득 웃자 세빈을 제외한 네 사람이 서로 눈빛을 교환했다.

“세빈이 너 괜찮아? 많이 취한 거 같은데.”

세빈의 상체가 조금 휘청거리자, 나담이 그녀의 팔을 잡으며 물었다. 헤실헤실 웃어 보인 그녀는 고개를 흔들고 나담의 손을 밀어냈다.

“괜찮아요.”

“말은 또 똑바로 하네.”

“헤헤.”

그녀가 바보처럼 웃자, 남자 세 명이 덩달아 헤실 웃었다. 술에 취해서 웃는 저 미소가 너무 순박해 보였다.

“말을 똑바로 하는 거 보니까, 아직 취한 거 아니네. 더 마셔도 되겠다.”

분명히 마지막 한 방울까지 탈탈 털어 낸 걸 봤는데, 또 언제 가져다 놓은 건지 성애가 세빈의 잔에 술을 가득 채웠다.

“자, 짠.”

자연스럽게 성애의 잔에 쨍, 하고 잔을 부딪쳤다. 이렇게 눈에 초점이 안 맞을 정도로 마신 적이 없어서 처음이지만 그래도 아직 괜찮은 것 같다는 생각에 술을 쭉 들이켰다.

그게 그녀의 마지막 기억이었다.

네 사람은 테이블에 머리를 박은 세빈을 보며 들고 있던 잔을 내려놓았다.

"이야, 징하다. 술이라고는 소주 한 병도 제대로 못 마시게 생겨서 양주가 몇 병이냐? 이 돈만 해도 장난 아니겠네."

"됐고, 이따가 쟤 시계부터 빼. 싸게 팔아도 몇 백은 나와."

성애의 말에 나담의 눈이 반짝인다. 지금 당장에라도 시계부터 빼고 싶었지만 클럽 안에 사람이 점점 많아지는 터라 혹시라도 누가 보면 골치 아파져 술에 취해 축 늘어진 세빈을 운기가 들쳐 업었다.

네 사람은 자연스럽게 세빈이 가지고 있는 라커 룸 키를 찾아 가방을 꺼내고는 클럽에서 나왔다.

"이야, 가방 봐라. 이거 새로 나온 신상인데."

성애가 세빈의 가방을 반짝이는 눈으로 훑어봤다. 그리고 그 안에 있는 지갑과 파우치까지 싹 살펴보고 지갑에서 현금을 꺼내 주머니에 넣었다.

"얼마 있지도 않은 현금은 뭐 하러 챙겨?"

"혹시 몰라서 챙기는 거야. 어차피 얘 상태 보니까 기억도 못 할 거 같은데, 뭐 어때."

두현은 못마땅한 표정을 지었지만 이내 고개를 돌리며 클럽에서 5분 거리에 있는 무인 모텔 안으로 들어갔다.

"야, 나 담배 좀 피우고 들어갈게. 호실만 휴대폰으로 찍어 줘."

방을 잡으려는 이들을 두고 운기가 모텔 밖으로 나갔다.

쌀쌀한 날씨에 바람이 생각보다 세게 불어서 라이터 불이 자꾸 꺼진다.

"에이씨, 더럽게 안 되네."

담배 하나 피기 참 어렵다는 생각을 하는데 터벅터벅 누군가 걸어온다. 모텔에 오는 사람이면 뻔하다 싶어서 고개도 돌리지 않고 어렵게 불붙인 담배를 깊게 빨아들이는데 자신의 앞에 멈춰 선 형체가 보였다.

"뭐……."

운기는 인상부터 찌푸리며 고개를 들었는데 덩치 큰 남자 두 명이 보이자 말끝을 흐리며 뒤로 주춤 물러났다.

"뭡니까?"

조폭인지 뭔지 분간이 안 가서 최대한 조심스럽게 물었다. 운기의 질문에 아무런 대답도 하지 않던 이들이 양쪽으로 비켜서니 뒤에서 터벅터벅 걸어오고 있는 다른 남자가 보였다. 앞에 있던 두 사람과 마찬가지로 정장을 빼입은 남자는 머리부터 발끝까지 모델이나 배우라고 해도 믿을 만한 외모였다.

운기 또한 호스트 출신으로 출중한 외모를 가지고 있었고 그 지역에 잘났다는 애들 여럿 봤지만 자신이 알고 있던 이들과는 풍겨 나오는 분위기부터가 남달랐다.

"어디 있습니까?"

다짜고짜 이해할 수 없는 질문이 날아들었다. 딱딱하게 굳어 있는 표정을 보고 있자니, 섣불리 대답하면 안 될 것 같은 기분이 들었다.

"무슨 말씀입니까?"

"당신들이 데려간 지세빈 씨 어디 있습니까?"

세빈의 이름을 내뱉는 남자, 경후의 목소리가 낮게 깔렸다. 운기는 놀란 마음에 빠르게 뛰는 심장을 감추고자 뒤로 살짝 물러났지만 어느덧 뒤에는 눈앞에 있는 세 사람이 아닌 다른 남자들이 가로막고 있었다.

여자 한 명을 찾으려고 남자가 다섯 명이나 오다니. 조폭 딸이라도 되는 건가? 운기는 뭔가 잘못 건드린 것 같다는 느낌이 뇌리에 꽂혔다.

띠링—

그 순간 눈치 없게 울리는 휴대폰 소리에 운기가 미간을 찌푸리자, 경후가 손을 내밀었다.

"주시죠."

"왜 남의 휴대폰을 달라고 하는 거죠?"

애써 겁먹지 않은 척 아무렇지 않게 말했지만, 분위기에 압도 당해 어쩔 수 없이 공손히 휴대폰을 내밀었다.

"비밀번호."

"287594."

이곳을 벗어나면 경찰에 신고라도 해야겠다고 생각하고 있는데 앞에 있는 남자가 가볍게 손짓하자 뒤에 있던 남자 두 명이 운기를 잡아챘다.

"뭐, 뭐 하는 거야!"

운기가 소리쳤지만 경후는 뒤도 돌아보지도 않고 주윤에게로 시선을 돌렸다.

"503호. 두 분은 먼저 올라가 계세요."

"네."

주윤이 고개를 까딱, 하자 옆에 있던 남자도 같이 모텔로 들어갔다. 건드려도 한참 잘못 건드렸다고 생각하는 운기 앞에 경후가 성큼 다가왔다.

"감히 우리 아가씨를 건드려?"

아가씨?

경후의 입에서 나온 호칭에 운기의 머릿속에는 빨간불이 들어왔다. 아가씨, 아가씨라니!

"저, 저는 아무 짓도 안 했습니다. 시키는 대로 한 것뿐이에요."

운기가 자신만큼은 어떻게든 빠져나가고자 급히 둘러댔지만 경후가 삐뚤게 웃으며 뒤로 물러났다.

"데리고 가세요. 나머지도 데리고 금방 가겠습니다."

"네."

"자, 잠깐!"

운기는 대기 중이던 차에 내동댕이쳐졌다.

굳어 있는 표정에 드러나진 않지만 경후는 지금 머리끝까지 화가 나 있는 상태였다. 하성애, 조심해야겠다고는 생각했지만 감히 이런 일을 벌일 줄은 생각하지 못했다.

경후는 운기의 휴대폰을 끄고 성큼 모텔 안으로 들어갔다.

엘리베이터를 타고 5층으로 올라가자 누군가 가슴팍에 부딪혔다. 누군가 싶어서 고개를 내리니 자신이 이를 바득바득 갈고 있던 성애가 서 있었다.

"하성애."

경후의 목소리에 성애의 몸이 굳었다. 지금 이 공간에 있어서는 안 되는 사람이 있으니 놀랐겠지. 상황을 보니 갑자기 들이닥친 남자들에 놀라서 도망가려고 했던 모양이었다. 성애를 봐줄 생각이 없는 경후는 그녀의 손목을 잡아 뒤로 꺾어 밖으로 밀어붙였다.

"악! 아파! 아프다고!"

"입 닥쳐."

"이거 놔! 아악!"

경후는 열려 있는 503호로 들어가, 성애를 내팽개쳤다. 지금 남자고 여자고 곱게 다룰 생각이 없는 그가 문을 닫고 안을 둘러보았다.

다행히도 세빈은 주윤이 데리고 있는 상태였고 갑자기 들이닥친 이들을 보며 놀란 남자 두 명이 조금만 다가가면 때릴 기세로 경계하고 있었다.

"하성애, 누군지 알아?"

남자 중 한 명이 물었다. 성애는 아픈 팔을 부여잡으며 고개를 끄덕이고는 경후를 노려보았다.

"지세빈 남친."

"뭐?"

"제 소개가 늦었군요."

얼굴을 있는 대로 찌푸린 남자를 보며 경후가 일부러 씩 웃으며 다시금 입을 열었다.

"저는 I기업 본가에서 집사 일을 하는 주경후라고 합니다."

"I기업?"

경후의 소개에 남자의 눈이 커졌다.

"하성애, 이게 어떻게 된 거야. I기업이라니. 그런 말 전혀 없었잖아!"

남자는 어금니를 꽉 깨물고 복화술 하듯 말했지만, 그 소리는 경후에게까지 들렸다. 예상치 못한 전개에 당황한 성애의 눈동자는 떨리고 있었다.

"그리고 당신들이 겁 없이 데리고 온 지세빈 씨는 I기업의 막내 따님이시고요."

경후의 말에 세 사람이 숨을 헉, 하고 들이마셨다.

"거짓말, 세빈이 남친이라면서요!"

그때 성애가 소리를 꽥, 질렀다. 경후는 세 사람의 속을 긁을 생각으로 싱글싱글 웃으며 입을 열었다.

"아가씨께서 어느 집 자제분인지 밝히는 걸 극도로 꺼려하셔서요. 못 믿겠으면 믿지 않으셔도 됩니다. 지금 벌인 일이 앞으로의 인생에 얼마나 큰 영향을 끼치게 될지는 직접 겪으면 되는 거니까요."

지금 당장에 죽도록 패겠다는 말보다도 무서운 말이었다.

"잠깐!"

작은 한숨을 내쉰 경후가 고개를 돌리려는데 어느 남자가 손을 번쩍 들며 외쳤다. 무슨 일인가 싶어서 고개를 돌리니 남자는 성애를 가리켰다.

"처음부터 얘가 벌인 일입니다."

"두현 오빠!"

"왜, 사실이잖아! 머리부터 발끝까지 명품이니, 어쩌니 하면서 동영상 찍어서 협박하고 돈 뜯어내자고 한 건 너였어! 저는 그저 이용당한 것뿐입니다. 정말이에요!"

사태 파악을 하고 나니 앞으로 당할 상황이 무서워진 모양이다. 아까 밖에서 마주한 그놈도 그렇고 저놈도 그렇고 이 일에 동조한 건 매한가지면서 서로에게 미루다니.

한심함에 고개를 저은 경후는 눈 하나 깜짝하지 않고 오히려 피식 웃었다.

"무슨 말입니까. 술 먹이고, 이곳까지 데리고 온 건 그쪽이 같이 한 일인데."

말을 마친 경후가 세빈을 힐끔 보았다. 주윤의 품에 얌전히 안겨 있었지만 입고 있던 블라우스의 단추 서너 개가 풀어져서 속옷까지 눈에 들어왔다.

경후는 자신도 모르게 미간을 팍 찌푸렸다.

"그리고 아가씨 옷을 저렇게 만든 것도 그쪽이겠죠."

말을 마친 경후가 주윤에게로 시선을 돌렸다.

"아가씨 저한테 넘기시고 조용히 끌고 가세요. 반항하면 인원 더 투입하시고요. 탁자 위에 있는 카메라와 휴대폰까지 모두 압수하세요."

"아니, 잠깐만요! 끌고 가다뇨! 경찰도 아닌데 이래도 되는 겁니까?"

두현이 마지막 발악을 시도했다. 세빈의 옷차림에 핀트가 나간 경후는 같잖은 두현의 말에 시선을 돌렸다.

"경찰? 여기서 경찰 부르면 누가 더 손해일 거 같아? 여기저기 증거가 난무하는 너희? 아니면 잡힌 사람 구하러 온 우리? 경찰 운운하는 것도 상대를 봐 가면서 해야지. 인생 더 망치고 싶지 않으면 입 닥치고 조용히 나가."

경후가 핵심을 말하며 위협했다. 두현은 반박하고 싶었지만 틀린 말이 없었기 때문에 결국 입을 꾹 다물었다.

조용해진 것을 확인한 그는 세빈을 안아 들고 엘리베이터에 올라탔다. 1층으로 내려가는 그 짧은 시간 동안 무슨 꿈이라도 꾸는지 입맛을 다시며 자신의 품을 파고드는 그녀의 모습에 한숨을 푹 내쉬었다.

"아가씨, 뭘 믿고 술을 이렇게 드셨어요. 주량 생각하면 한두 병 마신 건 아닐 텐데."

"으음…… 주 집사."

그녀가 그의 손을 꼭 부여잡고 헤실헤실 웃었다. 잠꼬대인가 싶어서 세빈을 쳐다보다가 어느새 화가 누그러져 하는 수 없다는 표정으로 모텔 주차장에 있는 차 뒷좌석에 조심스럽게 내려놓는데 도통 아까 잡은 옷을 놔주지 않았다.

"아가씨, 이걸 놔주셔야 집에 가죠."

취해서 인사불성인 사람에게 무슨 말을 해도 소용이 없는 걸 알지만 중얼거리듯 말하는데 그녀의 눈꺼풀이 천천히 올라갔다.

"아가씨? 정신이 드세요?"

벌써 그럴 시간은 아닌데.

경후가 속으로 이상하다고 생각하며 그녀를 보고 있자 세빈이 눈을 예쁘게 접었다.

"주 집사다! 주 집사아!"

우렁찬 그녀의 목소리가 주차장에 크게 울려 퍼졌다. 갑작스러운 큰 소리에 놀란 경후가 주변을 두리번거리고는 차 안으로 성큼 들어가 문부터 닫았다.

"예쁜 우리 주 집사 언제 왔어? 나 완전 많이 기다렸는데."

그녀가 그에게 안기다시피 기대어 입술을 삐죽 내밀며 올려 봤다. 술버릇이 애교 부리는 건가, 진지하게 고민하는데 세빈이 다시금 헤실 웃으며 폭 안겨 왔다.

"보고 싶었어."

그녀의 말에 심장이 쿵, 떨어진다. 그냥 술버릇이라고, 자고 일어나면 기억 못 할 거라고 스스로 달랬다. 하지만 세빈은 한술 더 떠서 제 허리를 꽉 끌어안았다.

"주 집사."

"네, 아가씨."

"주 집사 말고 오빠라고 할까? 경후 오빠."

그녀가 고개를 힐끔 올려 눈이 마주치자 헤실헤실 웃는다.

취할 정도로 술을 마시게 두면 안 되겠다. 그녀의 애교에 심장이 남아나질 않을 것만 같았다. 이 과할 정도로 사랑스러움이라니.

그는 당장에라도 그녀를 어떻게 하고 싶은 욕망을 억누르며 숨을 길게 내쉬었다.

"아가씨, 집에 가셔야죠."

"응? 집에 가? 어, 여기가 어디야."

그녀가 풀린 눈을 천천히 깜빡거리며 두리번거렸다. 그러면서도 무슨 고집인지 허리를 감싼 손은 놔주지 않아서 그가 뒷좌석에서 내릴 수가 없었다.

"차 안입니다. 운전해야 하니까 저 좀 놔주……."

"안 돼!"

억지로 세빈의 손을 떼어 내려는데 그녀가 허리를 더 꽉 끌어안았다. 왜 이러는 걸까, 싶다가도 싫지 않아서 웃으며 그녀의 머리를 쓰다듬었다.

"놔주기 싫으세요?"

"응. 이러고 있자."

"아가씨 술 먹인 사람들 혼내 주러 가야 하는데."

"그래?"

취했어도 술 먹인 사람들은 기억하는지 그녀가 고개를 번쩍 들었다. 나름 심각한 표정으로 고민하는 듯했다. 어린아이 같아서 웃음이 절로 나온다.

"고민 다 하셨어요?"

"아니, 아직."

그는 금방이라도 잠들 것 같은 얼굴을 하고 있는 보며 천천히 등을 토닥였다.

등을 토닥이는 손길에 맞춰 그녀의 눈꺼풀이 점점 내려간다. 끝까지 고집을 부리며 눈을 부릅뜨는 것처럼 보였지만 결국 술기운을 이겨 내지 못한 그녀는 다시금 잠에 빠져들었다.

"아무튼, 고집쟁이 아가씨라니까."

잠든 세빈의 머리에 살짝 입을 맞춘 그가 팔을 천천히 떼어 내고 그녀의 옷을 정리해 주고는 뒷좌석에서 내렸다. 서둘러 운전석에 올라타 시동을 걸면서도 룸미러로 힐끔, 그녀를 확인했다.

"웬만큼 먹여서 저렇게 되진 않았을 거고."

소주 몇 병 정도는 가뿐한 사람이다. 그런 사람을 취하게 만들려면 뭘 얼마나 먹인 걸까.

"그 인간들은 어떻게 처리해야 하나."

❈ ❈ ❈

세빈은 자신의 방 천장을 보며 의아하다는 듯한 표정을 지었다. 분명 클럽에 가서 춤을 추다가 성애를 만나서 술을 마시고, 마시고, 마시고…… 그리고 기억이 없다.

"뭐가 어떻게 된 거지?"

이게 바로 필름이 끊겼다는 건가 진지하게 생각했다. 그나마 다행이라고 해야 할지 숙취는 없었지만 아무것도 기억이 나질 않으니 기분이 매우 찝찝했다.

"우와, 얼굴 봐 완전 퉁퉁 부었네."

화장대 앞에 앉은 그녀가 자신의 얼굴을 보며 감탄을 내뱉었다. 취한 와중에도 자신이 화장을 지우고 잤다는 게 신기했다.

"그래도 별일 없었나 봐. 집에서 얌전히 자고 있는 거 보면."

그녀가 고개를 끄덕이며 갈아입을 옷을 챙기고는 바로 욕실로 들어가, 샤워를 마치고 나왔다.

똑똑—

머리를 수건으로 말아 올리고 화장대에 앉았는데 노크 소리에 고개를 돌렸다. 벽에 가로막혀 문이 보이진 않았지만 누구냐고 물어보지 않아도 누군지 뻔했다.

"아가씨, 주 집사입니다."

역시.

"들어와."

그녀는 자신의 예감 적중에 피식 웃으며 대답하고는 스킨을 화장 솜에 적셔 피부 결대로 문질렀다.

"일어나셨습니까?"

"아까 일어나서 씻고 나왔어. 그나저나 어제 주 집사 왜 안 왔어?"

그녀의 말에 그가 역시 기억을 못 하는 구나 싶어서 입을 꾹 다물었다가 작은 한숨을 내쉬었다.

"갔습니다. 아가씨께서 술에 취해서 쓰러진 뒤에."

"아……."

그녀는 괜히 멋쩍어져서 괜히 뺨을 탁탁 두드리며 에센스까지 바르고는 거울에 비친 그를 힐끔 올려 보았다.

"그럼 나 어제 집에 어떻게 들어온 거야?"

"제가 모시고 왔습니다."

"다행이네."

집에 얌전히 들어온 게 아니었다. 그럼 화장은 지우고 잔게 아니라 밤새 자면서 지워진 건가. 그녀는 이따가 베개 커버랑 이불 좀 바꿔 달라고 해야겠다고 생각하면서 의자에서 일어났다.

"성애는? 잘 들어갔대?"

어제의 일을 전혀 모르는 그녀는 천진난만하게 친구라고 부르기도 싫은 사람을 걱정하고 있다. 그는 한숨을 푹 내쉬며 그녀에게 서류 봉투를 내밀었다.

"이게 뭐야?"

"각서입니다."

"각서? 나 어제 술 마셔서 이제 각서까지 써야 해?"

경악하는 그녀의 표정을 보며 경후가 고개를 저었다.

"아가씨 각서가 아니라…… 일단 보세요."

"알았어."

자기 게 아니라고 하니 일단 안심한 그녀가 침대로 가서 털썩 앉으며 안에 있는 종이를 꺼냈다. 중간에 커다랗게 자필로 '각서'라고 쓰여 있는 종이에는 짤막한 문장 몇 개가 전부였다.

"어디 보자. 나 민두현은 지세빈과 관련된 이야기를 누구에게도 말하지 않으며, 이를 발설할 시, 벌어질 일들에 대해 I기업을 상대로 개인적 피해 보상을 절대로 요구하지 않는다. 또한, 이 사건으로 협박 및 금품 갈취 등을 자행할 시, 납치 및 강간 미수와 관련한 I기업의 소송으로 인한 피해가 발생하더라도 어떠한 보상을 요구하지 않을 것임을 밝히는 바이다. ……응?"

천천히 읽은 그녀가 미간을 살짝 찌푸렸다.

“이게 무슨 소리야? 여기에 내 이름이 왜 나와?”

그녀가 이해가 안 된다는 듯이 올려다보자 경후는 나머지를 다 확인하라는 뜻으로 각서를 가리켰다. 세빈은 찝찝한 표정으로 다른 각서들도 빠르게 훑어보았다.

민두현, 김운기, 현나담에 이어 하성애까지. 네 사람이 각기 다른 필체로 적은 똑같은 내용의 각서를 본 세빈이 미간을 찌푸리며 그에게로 시선을 돌렸다.

“이거 뭐야? 도대체 나에 대한 이야기가 뭔데? 성애 이름까지 있는데? 납치? 강간 미수? 이게 무슨……!”

흥분한 그녀가 말을 빠르게 내뱉었다. 경후는 혼란스러워하는 세빈의 앞에 쭈그리고 앉아서 손을 꼭 붙잡았다.

“아가씨, 지금부터 하는 이야기 놀라지 말고 들으세요.”

“……이미 놀란 거 같은데.”

“그럼 좀 더 놀랄 수도 있으니까, 마음 단단히 먹고 들으세요.”

“알았어.”

그가 천천히 어제 있던 일들을 말해 줬다.

한 번도 사람에게 배신을 당한 적이 없던 그녀인지라 어제 벌어진 일에 충격을 받을 거라 생각했는데 표정이 살짝 굳어진 것을 빼면 크게 달라진 게 없었다.

“그러니까 성애가 그 사람들이랑 짜고 일부러 나 술 먹여서 취하게 한 다음 이상한 동영상을 찍어서 협박하려고 했다는 말이지?”

"네."

"하."

그녀가 한숨을 푹 내쉬었다. 아무리 그래도 친구라고 생각한 사람이 그런 일을 꾸몄을 거라고 어느 누가 상상이나 했을까. 거기다가 어제 갑자기 만나게 된 건데도 일을 벌였다는 건 이미 전부터 계획하고 있다는 소리가 아닌가.

"주 집사."

"네, 아가씨."

"내가 연락하면 안 받을 거 같으니까, 주 집사가 연락해서 하성애 좀 데리고 와 줘."

"네?"

예상치 못한 세빈의 말에 그가 두 눈을 동그랗게 떴다.

"여기로요?"

"어. 내가 걔네 집 가서 화낼 순 없잖아. 부모님도 계실 텐데. 데리고 와 줘."

세빈은 갑작스러운 일에 어리둥절한 표정을 짓고 있는 경후를 보며 씩 웃었다. 그녀답지 않게 삐뚤어진 미소였다.

"주 집사가 나 고등학교 들어가면서부터 항상 말했잖아. 당하기만 해선 안 된다고. 당한 건 갚아 주라고."

"알겠습니다. 바로 연락 취하겠습니다."

"연락하고 직접 픽업해 와. 최대한 빨리."

"네."

경후가 나간 뒤, 방에 혼자 남은 그녀의 얼굴에서는 미소가 온데간데없었다.

경후가 성애를 데리러 간 사이 화장을 마친 세빈은 브러쉬를 화장대 위에 올려놓고 거울 속 자신의 모습을 가만히 보았다. 일부러 옷도 자신이 알고 있는 가장 비싼 것들로 입었고, 평소에는 부담스러워서 서랍에 보관만 해 놓았던 주얼리 세트까지 꺼내 들었다.

지잉— 지잉—

침대 위에 올려놓은 휴대폰 진동 소리가 들렸다. 귀걸이와 목걸이, 팔찌까지 다 하고 서둘러 드레스룸에서 나가서 휴대폰을 확인하니 미주에게 온 전화였다.

"어, 미주야."

—뭐야, 하성애를 왜 너희 집에 불러? 걔도 알아?

화장을 시작하기 전에 미주에게 성애를 집에 불렀다는 사실을 메시지로 보냈더니 보자마자 바로 전화를 한 모양이다. 그녀가 침대에 풀썩 앉으며 고개를 끄덕였다.

"어. 어제 일이 좀 있었거든."

—무슨 일?

"납치 및 강간 미수?"

—뭐?

미주의 목소리를 듣고 있자니, 어떤 표정을 하고 있을지 상상이 간다. 힘없이 피식 웃은 그녀가 혹시라도 옷이 구겨질까 싶어서 눕지는 못하고 손을 꼼지락거리며 이불을 만지작거렸다. 어제 어떻게 성애를 만났는지, 그리고 경후에게 들은 자신이 필름이 끊기고 난 뒤에 일어난 일들을 말해 주니, 미주가 깊은 한숨을 내쉬었다.

—그 미친년이 드디어 일을 쳤구나.

“드디어?”

—내가 걔 전부터 뭔가 찜찜하다고 했잖아. 뭔가 이상하긴 했는데, 그런 간 큰 짓을 할 줄이야. 주변에 경호원이 있었으니 망정이지, 없었으면 어쩔 뻔했어?

“어, 그러게.”

—그래서 걔 불러서 어떻게 하려고? 네 성격에 욕이나 할 수 있겠어?

미주의 직설적인 말에 그녀가 고개를 푹 숙였다. 사실 마음으로는 정말 세상에 있는 온갖 욕을 다 하고 싶은데 생각만으로도 심장이 벌렁거린다.

“어떡할까? 일단 화장하고 최대한 비싼 것만 골라서 하긴 했는데.”

—그래, 딱 너다운 생각이다. 그런 건 됐고, 마음 단단히 먹고 속 시원하게 욕이나 해 주던가.

“걔가 머리채라도 잡으면 어쩌지.”

—너희 집인데 그게 무슨 상관이야. 소리라도 지르면 달려올 사람이 몇인데. 아니면 세정 언니 따라 한다고 생각하고 그대로 해 봐.

“세정 언니가 왜?”

—우리 고등학교 1학년 때 너랑 나랑 친해진 지 얼마 안 되고서 2학년 언니들한테 잡혀서 돈 뜯기고 그랬잖아.

미주의 말에 예전 기억이 새록새록 떠올랐다.

—그때 너 무슨 일인지 상황 파악 못 하고 내놓으라는 것마다 웃으면서 이거 선물 받은 거라 안 된다고 했던 거 기억나?

“어, 기억나.”

누군가 자신에게 해코지를 한다는 생각 자체를 못 하고 그저 웃기만 할 때였다.

“그래서 그 언니들 화나서 너랑 나 엄청 때렸잖아. 진짜 아팠는데.”

—그랬지. 그리고 너 몰래 지켜보던 경호원이 바로 보고해서 집에 있던 세정 언니가 친구들이랑 차 끌고 찾아왔었잖아.

“응.”

—그때 세정 언니 완전 무서웠어. 웃으면서 내 동생 왜 때리느냐고 말하다가 대드니까 바로 발로 차 버리고. 그렇게 상큼하게 웃으면서 사람 팰 수 있다는 거 그때 처음 알았어.

항상 웃는 모습만 보여 주던 언니가 사람을 때리는 건 가히 충격적인 장면이었다. 그것도 네 명을 혼자서 다 처리했지.

—아무튼, 그때 떠올리면서 행동해 봐. 먹힐지는 모르겠지만. 감정에 복받쳐서 소리 지르는 것보다는 나을 거야.

“어. 알았어. 노력해 볼게.”

—나중에 어떻게 했는지 얘기해 줘.

“응. 끊을게.”

전화를 끊은 그녀가 숨을 길게 내쉬었다.

똑똑.

마음을 가다듬으며 5분 정도 앉아 있으니 노크 소리가 들렸다. 자리에서 일어난 그녀가 작은 테이블에 딸린 의자에 앉았다.

"아가씨, 주 집사입니다."

"어. 들어와."

문이 열리는 소리에 최고치로 올라간 긴장감에 심장이 벌렁거리고 입안이 바짝 마른다. 그녀는 우강댁에게 부탁해서 가져다 놓은 물로 입을 적시고 방 안에 들어온 성애를 보며 고개만 돌린 채 싱긋 웃었다.

"왔어?"

억지로 올린 입꼬리가 바르르 떨리는 게 느껴진다. 긴장한 마음을 숨기고자 코로 긴 숨을 내뱉고 자신의 맞은편 자리로 시선을 돌렸다.

"할 얘기가 있어서 좀 보자고 했어. 앉아."

이런 명령조의 어투는 처음이다. 자신의 말투에 한마디 할 줄 알았던 성애는 지은 죄가 있어서 그런지, 아니면 뒤에 경후가 있어서 그런지 아무런 말도 하지 않고 의자에 앉았다.

"주 집사는 문 밖에서 기다려 줄래?"

대답이 들리지 않아 고개를 돌려 보니 경후가 걱정스러운 눈빛으로 그녀를 보고 있었다.

"괜찮아. 나가 봐."

그녀가 싱긋 웃으며 말하자, 성애를 힐끔 보고 작은 한숨을 내쉰 경후가 고개를 살짝 숙였다.

"네. 알겠습니다."

경후가 방에서 나가자 그녀는 괜스레 여유로운 척하며 물을 한 모금 마시고 성애를 쳐다봤다.

"주 집사한테 얘기는 들었어. 나 가지고 놀려고 했다며?"

"그래, 그랬어. 왜? 상황이 이렇게 되니까 재미있냐?"

자신을 쳐다보는 성애의 시선이 아주 뜨거웠다. 당장이라도 한 대 때리고 싶어 하는 게 보였다. 이상하게도 저 모습을 보고 있으니 긴장했던 마음이 조금 풀어졌다.

그래, 저 아이에게 자신은 그저 이용하기 위해 장기간 가지고 있던 장난감일 뿐, 친구가 아니었다. 아까만 해도 성애가 자신에게 나쁜 짓을 하려고 했다는 게 실감 나진 않아서 고민을 했었다. 하지만 그녀를 마주하니 제 생각대로 해야겠다는 믿음이 생겼다.

그녀는 아까보다 마음 편히 웃으며 다시금 물을 홀짝 마셨다.

"조금 재미있긴 하네. 그러는 너는 어때? 네가 가지고 놀려던 장난감이 네 앞으로의 인생을 망칠 수도 있다는 사실을 알게 된 기분이?"

그녀의 말에 성애의 미간이 팍, 찌푸려졌다.

"뭐라고? 내 인생을 망쳐? 네가 지금 뭐라도 되는 줄 아는 모양인데. 너는 이 집안 빼면 볼 거 하나도 없어. 지금 밖에 있는 저 오빠 믿고 나대는 거냐? 응?"

테이블 위에 올려진 성애의 손이 바들바들 떨렸다. 꽉 쥔 주먹으로 당장에라도 한 대 때릴 기세라 조금 겁이 나긴 했지만 미주의 말대로 여긴 자신의 집이다. 그녀는 좀 더 당당하게 고개를 치켜들고 싱긋 웃었다.

"그러는 너는 집안도 볼 거 없잖아."

"뭐? 야!"

잘못은 본인이 해 놓고 핏대가 서도록 소리를 내지르는 성애를 보고 있다가 세정이 자신을 때린 언니들을 짓밟으며 했던 말이 생각났다.

"네가 지금 사태 파악이 안 되는 모양인데. 지금 넌 바닥에 기어야지. 아니면 당장에 경찰서라도 갈까? 남은 인생 조용히 사는 것보다 감방에라도 들어갔다 나오는 게 편하겠어?"

"이……!"

성애는 무슨 말을 더하고 싶은 모양이지만 자리에서 일어나지도 못하고 부들부들 떨기만 했다. 아무리 생각이 없어도 이 정도 파악은 하겠지.

그녀가 다시금 한숨을 내뱉었다.

말을 막하거나 자신을 물주처럼 대했어도 성애를 친구라고 생각했다. 크게 피해 준 적 없으니까, 말을 툭툭 내뱉긴 하지만 웃으면서 대해 줬으니까.

하지만 끝까지 잘못은 뉘우치지 않고 자신을 노려보는 그녀를 보니 성애를 친구라고 생각한 자신이 너무 어리석게 느껴졌다.

"나한테 미안하다는 말은 한마디도 안 하는구나."

"내가 왜? 각서까지 썼잖아. 그럼 된 거 아니야?"

"그래?"

서늘하게 웃은 세빈이 의자에서 일어나서 성큼 성애 앞으로 다가갔다. 물병을 집어 들어 반 정도 남은 물을 천천히 성애의 머리 위로 쏟았다.

"야, 지세빈!"

성애가 머리를 털며 자리에서 일어나자 세빈은 뒤로 한 발자국 물러났다. 여유롭게 웃어 보이며 아직 병에 조금 남은 물을 성애에게 팍, 끼얹었다.

"아악! 야, 너 미쳤어?"

"내가? 너는 다른 것도 아니고, 나를 남자 노리개로 만들 생각을 했잖아. 거기다가 그걸 동영상으로 찍어서 협박할 계획까지 세워 놓고. 근데 이까짓 물 좀 뿌렸다고 미쳤다니. 말이 좀 심한 거 아니니?"

"씨발! 안 당했으면 됐잖아!"

짜악!

성애의 욕설에 한계치에 다다른 세빈이 그녀의 뺨을 후려쳤다. 때린 손이 바들바들 떨렸지만 갑작스러운 공격에 놀라서 어버버거리고 있는 성애의 반대쪽 뺨까지 후려쳤다.

짜악!

"야! 지세빈!"

"내가 웃어 주니까, 여전히 바보 같아 보였지? 화 안 난 줄 알았지? 근데 어쩌니. 나 지금 엄청 화났어."

"너, 너……!"

성애는 너무 놀란 나머지 다른 말도 하지 못하고 삿대질만

해 댔다. 세빈은 성애의 손을 탁, 쳐 냈다.

"삿대질하지 마. 뺨 두 대로는 분이 안 풀리는데 부모님이 걱정하실 테니까 여기까지 하는 거야."

차분하게 말을 내뱉은 세빈이 떨리는 양손을 꽉 쥐고 뒤를 힐끔 보았다.

"주 집사."

그녀의 부름에 달칵, 문이 열리며 경후가 들어왔다.

"네, 아가씨. 부르셨습니까."

경후는 양쪽 볼이 발갛게 부어 있는 성애를 힐끔 보고는 움찔 놀랐지만 이내 표정 관리를 하며 그녀 앞에 섰다.

"다른 사람 불러서 얘 좀 보내. 그리고 당분간 사람 붙여서 감시하는 게 좋겠다. 자기가 잘못한 걸 하나도 모르네."

"이……!"

성애는 세빈보다 뒤에서 자신을 노려보고 있는 경후가 더 무서운지 그의 눈치를 보며 하려고 했던 말도 못 하고 전에 봤던 경호원들 손에 질질 끌려 나갔다.

성애가 나가고 문이 닫혔다. 세빈이 덜덜 떨리는 손을 꽉 잡으며 휘청거리자, 깜짝 놀라 다가온 경후가 그녀의 어깨를 붙잡았다.

걱정스러운 시선이 그녀를 훑는다. 벌레 한 마리도 못 잡아서 항상 그를 불렀던 터라 오늘 일에 놀랄 법도 하건만 딱히 티를 내진 않았다.

"아가씨, 좀 앉으세요."

"잠깐만."

세빈은 떨리는 숨을 내뱉으며 손을 쥐었다가 폈다가를 반복했다. 그가 옆에 붙어 있어도 마음이 쉬이 안정되지 않는다.

"괜찮으세요?"

그녀를 한참 빤히 보던 그가 물었다. 세빈은 조용히 고개를 저었다.

"아니, 안 괜찮아. 손이 무지 아파. 사람 때리는 건 못 할 짓이구나. 다시는 이런 일 없으면 좋겠는데."

"아가씨……."

그녀를 안쓰럽게 쳐다보던 경후가 어깨를 끌어당겨 꽉 안았다.

부끄럽다는 생각보다는 적어도 이 일로 자신을 나쁘게 보는 건 아니구나, 하고 인심이 됐다.

"주 집사."

"네, 아가씨."

"고마워."

"별말씀을요."

뭐가 고맙냐고 물어볼 줄 알았는데 다 안다는 듯 냉큼 받아들이는 말에 그녀가 피식 웃으며 팔을 뻗어 경후의 허리를 감싸 안았다.

유난히도 그의 품이 뜨거운 날이었다.

⁂ ⁂ ⁂

성애와의 일이 있고 난 뒤 며칠이 지났다. 일상은 달라지지 않았고, 그녀에게 있던 일은 당연히 기창과 유정에게는 비밀로 둔 상태였다. 두 사람이 알았다가는 각서로만 끝나지 않을 테니까.

"다녀올게."

차에서 내리자마자 세빈이 손을 흔든다. 살포시 미소를 머금고 있는 얼굴이 너무 예뻐서 자신도 모르게 허리를 잡아당겨 꽉 끌어안고 놔줬다.

큰일이다. 점점 자제심이 사라지고 있다.

"뭐야."

처음에 놀라던 그녀도 스킨십에 익숙해졌는지 경후의 가슴을 툭 치며 부끄러운 듯 배시시 웃어 보이고는 뒤로 살짝 물러났다. 발그레해진 볼을 본 그가 다시금 성큼 다가갔지만 세빈이 밀어냈다.

"나 주변에 동기 있어. 그만."

"끝나고 연락해요."

"응."

그녀가 싱긋 웃어 보이고는 뒤돌아 발걸음을 옮겼다.

혹시라도 누가 걱정이라도 할까 봐 항상 웃는 얼굴이었지만 세빈의 속이 까맣게 타들어 간다는 걸 안다. 한때 친구라고 생각했던 사람이다. 그런데 그런 사람이 애초에 접근한 이유가 돈 때문이었으니 얼마나 속이 상할까.

그가 깊은 한숨을 내쉬며 고개를 흔들고는 차에 올라탔다.

띠링— 띠리링—

차에 블루투스로 연결해 놓은 휴대폰이 울린다. 누군지 확인도 하지 않고 통화 버튼을 눌렀다.

"네, 주경후입니다."

—오빠. 또 누군지 확인 안 했지?

말하지 않아도 아는 목소리에 그가 작은 한숨을 내쉬었다.

"왜?"

—왜긴. 나 오늘 월급날이잖아. 밥 먹자.

정말 뜬금없는 화진의 말에 그가 미간을 찌푸렸다. 한동안 조용하더니 다시금 이렇게 연락을 해왔다.

"이화진."

—오늘 안 되면 이번 주 금요일이나 토요일 어때? 일요일도 괜찮아.

그가 거절할 걸 느낀 화진이 먼저 선수 쳐서 말했다. 하지만 오늘뿐만 아니라 언제든 화진을 만날 생각이 없는 그가 한숨을 내쉬며 찌푸려지는 미간을 꾹꾹 눌렀다.

"이화진. 나는 네 월급날이 언젠지 관심도 없고, 너랑 밥 먹을 생각도 없어."

—내가 살게.

이제는 웬만한 거절에도 꿈쩍하지 않는 화진의 반응에 그냥 전화를 끊어야 하나 진지하게 고민하는데 불현듯 주말 일정이 생각났다.

"정말 밥만 먹으면 되는 거야?"

—그럼. 당연하지.

"내가 무슨 생각을 하고 있더라도?"

—밥 먹는데 무슨 생각을 해?

화진이 아무렇지 않게 말을 툭, 던졌다. 본인이 괜찮다고 하면 그런 거겠지 싶어서 고개를 끄덕였다.

"좋아, 그럼 이왕 사는 거 비싼 거나 사."

—정말?

"너 좋아서 먹자고 하는 거 아니니까 오해하지 말고."

—에이, 밥 먹는 거로 오해는 무슨. 그럼 언제로 할까?

"토요일 저녁 8시. 장소는 내가 이따 메시지 보낼게. 운전 중이라."

—알았어. 이따가 꼭 연락해!

화진은 아무렇지 않은 척하려는 건지 모르겠지만 들뜬 목소리가 스피커 너머 자신에게까지 다 들린다. 콧노래까지 흥얼거리고 있을 화진을 생각하니 양심이 찔렸지만, 이내 고개를 저었다.

집에 도착한 그는 바로 방에 들어가 태블릿 PC부터 찾았다. 오래전부터 기창의 곁에 있는 임 비서가 몸이 좋지 않아서 퇴사까지 생각하고 있다는데, 이틀 전 그가 경후에게 본사 비서직으로 오지 않겠냐는 얘기를 꺼냈다.

집사 일을 하면서 집안일은 물론이고 회사 일까지 다 꿰뚫고 있기 때문에 일하는 건 어렵지 않을 것이고 월급도 지금보다 많다. 비서직으로 옮기면서 사생활이 보장되길 원한다면 사택을 알아봐 주겠다는 말도 했다.

좋으면서도 나쁜 조건. 그렇게 되면 세빈을 한집에 있는 지금처럼 매일 볼 순 없을 것이다.

"어떻게 해야 하나."

그녀에게 좀 더 떳떳하게 다가가기 위해서는 집사보다 번듯한 비서가 낫지 않을까, 생각도 들었지만 그렇게 되면 세빈을 지금보다 자주 볼 수 없으니 그건 그거대로 걱정이었다.

그가 고민하는 걸 눈치챈 기창은 임 비서와 함께 업무를 수행하던 김 비서를 곁에 둬도 되니 천천히 생각해 보라고 했었다. 하지만 나이는 어리더라도 제일 편하게 대했고 일 처리가 말끔하다며 매번 인정해 주는 사람이라 오길 바라는 걸 알고 있다.

그래서 요즘 혹시 몰라 회사 일정과 업무까지 파악하고 있었다.

❈ ❈ ❈

"그래서 말이야, 내가……."

강의가 끝나고 학과 건물을 나가는데 성애와 딱 마주쳤다. 자신을 보자마자 말을 멈추고 미간부터 찌푸리는 그녀를 본 세빈은 일부러 싱긋 웃었다.

"안녕."

"재수가 없으려니까."

그녀의 인사에도 성애는 대놓고 무시하며 어깨를 툭, 치고 지나갔다. 전에 어깨를 멍들 정도로 쳤던 걸 생각하면 이 정도는 양반이다 싶어서 성애가 치고 간 어깨를 슬슬 문지르는데, 그 모습을 본 미주가 그녀에게 성큼성큼 다가갔다.

"야, 이 머저리야. 왜 당하기만 하고 그냥 보내?"

갑작스런 등장에 놀란 눈으로 미주를 보았다. 그녀는 자신을 마음에 안 든다는 표정으로 보고 있었다.

"미주야. 너 미간에 내 천(川) 자 생겼어."

"너 진짜."

그녀의 말에 미간을 꾹꾹 누르던 미주가 그녀를 홱 돌아보며 못마땅한 표정을 지었다.

"앞으로 저년이 치면 너도 쳐!"

"됐어, 됐어. 어차피 졸업도 얼마 안 남았는데, 시끄럽게 해서 뭐 해."

"어휴, 이 착하기만 한 머저리."

미주가 고개를 흔든다. 분명히 뺨까지 두 대 세차게 때렸다고 말해 줬지만, 그녀에게 그 정도로는 어림도 없는 모양이다.

"당분간 학교는 나랑 붙어 다녀. 너 불안해서 안 되겠다."

못마땅한 표정을 짓는 미주를 보니, 물가에 내놓은 아이를 걱정하는 엄마의 모습과도 같았다. 벌건 대낮에 무슨 일이 생기겠냐고 말하면 화내겠지. 세빈은 하고 싶은 말을 입술을 꾹 다물어 참아 내고 미주의 팔에 팔짱을 꼈다.

"조심할게."

"더 조심해야 해, 더."

"알았어, 알았어. 화내지 마."

"너한테 화낸 거 아니야. 하성애, 저 계집애 때문에 열 받아서 그런 거야."

"알아. 그래도 이왕이면 웃는 게 예쁘잖아."

"뭐래. 나는 원래 예쁘거든?"

미주의 자신감에 세빈이 키득키득 웃으며 고개를 끄덕였다.

"어. 인정 우리 미주 예쁘지."

칭찬은 고래도 춤추게 한다고, 그렇게 미간을 찌푸리고 있던 미주의 표정이 조금 풀렸다.

오늘도 조금 늦을 거 같다는 경후의 연락에 두 사람은 사이좋게 카페로 자리를 옮겼다.

각자 고른 메뉴를 주문해 놓고 진동 벨을 받아 든 뒤 자리를 잡았다.

10월도 어느새 끝나 가니, 날이 제법 추웠다. 미주와 함께 창밖을 보며 도란도란 수다를 떠는데, 가을 코트부터 목에 스카프를 두른 사람들이 눈에 보였다.

"이제 목도리 할 날도 얼마 안 남았네."

"그러게. 더워서 땀이 난 게 엊그제 같은데."

"시간 참 부질없이 가는 거 같다."

미주의 한탄에 그녀가 말없이 고개를 끄덕이며 동의했다.

가져온 케이크와 커피를 홀짝홀짝 마시며 평소와 다를 바 없는 이야기를 나눴다. 이미 다 채운 학점 이야기, 종종 연락하다가 요즘은 인턴으로 들어가서 보기 힘든 동기들 이야기, 복학한 남자 동기들 이야기까지.

"남자애들이 너 남친 생겼다고 엄청 아쉬워하더라."

"응?"

케이크를 떠먹는데 미주의 말에 그녀가 고개를 갸우뚱거렸다. 뜬금없이 무슨 소리람.

1, 2학년 때는 학점 관리해야 한다는 세정과 세하의 말에 따라 미친 듯이 공부만 하던 때였다. 심지어 남자애들은 대부분 1학년 1학기까지만 다니다가 입대한 터라 더욱더 친한 애들이 없는데.

"나 남자애들이랑 전혀 안 친한데, 걔들이 왜 아쉬워해?"

한참을 고개를 갸우뚱거리던 그녀가 물었다. 그러자 미주가 상체를 숙여 팔을 테이블 위에 기댔다.

"네가 몰라서 그렇지, 너 남자애들한테 인기 많아. 인사하면서 다가가면 일단 웃으면서 받아 주지, 그러면서도 쉽게 옆자리 안 내어 주지. 네가 알게 모르게 밀고 당기기를 얼마나 한 줄 알아? 그거에 안달 난 애들이 한둘이 아닌데, 정말 하나도 모르는구나."

처음 듣는 이야기였다.

세빈이 커다란 눈을 빠르게 깜빡이고만 있는데, 뒤를 힐끔 본 미주가 키득키득 웃었다. 뭐가 있나 싶어서 뒤를 돌아보니, 경후가 못마땅한 표정으로 서 있었다.

"큼큼. 이야기 다 끝났나요."

뭐가 그리 웃긴지 미주가 고개까지 푹 숙이고 큭큭큭 웃기 시작했다. 일부러 저런 거구나 싶어서 눈을 가늘게 뜨고 쳐다보는데, 미주는 웃음을 멈추질 못했다.

"재미있니."

"어. 재미있다. 네가 오빠 표정을 봤어야 했는데."

어찌나 열심히 웃었던지, 눈물까지 찔끔 흘린다. 도대체 어떤 표정이었기에 저러는 건가 싶어서 다시금 경후를 올려 보았지만, 그는 괜히 목만 가다듬었다.

"그러지 말고 이리 와서 앉아."

세빈이 옆으로 들어가 앉으며 옆자리를 툭툭 치며 헤실, 웃었다.

"내가 따뜻하게 데워 놨어."

아이 같은 미소에 그가 멋쩍었던 표정 대신 따라 웃으며 그녀의 옆에 살포시 앉았다.

"그러네요."

서로 마주 보며 웃고 있는 두 사람을 가만히 보던 미주가 커피를 쪼록 마시며 입술을 삐죽 내밀었다.

"이러고 앉아 있으니, 괜스레 외롭네. 가을 타나."

미주가 아련한 눈빛으로 창밖을 보았다. 아까는 보이지 않던 커플들이 왜 지금 눈에 들어오는지.

"에라이."

미주는 휑한 마음에 남은 티라미수를 우걱우걱 먹고는 커피를 쭉 들이켰다.

"다 먹었다. 나 집에 갈래."

미주가 가방을 챙겨서 자리에서 벌떡 일어났다. 덩달아 자리에서 일어난 세빈이 눈을 동그랗게 떴다.

"어, 어? 오빠 오자마자 가는 거야?"

"커플 방해꾼처럼 자리 차지하기 싫어."

"같이 가요. 집에 데려다줄게요."

친절한 경후의 말에 미주가 검지를 내밀며 손가락을 양옆으로 까딱였다.

"쯧쯧. 모든 여자에게 친절하면 못 써요. 남자는 내 여자에게만 친절하면 됩니다."

혀까지 차는 미주를 보며 그가 씩 웃었다.

"세빈 씨 친구니까 친절하게 하는 겁니다."

"뭐, 그런 거면 인정."

쉽게 수긍하는 미주를 보며 두 사람은 자리에서 일어났다. 자연스럽게 세빈의 가방을 든 경후가 손을 내밀었다. 이제 이 정도는 말하지 않아도 알지. 그녀가 싱글싱글 웃으며 그의 손을 꽉 잡았다.

사양하는 미주를 억지로 차에 태워 집에 데려다주고 나니, 어느덧 해가 뉘엿뉘엿 지고 있었다. 창밖을 보며 확실히 해가 많이 짧아졌구나 생각하는데 신호에 걸린 사이 경후가 손을 뻗어 머리를 쓰다듬는다.

"응?"

뭔가 싶어서 고개를 돌리니 그가 움찔 놀라다가 이내 싱긋 웃었다.

"주무시는 줄 알았어요."

"안 잤어."

"그러네요."

다시 한번 싱긋.

그의 미소에 심장은 눈치 없이 쿵쾅쿵쾅 뛴다.

그녀는 괜히 이 상황이 부끄러워서 배시시 웃으며 창문 밖을 보았다. 해가 사라지며 만들어 낸 노을이 오늘따라 더 아름다워 보였다.

"아가씨."

"응?"

"내일 약속 잊지 않으셨죠?"

그녀가 다시금 고개를 돌려 경후를 보았다.

약속? 약속이 있었나?

"박도준 씨하고."

그녀가 손바닥을 가볍게 마주쳤다.

도준이 사고가 난 뒤 다행히 입원하지 않아서 생각보다 빠른 시일 내에 약속을 다시 잡을 수 있었지만 정신이 없어 사실을 까맣게 잊고 있었다.

"잊고 계셨어요?"

"응. 생각도 못 하고 있었네."

"그렇군요."

그가 다시금 웃으며 고개를 돌린다. 확인만 하고 끝이야? 알 수 없는 상황에 그녀가 고개를 갸우뚱거리며 경후의 옆모습을 빤히 보는데, 살짝 올라간 입꼬리를 보아하니, 기분이 좋아 보였다.

그래, 뭔진 몰라도 기분 좋으면 됐지.

세빈도 덩달아 웃고는 고개를 돌리는데, 그가 피식 웃는 소리가 들린다.

"왜 웃으세요?"

"그냥."

주 집사가 기분 좋아 보여서.

그녀는 차마 말을 할 수 없어서 속으로 중얼거리고는 부끄러움에 손만 꼼지락거리면서 창밖을 보았다.

세빈은 도준을 만나기 위에 Li레스토랑을 다시 찾았다.

오늘도 어김없이 예쁜 미소로 반겨 주는 직원이 그녀를 자리에 안내해 주었다. 도준은 그녀가 온 줄도 모르고 창밖을 보고 있었는데 며칠 전에 사고가 난 사람이라고 하기에는 굉장히 멀쩡해 보였다.

"도준 씨."

"아."

직원이 되돌아간 뒤 조용히 도준의 이름을 부르자 그가 움찔 놀라며 자리에서 성급히 일어났다.

"오랜만이네요."

"네. 오랜만입니다."

그는 엉거주춤하게 인사를 건네고는 세빈이 맞은편에 앉고 나서야 다시 자리에 앉았다.

"몸은 좀 괜찮으세요?"

"네. 차는 좀 많이 망가진 편인데, 몸은 괜찮습니다."

"다행이네요. 그럼 일단 주문 먼저 할까요?"

다시는 만날 일 없다고 생각했던 사람과의 두 번째 만남이라 오히려 처음보다 어색했다.

두 사람은 메뉴를 주문해 놓고 물을 홀짝였다.

"어쩌다 보니 처음 약속 잡은 곳에서 또 뵙게 되네요."

"그러게요. 그러고 보니 자리도 그대로고."

세빈의 말에 도준이 주변을 둘러보다가 고개를 끄덕이는데 그녀와 눈이 마주쳤다. 그녀가 싱긋 웃자 자신도 모르게 따라 웃고는 괜히 민망해져서 목을 큼큼 가다듬으며 물을 벌컥벌컥 마셨다.

"조금 민망하네요."

세빈이 여전히 웃는 얼굴로 말했다. 도준은 작게 '그러게요' 라고 대답하며 한숨을 내쉬었다.

다시 볼 사이가 아니라는 전제 조건으로 비밀까지 털어놨는데 또다시 얼굴을 맞대고 있으니 그녀 말처럼 정말 민망했다.

똑똑—

괜히 창밖만 쳐다보며 어색해하고 있는데, 누군가 테이블을 친다. 뭔가 싶어서 고개를 돌리니 아주 낯익은 사람이 싱긋 웃으며 서 있었다.

"세빈 씨."

'세빈 씨' 라니. 잠시 사태 파악을 하던 그녀가 경후를 다시금 올려 보았다.

"오빠, 약속 있다더니 여긴 어쩐……."

그녀가 옆에 있는 여자를 보며 말끝을 흐렸다. 그가 왜 이곳에 화진과 함께 와 있는 걸까.

이 기사 아저씨한테 데려다주라고 한 게 화진 언니 하고의 약속 때문이었어?

"안녕하세요."

놀라긴 화진도 마찬가지라, 못마땅한 표정을 지으며 대충 인사를 건넸다. 그녀도 고개를 꾸벅이며 작게 인사를 건네고는 자신의 앞에서 생글생글 웃고 있는 경후를 보며 입술을 삐죽 내밀었다.

"밥 먹으러 왔어?"

"네."

"그럼 맛있게 먹어."

"네. 세빈 씨도 식사 맛있게 하세요."

그가 여전히 웃는 얼굴로 도준에게까지 꾸벅 인사를 건네고 직원의 안내에 따라 자리를 이동했다. 훤칠한 선남선녀의 뒷모습을 가만히 보던 세빈은 못마땅한 표정을 지으며 한숨을 푹 내쉬었다.

도준은 이게 무슨 일인가 싶어서 상황을 가만히 지켜보다가 투덜거리는 세빈을 보며 상황 파악을 하고 웃음을 터트렸다.

"저분이군요."

"네?"

뜬금없는 말에 무슨 말인가 싶어서 그녀가 고개를 돌렸다.

"무슨……."

경후가 앉은 테이블을 흘깃 본 그는 상체를 숙여 그녀에게 다가갔다.

"세빈 씨가 좋아한다는 분이요."

"헉."

자신도 모르게 숨을 들이마신 세빈이 자신의 반응에 아차, 싶었다. 아무리 비밀을 공유한 사이라고 해도 숨겨야 했는데.

하지만 이미 드러난 터라 뒤늦게 부정할 수도 없어서 포기한 표정으로 한숨을 푹 내쉬며 고개를 끄덕였다.

"완전 티 나던데요. 그럼 아까 그 옆이 여자 친구?"

"아뇨! 그거 오해였어요. 그냥 그…… 선후배 사이래요."

급하게 반박한 그녀는 차마 전 여자 친구였다는 말까지 하지 못하고 두루뭉술하게 둘러댔다. 공유한 비밀이 하나 더 늘어났구나 싶어서 작은 한숨을 내쉬며 힐끔 도준을 쳐다봤다.

"그런데 그렇게 티 많이 났나요?"

"네. 이미 저 남자분도 알고 있지 않을까요?"

"그러면 안 되는데……?"

그녀의 경악한 표정에 도준이 푸스스 웃으며 숙였던 상체를 꼿꼿이 세웠다.

"안 될 건 또 뭐 있나요. 이렇게 예쁘고 귀여운 아가씨가 좋아한다는데."

도준의 갑작스러운 칭찬에 놀란 그녀가 눈을 동그랗게 떴다. 아니, 정확히는 칭찬에 놀랐다고 하기보다는 칭찬이라고는 모를 것 같은 사람이 뜬금없이 한 말에 놀랐다.

"도준 씨가 갑자기 칭찬하니까 좀 이상해요."

그녀가 솔직히 말하자 그가 희미하게 웃었다.

"저도 칭찬할 땐 하는 남자예요."

"그런 거 같네요."

어느덧 마주 본 두 사람이 키득키득 웃었다. 만나게 된 상황이 어찌 되었든 역시 말하기는 편한 상대였다.

한참을 이런저런 이야기로 도란도란 대화를 나누는데, 도준이 무슨 말을 하려다 말기를 반복한다. 그녀는 무슨 말을 하려고 하는지 물어보려다가 그가 머뭇거리는 게 느껴져서 기다리고 있었다. 그러길 벌써 다섯 번째. 참다못한 그녀가 테이블 위를 똑똑, 쳤다.

"도준 씨."

"솔직히 말해 봐요. 나한테 무슨 할 말 있죠?"

"……네."

이번에는 순순히 대답한다. 이번에는 들을 수 있겠구나 싶어서 세빈은 나이프와 포크를 접시 위에 올려놓고 자세를 반듯하게 유지했다.

"말하려다 만 게 지금 몇 번째인지 모르겠는데, 할 말 있으면 하세요."

"말도 안 되는 얘기라서 화내실 수도 있습니다."

"결혼하자는 이야기만 아니면 화 안 낼게요."

"……."

그녀의 말에 도준이 입을 꾹 다물었다. 뭐야, 정말 결혼하자는 거야?

그녀가 경악하는 표정을 하자, 표정을 읽은 도준이 서둘러 손을 내저었다.

"아니, 결혼하자는 얘기는 아니고……."

"그럼요?"

"정확히는 약혼입니다."

"나는 또 뭐라고. 약혼…… 응? 약혼이요?"

안심하며 중얼거리던 그녀가 눈을 크게 떴다. 결혼은 아니지만, 약혼이라니?

"갑자기 제가 마음에 들기라도 한 건가요?"

그녀가 설마 하는 표정으로 물었다. 물론 바로 아니라고 하면 상처 받을 것 같긴 했다. 하지만 아직 경후에 대한 자신의 마음도 어떻게 하지 못한 상황에서 다른 남자의 등장은 난감할 수밖에 없었다.

"아니, 정확히는 하는 척하면서 이 약혼을 파하는 게 제 목적입니다."

"무슨 소린지 정확히 좀 말해 주세요."

그녀의 긍정적인 반응을 캐치한 도준이 자세를 바로잡고 다시금 입을 열었다.

"아시다시피 저는 아버지께 약혼 생각이 없다고 말씀을 드린 상태예요. 아버지는 역시 포기할 생각은 전혀 없으세요. 그래서 제가 세빈 씨와 따로 연락하고 있다고 말씀을 드렸음에도 아버지는 그걸 빌미로 지 회장님께 또 연락을 하시더군요."

그의 말에 세빈은 고개를 끄덕였다. 안 그래도 바쁜데 계속 전화 온다고 짜증을 내던 아빠가 떠올랐다.

"알고 있어요. 그래서요?"

"아예 쳐다도 보지 못하게 약혼식에서 깽판을 칠 계획입니다."

"깽판이요?"

"네. 물론 제가 나쁜 놈이 될 거니까, 걱정은 하지 마시고요."

누가 들을까 싶어서 조용히 말하던 도준의 입에서 '깽판'이라는 말이 나오자, 그녀가 고개를 갸우뚱거렸다. 도준과의 약혼 진행은 남녀 간의 일보다는 기업과 기업 간의 일이라서 자신이 쉽게 결정할 수 있는 일이 아니었다.

"사정은 다 알고 있지만 부모님 몰래 할 순 없을 거 같네요."

세빈의 반응을 보고 기대감을 가졌던 그가 마지막 말을 듣고 조용히 고개를 끄덕였다.

"괜찮으면 아빠한테 말씀드려 볼게요. 어차피 우리 둘이 진행할 수 있는 내용도 아니고, 어른들께 조언을 구해 보는 것도 나쁘지 않을 것 같은데."

"그렇긴 하지만……."

도준의 시나리오에 기창이라는 인물은 들어가 있지도 않을 거다. 굳이 따지자면 약혼녀의 아버지 정도였겠지. 근데 뜬금 조언자라니.

"이 일을 허락해 주실까요?"

"당연히 허락하지 않을 확률이 더 크죠. 일단은 제가 설득은 해 볼게요. 설득하는 과정에서 여러 이야기가 나올 수 있어요."

"예를 들면 아무도 모르던 제 얘기라던가, 말이죠?"

도준의 말에 세빈이 고개를 끄덕였다.

"도준 씨만 괜찮다면요."

"네. 전 괜찮습니다."

생각보다 시원스러운 도준의 대답에 세빈이 다행이라는 표정으로 스테이크를 썰었다.

"좋아요. 박 회장님이 죽어라 포기 안 하실 거면 어떻게든 처리해야 할 문제긴 하니까요."

"그렇죠. 세빈 씨는 좋아하는 분도 따로 있고."

나름 진지하게 생각하고 있는데 갑자기 튀어나온 이야기에 그녀가 도준을 슬쩍 노려보았다. 그래도 도준은 자신의 말에 화를 내지 않고 긍정적으로 생각해 준 그녀가 고마워서 싱긋 웃었다.

"그나저나 세빈 씨는 고백 안 할 생각이에요?"

"갑자기 이야기가 왜 그쪽으로 흘러가는 거죠?"

"그냥."

도준이 대각선 방향이 있는 경후를 힐끔 쳐다봤다. 고개를 돌리다가 눈이 마주친 것만 해도 열 손가락이 모자랄 것 같았다. 저쪽도 이미 세빈을 신경 쓰고 있는 눈치였다. 다만 자신의 앞에 있는 이 아가씨는 전혀 눈치채지 못한 듯했다.

“세빈 씨, 사실은 지금 같이 밥 먹는 여자분 엄청 신경 쓰이죠?”

“……그것도 티 많이 나나요?”

“네.”

그의 솔직한 대답에 세빈이 어깨를 축 늘어트렸다. 그 모습이 귀여워서 피식 웃었다.

“농담이에요. 그냥 찔러본 겁니다.”

“진짜요?”

“네.”

“뭐예요. 그렇게 티 나나 싶어서 완전 놀랐는데.”

사실 티 나는 건 맞지만 도준은 선의의 거짓말을 하기로 하고 그저 웃었다.

반면 화진은 세빈과 도준의 화기애애한 모습을 계속 쳐다보는 경후를 보며 스테이크를 썰다 말고 미간을 찌푸렸다. 바로 밥 먹자고 한 게 이상하더니만 목적은 따로 있었다.

어쩐지, 다른 생각을 해도 괜찮냐고 물어보더니.

경후는 이미 경고를 했지만, 그래도 막상 그 상황이 되니 화가 부글부글 치밀어 오른다. 굳이 이렇게까지 해야 하나 싶은 생각이 들었다.

“경후 오빠. 아무리 그래도 이건 너무 한 거 아니야?”

조용하던 화진의 말에 그가 그제야 고개를 돌렸다.

“왜?”

“왜냐니? 내가 밥 먹자고 한 거, 오빠한테는 아무것도 아닐지 몰라도 나는 엄청 용기 내서 한 말이야. 근데 이렇게까지 비참하게 만들어야 해?"

경후가 아무런 말도 하지 않고 가만히 있다가 피식 웃었다.

"엄청 용기 낸 것치고는 밥 먹자고 한 게 한두 번이 아닌데."

"그, 그건……!"

"그래서 내가 확인했잖아. 내가 무슨 생각을 하고 있더라도 밥만 먹으면 되는 거냐고. 너는 동의했고. 네 말대로 밥만 같이 먹으면 되는 거지. 다른 부수적인 옵션 사항이 있어야 했어? 그랬으면 밥 먹자고 안 했지."

웃는 얼굴로 날카로운 비수를 쿡쿡 찌르는 그가 더 밉다.

그는 누구에게나 자신의 상황을 말하며 양해를 구하고 모든 일을 시작한다. 자신의 연애 또한 그랬고, 연애가 끝난 후에도 마찬가지였다.

차라리 그때 동의하지 말걸, 시작하지 말걸 후회한 적이 한두 번이 아니지만 항상 같은 실수를 반복한다.

그러면서도 그와의 관계를 쉽게 놓지 못하고 자신이 어떻게든 굽히면 될 거로 생각했다. 예전처럼 밀어붙이면 될 거라고 자만했는지도 모른다. 하지만 3년이 지나가는 시간 동안 경후는 한 번도 흔들리지 않았다. 정말 자신을 단 한 번도 사랑하지 않은 사람처럼.

"오빠…… 진짜 못됐다."

"쓸데없는 여지를 두는 놈보다는 덜 나쁘다고 생각하는

데. 일단 먹어. 다 식는다."

자신의 감정을 다 알고 있다는 듯 말을 툭, 내뱉는 그를 보니 이제는 기가 막힐 정도였다.

"나쁜 놈."

"나 나쁜 놈 맞아."

자신의 중얼거림에 바로 수긍하는 경후를 보며 울컥 차오르는 눈물을 꾹 참아 낸 화진이 스테이크를 썰어 그에 대한 감정을 억눌러 삼키듯 꾸역꾸역 입에 집어넣었다.

❉ ❉ ❉

이른 아침. 세빈은 일어나자마자 눈곱만 대충 떼어 내고 기창의 서재로 향했다. 이런 이야기를 밥 먹으면서 하기는 좀 그렇고 또 집 안에서 언제 단둘이 얘기할 시간이 날지 모르겠다는 생각에 미리 말해 두는 게 좋으리라는 판단에서였다.

똑똑.

"들어와요."

노크 소리에 기창의 목소리가 들리자 세빈이 조심스럽게 문을 열고 얼굴만 빠끔히 내밀었다.

"아빠!"

"세빈이 네가 어쩐 일이냐."

기창이 놀라는 표정을 지으며 시계를 확인한다. 아직 일어날 시간이 아닌데 일어났으니 이상하다고 생각했겠지. 그녀는 키득키득 웃으며 조용히 문을 닫고 소파에 앉았다.

"무슨 일 있니?"

다정하게 물어오는 아빠를 보며 세빈이 싱긋 웃고는 두 손을 꼼지락거리며 입을 열었다.

"아빠, 저 할 말이 있는데요."

"그래. 얼른 말해 봐."

할 말이 있다는 막내딸의 말에 바로 안경을 벗고 자리에서 일어난 기창이 세빈의 맞은편에 앉았다.

"무슨 할 말?"

"약혼 문제 말인데요."

"응?"

뜬금없이 튀어나오는 약혼이라는 단어에 기창의 미간이 살짝 찌푸려졌다.

"설마 정말 약혼하려는 생각이냐?"

"아뇨, 그게 아니라 그 문제 때문에 상의드릴 게 있게 좀 있어서요."

차분한 세빈의 말에 기창이 찌푸렸던 미간을 펴고 고개를 끄덕였다.

"그래. 뭔데?"

"제가 도준 씨 만난 뒤로 박 회장님께 계속 연락 온다고 하셨잖아요?"

세빈의 말에 기창이 다른 말없이 고개를 끄덕였다. 박 회장의 노력에 정말 박수를 쳐 줘야 할 정도였다. 아이들의 첫 약속을 잡았을 때부터 하루에 두세 번씩 꼬박꼬박 전화가 오고 있었으니까. 물론 통화 내용이 모두 두 사람의 이야기는 아니었지만 항상 마지막에는 세빈과 도준에 대한 걸로 마무리되었다.

“그런데 그게 왜?”

“사실 도준 씨나 저나 서로 약혼이니, 결혼이니 그런 건 전혀 생각 없어요. 하지만…….”

말끝을 흐린 세빈이 바짝바짝 마르는 입술을 적시고 다시금 입을 열었다.

“박 회장님이 쉽게 포기하지 않을 거 같고, 애초에 그분한테 여지를 준 사람이 저니까, 제가 어느 정도 감안해야 하는 것도 있다고 생각하거든요.”

“그래서 하고 싶은 말의 요점은?”

기창이 부드러운 말투로 날카롭게 집어 물었다. 쉬이 말을 내뱉지 못하고 빙빙 돌려 말하는 걸 모를 리가 있나.

세빈이 한숨을 내쉬며 두 손을 마주잡고 꼼지락거리며 도준과 오갔던 이야기를 늘어놓았다.

한마디, 한마디 할 때마다 기창의 표정을 살폈지만 별다른 변화가 없어서 그 속을 알 수가 없었다. 마지막에 약혼을 엉망으로 만들 계획이라는 말까지 내던져 놓은 세빈의 말에야 기창이 심각한 표정을 지어 보였다.

“세빈아.”

“네.”

“아빠도 물론 그 아들하고 박 회장과 있었던 일을 들어서 알고는 있다만, 기업과 기업 간의 일이라 약혼은 쉽게 진행

되더라도 파하기는 어려워. 그 아들뿐만 아니라 너에게도 위험 부담이 너무 커."

역시 기창은 부정적이었다.

하지만 그렇다고 흐지부지 끝낼 수도 없다. 잘못 끝내면 약점만 잡히고 입에 오르내리기 쉬우니까.

그리고 입에 오르내리기 쉽게 만든 사람이 나니까. 술은 괜히 마시자고 해서.

세빈은 자신의 행동에 한숨을 푹 내쉬며 뭐든 꿰뚫어 볼 것 같은 기창의 시선과 똑바로 마주했다.

"하지만 아빠. 다른 건 다 둘째 치더라도, 제가 도준 씨를 돕고 싶어서 그래요."

세빈의 말에 기창의 미간이 살짝 찌푸려졌다. 무슨 말이냐는 얼굴이었다.

"사실 우리가 아는 건 일부분이잖아요. 버린 아들을 미끼로 투자금을 받으려 한다는."

"그거 말고 뭐가 또 있다는 소리구나."

"맞아요. 애초에 박 회장님이 도준 씨를 집에 불러들인 건 병든 어머니가 미끼였대요. 얼마가 들어도 다 치료해 줄 테니까, 너는 내가 하라는 대로 하라고요. 그렇게 지금까지 이용당한 거죠."

세빈이 말을 끝내기 무섭게 기창의 표정이 심각하게 변했다. 기창도 20년 전 어머니를 암으로 떠나보냈기에 가족의 아픔을 모르지 않았다.

"병든 어머니까지 이용한 박 회장이 괘씸해서라도 그 아들을 도와주고 싶다는 거니?"

제 아빠의 말에 세빈이 고개를 끄덕였다.

"네. 그리고 얘기가 아직 남았는데요."

"뭔데?"

"어머니는 이미 1년 전에 돌아가셨대요. 물론 박 회장님은 그걸 숨기려 하셨지만, 도준 씨는 그 사실을 알게 됐고요. 박 회장님은 도준 씨가 안다는 사실을 모른다더라고요."

세빈의 말이 끝나기가 무섭게 기창의 얼굴이 일그러졌다.

"박 회장, 상종 못할 사람이네."

"그렇게 이용당한 사람이에요, 아빠. 저라도 좀 돕고 싶어요. 제 오지랖인 거 알고, 위험 부담이 크다는 것도 알지만, 좀 도와주시면 안 될까요?"

세빈의 진심 어린 말에 기창이 깊은 한숨을 푹 내쉬었다.

"일단, 그 아들부터 몰래 데려오너라."

"네?"

예상치 못한 기창의 말에 세빈이 눈을 동그랗게 뜨고 아빠를 쳐다봤다. 데리고 오라고?

"진심이세요?"

"그래. 일단 만나 보고 생각해 보자꾸나."

기창의 말에 세빈이 환한 얼굴로 고개를 연신 끄덕였다.

"알았어요. 도준 씨한테 바로 연락해 놓을게요. 오늘 스케줄 있으세요?"

"아니. 오늘은 집에 있을 예정이야."

"그럼 도준 씨 오늘 일 없으면 바로 오라고 할게요."

"그래. 알았다."

기창의 대답에 세빈이 싱긋 웃으며 아빠의 볼에 뽀뽀를 하고는 서둘러 서재에서 나갔다.

"그럼 이따가 도준 씨한테 연락 오거든 다시 올게요!"

물론 나갔다가 얼굴만 빼끔히 내밀고 후일을 예고하는 것도 잊지 않았다.

뭔가 잘될 것 같은 예감에 콧노래를 흥얼거리며 서재 밖으로 나오는데 계단을 올라가고 있는 경후가 보였다.

세빈은 경후를 보자마자 그 옆에 딱 달라붙어 있던 화진의 모습이 떠올라서 흥얼거리던 콧노래를 멈추고 자동으로 삐죽 나오는 입술을 억지로 집어넣었다.

똑똑—

경후는 세빈을 못 본 모양인지, 그녀의 방문을 두드렸다.

그 모습을 보던 세빈은 대답 대신 큼큼, 목을 가다듬으며 자신의 존재를 알렸다.

"어? 아가씨."

지금쯤이면 한창 자고 있을 시간에 방 밖에 나와 있는 그녀를 보고 경후가 놀란 표정을 지으며 계단 아래로 내려왔다.

"언제 일어나셨습니까?"

"아까. 아빠랑 이야기 좀 하느라고."

"혹시 무슨 일 있으십니까?"

슬리퍼로 바닥을 툭툭 치는 세빈을 걱정스럽게 내려 보며 물었다. 다정한 목소리에 그녀가 힐끔 그를 올려 보고는 손을 내저었다.

"아니, 그냥 별거 아니야. 도준 씨가 약혼하자고 해서."

"그렇군요."

그녀의 말에 경후의 목소리 톤이 한순간에 낮아졌다. 위협적인 목소리에 움찔 놀란 세빈은 그를 올려 보며 자신이 한 말을 되새기고는 뭔가 잘못 말했다 싶어서 손을 내저었다.

"아니, 정확히는 약혼을 파하기 위한 계획 때문에."

또다시 설명해야 하는 구나 싶었지만 세빈은 열심히 기창이 도준과 면담을 하겠다는 내용까지 말했다.

"회장님이 그런 말씀을 하셨습니까?"

"응. 그렇게 됐어. 그나저나 주 집사는 어제저녁 잘 먹었어?"

그녀가 황급히 말을 돌리며 궁금했던 말을 꺼냈다.

조용히 고개를 끄덕이던 경후는 드디어 올 것이 왔구나 싶어서 최대한 자연스럽게 입을 열었다.

"스테이크가 참 맛있었습니다."

그가 다른 설명을 하지 않자 애써 숨기고 있던 입술이 삐죽 나왔다. 그 모습을 캐치한 경후는 푸스스 웃으며 그녀에게 성큼 다가가 풀어 헤친 머리카락을 손으로 단정히 정리해 주었다.

"사실 아가씨가 남자분을 만난다고 하니까 걱정이 되더라고요. 때마침 화진이가 밥을 사 준다고 해서 아가씨 있는 곳으로 장소를 골랐죠. 그래도 약혼 이야기가 오가는 분과의 만남인데 제가 사람을 붙여서 감시할 순 없잖아요."

그의 달콤한 목소리가 귓가를 간질인다. 세빈은 삐죽 내밀던 입술을 넣고 그를 슬쩍 보았다.
"날 보러 왔다고?"
"네. 전에 그 일도 있고, 한 번 뵈었던 분이라고는 하지만 걱정돼서요."
"그랬구나."
그녀가 고개를 끄덕이자 경후는 세빈의 손을 꼭 잡았다.
"전처럼 오해하신 건 아니죠?"
"오해는 무슨. 이미 아무 사이 아니라고 했는데, 뭐. 물론…… 단둘이 밥 먹는 게 좀 이상하다고는 생각했지만."
"저는 아가씨가 그분과 분위기가 너무 좋아서 스테이크가 입으로 들어가는지, 코로 들어가는지 모를 지경이었는데요."
"뭐야, 그게."
장난스러운 말에 그녀가 그의 어깨를 툭, 쳤다. 꽤 아프게 친 거 같은데 경후는 소리 내어 웃으며 세빈을 살짝 잡아당겼다.
"앗."
얼떨결에 바짝 붙은 모양새가 된 그녀가 뒤로 물러나려 했지만, 경후가 허리를 살짝 잡으며 놔주지 않았다. 이러면 오가는 사람들이 다 볼 텐데. 그녀는 마음에도 없는 걱정을 하며 그를 슬그머니 올려다보았다.
"왜, 왜 그렇게 봐?"
"앞으로도 오해하실 일은 없을 겁니다. 이번에는 아가씨 때문에 갔지만, 다음부터는 단둘이 밥 먹을 일은 절대 없을 테니까요."

세빈은 단호한 말에 그의 가슴을 툭, 밀어내고는 괜히 새초롬한 표정으로 고개를 돌렸다.

"그래, 알았어."

슬금슬금 입꼬리가 올라가는 귀여워서 피식 웃으며 그녀를 방 쪽으로 밀었다.

"그럼 방에 들어가서 씻고 나오세요."

그의 말에 자신의 상태를 깨달은 그녀가 화들짝 놀라며 성급히 계단을 뛰어 올라갔다.

"아무튼, 귀엽다니까."

경후가 키득키득 웃으며 뒤를 도는데 서재에서 나오던 기창과 눈이 딱 마주쳤다.

조금 놀란 것 같은 기창의 표정을 보며 순간 당황한 경후는 재빠르게 표정 관리를 했다.

"일어나셨습니까."

"그래. 이따가 밥 먹을 때 부르게나."

"네. 알겠습니다."

자연스럽게 넘어가는 경후에게 별다른 말을 하지 않은 기창은 방 안으로 들어갔다.

"보신 건가."

아까 세빈과의 은밀한 스킨십을 봤다고 하기에는 반응이 너무 조용하다. 하지만 안 봤다고 하기에는 평소와는 다르게 굳어 있는 모습이었다.

"흠. 나쁘지 않은 거 같은데."

그는 알 수 없는 말을 중얼거리며 터벅터벅 주방으로 발걸음을 옮겼다.

쉬는 날이라 평소보다 조금 늦은 아침 시간. 밥을 먹던 세빈은 달그락거리는 소리와 함께 밥그릇 위에 젓가락을 살짝 걸치고 유정을 보았다.

"엄마, 혹시 아까 아빠한테 전해 들으셨어요?"

"응?"

유정은 뜬금없는 딸의 말에 고개를 갸우뚱거리다가 아침에 한 얘기를 말하는 건가 싶어서 고개를 끄덕였다.

"그 약혼 건 때문에 그러지?"

"네. 도준 씨한테 연락하니까, 이따 1시쯤에 바로 올 수 있다고 해요. 차 못 쓴다는 핑계로 버스 타고 온다고 하네요. 차에 GPS라도 달려 있나 봐요."

"그럼 정류장까지는 마중 나가야겠네."

"네. 그건 이따가 이 기사 아저씨께 말씀드리려고요."

"그래, 잘했다."

제 아빠의 알 수 없는 표정을 가만히 보던 세빈은 조용히 시선을 돌렸다. 맞은편에 앉아 있는 경후를 힐끔 보니 그 또한 표정에 변화가 없어서 속을 알 순 없었지만, 적어도 기분이 나빠 보이진 않았다.

늦은 아침을 먹고 부모님과 그동안 못다 한 이야기를 좀 나누다 보니 어느덧 도준이 올 시간이 성큼 다가왔다. 갑작스러운 손님이긴 했지만 추한 몰골을 보일 수 없다는 유정의 말에 따라 세빈은 물론이고 기창까지 집에서는 입지 않는 차림으로 다시 모였다.

"거참."

기창은 이 상황이 기가 막히면서도 웃겼다. 그리고 이 상황의 원인은 연보라색 원피스를 입고 나온 병아리 같은 막내딸이었는데, 그 모습이 또 예뻐서 그냥 남몰래 웃을 수밖에 없었다.

"도착하셨답니다."

잠깐 전화를 받고 온 경후의 말에 어떤 상황이든 예의는 지켜야겠다 싶어서 다들 자리에서 일어났다.

현관문이 열리며 훤칠하다 못해 큰 키에 우직한 도준이 들어왔다. 사진도 못 봤던 유정은 곰처럼 큰 사람이 들어오자 움찔 놀라며 도준을 빤히 올려다보았다.

"안녕하십니까. 실례하겠습니다."

거기다가 낮은 저음에 선하지 않은 인상이 마냥 무서워 보였으나 세빈이 도준의 옆으로 가자 상대적으로 세빈이 더 어리고 귀여워 보였다. 묘한 기분이었다.

"반가워요. 전에 U기업 창립 기념일에 본 적 있죠?"

"네. 오랜만에 뵙는데, 이런 일을 들려 드리게 돼서 정말 죄송합니다."

도준이 기창이 내민 손을 덥석 잡으며 사과부터 건넸다. 과하게 숙이지도 않고, 반듯하고, 담백하게 건넨 사과에 기창이 고개를 끄덕이며 소파 쪽을 가리켰다.

"앉죠."

"네."

도준은 발걸음을 옮기다가 서 있는 경후를 보며 흠칫, 놀랐다. 그걸 본 세빈이 말없이 도준의 뒤로 가서 몰래 등을 쳤다.

"그냥 가요."

입을 거의 움직이지 않고 복화술 하듯 말하는 그녀를 보며 도준이 아무런 일도 없었다는 듯 소파로 자리를 옮겨 앉았다.

"일단……."

말을 하려던 기창이 주변을 둘러보고는 작은 한숨을 내쉬었다.

"앉자마자 미안하지만 자리를 옮기는 게 좋겠네요. 사람이 너무 많아서."

"아, 저도."

세빈이 손을 들며 엉덩이를 들썩였지만, 기창이 고개를 저었다.

"앉아 있어. 금방 얘기하고 나올게."

단호한 아빠의 말에 어떤 말을 해도 소용없겠구나, 깨달은 세빈은 작은 한숨을 내쉬며 고개를 끄덕였다.

"네. 다녀오세요."

"그래."

기창은 도준과 함께 서재로 향했고 경후가 그 뒤를 따라갔다.

그 모습을 가만히 지켜보던 세빈은 세 사람이 들어간 방문이 닫히자마자 입술을 삐죽 내밀었다.

“아니, 주 집사도 들어가는데 나는 왜 안 돼?”

딸의 투덜거림에 유정이 픽, 웃었다.

“아까 주 집사랑 둘이 속닥거리더니, 무슨 얘기라도 했나 보지.”

“엄마는 안 궁금하세요?”

“궁금하지만 모르는 게 나을 때도 있어.”

알 수 없는 엄마의 말에 세빈이 고개를 갸웃거리고는 치, 소리를 내뱉으며 다리를 까딱였다.

무슨 얘기를 하는지 궁금해서 방문에 찰싹 붙어, 몰래 듣고 싶은 마음이 한가득이었지만 우아하게 홍차를 마시고 있는 엄마를 힐끔 보고는 이내 포기했다.

한 10분쯤 지났을까. 달칵, 소리와 함께 세 사람이 다시 거실로 나왔다.

세빈은 기다렸다는 듯 자리에서 벌떡 일어나는데 도준과 경후의 손에 파일이 하나씩 들려 있었다.

“그건 뭐예요?”

그녀의 질문에 도준이 기창과 눈빛을 교환하고는 세빈에게 파일을 건넸다.

“봐도 되는 거예요?”

“네.”

도준에게 파일을 받아 든 세빈이 안에 내용물을 살펴봤다.

계약서였다. 전에 이야기할 때는 계약서에 대한 언급은 없었는데 이게 뭔가 싶어서 기창과 도준을 본 세빈이 내용을 살펴보았다.

그리 많지 않은 조항들은 주로 I기업에 피해가 가지 않도록 하라는 내용이었다. 조항 전부가 도준에 관한 이야기였지만 계획한 대로만 지켜진다면 크게 피해 볼 내용도 아니었다.

거기다가 도준이 계약 내용을 지키지 않을 시에는 위약금도 있었다.

일, 십, 백, 천, 만, 십만, 백만, 천…….

천천히 읽던 그녀가 무시무시한 숫자의 행렬에 못 본 척 고개를 돌렸다. 계획대로만 하면 된다지만 저 금액은 좀 아니, 많이 크지 않을까.

그녀는 애써 담담한 척하며 계약서를 덮고 도준에게 넘기려 했지만, 그가 고개를 저었다.

"가지고 있어요."

"네? 왜요?"

"제가 못 들고 가잖아요. 보관 좀 해 줘요."

"나야 괜찮지만."

그녀가 다른 말은 하지 않고 도준을 올려다봤다. 그는 다른 말도, 다른 시선도 보내지 않고 기창에게로 고개를 돌렸다.

"그럼 저녁에 약속이 있는 터라 그만 일어나 보겠습니다. 도움 주셔서 감사합니다."

도준이 꾸벅 인사를 건네고 한 식구의 배웅을 받으며 현관문을 나섰다.

문이 닫히자, 기창이 한숨을 내뱉었다.

"아버지는 별로인데, 아들은 마음에 드네. 집안 문제만 아니면 탐낼 만한 사람인데 말이야."

중얼거리듯 말을 툭, 내뱉은 기창은 헛기침을 하며 발걸음을 돌렸다. 기창의 뒤를 유정이 따라 들어갔다.

"마음에 든다니."

기창의 말을 들은 경후가 혼자 중얼거리며 세빈에게로 시선을 돌렸다. 그녀는 아직도 계약서를 보느라 기창의 말을 못 들은 모양이다.

"세부 사항은 녹취로 진행한다? 주 집사. 뭐 녹취했어?"

세빈의 말에 경후가 싱긋 웃었다.

"네."

"……그게 다야?"

"네."

세빈의 얼굴에서는 뭘 녹취한 건지 자세하게 설명하라고 쓰여 있었지만 경후는 그저 웃는 얼굴로 입을 꾹 다물었다.

"치사해."

세빈이 툴툴거리는 모습을 가만히 보고 있는데 너무 뚫어져라 본 모양인지 그녀가 고개를 올려 본다.

"말도 안 해 줄 거면서 왜 그렇게 봐?"

"아무리 사정이 있어도 이런 위험을 감수하면서까지 이 일을 해야 할 이유가 있는 겁니까?"

경후의 질문에 세빈이 고개를 끄덕였다.

"내가 벌인 일이니까."

"아가씨께서 마음이 있으신 건 아니고요?"

정말 혹시나 하는 마음에 물었다. 그의 질문에 그녀가 미간을 찌푸리며 경후의 배를 툭, 쳤다. 손이 꽤 매웠다.

"쓸데없는 소리. 그리고 나 좋아하는 사람 있……!"

빠르게 말을 내뱉던 그녀가 도중에 입을 꾹 다물었다. 끝까지 말하지 않았지만, 무슨 말인지 캐치한 그가 눈을 반짝이며 세빈에게 성큼 다가갔다.

"방금 뭐라고 하셨어요? 좋아하는 사람이요?"

당황한 세빈은 입을 꾹 다무는 것으로 대답을 대신했다. 시선을 피하는 그녀를 따라 눈을 마주치려 시도했지만 세빈은 발을 빠르게 움직이며 그와 마주 보는 걸 피했다.

경후가 자신도 모르게 씩 웃자, 그 모습을 힐끔 본 그녀가 외쳤다.

"뭐야. 주 집사 아니거든!"

빨갛게 변한 두 볼이 그녀의 마음을 대변해 주고 있었다.

"아가씨, 목걸이 해 드릴게요."

"아가씨, 리본 삐뚤어졌어요."

"아가씨."

"아가씨."

털썩.

세빈은 침대에 드러누워 한숨을 깊게 내쉬었다.

아니라고 항변했지만, 경후는 이미 자신의 마음을 다 알아버린 듯했다. 자신이 해도 되는 목걸이를 꼭 해 주겠다고 하고, 허리에 리본 묶는 원피스를 입으면 꼭 와서 다시 묶어 준다. 그것도 뒤에서 끌어안듯이!

이게 끝이 아니다. 피곤해서 화장도 못 지우고 그냥 누워 있다가 잠이 든 날은 언제 들어온 건지 클렌징 티슈로 조심스럽게 화장을 닦아 주곤 했다. 고맙긴 하지만 눈앞에서 그의 눈을 마주 봤을 때 심장 터지는 줄 알았다.

"주 집사가 나한테 왜 그러지? 내 반응이 재미있나?"

자신을 보며 생글생글 웃는 게 보기 좋긴 했지만, 자기 좋아하는 사실을 알았으면 무슨 말이라도 했으면 하는 마음도 있었다.

"자기 좋아하는 거 아니라고 소리까지 질렀는데 뭐라고 말하기는 어렵겠지?"

중얼거리던 그녀가 고개를 끄덕였다. 차라리 그때 맞다고 했으면 지금쯤 상황이 달라졌을지도 모른다.

"그래도 저러는 거 보면 내가 그저 갑과 을의 관계는 아닌 거 같은데."

워낙에 잘 챙겨 줬던 사람이라 뭔가를 더 한다고 해도 이상하지 않았지만 뭐라 설명할 수 없는 묘한 기분이었다.

"하, 기분이 싱숭생숭하니 잠도 안 오고."

전부 주경후, 그 남자 때문이다. 오만 가지 생각으로 머리도 아프고 사라졌던 불면증이 다시금 그녀를 찾아왔다. 좋아한다고 하고 사귀자고 말해 볼까. 아니, 그건 그거대로 힘들 거 같았다.

세빈은 결국 머릿속을 돌아다니는 그의 생각에 새벽 3시가 다 되어서야 겨우 잠이 들었다.

⁜ ⁜ ⁜

"아가씨. 아가씨."

"으음?"

그녀가 자신을 깨우는 우강댁의 목소리에 움찔 놀라며 깼다.

몽롱해진 정신에 이대로 잠이 들었으면 좋겠다고 생각하긴 했는데, 언제 잠이 들었던 걸까.

"아이고, 아가씨 무슨 잠을 그렇게 잔데요? 지금 1시가 넘었슈."

"엉? 정말요?"

"네. 주 집사가 깨워 달라고 해서 올라왔어요. 우리 아가씨, 보양식 좀 해 드려야 되나, 얼굴이 까칠하구먼."

"진짜요?"

"네, 진짜요. 빨리 나와서 식사하세요. 아가씨 혼자만 아침, 점심 다 안 드셨어요."

"네. 죄송해요. 세수만 하고 바로 내려갈게요."

"예."

우강댁은 싱긋 웃어 보이고는 방에서 나갔다. 경후는 자신이 너무 늦게 일어나는 날이면 이렇게 다른 사람에게 부탁해서 깨우곤 했다.

"그나저나 1시라고? 얼마나 잔 거야?"

잠이 안 올 땐 죽어라 안 오더니 이렇게 푹 잘 줄은 몰랐다.

침대에서 내려온 세빈은 가볍게 스트레칭을 하고 바로 욕실로 들어갔다. 우강댁에 말해 놓은 것처럼 세수만 하고 바로 주방으로 가니, 자신만을 위한 점심이 간소하게 차려져 있었다.

"아가씨 일어나셨습니까."

국물 한 모금에 정신을 차리는데 뒤늦게 경후가 나타났다. 그녀가 아직도 무거운 눈꺼풀에 '응'이라고 짧게 대답하며 고개를 끄덕이자 그가 싱긋 웃는다.

"아가씨, 오늘 강의 없다고 하셨죠?"

"응. 있으면 지금 이러고 안 있지. 왜?"

"식사하시고 나갈 준비하세요."

"엉? 어디 가?"

"네. 어디 갈 겁니다."

"응?"

어디 가냐고 위치를 물어본 건데 간다는 말만 남긴 경후는 싱긋 웃어 보이고는 주방에서 나갔다. 이게 뭔가 싶어서 어리둥절하게 있던 세빈은 흐뭇한 표정으로 보고 있는 우강댁을 돌아보았다.

"혹시 주 집사가 어디 간다고 말한 거 있어요?"

"아뇨. 그냥 아가씨랑 놀러 갈 거라는 말만 하던데요."

"놀러요? 지금? 이렇게 갑자기?"

이렇게 계획 없이 충동적이라니. 주 집사답지 않아서 고개를 갸우뚱거리는데 우강댁은 그저 웃기만 한다.

"뭐야, 다들 이상해."

그녀가 중얼거렸지만, 어쩌면 지금 이 가운데 제일 이상한 사람은 자신일지도 모른다는 생각을 하며 밥을 오물거렸다.

어디를 가는지 몰라도 일단 준비를 하라고 하니 씻고 나와서 옷까지 챙겨 입었다. 어디를 가는지 장소를 알면 옷을 고르기가 수월할 텐데, 하고 속으로 중얼거렸다.

똑똑.

"아가씨, 주 집사입니다."

"어, 들어와."

그녀의 말이 떨어지기 무섭게 문이 달칵 열렸다. 언제나처럼 즐겨 입는 원피스에 검은색 레깅스, 재킷은 팔에 걸치고 한 손으로는 가방을 든 그녀를 본 경후가 세빈의 팔에 걸쳐진 재킷을 가져갔다.

"왜?"

"오늘 날이 흐리고 어제보다 추워서 이건 얇아요. 겨울 재킷이 좋을 거 같은데요."

"잠깐만."

또 이런 말을 잘 듣는 터라 그의 손에서 재킷을 가져간 그녀가 쪼르르 드레스룸으로 들어가 베이지색 모직 코트를 가지고 나왔다.

"이건?"

"이거면 될 거 같아요. 가시죠."

그가 손을 내민다. 그녀는 0.1초 정도 잡을까 말까 고민하다가 냉큼 경후의 손을 잡고 방에서 나왔다.

"조심히 다녀와요."

"네. 다녀오겠습니다."

부모님 대신 우강댁에게 꾸벅 인사를 건네고 집에서 나왔다. 다들 손잡고 있는 거 봤을 텐데, 아무런 언급이 없다니. 어느덧 손잡는 것 정도는 익숙해진 사이가 됐나 보다.

"근데 주 집사, 우리 어디 가는 거야?"

차에 올라탄 그녀가 안전벨트를 하며 묻자 그가 사이드 브레이크를 풀며 돌아보았다.

"바다요."

"엉? 바다? 나 원피스 입었는데?"

그녀가 놀란 표정을 지으며 창밖을 보았다. 지역마다 날씨는 좀 다르겠지만, 지금 서울의 하늘은 금방이라도 비가 올 것처럼 먹구름이 한가득이었다.

그는 그녀의 반응을 예상했다는 듯 피식 웃었다.

"어제도 그렇고 아가씨 요즘 기분이 안 좋아 보여서 바다라고 목적지만 정했고, 그냥 가볍게 드라이브라고 생각하시면 됩니다."

"응."

그녀가 고개를 세차게 끄덕였다.

비록 날은 안 좋고 드라이브 수준이라고는 했지만, 그와 단둘이 가는 첫 여행이다. 아니, 여행이라고 하기도 좀 그런가? 그녀가 속으로 중얼거리다가 뭐 어떤가 싶어서 정신이 맑아진 기분에 헤실, 웃었다.

내비게이션 없이 이정표를 따라가는 그와의 드라이브는 꽤 길었다. 중간에 휴게소를 들러서 통감자와 소시지도 사 먹고, 쌀쌀한 날씨에 어묵을 먹고 국물을 한 컵씩 따라서 차에서 마저 먹고 다시 출발했다.

그가 이정표를 따라서 온 곳은 남해였다. 남해 역시 날씨가 좋지 않은데다가 너무 느긋하게 달려왔는지, 어두워지기 시작했다.

"어? 비 온다."

결국 바다가 보이기 시작할 때쯤 비가 조금씩 내리고 있었다. 그리 많이 내리진 않았지만 우산 없이 나갈 수 있는 정도는 아니었다.

"일기 예보에 비는 안 온다고 하더니, 결국 오네요."

"그러게."

해안 도로에 접어들자 비는 더 추적추적 내렸다. 차에 부딪치는 소리가 꽤 크게 들릴 정도였는데 바람은 생각보다 세지 않은지 바다는 날씨에 비해 잠잠했다.

비도 오고, 사람이 없어서 그런지 바닷가 근처 카페도 일찍 문을 닫았다. 가는 날이 장날이라더니 이럴 때를 가리키는 건가 싶었다.

그래도 남해까지 왔는데 바로 올라가는 건 아쉬워서 아무도 없는 카페 앞에 차를 세웠다.

"주 집사 피곤하겠다. 장롱면허만 아니면 올라갈 때 내가 운전하는 건데."

그녀의 말에 경후가 웃으며 고개를 저었다.

"괜찮습니다. 아가씨랑 같이 있는데, 뭐가 힘들어요."

툭 던지듯 내뱉는 그의 말에 그녀의 심장이 떨렸다. 일부러 저러는 건가, 아니면 자연스럽게 나오는 말인가. 세빈이 진지하게 고민하는 사이 빗줄기는 점점 더 거세지며 차에 부딪치는 소리가 크게 울렸다.

"비가…… 많이 오네."

"그러게요. 많이 오네요."

두 사람 사이에 정적이 흘렀다. 비도 오고, 차에 단둘이서 묘한 분위기에 무슨 말을 꺼내야 할까 고민하던 그녀가 아까 휴게소에서 샀던 캔 커피가 생각나서 부랴부랴 가방을 뒤졌다.

"아, 여기 있다."

처음 살 땐 따뜻하다 못해서 뜨겁던 캔 커피가 차갑게 식어 있었다. 차 안에 히터가 틀어져 있긴 했지만 추운 날씨에 차가운 캔 커피는 너무했나 싶어서 다시 가방에 넣으려는데 그의 시선이 느껴졌다.

뭐라도 해야 할 거 같아서 세빈은 엉거주춤 커피를 꺼내서 그에게 내밀었다.

"커피 마실래? 근데 다 식었어."

괜히 민망해진 그녀가 바보처럼 웃었다.

"아까 산 거죠?"

"응. 차가운 거 싫으면 안 마셔도……."

"주세요."

"괜찮아?"

"히터를 너무 세게 틀었나, 저는 좀 덥네요. 시원한 게 필요했어요."

그의 말에 그녀가 헤실 웃으며 그에게 캔 커피를 건넸다. 경후는 커피를 받자마자 따서 마시고는 숨을 길게 내뱉었다. 그의 숨결을 따라 커피 향이 흩어지는 것 같아서 가만히 쳐다보는데, 커피를 홀짝이던 경후와 눈이 마주쳤다.

"아……."

담백한 그의 시선 끝이 뜨겁게 변했다. 당황한 세빈이 서둘러 시선을 피하려는데 그의 손끝이 먼저 그녀의 볼에 닿았다.

"아가씨."

나지막이 부르는 목소리에 그녀가 차마 시선을 돌리지 못하고 그와 시선을 마주했다. 볼에 닿은 경후의 손끝이 천천히 볼 전체를 감쌌다.

데일 듯 뜨거운 손길에 세빈이 움찔거리자 그가 슬쩍 웃는다. 그 모습이 너무 섹시하면서도 낯설다.

홀더에 캔 커피를 넣어 둔 그가 그녀에게 성큼 다가갔다. 그의 얼굴이 점점 가까워진다.

키, 키스하는 건가.

떨리는 마음에 두 손을 꼭 쥐고 두 눈도 꼭 감았다.

그가 다가오는 속도로 봤을 때 입술이 닿으려면 한참 전에 닿아야 했는데 아무런 느낌도 없다. 히터 바람에 입술이 마르는 것 같은데도 침으로 적시지 못하고 있다가 뭔가 싶어서 슬그머니 눈을 뜨니 경후가 속눈썹이 보일 정도로 가까이 있었다.

"할까요, 아가씨?"

"뭐, 뭘……."

"키스."

경후는 대답도 듣지 않고 입을 맞췄다. 아까만 해도 바짝 마르던 입술이 잡아먹듯 빨아 당기는 그의 키스에 촉촉이 젖어 들어갔다.

맞댄 입술은 느긋하고, 뜨거웠다. 그리고 캔 커피의 여운으로 달콤함이 남은 그의 혀가 부드럽게 그녀의 혀를 옭아맬 때, 세빈은 작은 신음을 내뱉으며 경후의 옷깃을 붙잡았다.

"하, 주 집사……."

"아가씨."

살짝 떨어진 입술 사이로 서로를 부르는 숨결이 뜨겁다.

그는 카시트를 뒤로 밀어내고 등받이를 뒤로 확 젖히며 그녀 위로 성큼 올라갔다. 지금 온몸이 뜨거운데 이게 그와의 키스 때문인지 아니면 히터 때문인지 분간이 되질 않았다.

다시 두 사람의 입술에 닿자, 그녀가 망설이지 않고 경후의 목에 팔을 둘렀다.

숨결만큼이나 뜨거운 타액이 오가며 서로의 입술을 지분거렸다. 그렇게 핥고, 그렇게 빨아도 모자라 서로의 숨이라도 가져갈 듯 강렬하게 탐했다.

"아가씨……."

거친 숨을 내뱉으며 세빈을 부르는 목소리가 욕망에 잠겨 탁해져 있었다. 흐트러진 모습이 너무 섹시해서 그녀가 경후의 볼을 감싸는데, 세빈의 손을 잡아끌어 내린 그가 다른 한 손으로 머리카락을 조심히 넘겨 주었다.

"오늘은…… 여기까지 할게요."

말을 하는 경후의 손이 파르르 떨리고 있었다. 그가 자제하고 있다는 게 느껴졌다.

얼굴이 아까보다 더 빨갛게 변한 그녀가 눈꺼풀을 아래로 내리깔며 고개를 끄덕였다.

"으응."

당황해서 말을 더듬는 그녀가 귀엽다. 이대로 끝내려고 했는데 다른 한편으로는 아쉬워 씩 웃어 보인 경후가 타액으로 번들거리는 세빈의 입술을 쓱, 매만졌다.

"그런 의미에서 한 번만 더……."

그렇게 그의 입술이 다시금 제 입술에 닿았다.

집에 도착하니 모두가 잠든 새벽이었다.

남해와는 다르게 구름만 껴 있는 하늘을 올려다보던 경후가 차고에 주차해 놓고 보니 세빈이 새근새근 잠이 들어 있었다. 요 며칠 잠을 제대로 못 자는 거 같았는데 곤히 잠들어 있는 그녀를 보고 있자니 웃음이 절로 나왔다.

목 아프겠는데.

자고 있는 그녀를 깨우고 싶진 않았지만 저러고 자다가는

담이라도 걸리겠다 싶어서 흔들었다.
"아가씨. 다 왔어요."
"응? 벌써?"
그녀가 안 떠지는 눈을 겨우 뜨며 깜빡인다. 게슴츠레 뜬 눈조차도 귀여워서 웃는데 팔을 쭉 뻗던 그녀가 힐끔 쳐다본다.
"미안."
"뭐가요?"
"주 집사가 운전하느라 더 피곤할 텐데. 나 혼자 자서."
"아까도 말씀드렸죠? 아가씨랑 있는데 뭐가 힘드냐고. 지금도 똑같아요."
달콤한 말에 그녀가 발그레 얼굴을 붉히며 경후의 팔을 툭, 쳤다. 애교스러운 세빈의 손짓에 웃어 보인 그가 차에서 내려 조수석 문을 열어 주었다.
"내리세요."
"응."
세빈은 안전벨트를 푸르고 그가 내민 손을 잡은 채 차에서 내렸다. 차 문까지 닫아 준 경후는 조심스럽게 손을 잡고 현관문으로 터벅터벅 걸어갔다.
"오늘 드라이브 괜찮으셨어요?"
"응. 오랜만이라 더 좋았어. 비 오는 것도 운치 있었고, 그리고……."
그녀가 말끝을 흐리며 경후를 슬쩍 올려 보고는 해맑게 웃었다.

“그냥 다 좋았어.”

“그렇군요. 저는 아가씨랑 함께여서 더 좋았는데.”

그녀가 말하지 못한 솔직한 마음을 그가 대신 내뱉었다. 서로 좋아한다, 사랑한다, 이런 말은 하지 않았지만, 묘하게 마음이 통하는 기분이었다.

조용한 집에 현관문 열리는 소리가 크게 울렸다. 늦게 들어 온 걸 알기에 두 사람은 흠칫, 어깨를 움츠렸다가 마주 보며 키득키득 웃었다.

안으로 들어서자 센서 등이 밝게 켜진다. 조심스럽게 신발을 벗고 안으로 들어서는데 달칵, 하는 소리가 들렸다.

“주, 주 집사. 들었어?”

“네.”

갑자기 들린 소리에 긴장한 세빈이 그에게 바짝 붙었다. 잔뜩 긴장해서 주변을 두리번거리는데 거실 불이 켜지며 방 앞에 서 있던 기창과 눈이 마주쳤다.

“아, 아빠.”

그녀가 놀라서 눈을 동그랗게 떴다. 분명 잘못한 건 없는데 나쁜 짓 하다가 걸린 애처럼 쭈뼛거리며 경후 뒤로 숨었다.

“아직 안 주무셨습니까?”

그에 반해 경후는 평소와 다름없이 싱긋 웃으며 인사를 건넸다.

기창이 팔짱을 끼고 두 사람을 번갈아 가며 봤다. 그녀는 괜히 긴장해서 침을 꿀꺽 삼키는데, 힐끔 올려다본 경후는 여전히 웃는 얼굴이었다.

"주 집사는 나 좀 보지."

한참을 생각하던 기창이 말을 툭, 던져 놓고 대답을 하기도 전에 서재로 향했다. 경후는 걱정스러운 표정으로 자신을 보고 있는 세빈에게 싱긋 웃어 보였다.

"방에 들어가세요."

"호, 혼나는 거 아니야?"

"글쎄요. 가 봐야 알겠죠?"

"그럼 나 안 자고 있을 테니까, 얘기 끝나고 내 방으로 와. 알았지?"

"네."

그는 울상인 세빈의 손을 들어 가볍게 입을 맞추고 발을 옮겼다. 방으로 올라가다 밑을 보니, 그는 서재로 가다 말고 2층을 올려 보고 있었다.

들어가세요.

그가 손짓하며 입 모양으로 말했다. 보이려나 모르겠지만 효과는 있었는지 주춤거리던 그녀가 방에 들어가는 걸 확인할 수 있었다.

"주 집사, 거기서 그러고 있지 말고 그만 들어오게."

"네."

살짝 열린 문틈으로 보인 모양이다.

경후는 긴장되는 마음을 긴 숨을 내뱉는 걸로 억누르고 서재 안으로 들어갔다. 어디든 앉아 있을 줄 알았던 기창은 서재를 서성이고 있었다.

문 닫히는 소리에 그제야 기창이 경후를 쳐다봤다. 알 수 없는 표정이라 말없이 서 있는데 기창이 드디어 입을 열었다.

"주 집사."

"네, 회장님."

"단도직입적으로 묻겠네. 자네 세빈이랑 사귀나?"

"제가 아가씨를 좋아합니다."

날카로운 기창의 질문만큼이나 경후의 대답도 직설적이었다. 숨기지 않는 마음에 당황한 기창이 미간을 살짝 찌푸렸다.

"뭐?"

"화가 나시면 때리셔도 좋습니다. 욕을 하셔도 됩니다."

덤덤함 속에 어떤 수모라도 받아들이겠다는 마음이 섞여 있어서 가만히 경후를 보던 기창이 당황한 마음에 긴 숨으로 날려 보내며 소파로 걸어갔다.

"일단 앉게."

"네."

팔짱을 끼고 손가락으로 팔을 톡톡 치던 기창이 천천히 입을 열었다.

"내가 자네를 부른 건 혼내려는 게 아니야. 둘이 돌아다니는 건 좋아. 다만 집에 있는 아비 입장도 좀 생각을 해 줘야 하지 않겠나."

가만 생각하니 그녀와 둘이 있다는 생각에 연락하는 걸 잊고 있었다. 전화까진 하지 않더라도 몇 시에 들어갈 예정이라며 메시지라도 하나씩 남기곤 했는데.

"죄송합니다. 너무 좋아서 그……."

너무 솔직하게 튀어 나간 마음에 그가 말끝을 흐리며 입을 꾹 다물었다. 갑자기 데자뷔가 느껴진다.

경후가 고개를 숙이자 기창은 피식, 웃어 보였다.

"회장님?"

그의 웃음소리에 당황한 경후가 고개를 들자 기창은 안 웃었다는 듯 시치미를 떼고 슬그머니 고개를 돌렸다.

"아니, 됐고. 둘이 눈빛이 수상해서 어느 정도 눈치는 채고 있었어. 세빈이도 자네 좋아하는 모양이고. 애초에 파릇파릇한 젊은 남녀가 붙어 있는데 정분이 안 날 거라고 생각하는 게 이상하지. 예상했던 일인 만큼 굳이 반대할 생각은 없지만, 가짜라고 해도 약혼 이야기가 오가는 시점이라 조심해 주게."

생각보다 시원스럽게 받아들이는 기창을 보며 그가 놀란 표정을 지었다. '감히 네 녀석이!' 라며 호통을 치진 않아도 못마땅해할 거라고는 생각했는데.

"반대 안 하십니까?"

"클럽 다니면서 이상한 놈 만나는 것보다야 자네가 훨씬 나으니까."

기창의 말에 경후가 자신도 모르게 고개를 끄덕였다. 그래, 이상한 놈보다는 내가 훨씬 낫겠지.

"그럼 그만 들어가 봐. 세빈이 녀석 자네 혼내는 줄 알고 걱정하고 있을 텐데."

핵심을 콕 찌르는 기창의 말에 경후가 웃으며 자리에서 일어났다.

"네. 그럼 들어가 보겠습니다."

"그래."

"안녕히 주무세요."

"들어가."

기창은 고개를 꾸벅 숙이는 경후를 보며 그제야 피식 웃었다. 둘이 붙어 있을 때부터 수상하다 생각해 유정과 경후에 대한 이야기를 나눈 적이 있었다.

어릴 적부터 봐 온 터라 그의 성품은 익히 알고 있었다. 또한 능력까지 좋지 않은가. 세빈이 그를 만난다고 하면 반대를 하진 않겠다는 마음이었다. 다만, 아끼는 막내딸을 곱게 줄 순 없으니 아내 몰래 조건을 하나 내걸 생각이었다.

잘 웃지 않던 기창이 남몰래 웃고 있을 때, 계단을 오르던 경후는 그새를 못 참고 자신의 방문 앞에서 알짱거리는 세빈을 보았다.

"아가씨."

"주 집사. 얘기 다 끝났어? 혼난 거야?"

세빈이 걱정이 가득한 목소리로 묻자 경후가 방문을 열며 그녀의 손목을 잡아끌었다.

"안에서 기다리시지, 왜 나와 계세요."

"아니, 그냥 걱정돼서. 그나저나 말 돌리지 말고. 뭐라고 하셔? 그, 그만두라고…… 하시거나 그런 건 아니지?"

앞서가도 너무 앞서간 세빈의 걱정에 그가 키득키득 웃으며 고개를 저었다.

"아니에요. 늦는다고 메시지라도 하나 보내 놨어야 했는데, 연락을 아예 못 드려서 그거 때문에 조금 혼났어요. 연락은 하고 다니라고."

"나도 잊고 있었어. 같이 있는 게 좋아서, 그만."

중얼거리듯 말하다가 뒤늦게 자신이 무슨 말을 했는지 깨닫고는 두 손으로 입을 막았다. 그런 그녀가 귀여워서 경후는 여전히 웃는 얼굴로 입을 막고 있는 두 손을 잡아끌어 내리며 눈을 마주쳤다.

"아가씨."

"응……?"

"이런 아가씨 모습이 너무 좋습니다."

"이런 내 모습? 그게 뭐야."

"속마음 숨기지 못해서 다 드러나고, 뭔가 어설프고, 그러면서 해맑은 그 모습이…… 다 좋습니다."

"그거 지금 나 바보 같다는 걸 돌려 말하는 거야?"

좋다는 말에 웃음은 나오는데, 놀리는 건가 싶어서 애써 화난 표정을 지으며 그를 올려 보았다. 그 표정에 그가 싱긋 웃으며 손을 놔주고 그녀의 양 볼을 감쌌다.

"아뇨, 아가씨를 좋아합니다."

뭔가 자연스러우면서도 뜬금없는 고백에 그녀가 당황한 표정을 짓자, 그가 가볍게 입술을 맞추며 살짝 떨어졌다.

"사랑합니다."

아까와는 다르게 경후의 손이 떨리고 있었다. 세빈은 자신도 모르게 손을 감싸고 바로 앞에 있는 그의 눈동자를 보았다. 경후의 눈에는 오롯이 자신만 담겨 있었다.

"저와 만나 주시겠어요?"

나긋하고 간지러운 목소리에 슬그머니 웃음이 나온다. 이미 첫 키스는 한 뒤라 그런지 생각보다 놀라진 않았다.

"진심이야?"

"네. 진심 같아 보이지 않나요?"

그가 싱긋 웃는다. 웃는 모습이 예뻐서 그녀가 덩달아 웃었다.

"진심 같아 보여."

"그럼 제 진심…… 받아 주시겠습니까?"

그가 조심스럽게 묻는다. 자신의 마음을 다 알면서도 뭘 저러는 건가 싶다가도 혹시 모를 일에 저렇게 조마조마해하는 모습을 보며 그녀가 고개를 끄덕였다.

"얼마든지."

싱긋 웃는 두 사람의 시선이 조용히 얽혔다. 기창이 아직 안 자고 서재에 있는데, 이러고 있다가는 사고 치겠구나 싶어서 경후가 조용히 뒤로 물러나는 대신 그녀의 손을 꼭 잡았다.

"이제 정말 남자 친구로서 아가씨 옆에 있겠습니다."

나긋한 그의 목소리가 그녀의 마음에 스며들었다.

"아."

세빈이 보여서 자리에서 일어난 도준이 뒤에 또 다른 아는 얼굴에 당황한 표정을 지었다.

"안녕하십니까."

경후가 싱긋 웃으며 인사를 건넸다. 정중하고 담백한 인사에 얼떨결에 고개를 숙인 도준이 고개를 돌려 세빈을 보았다.

"오늘만…… 좀 실례할게요."

그녀가 도준에게 미안하다는 표정을 보이고는 자신의 옆에서 뭐가 그리 좋은지 생글생글 웃고 있는 경후를 노려보았다.

"음, 잘되셨나 보군요."

두 사람을 가만히 번갈아 보던 도준이 말했다. 세빈은 말

없이 경후를 올려다봤고, 그는 세빈을 내려다봤다.

"알고 계세요?"

"들켰어."

두 사람의 대화에 도준이 피식 웃었다. 뭔가 모르게 귀여운 커플이다.

"미리 말이라도 좀 해 주시기 그랬어요."

"그러게요. 왜 말을 못 했을까요."

도준의 말에 세빈이 경후를 빤히 본다. 시선이 곱지 않았지만, 경후는 여전히 웃는 얼굴로 도준을 보았다.

"갑자기 죄송합니다. 이럴 생각은 아니었는데, 어쩌다 보니."

경후가 하하, 웃는다.

도준은 경후가 계획적으로 따라온 게 틀림없다고 확신했다.

"괜찮습니다. 그럼 일단 앉으시죠."

계약서의 내용을 아는 사람이라 그런가 도준은 개의치 않았다. 오히려 알아서 통성명하고 악수까지 해 분위기가 나쁘지 않았다.

"누가 보면 두 사람이 약혼하는 줄 알겠다."

"무슨 그런 말씀을."

세빈의 작은 중얼거림에 경후가 바로 받아쳤고 도준의 표정은 굳었다. 두 사람의 반응에 웃어 보인 세빈은 자연스럽게 대화 주제를 바꾸었다.

"오늘은 어떤 주제로 이야기를 나눠 볼까요?"

"11월 10일."

"응?"

뜬금없이 도준의 입에서 나오는 날짜에 그녀가 눈을 빠르게 깜빡였다.

"제 생일인데요?"

"네. 세빈 씨 생일이죠. 아버지가 그날 무슨 일이 있어도 꼭, 저녁을 같이 보내라고 하시네요."

도준이 깊은 한숨을 내쉬었다.

그래, 생일이면 밤의 역사를 쓰기 좋은 날이지. 더군다나 약혼하겠다고 말까지 해 놨으니, 어차피 하는 거 임신이라도 해서 결혼을 하라는 건가.

속으로 중얼거리던 세빈은 그럴지도 모른다는 생각에 고개를 끄덕였다.

"무슨 의도로 그러시는 건지 알겠지만……."

세빈이 경후를 힐끔 보고는 도준에게로 시선을 돌렸다.

"그날은 가족들이랑 보낼 예정이라고 거절했다고 하는 건 어때요?"

"그 전날부터 회장님이랑 이사님 출장 있으시다면서요. 스케줄 파악까지 다 하셨더라고요."

"아……. 네."

세빈이 마음에 안 든다는 표정으로 입술을 삐죽 내밀었다. 회사 일정으로 잡힌 거라 어쩔 수 없고, 세정과 세하 모두 바빠서 어떻게 될지 모른다고 했다. 그래서 미리 앞당겨서 생일 파티 하고 당일에는 경후와 둘이 있을 예정이었다.

기대하고 있었는데.

그녀가 속으로 투덜거리며 한숨을 푹 내쉬는데 옆에서 가만히 듣던 경후가 고개를 끄덕였다.

"그럼 만나죠."

두 사람의 시선이 경후에게로 향했다. 뚫어지라 보는 시선이 부담스러울 법도 했지만 그는 미소를 잃지 않았다.

"아버지가 생각하시는 장소는 일반 레스토랑이 아닙니다."

보통 그런 계획의 장은 호텔이 근처에 있어야 한다. 호텔 내부에 있는 레스토랑이면 더욱 좋을 거고. 경후가 알고 있다는 표정으로 고개를 끄덕였다.

"그렇겠죠. 하지만 일단 만나기만 하면 되는 거잖아요?"

"뭐…… 그렇죠."

"그럼 됐네요."

"음?"

알 수 없는 그의 말에 세빈과 도준이 고개를 갸우뚱거렸다. 어차피 한배에 탄 사이에 두 사람이 원하는 답을 해 줘도 될 텐데 경후는 그저 웃기만 할 뿐 상세한 말은 더 이상 하지 않았다.

경후는 얼마 지나지 않아 혹시 모를 감시가 있을 수 있으니 먼저 집에 가 있겠다며 출발할 때 연락하라는 말과 함께 자리를 비켜 주었다. 도준과 남은 세빈은 파스타를 먹으며 다시금 경후가 한 말을 되짚어 보며 이해할 수 없다는 표정을 지었다.

"도대체 알 수가 없네."

그녀의 중얼거림에 도준이 힐끔 쳐다봤다.

"아까 경후 씨가 한 말 말하는 거죠?"

"네. 무슨 말인지 알겠어요?"

"무슨 계획이 있겠죠?"

"어차피 같이 행동해야 하는데 말 좀 해 주면 덧나나."

그녀가 구시렁거리자 도준이 피식 웃었다.

"그건 세빈 씨가 말할 처지는 아니죠. 전에 집에 갔다가 깜짝 놀랐잖아요."

"아, 그거."

도준의 말에 세빈이 인정한다는 표정으로 고개를 끄덕였다. 좋아하는 사람이라고 말까지 해 놨는데 집사로 일하고 있으니, 놀랄 법도 하지.

"다른 거 또 나한테 말 안 한 거 있어요?"

도준이 묻는다. 한배를 탄 사람으로서 숨기지 말아야 할 사실이 뭐가 있을까, 고민하던 그녀가 고개를 저었다.

"딱히 없는데요. 주 집사랑 저랑 잘된 건 아까 눈치채셨고."

"네. 딱 보니까 알겠던데요. 축하해요."

"에이, 축하는요."

그녀가 괜히 쑥스러워서 손을 내저으며 파스타를 돌돌 말에 입에 넣었다.

"그러고 보니 아버지께서 약혼식 이야기가 나오자마자 날짜 서둘러 잡으시려는 모양이에요. 마음 바뀌기 전에 처리하시려는 거 같던데.”

처리라. 약혼식에 맞는 단어 선택은 아니었지만 이 상황을 생각하면 정말 ‘처리’하는 수준이라 그녀가 고개를 끄덕였다.

대어가 낚였으니 놓치기 전에 줄을 빨리 감아야겠지.

오물거리던 파스타를 삼킨 그녀가 긴 숨을 내뱉었다.

“빨리 잡아도 상관없어요. 저 어차피 12월에 기말고사 있거든요. 그 핑계로 아예 11월 말로 하는 건 어때요? 약혼 얘기 오가면서 박 회장님 한 번쯤은 뵈어야 하고, 그때 애교 좀 부릴게요. 제가 어른들한테 좀 먹히거든요.”

그녀가 찡긋 웃으며 말했다. 예쁘고 선하게 생긴 얼굴이라 어르신들이 아니어도 웬만한 사람들을 호감을 느낄 얼굴인데 본인은 그걸 모르는 거 같았다.

저녁을 먹은 후, 도준은 약혼자의 역할이라며 손수 집 앞까지 데려다줬다. 집 앞에는 당연하게 경후가 마중 나와 있었다.

“식사는 맛있게 하셨습니까?”

“네. 다음에는 다 같이 술이나 한잔하시죠. 술 좋아하십니까?”

“잘 마십니다. 아가씨만큼이나.”

경후의 말을 이해한 도준이 피식 웃으며 고개를 끄덕였다.

“그럼 나중에 뵙도록 하겠습니다.”

“네. 조심히 가세요.”

“다음에 봬요!”

그녀가 돌아가는 도준에게 손을 흔들었다. 그리고서 자신을 빤히 내려 보는 경후의 등을 툭, 치고 대문 안으로 들어가자마자 냉큼 팔짱을 꼈다.

"밥은? 먹었어?"

"네. 이 기사님이랑 오랜만에 반주 했어요."

"잘했네."

세빈은 그와 시답지 않은 이야기를 나누며 집 안으로 들어갔다.

나중에 그에게 들은 이야기로는 아빠도 자신들의 연애를 반대하지 않는다고. 하지만 집 안에 보는 눈들이 많으니 적당한 거리를 유지하고 있다.

"근데 주 집사."

"네?"

"가만 생각해 보니까, 주 집사한테는 여기가 일터잖아? 그럼 주 집사는 사내 연애인가? 아니, 내가 직원이 아니니까 사내 연애는 아닌가?"

"네?"

세빈의 말에 경후가 키득키득 웃었다. 가끔 이런 뜬금없는 말로 자신을 웃기곤 하는데, 오늘이 그날인 거 같았다.

"뭐긴요. 그냥 집사와 아가씨의 연애지."

"아…… 그렇게 말하니까, 기분이 좀 묘하다."

그녀가 헤실, 웃었다. 심장이 간질간질한 게 계속 웃음이 나온다. 바보가 된 기분이었다.

방에 들어온 그녀가 드레스룸으로 들어가려다 말고 그를

불렀다.

"근데 주 집사 무슨 생각하는 거야?"

"음? 무슨 말씀이신지."

그가 싱긋 웃는다. 또 다 알면서 묻는 저 표정! 하지만 알면서도 자신의 입으로 다시 내뱉기 전에는 말하지 않은 걸 알기에 그녀가 쭈뼛쭈뼛 볼을 붉히며 입을 열었다.

"일반 레스토랑이 아니면 뻐, 뻔하잖아."

부끄러움에 말까지 더듬는다.

세빈의 말에 그녀의 말에 그가 씩 웃었다. 아까의 상큼하던 미소와는 다르게 섹시해 보였다.

"왜, 왜 그렇게 웃어?"

"제가 정식 교제 후 아가씨의 첫 생일을 다른 남자와 보내도록 두고 볼 것 같습니까?"

"으, 응?"

경후의 박력에 심장이 콩닥콩닥 뛴다. 괜히 긴장돼서 침을 꿀꺽 삼키는데, 그가 성큼 다가와 살짝 입을 맞췄다.

"기대하세요."

"나 다녀올게!"

세빈은 힘차게 외치고 후다닥 집을 나섰다.

약혼 얘기가 오간 뒤로 제 발로 L기업 본가에 가겠다고 하더니 오늘이 그 디데이였다. 이쪽으로 오라고 해도 찍소리

못 할 텐데 굳이 직접 가는 걸 지켜보는 경후는 걱정이 이만저만이 아니다.

이미 약속까지 잡아 놓은 걸 자신의 이기심으로 파토 낼 수가 없어서 걱정하지 말라는 도준의 말을 믿고 그녀를 보냈다. 혹시 몰라 세빈과 상의 끝에 휴대폰 케이스 안에 GPS도 설치해 놓았다.

굳이 갑과 을을 따지자면 세빈이 갑의 입장이긴 하지만, 이 바닥의 인간들 중 믿을 사람은 몇 없으니까. 거기다가 도준에게는 미안하게도 박 회장은 믿을 만한 사람은 아니었다.

"후……."

그가 한숨을 내뱉으며 기창에게 받은 USB를 꺼내 들었다. 어제 슬쩍 보니 회사의 갖가지 기밀들과 진행되는 프로젝트들이 상세히 나열되어 있었다. 다른 말없이 살펴보라는 말에 받아서 오긴 왔지만 이건 회사에 들어오라는 무언의 압박임이 분명했다.

세빈과의 연애를 반대하진 않는다고 한 뒤 받은 거라 의도가 의미심장했다. 지금으로서는 세빈의 짝으로 부족하다는 말로 들리기도 하고.

기창이 다른 말을 하지 않으니, 나날이 생각만 많아지고 있다.

Rrrr Rrrr.

한참 집중해서 파일을 훑어보는데 전화가 울린다. 경후는 책상 위에 올려놓았던 휴대폰을 들어 바로 받았다.

"네, 주경후입니다."

—친구야. 친구야아…….

"응?"

전화를 받자마자 우는 소리가 들린다. 그가 미간을 찌푸리며 그제야 휴대폰을 다시 확인했다. 발신자는 민기였다.

"뭐야, 너 울어?"

—나 차였다.

민기가 다시금 끅끅거리며 울기 시작했다.

계속되는 민기의 우는 소리에 그가 알 만하다는 표정을 지으며 한숨을 푹 내쉬었다.

지금 질질 짜는 이 친구는 여자에게 헌신적이었다. 받는 건 쥐뿔도 없어도 가진 건 전부 다 내놓는 전형적인 호구 스타일.

좋은 사람이라도 만나서 인연을 잘 이어 가면 다행인데, 착하다며 만났던 여자들과의 끝은 모두 이런 식이었다.

"또 적금 깨서 돈 빌려주고 헤어졌냐?"

—……아니.

빌려줬네, 빌려줬어.

한 박자 늦은 대답이 들리자 그가 확신하며 고개를 저었다.

어떻게 하면 세 번의 연애의 끝이 이리 한결같을 수 있는지 알다가도 모를 일이다. 그렇게 데였으면 여자 보는 눈이 달라질 법도 할 텐데.

"다른 애들은."

—올 거야. 그러니까 너도 와. 나 지금 엄청 우울해.

"그래, 우울하겠지."

한숨을 푹 내쉰 경후가 태블릿 PC로 일정을 한 번 둘러보고는 고개를 끄덕였다.

"메시지로 장소 보내 놔. 옷만 갈아입고 갈 테니까."

—고맙다, 친구야.

다시금 민기의 우는 소리에 경후는 미간을 찌푸리며 전화를 끊었다. 안쓰럽기도 하고, 한심하기도 하고 복잡한 기분이었다.

저녁에 모일 장소는 항상 그렇듯 술집뿐이었다. 방을 따로 잡은 터라 번호를 물어보고 들어간 곳에는 태호와 우경, 그리고 화진까지 모두 와 있는 상태였다.

"아직도 우냐?"

들어가자마자 어깨가 축 늘어져 질질 짜는 민기를 향해 말했다.

"이번에는 프러포즈하고 결혼하자고 약속까지 한 상태에서 돈 빌려 달라더니 잠수란다."

우경의 말에 경후는 한숨을 내쉬며 고개를 저었다.

민기가 한 연애에서 상대방의 잠수 이별은 벌써 세 번째였다.

처음 이런 일이 일어났을 땐 마음을 담아 위로해 줬다. 얼마나 그 여자를 좋아하고, 얼마나 열심히 사랑했는지 알기에 모진 말은 하지 않았다. 하지만 그게 두 번이 되고, 세 번이 되자, 이 친구를 어떻게 해야 할지 감이 잡히질 않았다.

심지어 세 번의 일이 10년에 걸쳐서 일어난 일도 아니고,

고작 2년 사이에 일어난 일이다. 생각할수록 기가 막히다.

경후는 언제 올지 모르는 세빈의 연락에 대비해서 물과 음료수만 마셨다. 다른 때 같으면 오만 가지 잔소리를 퍼부어야 할 경후가 조용히 있자, 민기는 뭔가 깨달은 게 있는지 조용히 술만 마셨다.

"에이씨, 내가 얼마나 사랑했는데에에에!"

아니, 조용한 건 취소. 취기가 오르니 목소리가 귀가 따가울 정도로 커졌다.

"신혼여행 경비였는데……."

다시금 소리가 줄어들며 민기의 어깨가 축 늘어졌다. 네 사람은 그런 민기를 한심스럽다는 표정으로 쳐다보며 한숨을 내쉬었다. 지금 입을 열면 욕만 튀어나올 것 같아서 별다른 말은 하지 않았다.

지잉— 지잉—

세빈의 연락을 기다리며 꺼내 놓았던 휴대폰이 울린다. 이번에는 발신자를 확인하니, '작은 아가씨' 라고 쓰여 있었다.

"나 전화 좀."

"야, 어딜 가! 여기서 받아!"

민기가 소리를 꽥 지른다. 미간을 한껏 찌푸린 경후가 그를 노려봤지만 이미 만취한 민기는 자리에 앉으라며 손짓했다.

경후가 하는 수 없다는 표정으로 자리에 앉자, 민기는 그제야 만족스러운지 꽥꽥 지르던 소리를 멈추고 고개를 끄덕였다.

"조용히 해."

"에이, 걱정은."

민기가 손을 내저었지만 걱정이 안 될 수가 없었다. 경후가 한숨을 내쉬며 전화를 받았다.

"네, 아가씨."

—어디야? 나 집에 왔는데, 주 집사 없네? 내가 못 찾는 거야?

"아뇨. 민기한테 일이 좀 있어서 나왔어요. 금방 들어갈게요."

—어디 다치기라도 했어?

"그건 아니고, 마음이 다쳤다고나 할까……."

"세빈 씨, 저 실연당했어요!"

일단 아가씨라고 하면 세빈인 걸 알기에 민기가 소리를 질렀다. 조용히 있겠다고 하더니, 조용히는 무슨. 경후가 미간을 찌푸렸지만 휴대폰 너머로 세빈이 아, 하는 소리를 내뱉는 걸 보니 잘 들린 모양이다.

—차였구나. 그럼 마음이 아플 만하지.

"세빈 씨, 세빈 씨도 와서 저 좀 위로해 주세요! 이 녀석들은 꿀 먹은 벙어리처럼 아무런 말도 안 하고, 해 봤자 욕만 하고! 내가 서러워서 정말!"

저게 지금 뭘 잘했다고.

경후가 고래고래 소리 지르는 민기를 노려보았다. 차라리 완전히 취해서 말이라도 못 알아듣게 혀라도 꼬이면 좋으련만, 어정쩡하게 취해서 감정이 격해진 민기의 발음은 놀라울 정도로 좋았다.

"빨리 와요, 빨리!"

민기의 목청이 더 커졌다. 순간 저놈을 한 대 쥐어 패야 하나 고민하는데 세빈의 목소리가 들렸다.

—주 집사.

"네."

—다른 분들이 가도 된다고 하면 갈게.

"아니에요. 피곤할 텐데, 굳이 안 와도 돼요. 오고 싶어요?"

—어. 주 집사 보고 싶어서.

그녀의 속삭임에 경후는 할 말을 잃어버렸다. 지금 얼굴이 찌푸려질 정도로 떼를 쓰고 있는 친구 녀석을 보면 오지 말라고 해야 맞는데 세빈의 말을 들으니 그럴 수가 없었다.

"알겠어요. 잠깐만요."

경후가 잠시 휴대폰을 내려놓고 애들을 훑어봤다.

"저 녀석이 하도 소리 지르는 바람에 다 동의하면 온다고 하는데. 어쩔래? 오는 거 반대하는 사람?"

경후의 질문에 다들 각자 먹기만 하고 손을 들지 않았다. 심지어 화진까지도.

눈치 보면서 반대 못 하는 건가 싶기도 했지만 자신이 아는 이화진은 그런 사람이 아니었다. 모두가 찬성해도 자신의 의견이 다르다면 당당하게 말하는 게 그녀였으니까.

그가 예상치 못한 전개에 잠시 고민했지만 반대하지 않았으니 됐다 싶어서 다시 휴대폰을 귀에 댔다.

"와도 돼요. 이 기사님께 연락드려 놓을 테니까, 조심히 와요."

—알았어. 바로 나갈게.

"네."

전화를 끊은 경후는 바로 이 기사에게 연락해서 세빈을 부탁했다. 장소까지 메시지로 보내 주고 한숨 돌리는데 방금 전까지만 해도 그렇게 소리를 지르던 민기가 조용하다.

"통화할 때는 소리 지르더니 끊고 나니까 조용하냐?"

심기가 불편해진 경후가 날카롭게 말을 뱉었다. 민기는 헤어짐의 여파에 기분이 왔다 갔다 하는지 축 처진 어깨로 한숨을 푹 내쉬었다.

"경아 보고 싶다."

"경아?"

"이번에 헤어진 전 여친."

우경의 부가 설명에 경후는 고개를 저었다. 지금 그렇게 당하고도 보고 싶다는 말이 나오다니. 정신 차리라며 머리라도 때리고 싶은 걸 꾹 참으며 냉수를 들이켰다.

20분 정도 흘렀을까. 도착했다는 세빈의 연락에 밖으로 나가서 데리고 들어왔다.

"안녕하세요."

밝은 얼굴로 인사를 건네자 다들 반갑게 맞아 준다. 무시할 줄 알았던 화진은 말 대신 고개를 꾸벅이는 것으로 인사를 대신했다.

그 반응에 그녀가 놀란 듯 그를 올려 보고는 찡긋 웃었다.

"술 너무 많이 마신 거 아니에요?"

세빈이 민기를 보며 물었다. 이미 술에 취한 그는 헤실헤실 웃으며 손을 팔랑팔랑 내저었다.

"아니에요, 괜찮아요. 이 정도야, 뭐. 돈도 잃고 사랑하는 여자도 잃었는데 이 정도 술로 뭘?"

민기가 키득키득 웃기 시작했다. 차였다는 것만 알고 어떻게 된 사연인지 몰라서 눈만 깜빡이는데 민기가 한숨을 넋두리 뱉듯 사연을 구구절절 늘어놓았다.

술에 취해 느릿해진 말에 답답할 법도한데, 세빈은 말없이 묵묵하게 이야기를 들어 주었다.

"돈 빌려주고 나니까 잠수 탔다고요?"

"지금이 한 달이 다 되어 가요. 차인 거죠, 뭐."

세빈이 미간을 찌푸렸다. 돈을 빌리고 잠수 이별이라니.

"주변 친구들한테는 연락해 봤어요?"

"네. 해 봤는데, 연락을 안 받더라고요."

다들 한통속인가. 그녀가 진지하게 고민했다. 그런 세빈을 보며 나머지 네 사람이 작은 한숨을 내쉬었다. 본인들도 민기가 처음 이런 일을 겪었을 때 딱 저 모습이었으니까.

"그리고 이게 세 번째예요."

"네?"

우경의 말에 그녀가 고개를 갸우뚱거리자 민기가 키득키득 웃으며 고개를 끄덕였다.

"맞아요. 세 번째. 처음도, 두 번째도, 그리고 지금 세 번째도 다 돈 빌리고 잠수 이별이에요."

민기의 말에 그녀가 입을 꾹 다물었다. 위로보다는 욕을 한 이유가 여기에 있구나, 싶었다.

"그래도 돈을 빌리자마자 잠수 이별을 한 건 상대방 잘못이잖아요. 작정하고 그랬다는 말밖에 안 되는데."

"맞아요, 맞아."

민기가 세차게 고개를 끄덕였다. 냉수를 쭉 들이켠 민기의 흐리멍덩한 눈이 조금 반짝였다.

"내 말이 그 말이거든요. 아니, 시간이 지나서 못 갚을 기 같은 마음에 잠수가 아니라 빌리고 바로 잠수예요. 애초에 돈이 목적이었던 것처럼."

"상대가 나빴네."

"그렇죠? 근데 이 친구라는 놈들은 내가 그냥 머저리래요."

사실 머저리라는 말이 틀린 말은 아니다. 가족 간에도 엮이지 말라는 게 돈 관계니까.

어떻게 말을 해야 하나 고민하던 세빈이 천천히 입을 열었다.

"제 생각에는 사귀는 사이에 좋다고 표현한 게 잘못된 건 아니에요. 좋으면 좋다고 해야지. 표현하지 않으면 모르잖아요."

"내 말이 그 말이에요."

"그래도 마음보다는 물질적으로 표현하는 건 좀 자제하는 게 좋지 않을까요? 세 번째 똑같은 일을 겪은 거면 주의해야 할 필요가 있는 거 같은데요."

"역시 그렇죠?"

세빈의 차분한 말에 민기가 바로 고개를 끄덕인다.

그 두 사람을 가만히 보고 있던 네 사람은 허무해졌다. 그렇게 말해도 온갖 고집을 다 부리더니, 세빈의 몇 마디에 저러는 게 우스웠다.

"하하."

기분 좋다는 듯 웃어 보이던 민기는 별안간 자리에서 벌떡 일어났다.

"진짜, 세빈 씨가 최고다!"

아무래도 제 편이 있다는 사실이 마냥 기분 좋았던 모양이다.

민기는 테이블까지 밀어내고 성큼성큼 걸어 나오더니 세빈을 와락 끌어안았다.

갑작스러운 행동에 세빈도 놀라서 온몸이 굳어 있는데, 그녀보다 더 놀란 경후가 민기를 억지로 떼어 내고는 세빈을 품에 안았다.

"너 뭐 하는 짓이야?"

"아니, 고마워서."

헤실 웃는 얼굴을 한 대 때려 주고 싶었다. 진지하게 고민하는데 민기가 고개를 갸우뚱거렸다.

"그러는 너는 뭐 하냐?"

"아, 뭐. 왜?"

경후가 따지듯 묻다가 이상한 기운이 감도는 걸 느끼곤 고개를 돌리니, 다들 두 사람을 빤히 보고 있었다.

그저 집사와 아가씨의 사이라고 하기에는 너무 딱 달라붙어 있는 모습이 당황한 눈치다. 품에 안겨 덩달아 시선을 느낀 세빈이 조용히 경후의 허리를 끌어안았다.

"이런 사이입니다."

"응?"

그녀의 말과 행동에 다들 멍청한 표정을 짓다가, 순식간에 놀란 표정으로 바뀌었다. 너무 놀랐나, 시간이 일시 정지라도 된 것처럼 아무런 행동도, 말도 하지 않았다.

"나중에 말씀드리려 했는데 다른 오해라도 하실까, 싶어서."

"대박. 진짜 세빈 씨랑 경후랑 사귀어요?"

태호의 질문에 세빈이 고개를 끄덕이자 '대박' 이라는 말만 내뱉었다. 우경은 두 사람을 빤히 보다가 피식 웃으며 잔을 들었다.

"그랬군."

짧은 말 속에 숨어 있는 무수히 많은 뜻을 눈치챈 경후가 큼큼 목을 가다듬으며 세빈을 놔주었다.

"근데 화진이가 오늘따라 되게 조용하네."

태호의 말에 세빈이 고개를 돌려 화진을 보았다. 혼자서 소주를 홀짝이던 화진은 저에게로 시선이 고정되자, 피식 웃었다.

"왜? 나는 조용하면 안 돼?"

"아니, 안 되는 건 아니지만 이상하게 조용해서."

경후의 일이라면 조용히 있다가도 시끄러워야 하는 사람

이 화진이었다. 그런데 그런 사람이 조용하게 있으니 이상하지 않은가.

화진이 그 속뜻을 알아챘는지 콧방귀를 뀌며 고개를 돌렸다.

"예전부터 한결같던 경후 오빠 마음, 인정하기로 한 것뿐이야."

화진이 어깨를 으쓱였다.

인정하고 싶지 않았지만, 어쩔 수 없이 인정해야 한다는 사실에 마음이 쓰렸다. 자신이 아무리 들이대고, 다가가도 경후는 저의 것이 될 수 없다. 그리고 이 사실을 아는데 너무 오래 걸렸다.

레스토랑에서의 일을 생각하면 그가 못됐다는 생각밖에 안 들지만 한편으로는 이 사실을 인정하게 만들어 준 경후가 고맙기도 했다.

"세빈 씨, 조심해요. 항상 웃고 있지만, 사실 엄청 나쁜 놈이거든요."

화진의 경고에 경후가 미간을 찌푸리며 세빈의 어깨를 끌어당겨 안았다.

"아니, 아가씨한테 그럴 일은 없어."

경후의 단호한 말에 화진이 피식 웃었다.

정말 주경후, 저 남자는 자신에게만 끝까지 나쁜 남자였다. 물론 그렇게 만든 게 자신이지만.

쓰린 마음과는 다르게 오늘따라 유난히 술이 달다.

❈ ❈ ❈

"약혼은 11월 마지막 주 일요일로 잡자고 했어. 잘했지?"

경후가 세빈의 말을 듣고 눈을 빠르게 깜빡였다. 도대체 박 회장을 어떻게 꼬여 낸 건지, 약혼을 11월 마지막 주 일요일로 잡다니.

"그리고 장소는 우리 집."

뒤에 덧붙여지는 말에 경후가 당황한 표정을 지었다.

"집이요? 여기?"

"응. 이 바닥은 규모가 작아도 빨리 퍼지니까. 박 회장님도 알았다고 하시던데. 아버님이라고 부르니까, 껌뻑 죽는 얼굴이었어. 사모님께서는 영 마음에 안 드는 얼굴이었지만."

그녀가 하하, 웃었다. 이 일을 즐기고 있는 사람처럼 보였다.

겨우 3주가 남은 시점이지만 결혼식만큼 복잡한 절차가 없었기에 준비는 무리가 없었다.

순전히 세빈이 졸라서 정한 듯하여 모든 준비는 I기업에서 감당하기로 했고 약혼식 드레스는 경후가 집사로서 동행하여 도준과 셋이서 함께 골랐다.

〈우리 막내 생일 축하한다.〉

세빈은 세정이 준 생일 선물 상자 위의 메모를 보며 히죽 웃었다. 한 것도 없는데, 벌써 생일이라니 기분이 좀 이상했다.

물론 생일이라고 해도 생일 파티는 가족끼리 조촐하게 당겨서 한 터라 아침상에 미역국과 흰 쌀밥이 올라온 것만 빼면 이전 날들과 크게 다를 것도 없었지만, 그녀에게는 제일 큰 행사였다.

"기대하세요."

은근한 그의 목소리가, 싱긋 웃는 얼굴로 뜨겁게 바라보던 경후의 시선이 떠오른다. 욕실로 들어가기 전에 속옷을 고르던 세빈은 미칠 듯이 두근거리는 심장에 주저앉아 버렸다.

"기, 기대하라는 건 그걸…… 말하는 거겠지?"

중얼거리는 그녀의 머릿속에 온통 19금으로 가득 찼다. 그녀도 성인이고, 연애를 안 한 것도 아니라 경험이 아예 없는 건 아니었지만 상대가 경후라는 이유 하나만으로도 비교할 수 없을 정도로 떨렸다.

거기다가 한 번도 남자의 몸을 보고 싶다는 생각한 적이 없었는데, 그에게만은 달랐다.

"아니, 정정. 궁금한 거지. 무작정 보고 싶은 게 아니야. 아무렴."

그녀가 자신의 음란 마귀를 내쫓듯 자기 합리화를 시도하며 중얼거렸지만, 어느덧 자신도 모르게 머릿속으로 경후의 몸을 상상해 보고 있었다.

똑똑—

"아가씨."

"아, 깜짝이야."

인터넷을 통해 봤던 남자 연예인들의 상반신을 떠올리며 비슷할까, 생각하는데 노크 소리와 함께 들리는 그의 목소리에 세빈이 화들짝 놀랐다. 나쁜 짓을 하다가 걸린 기분이다.

"주 집사입니다. 들어가도 되겠습니까?"

사귄 지 며칠이 지나도 그의 말투는 변하질 않았다. 여전히 주 집사라고 부르는 자신이 할 말은 아니지만 그래도 둘이 있을 땐 말 좀 편하게 했으면 좋겠는데.

다른 생각으로 음란한 생각을 겨우 밀어낸 그녀가 대답 대신 방문을 열어 주었다.

"주 집사인 건 말 안 해도 알아. 이 시간에 노크할 사람이 또 누가 있다고."

"그렇긴 하죠."

그가 싱긋 웃는다. 여전히 예쁜 미소에 그녀가 덩달아 웃으니 경후가 얼른 세빈의 어깨를 감싸 안고 방 안으로 들어갔다.

따뜻한 그의 손이 닿자 겨우 머릿속에서 밀어냈던 음란한 생각이 빠끔히 고개를 내밀었다. 안 된다며 잊으려 하는데 자신의 등 뒤에 닿은 그의 단단한 몸이 그녀의 상상력을 부추겼다. 그러고 보니 안겨 있을 때도 엄청 단단했는데. 운동도 한다고 했고.

생각하면 할수록 더 부끄러워져서 붉어지는 얼굴에 손부

채질을 하는데 경후가 뒤에서 고개를 빠끔히 내밀었다.

"더우세요?"

"어? 아니, 조금."

그녀가 어설프게 웃어 보였다. 방금 자신의 대답이 얼마나 바보 같은지 알았지만 숨결이 느껴질 정도로 가까이 있는 그를 힐끔 보며 열이 확 오르는 것을 느꼈다.

"흠. 더울 온도는 아닌데."

그의 중얼거림에 세빈이 괜히 목을 큼큼 가다듬었다.

"그나저나 나 아직 준비 안 했는데, 무슨 일이야?"

"다 하신 줄 알았거든요. 약속 시간까지 한 시간밖에 안 남았고."

"한 시간? 그게 무슨 소리야. 아직 시간이……."

그의 말에 화들짝 놀란 그녀가 고개를 돌려 시계를 보았다. 나름 박 회장 내외를 속여 보이겠다고 데이트 코스까지 짜 놓은 터라 2시에 약속을 잡아 놨는데, 시계는 벌써 1시를 향해 달려가고 있었다.

"어머, 내가 미쳤나 봐! 빨리 준비하고 나갈 테니까 나가 있어!"

"네."

세빈은 경후가 나가는 걸 확인할 틈도 없이 욕실로 쏙 들어갔다.

"이 시간이 되도록 나는 뭘 한 거야."

나가려는 경후 뒤에서 자책하는 그녀의 목소리가 들린다. 저 말을 들었다는 걸 세빈이 알게 되면 분명히 창피해할 테니 모르는 척 조용히 방에서 나갔다.

미리 준비해 놓은 옷과 가벼운 화장, 그리고 덜 말린 머리카락 덕분에 약속 시간에는 늦지 않을 수 있었다. 물이 뚝뚝 떨어질 정도는 아니더라도 촉촉하게 젖은 머리카락을 한 번 보고, 눈만 깜빡이는 도준을 보며 어설프게 웃었다.

"제가 좀 꼴이 그렇죠?"

"아뇨. 머리가 덜 말라서 추울 거 같다는 생각을 좀 했어요."

"그건 그래요."

"그럼 영화 보러 갈까요?"

"네."

그가 슬그머니 팔을 내밀었다. 잠시 고민하던 그녀는 누군가 감시할지 모른다는 도준의 말에 그의 팔에 손을 얹었다. 자연스러운 팔짱보다는 에스코트에 가까웠다.

경후까지 합세해서 짜 놓은 데이트 플랜은 그저 보여 주기 위한 식이라서 평범하기 그지없었다.

웃기지도, 슬프지도 않은 재미없는 영화를 보고, 호텔 근처 분위기 좋은 카페에 가서 시답지 않은 이야기를 나누며 뜨거운 커피를 홀짝였다.

"아직도 감시하고 있어요?"

레스토랑으로 자리를 옮기며 그녀가 묻자 그가 손가락으로 작게 동그라미를 만들어 보였다.

"뒤에 한 명, 앞에 한 명."

"앞에?"

"여기서 레스토랑 가는 길이야 뻔하니까."

두 사람이 최대한 작게 속삭이며 이야기를 나눴다. 그 모습이 다른 사람이 보기에는 다정한 연인처럼 보여서 의도치 않게 연출까지 하게 됐다.

레스토랑에 들어가자, 세빈을 알아본 직원이 예약한 자리를 안내해 주었다. 아무리 I기업 계열 호텔이라고는 해도 얼굴을 거의 드러내지 않아 모를 법도 한데, 보자마자 자리를 안내하는 걸 보아하니 교육이라도 받은 모양이었다.

이래서 여기로 오기 싫었는데.

세빈은 속으로 투덜거렸다. 예약을 경후가 한 터라 그녀에게는 애초에 선택 권한이 없었다.

힐끔거리는 직원들의 시선을 느끼며 자리에 앉은 그녀가 슬그머니 주변을 둘러보았다. 눈이 마주친 직원들은 급히 시선을 돌렸다.

"혹시 여기도 있어요?"

주어가 빠졌지만 감시하는 이들을 말한다는 걸 안 도준이 고개를 저었다.

"건물 내부까진 안 들어왔어요."

도준의 말에 안심하고 천천히 주변을 둘러보는데 모두 커플들뿐이라 이상하게 보이는 이들은 없었다.

고기를 좋아하는 그녀에게 스테이크가 유명한 레스토랑은 안성맞춤이었다. 후식으로 나온 녹차 디저트까지 싹싹 비운 세빈은 만족한 듯 웃어 보였다. 이제 마무리만 잘되면 더할 나위 없는 하루가 될 거 같았다. 경후가 짠 계획만 알 수 있다면 말이다.

"일어날까요?"

"네."

경후는 무슨 비밀이 그리 많은지 호텔 객실을 예약해 놓을 테니 체크인하고 올라오라는 말만 해 놓고 결국 끝까지 계획을 말해 주지 않았다. 불안한 마음에 두 사람은 엘리베이터를 타고 올라가면서도 깊은 한숨을 내쉬었다.

"도대체 무슨 생각일까요?"

"그러게요. 저도 그 속을 모르겠네요."

걱정을 한가득 끌어안고 두 사람은 엘리베이터에서 내려 터벅터벅 걸어갔다.

예약되어 있던 1702호를 열자마자 보인 건 소파에 느긋하게 앉아 있는 경후와 한 여자였다. 세빈은 순간 이게 무슨 상황인가 싶어서 미간을 찌푸리는데 여자는 고개를 돌리더니 싱긋 웃으며 자리에서 일어났다.

"야!"

당황한 세빈이 눈을 빠르게 깜빡이며 여자의 시선을 따라 고개를 돌리니, 그곳에는 도준이 있었다.

"안유민. 네가 여길 어떻게……."

"나한테 도와 달라고 할 땐 언제고 왜 놀라?"

그녀가 고개를 갸우뚱거리며 유민과 도준을 번갈아 보았다. 유민이 싱긋 웃으며 세빈에게 손을 내밀었다.

"반갑습니다. 도준이 친구, 안유민이에요."

"아…… 안녕하세요. 저는 지세빈이라고 합니다."

그녀가 슬그머니 손을 잡았다. 예쁘게 생긴 외모와는 다르게 거친 손에 놀랐지만 마주 보며 웃는 얼굴에 덩달아서 웃어 버렸다.

"네가 여긴 어쩐 일이야?"

도준이 유민을 보며 다시 물었다. 유민은 침대로 자리를 옮겨, 털썩 앉고는 씩 웃으며 다리를 꼬았다.

"내가 오늘 너와 하룻밤을 보내게 될 여자니까."

노골적인 말에 그녀까지 얼굴이 화끈거린다. 하룻밤이라니.

도준이 미간을 찌푸리자 섹시하게 웃던 유민이 꼬던 다리를 풀고 한숨을 푹 내쉬며 못마땅한 표정을 지었다. 유민의 표정 변화는 순식간이었다.

"이 등신아. 결과를 만들려면 중간 과정이 있다는 증거를 만들어야지. 그리고 누가 진짜 자자고 했냐? 하여간 음란 마귀가 끼었어요."

유민이 혀를 끌끌 찬다. 말투가 시원스럽다 못해서 약간 과격했지만, 그것 또한 유민의 매력으로 보였다.

나 저 언니랑 친해지고 싶어.

유민을 보는 세빈의 눈이 반짝거렸다. 시원시원한 이목구비, 시원시원한 성격, 조금 거친 말투. 약간 미주를 생각나게 하는 것이 금방 친해질 수 있을 거란 생각이 드는 사람이었다.

세빈은 날카로운 시선이 오가는 도준과 유민 사이에 낀 채로 손을 들었다.

"도준 씨랑 친구라고 하셨으니까, 저한테는 언니죠?"

그녀가 커다란 눈을 깜빡이며 묻자 유민이 고개를 끄덕였다.

"그렇죠."

"그럼 언니라고 불러도 되나요?"

조심스러운 세빈의 질문에 유민이 고개를 끄덕이며 웃었다.

"마음껏 불러요. 그럼 나도 세빈이라고 불러도 돼요?"

"네, 말도 편하게 하세요!"

"그래, 그럼."

마주 보며 웃는 두 여자를 빤히 보던 두 남자가 알 수 없는 상황에 미간을 살짝 찌푸렸다. 원하던 방향은 이게 아닌데.

"자, 친목 도모는 여기까지 하고. 그만 자리 이동하죠."

경후의 말에 세빈이 그를 돌아보았다.

"자리 이동이라니?"

"아까 유민 씨가 말한 것처럼 중간 과정을 만들어야 해서 우리는 빠져 줘야 해요. 가시죠."

아까부터 결과니, 중간 과정이니 알 수 없는 말에 그녀가 고개를 갸우뚱거렸지만 결국 끝까지 듣지 못했다.

경후의 손에 이끌려 방에서 나온 세빈이 입술을 삐죽 내밀었다.

"뭐야, 물어보는 말에 대답도 안 해 주고. 나한테 비밀 없이 다 말하기로 해 놓고 이러기 있기, 없기?"

그녀가 매서운 눈초리로 바라보며 말했다. 째려보는 것까지 귀엽게 느껴진 그는 웃는 얼굴로 입을 열었다.

"아가씨는 표정 못 숨겨서 알려 드리면 안 돼요."

진실을 콕 집어 말하는 경후를 보며 그녀가 슬그머니 시선을 돌렸다. 맞는 말이라 할 말이 없었다.

두 사람은 바로 옆방인 1703호로 들어갔다. 근데 이 방이야 그렇다고 쳐도 1702호는 어떻게 들어가 있던 걸까. 혼자도 아니고 유민과 둘이서.

고개를 갸우뚱거리던 그녀가 뒤를 돌아 그를 보았다.

"주 집사는 어떻게 들어가 있었던 거야?"

"I기업 계열 중에 제가 못 들어가는 곳은 없습니다."

당당한 그의 말에 그녀가 눈을 크게 뜨고 놀랐다가 이내 고개를 끄덕였다. 그래, 예약한 사람이 그이기도 하고, 집사이지만 외부 인력이 부족할 땐 기창과 동행하기 때문에 I기업에서 직급 있는 사람 중에 그를 모르는 이는 많지 않을 거다.

소파에 가방을 내려놓으며 그녀가 조심스럽게 앉았다. 그와 단둘이 있으려니 어색하기도 하고, 기대하라는 그의 말이 자꾸 떠오르면서 긴장돼서 슬그머니 떨어졌는데, 눈치 없는 경후는 자꾸만 그녀의 옆에 딱 붙어 앉았다.

"좀 덥지 않아?"

"아뇨. 전혀."

"그, 그래?"

그를 힐끔 보고는 시선을 돌리는데 어디 향초라도 켜놨는지 은은한 아로마 향이 코끝을 간질인다. 그것 때문인지 심호흡을 몇 번 하니, 긴장이 조금씩 풀린다.

"아가씨."

"응?"

"생일 축하해요."

뜬금없는 축하였다. 아침에도 별말 없어서 저녁에 하려나 생각했지만 소파에 앉아서, 그것도 호텔 안에서 이럴 줄은 생각 못 했다. 그는 눈만 깜빡이며 다른 말을 하지 않는 세빈을 향해 씩 웃고는 자리에서 일어나 손을 내밀었다.

"그리고 선물 받으셔야죠."

선물이라는 말에 심장이 미칠 듯이 두근거린다. 그의 손을 잡고 소파에서 일어나 천천히 발걸음을 옮기는데 조금 떨어져 있던 침대에 가까워져 간다.

서, 설마?

그녀가 머릿속으로 온갖 상상을 하고 있을 때 침대 옆에서 발걸음이 멈췄다.

그가 잡았던 손을 놔주며 팔을 뻗었다. 뭔가 싶어서 경후의 손끝이 향한 곳으로 시선을 돌리니, 침대 옆에 있는 작은 테이블 위에 목걸이 케이스와 커다란 상자가 있었고, 그 옆에 있는 커다란 리본이 있었다. 상자는 딱 봐도 케이크고, 선물은 목걸이 같은데 저 리본은 뭔가 싶어서 고개를 갸우뚱거렸다.

천천히 그 테이블로 다가가 리본을 들어 올린 그녀가 그를 돌아보았다.

"이거 뭐야?"

"그건 제 거."

"주 집사 거?"

그녀가 여전히 알 수 없다는 표정으로 경후를 쳐다보았다. 그는 그런 세빈을 슬쩍 보고는 리본을 가져갔다.

"이렇게 하는 겁니다."

경후는 커다란 리본을 제 머리 위에 얹고 길게 늘어진 끈을 턱밑으로 내려 예쁘게 묶었다.

"목걸이와 제가 선물입니다."

그가 얼굴빛 하나 변하지 않고 당당하게 말했다. 너무 순식간에 일어난 일이라 멍하니 있던 세빈은 그를 빤히 보다가 푸핫, 웃음을 터트렸다. 잘생긴 얼굴 위에 커다란 리본이 이상하면서도 너무 잘 어울렸다.

"보통 리본 풀면 반품 불가라고 하던데. 주 집사도 그러겠지?"

"저는 받는 즉시 반품 불가입니다."

경후가 어울리지 않게 진지한 표정으로 말했다. 아무리 진지해도 이 상황 자체가 너무 웃겨서 여전히 웃는 얼굴로 천천히 턱 아래 묶인 리본을 풀었다.

"음. 리본이 탐나게 크단 말이야."

세빈은 중얼거리며 그가 한 것처럼 리본을 머리 위에 얹고, 턱밑으로 끈을 묶었다. 손재주가 없는 터라 그처럼 예쁘게 묶진 못했지만 운동화 끈 묶듯이 간단하게 끝낸 그녀가 경후를 올려 보았다.

"나는 풀면 반품 불가인데, 풀 거야?"

자신의 행동만큼이나 예상을 벗어난 세빈을 보며 그가 손을 뻗었다. 손가락 끝을 간질이는 리본을 만지작거리던 그는 씩 웃으며 스르륵 턱 밑의 끈을 풀어냈다.

"당연하죠."

"꺅!"

그는 리본을 집어 던지고 순식간에 세빈을 번쩍 안아 들었다. 폭신한 침대가 등에 닿자 그녀가 위로 성큼 올라온 경후를 밀어냈다.

"케이크에 촛불도 안 붙였는데."

"지금 그게 중요한가요?"

"그건 아니지만……."

그녀의 말에 그가 넥타이를 느슨하게 풀고 셔츠 단추를 천천히 끌렀다. 그 모습이 너무 섹시해서 넋을 놓고 쳐다보는데, 그가 상체를 숙여 입을 맞출 듯 가까이 다가왔다.

"그럼 할까요, 아가씨?"

"응?"

그의 말에 데자뷔를 느낀 그녀가 눈을 빠르게 깜빡였다.

언제더라. 저 말을 들은 적이 있는데.

곰곰이 생각하는 그녀의 머릿속에 그날이 떠올랐다.

비 오는 날, 차 안에서 했던 그와의 첫 키스.

그녀가 수줍게 웃으며 그의 소매를 붙잡으며 모르는 척 물었다.

"뭘?"

"사랑이요."

말을 마친 경후의 입술이 천천히 다가왔다. 두 눈을 꼭 감고 그의 목에 팔을 감는데 사락거리며 옷 벗는 소리가 들렸다.

"심장이 터질 것 같아요."

그가 살짝 떨어져 말했다. 입술 위로 그가 내뿜는 숨결 때문에 간질거려서 웃음이 나 살짝 눈을 뜨고 경후와 마주 봤다.

"나도."

대답해 놓고도 부끄러워서 시선을 밑으로 내리니 어느덧 그의 몸을 가려 주던 셔츠가 침대 밖으로 떨어져 있었고, 숨겨 놓았던 탄탄한 몸을 드러내고 있었다.

선하게 생긴 얼굴과는 다르게 성난 근육들이었다. 그녀가 조금 놀란 표정으로 눈을 빠르게 깜빡이자, 그가 피식 웃는 소리가 들렸다.

"놀라셨어요?"

왠지 그에게 놀림당하는 기분이다. 심장이 터질 것 같다고 해 놓고 얼굴은 너무 평온했다.

"주 집사…… 너무 능숙해 보여."

"설마요."

그가 웃는 얼굴로 그녀의 이마, 코, 입술을 지나 목을 스치고 블라우스 단추를 하나하나 끌렀다.

"이날을 기다리면서 많은 생각을 했죠. 내 행동에 내 말투에 아가씨는 어떤 반응을 보일까, 어떤 말을 할까, 어떻게 하면…… 아가씨가 좋아하실까.”

마지막 단추까지 풀린 블라우스가 그녀의 허리 옆으로 떨어졌다. 벌어진 옷 사이로 조금 서늘한 공기가 세빈의 피부를 스친다.

“이 작은 품에 절 안고 같이 울었던 그날부터였을 겁니다. 제가 아가씨에게 반한 건.”

그의 커다란 손이 천천히 봉긋하게 솟은 가슴 위를 스치고, 배를 간질였다. 놀란 그녀가 숨을 들이마시며 고개를 젖히자 경후의 입술이 손이 남긴 흔적을 밟듯 천천히 내려갔다.

“스물한 살이었던 어린 아가씨에게 품은 사랑이라 말하지 못했습니다. 하지만 쭉, 사랑한다는 말을 하고 싶었습니다.”

“주 집사…….”

배 언저리에 머물던 그의 손이 천천히 내려가, 옆에 있는 치마 지퍼를 천천히 끌어 내렸다. 그의 손이 엉덩이 밑으로 들어오자, 흠칫 놀란 그녀가 허리를 들썩였다. 그는 그걸 노렸다는 듯, 살그머니 웃으며 치마를 내리고, 침대 밑으로 떨어트렸다.

순식간에 속옷만 남은 차림이 부끄러워진 그녀가 다리를 꼬며 팔로 상체를 가렸다.

“밝아서…… 부끄러워.”

그녀의 수줍은 말에 그가 피식 웃으며 팔을 뻗어 탁자 위에 있는 리모컨으로 불을 끄고 미등만 남겼다.

“급하지 않게, 천천히 할게요.”

목소리가 아까보다 더 탁하다. 욕망에 잠겼다는 게 이런 건가, 싶었다.

그의 입술이, 그의 손길이 아찔하다.

억눌러도 터져 나오는 목소리에 몸 둘 바를 모르며 경후를 꽉 끌어안았다.

뜨거운 밤이었다.

세빈은 지치지 않는 경후의 체력에 결국 새벽에서야 잠이 들어 점심시간이 다 되어 가도록 일어나질 못했다.

버릇처럼 일찍 일어나 씻고 나온 그는 그녀가 일어나길 기다리다가 이제는 깨워야겠다 싶어서 침대 쪽으로 의자를 끌어당겨 앉아 새근새근 아기처럼 곤히 자는 세빈을 가만히 내려다보았다. 매끈한 이마, 풍성한 속눈썹, 곧게 뻗은 코, 살짝 벌어진 도톰한 입술. 경후는 키스하고 싶은 걸 꾹 참아 내고 이마에 가볍게 입을 맞추며 그녀의 손을 잡았다.

"아가씨. 그만 일어나세요."

그는 안 떠지는 눈을 강제로 뜨느라 미간을 찌푸리는 그녀를 보며 푸스스 웃곤 의자에서 일어나 침대에 앉았다.

"11시가 넘었어요."

"벌써?"

억지로 깨웠더니 목소리도 제대로 안 나온다. 그는 아쉽지만 손을 놔 주고 물 한 병을 따서 그녀에게 건넸다.

"물부터 좀 드세요."

"고마워."

그녀가 느릿느릿 상체를 일으켜 물을 받아 목을 적셨다. 새벽 내내 너무 시달려서 온몸에 성한 곳이 없었다. 세빈은 흐뭇하게 웃으며 자신을 보는 그의 볼을 쿡, 찔렀다.

"응? 왜 그러세요?"

"몸이 쑤셔."

그녀의 투덜거림에 푸스스 웃은 경후는 물이 묻어 촉촉해진 입술에 쪽 소리 나게 입을 맞추고 떨어졌다.

"익숙해질 거예요."

많은 뜻을 담고 있는 그의 말에 세빈이 입을 꾹 다물었다. 여기에서 더 말했다가는 경후의 페이스에 말려 또 깊고 깊은 사랑을 나눠야 할 거 같았다.

"그럼 씻고 나오세요."

그런 그녀의 생각을 꿰뚫듯 경후는 침대에서 일어나 샤워 가운을 건네며 말했다. 알아도 모르는 척해 주는 건가, 싶어서 세빈은 고개를 끄덕이며 샤워 가운을 걸치고 욕실 안으로 들어갔다.

"엄마야, 이게 뭐야."

거울에 비친 자신의 몸 상태에 그녀가 입을 떡, 벌렸다. 여기저기 울긋불긋하게 그의 흔적이 남아 있었다. 특히 가슴에 수없이 뿌려진 흔적을 보며 세빈은 얼굴을 붉혔다.

"아무튼 야하다니까."

수줍게 중얼거린 그녀가 샤워를 하고 나왔을 때 그는 이미 옷을 갖춰 입은 뒤였다. 연인이 아닌, 집사의 모습에 제 차림이 더 부끄러워진 세빈은 샤워 가운을 더 꽉 여몄다.

"나오셨습니까."

"어, 나왔는데……."

그녀가 말끝을 흐리며 그를 올려다봤다.

"왜 그러세요?"

"아가씨 말고 다른 호칭으로 불러 주면 안 될까. 그리고 너무 깍듯하게 존댓말 쓰는 것도. 내가 주경후와 연인으로서 만나는 게 아니라, 집사 주경후랑 밀회한 기분이라 좀 그래."

"그렇군요. 그럼 사적인 자리에서는 세빈 씨라고 부를게요. 존댓말은 혹시라도 회장님이나 사모님 앞에서 실수하면 안 되니까 적당히 조절할게요."

여전히 그의 존댓말이 마음에 안 들었지만, 이 정도면 됐다 싶어서 고개를 끄덕였다.

"그래, 좋아. 근데 나 옷은?"

"아, 여기."

언제 드라이클리닝을 맡겨 놓은 건지 세빈의 옷은 각이 잡힌 채로 옷걸이에 예쁘게 걸려 있었다.

그녀가 옷을 다 입고 못 챙긴 물건이 없는지 확인하는데, 그가 처음 보는 차 키를 내밀었다.

"전 체크아웃 하고 갈 테니 먼저 지하 2층 주차장으로 내려가 계세요. 차 번호는 거기 쓰여 있으니까, 찾으면 되고요."

"차 새로 샀어?"

"아뇨. 태호 차 빌렸어요. 둘이 나가는 걸 들키면 곤란하니까."

세빈은 그의 말에 순순히 고개를 끄덕였다. 그래, 때가 때인 만큼 다른 사람에게 들키면 곤란하지.

"알았어."

그녀의 대답에 싱긋 웃은 경후가 방에서 먼저 나가 주변을 둘러보고 손을 내밀었다. 세빈은 이젠 자연스럽게 그의 손을 잡고 따라 나가 주변을 두리번거리며 발걸음을 옮겼다.

"직원이랑 마주쳐도 곤란하지 않을까? 우리 모르는 사람 아무도 없을 텐데."

"아가씨 데리러 왔다고 생각하겠죠. 전 집사니까요."

호텔에서 나오는데 과연 그런 생각을 할까, 싶었지만 그가 그렇다고 하니 그 말을 믿고기로 했다. 하지만 혹시 모를 상황을 대비해서 각기 다른 엘리베이터를 타고 내려갔다.

약혼이 얼마 남지 않은 시점이라 그런지 세빈은 이틀에 한 번 꼴로 도준과 함께 그의 본가로 향했다. 덕분에 그녀가 수업이 끝나고 집에 와도 두 사람만이 함께할 수 있는 시간은 현저히 줄어들었다.

"일주일."

약혼까지 딱 일주일 남았다. 물론 그때가 지나도 시험이 얼마 안 남은 시점이라 그녀는 또 공부 삼매경이겠지만, 그래도 큰일을 치렀다는 것에 의의를 두기로 했다.

차에서 내린 경후가 그녀를 기다리며 한숨을 내뱉는데 주변에서 숙덕거리던 여자 세 명이 슬그머니 다가왔다. 익숙한 상황에 일부러 그쪽엔 눈길 한 번 주지 않고 그녀가 오기만을 기다리는데, 세 사람이 성큼 다가왔다.

"저기, 안녕하세요."

뜬금없는 인사에 한숨을 삼키며 고개를 돌리자 세 여자가 동시에 얼굴을 붉혔다. 한 무리에서 여자 한 명이 떠밀려서 눈앞까지 온 경우는 있었지만 이렇게 모두 한 번에 오는 건 처음이었다.

"네. 무슨 일이시죠?"

"저, 아까부터 쭉 봤는데요. 제 이상형이라 그런데 혹시 여자 친구 있으세요?"

경후는 여자의 말에 말없이 고개를 돌렸다.

대놓고 세빈을 태우고 다니면서 남자 친구라고 다 소문난 줄 알았는데, 그건 그녀를 아는 사람에 한해서만 적용되는 모양이다.

"없으세요?"

그가 대답이 없자 여자가 재차 물었다. 경후는 예의상 짓는 미소라고는 찾아볼 수 없는 무미건조한 표정으로 여자를 돌아보았다.

"있습니다."

"정말요?"

"네."

그는 간단히 대답만 하고 다시 고개를 돌렸다. 보통 이렇게 여자 친구가 있다고 밝히면 돌아가기 마련인데 세 여자는 도통 가질 않는다.

그녀가 언제 오나 두리번거리던 그의 시선 끝에 미주와 함께 걸어오는 세빈이 보였다. 세빈은 제 연인의 앞에 있는 여자들을 보며 못마땅한 표정을 짓고 있었는데 경후도 자신과 표정이 비슷했다.

"왔어요?"

세빈에게 싱긋 웃어 보인 그는 그녀의 어깨를 감싸 안고 여자들을 돌아보았다.

"제 여자 친구입니다. 있다고 말씀드렸는데도 못 믿으시는 거 같아서."

"아……."

세 여자의 시선이 세빈에게 닿았다. 그녀는 자신을 훑어보는 그들의 시선을 얼떨결에 받아넘기며 마주 보았다. 세빈을 유심히 살피던 여자들의 표정이 찌푸려졌다.

"뭐야, 된장녀야?"

자기들끼리 속닥거린다고 한 말 같지만 그 소리는 세 사람에게 고스란히 들렸다.

초면인 사람에게 욕을 들은 세빈은 이게 뭔가 싶어서 눈을 빠르게 깜빡이다가 무슨 용기가 났는지, 경후의 품에서 빠져나가 여자들에게 다가갔다.

"제 남자 친구가 마음에 들어요?"

여자 셋은 무슨 생각을 하는지 전혀 알 수 없는 세빈의 표정을 보며 미간을 찌푸렸다. 악의라고는 정말 하나도 없는 투였지만 그녀들에게는 가진 자의 여유로밖에 느껴지지 않아서 기분 나빴다.

"그래요. 마음에 들어요. 왜요? 마음에 든다고 하면 헤어지기라도 하시려고?"

뒤에 있던 여자가 성큼 앞으로 나오더니 비꼬듯 물었다. 그리고 서로 마주 보며 깔깔거리며 웃는 게 고등학교 때 놀던 애들을 보는 기분이었다.

"아뇨. 반품 불가라 그건 어려운데."

"뭐예요?"

의문스러운 말에 세 여자는 '뭐 저런 게 다 있어' 라고 중얼거리고는 뒤돌아 사라졌다. 같은 학교에 다니면서 무슨 배짱으로 저러는 건지 알다가도 모를 일이었지만, 조용히 넘어가자 싶어서 고개를 돌리니 미주가 어느새 멀어진 여자 세 명의 뒤통수를 노려보았다.

"나 걔네 알 거 같아. 우리 과 2학년인 것 같은데."

미주가 살벌하게 목을 꺾으며 말하자 세빈이 고개를 저었다.

"아니야. 괜한 군기 잡지 마."

"누군지도 모르면서 뭐 저런 게 다 있냐는 말을 하는데. 이게 괜한 군기야? 네가 안 할 거면 내가 해. 선후배 간의 어느 정도 예의는 갖춰야지. 어디 나오는 말이라고 다 지껄여."

미주가 그녀 대신 이를 바득바득 갈고 있을 때 세빈은 말없이 경후를 슬쩍 올려 보고는 고개를 돌렸다. 여자가 많이 다가오겠다고 생각은 했지만 직접 보니 기분이 썩 좋진 않았다.

"미주 아가씨, 태워다 줄게요. 타요."

"그……."

감사 인사를 하려던 미주는 세빈의 표정을 보고 고개를 저었다.

"전 버스 타고 갈게요. 반대 방향인데 매번 얻어 타는 것도 미안하고."

"타세요. 괜찮은데."

"아뇨! 오늘은 제가 괜찮습니다. 부디 행운을 빕니다."

미주는 고개를 꾸벅이고는 재빠르게 그 자리를 벗어났다. 경후는 뭔가 이상하다고 생각하며 그녀를 돌아보고는 미주가 저렇게 서둘러 자리를 피한 이유를 깨달았다. 그리고 행운을 빈다는 그 말의 뜻도.

"저기…… 세빈 씨?"

"가자."

그녀는 자신을 부르는 그를 무시한 채 먼저 차에 올라탔다. 서둘러 운전석에 올라탄 경후가 그녀를 보았지만, 세빈은 안전벨트를 맨 채로 창밖에 시선만 두고 아무런 말도 하지 않았다.

달칵.

집에 도착해서까지 자신을 쳐다보지도 않는 그녀가 걱정돼서 경후는 방 안까지 따라 들어갔다. 가방을 침대에 올려놓은 세빈이 긴 숨을 내뱉고는 그를 노려보았다. 얼굴에는 못마땅한 기색이 가득했다.

"왜……."

"아무리 생각해도 오빠 너무 섹시한 거 같아."

"네?"

처음 듣는 이야기에 그가 당황한 표정을 지었다. 섹시하다라. 멀끔하게 생겼다는 말은 들었지만 이런 이야기는 처음이다.

하지만 그녀는 시종일관 진지한 표정으로 팔짱을 끼며 입술을 삐죽 내밀었다.

"가만히 서 있는데도 여자가 막 꼬이고, 심지어 한 명도 아니에요."

투덜거리며 말한 그녀가 눈을 가늘게 뜨고 그를 노려보았다.

"뭐 페로몬이라도 여기저기 뿌리고 다녀?"

"예? 아뇨. 그런 건 아닌, 아닌데요."

경후는 당황한 나머지 말까지 더듬었다. 그녀 앞에서 이렇게 당황한 일도 극히 드문데 페로몬 얘기까지 나올 줄이야.

손끝으로 팔을 툭툭 치던 그녀가 한숨을 내쉬며 그를 올려다보았다.

"안 되겠다. 이거 여친 있다는 흔적이라도 만들어 놔야지. 당장 내일 백화점 가자. 커플링이라도 맞춰야겠어. 나야, 당분간 계획 때문에 못 끼고 다니더라도 오빠는 꼭 끼고 다녀!"

세빈의 단호한 말에 그가 푸스스 웃었다.

그녀의 집착이, 질투가 이렇게 행복할 줄이야.

"왜 그렇게 웃어?"

경후가 웃는 걸 본 세빈이 퉁명스럽게 물었지만 그는 여전히 웃는 얼굴로 그녀에게 성큼 다가갔다. 단숨에 코앞까지 바짝 다가온 경후를 보며 흠칫, 놀란 세빈이 뒤로 주춤 물러났다.

"뭐야. 나 지금 그럴 기분 아니야."

"흠."

그녀가 밀어내도 그는 굴하지 않고 점점 더 가까이 다가가며 씩 웃었다.

"아무래도 세빈 씨는 화내면 안 될 거 같아요. 덮치고 싶어지네."

"뭐, 뭐? 이야기가 왜 그렇게 흘러가?"

그가 재킷을 벗어 내려놓고 단추를 하나하나 끄른다. 새삼스럽지만 단정한 남자가 셔츠 단추를 푸르며 흐트러지는 모습은 너무 섹시하고 치명적이었다. 벌어진 셔츠 사이로 살짝살짝 보이는 그의 근육에 눈이 저절로 가는 걸 느낀 세빈이 급히 시선을 돌렸다.

아, 이거 어떡하지.

"어, 엄마야!"

잠시 한눈을 팔며 고민하는 사이 세빈에게 바짝 다가간 경후가 그녀를 침대 위로 밀쳤다. 순식간에 일어난 일이라 심장이 벌렁거렸다. 세빈이 눈을 꼭 감았다가 슬그머니 떴다.

"아니, 나는……."

"할까요, 아가씨?"

왜 꼭 이럴 때 아가씨라고 하는 거야!

자신이 기억하는 순간부터 쭉 그에게 아가씨라고 들어왔

지만, 이럴 때 듣는 그 호칭은 참…… 야하다.

"음?"

경후가 싱긋 웃으며 마지막 단추까지 끄르고 그녀를 빤히 내려다봤다. 훤히 드러난 그의 상체를 힐끔 본 세빈은 슬그머니 시선을 올렸다.

"변태."

"음. 아가씨랑 둘이 있을 때만 그런 거 같은데요."

"아니, 왜 자꾸 아가씨라고 하는 거야? 아까는 세빈 씨라고 잘만 불렀으면서?"

불만을 토로하는 그녀의 귀에 그가 야릇하게 웃으며 속삭였다.

"이 편이 더 야해서?"

알고 있었구나!

세빈이 그를 노려보자 경후가 키득키득 웃으며 원피스가 말려 올라가면서 드러난 매끈한 허벅지를 쓸어 올렸다. 그녀가 느릿하고 아찔한 손놀림에 두 눈을 질끈 감자 그의 손이 허벅지 안쪽으로 움직였다.

"아침에 스타킹 신고 나간 건 어쩌고 맨다리예요."

"읏……. 오, 올 나가서…… 벗었어."

"여유분 안 가지고 나갔어요? 스타킹 신을 땐 꼭 챙기라고 항상 말했는데."

"까, 깜빡…… 아읏!"

그녀가 방심하는 사이 그의 손끝이 팬티 위를 스쳤다. 그러자 한껏 예민해진 그녀가 신음을 내뱉으며 고개를 젖혔다.

여전히 민감한 반응에 그가 푸스스 웃으며 그녀의 등 뒤로 손을 넣고 지퍼를 천천히 내렸다. 지퍼를 내리기 쉽도록 세빈이 살짝 상체를 들자 경후가 푸스스 웃었다.

"역시 하는 게 좋겠죠?"

"그, 그런 거 일일이 묻지 마."

"그럴까요, 그럼?"

기어이 원하는 대답을 들은 그가 싱긋 웃는다. 원피스를 끌어 내리는 음란한 손짓과는 다르게 웃는 얼굴은 왜 이리도 선한지.

"오빠 이러는 거 보면 어떻게 참았나 싶어."

경후는 그녀의 말에 브래지어 후크를 푸르며 세빈의 입술에 살짝 입을 맞췄다.

"어떻게 참긴요. 허벅지 꼬집으면서 참았지."

"정말 티 하나도 안 났는데."

"티 안 내는 건 익숙하니까요."

"뭐야, 그게."

괜히 그의 어깨를 툭, 쳤지만 회사에 행사가 있을 때마다 부모님과 동행한 탓에 그가 표정을 감추는 데 능숙한 걸 알고 있어 굳이 다른 말은 하지 않았다.

"혹시 너무 밝으면 커튼이라도 칠까요?"

속옷까지 침대 밖으로 내던지고 나서 묻는 그를 보며 그녀가 고개를 저었다.

"아니야. 익숙해져야지."

"바람직한 생각입니다."

띠링, 띠링.

그의 입술이 그녀의 피부 위를 누비는데, 인터폰이 울린다. 끊이질 않고 우는 인터폰 소리에 경후가 한숨을 푹 내쉬며 침대에서 내려왔다.

거친 숨을 내뱉고 있는 그녀를 보니 인터폰을 받을 상태가 아닌 듯해 그가 대신 인터폰을 받았다.

"네, 주 집사입니다."

―응? 아가씨 방 번호 누른 거 아닌가?

당황한 우강댁의 목소리에 그가 한숨을 억누르며 입을 열었다.

"아가씨 방 맞습니다. 약혼 준비 때문에 같이 있어요."

―그럼 식사 준비 다 됐으니까 같이 내려와.

"네."

인터폰을 내려놓은 경후는 무방비하게 침대에서 숨을 고르고 있는 세빈을 보며 참고 있던 한숨을 푹 내쉬었다.

"오늘은 밥을 먹어야 할 거 같네요."

"응. 그러게."

푸스스 웃은 경후가 그녀의 팔을 잡아당겨 안고는 입을 맞췄다. 끝까지 나누지 못한 사랑을 키스로 풀려는 듯, 그가 입술을 빨아 당겼다. 반나체인 상태인지라 더 흥분된 상태였지만 어쩔 수 없음을 알기에 두 사람은 힘겹게 떨어졌다.

"아쉽네요."

"……응."

부끄러운 마음에 세빈이 그의 가슴에 머리를 살짝 기대며 대답했다.

그 모습이 너무 예뻐서 그녀의 머리에 가볍게 입을 맞췄다.

"옷 갈아입고 오세요. 저는 챙겨 입고 먼저 내려가 있겠습니다."

"알았어."

세빈이 드레스룸으로 들어가는 걸 가만히 보던 그가 드로즈와 바지에 억눌린 분신을 내려 보며 깊은 한숨을 내쉬었다.

❉ ❉ ❉

집 안은 약혼식 준비로 분주했다. 물건들을 치우고 나니 거실은 파티를 해도 될 정도로 넓어 보였다.

계획상 어쩔 수 없이 약혼식을 집 안에서 해야 하기에 경후가 모든 부분은 총괄하고 있었다.

"기분 참 이상하지. 다른 남자와의 약혼식을 내 남친이 준비하고 있으니."

가짜 약혼이긴 하지만 첩을 둔 백작 같은 기분이란 말이야.

멀찌감치 떨어져서 가만히 보던 그녀가 중얼거렸다. 나쁜 짓을 하는 것 같아서 기분이 썩 좋진 않았다.

남자 친구도 알고 있는 가짜 약혼으로도 이런 기분인데, 바람을 피우는 사람들은 진짜 마음에 양심이 없는 거구나,

생각하며 발걸음을 돌렸다. 하지만 가까이에 와 있는 엄마를 보며 흠칫 놀랐다.

"깜짝 놀랐잖아요. 언제부터 계셨어요?"

"네가 주 집사 빤히 볼 때부터?"

그럼 꽤 됐다는 소린데.

왔으면 왔다고 말하지 왜 가만히 있었나 싶어서 빤히 보니 유정이 푸스스 웃었다.

"너 눈에서 꿀이 뚝뚝 떨어져. 남자 친구가 그렇게 좋으니?"

"잘생겼잖아."

"그건 엄마도 인정."

두 모녀가 고개를 끄덕이며 다시금 경후를 빤히 보았다. 왔다 갔다 하며 바쁘게 움직이던 그는 자신을 보고 있는 두 모녀를 보며 싱긋 웃어 보이고는 일에 매진했다.

"근데 주 집사가 잘해 주니? 저렇게 일밖에 모르는 사람인데?"

유정이 호기심 가득한 목소리로 물었다. 어디까지 이야기해야 하나 고민하던 그녀가 고개를 끄덕였다.

"잘해 줘요. 가끔 집사 일을 하는 건지, 나랑 데이트하는 건지 분간이 안 갈 때도 있지만."

세빈의 말에 유정이 푸핫, 웃음을 터트렸다. 왠지 안 봐도 어떤 상황인지 알 것 같았다. 어릴 때부터 유독 세빈을 챙겨 그게 이미 몸에 배어 있을 거다. 남자 친구가 되어도 그건 변하지 않겠지.

경후는 돌봐 주시던 할머니가 여섯 살에 세상을 떠난 뒤 경두가 종종 데리고 왔다. 작고 얌전했던 아이는 어느덧 조금 있으면 서른을 바라보는 나이가 됐다.

어렸을 때부터 청년이 된 지금까지 쭉 지켜본 사람이었다. 누구보다 믿을 수 있고, 누구보다 잘 아는.

"다행이야."

"뭐가요?"

유정의 중얼거림에 세빈이 뒤를 돌아봤다. 커다란 눈을 깜빡이는 모습이 아무리 커도 막내구나 싶어서 푸스스 웃으며 고개를 저었다.

"아니야. 너 오늘 예쁘다고."

"나 아직 아무것도 안 했는데."

"알아."

유정이 세빈의 머리를 한 번 쓰다듬고는 발걸음을 돌렸다. 딸은 여전히 모르겠다는 표정이었지만 적어도 경후가 있는 한 걱정 없겠구나 싶어서 웃음이 절로 나왔다.

"뭐지?"

알 수 없는 엄마의 행동에 그녀가 이내 어깨를 으쓱이며 시선을 돌렸다. 늘 보던 거실은 어느덧 완벽하게 약혼식장으로 변해 있었다.

그러고 보니 오빠도 가끔 부모님 안 계실 때 파티를 열곤 했지.

그녀가 과거의 일을 떠올리며 고개를 끄덕이는데 멀리 서 있던 경후가 성큼 다가왔다.

"아가씨, 준비하셔야죠."

"아직 헤어 디자이너랑 메이크업 아티스트가 안 왔어. 차가 좀 밀리나 봐. 오면 옷 갈아입고 시작할 거야."

"그렇군요."

그가 싱긋 웃는다. 아무리 가짜라고는 하지만 다른 남자와의 약혼식이라는 게 이제야 미안해진다.

"주 집사."

"네?"

"미안."

"갑자기 무슨 말씀이세요?"

"그냥. 오늘이 빨리 지나갔으면 좋겠다."

그녀가 남몰래 그의 손을 잡으며 말하자 경후가 고개를 끄덕였다.

"저도 오늘이 빨리 지나갔으면 좋겠어요."

두 사람이 마주 보며 싱긋 웃고는 누가 볼세라 한 발자국 떨어졌다.

"그럼 이따가 두 분 도착하면 찾아갈 테니, 방에서 기다리세요."

"알았어."

두 사람은 자연스럽게 '아가씨'와 '집사'의 모드로 돌아가 고개를 끄덕이고는 발걸음을 옮겼다. 약혼식까지는 이제 겨우 세 시간 남짓 남았지만 이상하게 긴장이 되질 않는다.

"가짜라 그런가."

그녀가 문을 닫고 미리 가져다 놓은 미니 드레스를 주섬주섬 챙겨 입었다. 오면 입는 걸 도와준다고 했지만 오늘 입을 드레스는 혼자 입어도 무리 없었다.

"왜 하필 톱을 골라서."

그녀가 전신 거울 앞에서 구시렁거렸다. 동행한 경후는 그녀가 어깨 라인과 쇄골이 특히 더 예쁘다며 톱 드레스를 추천했다.

혼자 입고 보니 뭔가 어정쩡했지만 허리에 리본까지 묶어서 포인트를 주고 나니 허리 라인이 강조되어 예뻐 보이긴 했다.

"예쁘니까 봐준다."

그녀가 작은 한숨을 내쉬며 침대에 풀썩 앉았다.

도준은 집에서 조촐하고 작게 하자고 했음에도 불구하고 박 회장 때문에 생각보다 인원이 많을 거라고 말해 줬다. 그녀 쪽에서는 가까이 사는 사촌 정도만 올 예정이고 애초에 친척이 많질 않아서 그 인원도 적을 것이다.

"도대체 어떻게 망치려고."

유민도 경후에게 무슨 말을 들었는지 계획은 말해 주지 않고 기대하라는 말만 했다.

말을 해 주질 않으니 더 궁금하고, 더 기대된다. 어떻게 할 생각인 걸까.

헤어 디자이너와 메이크업 아티스트가 도착하고 약혼식 준비는 막바지에 달했다. 말이 많은 두 사람을 보며 잘못 말하면 안 되겠다 싶어서 늦은 만큼 빨리 끝내 달라는 말로 입을 막아 놓고 작은 한숨을 내쉬었다.

똑똑—

준비를 다 끝내고 자리에서 일어나 드레스를 한 번 점검하는데 노크 소리가 들린다. 누군지 안 봐도 알겠다, 싶어서 그녀가 돌아보지도 않고 대답했다.

"들어와요."

경후의 등장에 그녀의 옷무새를 봐 주던 두 여자가 발그레 얼굴을 붉히며 몸을 비비 꼰다. 진즉에 커플링을 샀어야 했는데, 꼬투리라도 잡힐까 봐 약혼식이 끝난 뒤에 사러 가기로 한 걸 후회했다.

그녀는 못마땅한 표정으로 두 사람을 쳐다보고는 그를 힐끔 보았다.

"무슨 일이야, 주 집사?"

"박 회장님께서 도착하셨습니다."

"다 끝나 간다고 전해 드려. 금방 나갈게."

"네."

그녀가 최대한 관심 없는 척, 새침한 척 대답했다. 그도 간단한 보고만 마친 뒤 바로 방에서 나갔다. 두 사람만 없었으면 손이라도 잡고 포옹이라도 하는 건데. 세빈은 아쉬운 마음에 작은 한숨을 내쉬었다.

어느덧 가짜 약혼은 30분이 채 남지 않았다.

박 회장의 초대로 생각보다 큰 규모가 되어 버린 약혼식은 비교적 빨리 끝나 피로연이 주가 되었다. 약혼식을 핑계로 여러 자리를 만들고 싶은 박 회장의 마음을 알고 있어 그녀는 일부러 모르는 척했다.

사람이 많으면 많을수록 더 안 좋을 텐데.

밥 먹다가 속이 안 좋다는 핑계로 빠져나온 세빈은 2층에서 아래를 내려다보며 속으로 생각했다. 박 회장이 주변을 두리번거리며 자신을 찾는 것 같은 모습에 황급히 아무 방에나 들어갔다.

아니, 도대체 깽판은 언제 친다는 거야?

도준을 믿지만 피로연이 무르익을수록 그녀의 마음은 불안해져 갔다. 이러다 진짜 약혼을 하게 되는 건 아니겠지.

그녀가 안 좋은 생각에 머리를 흔들며 말끔하게 치워져 있는 방을 보고는 고개를 갸우뚱거렸다.

"이 방을 누가 쓰던가?"

"혹시 몰라서 방은 다 치워 두라 했습니다."

혼자 있는 줄 알았는데 불쑥 튀어나온 목소리에 그녀가 화들짝 놀랐다. 놀란 마음에 가슴 위에 손을 얹고 고개를 돌리니 경후 또한 놀란 표정을 하고 다가왔다.

"많이 놀랐어요?"

"놀라지, 그럼."

"일부러 그런 건 아닌데. 죄송해요."

"오빠니까 됐어."

그녀가 놀란 마음을 완전히 가라앉히고자 숨을 길게 내쉬었다. 그는 그런 그녀의 모습에 더 미안해져서 꼭 끌어안았다.

"많이 시달리셨죠?"

자신을 위로하는 말에 울컥한 세빈은 뭐라고 말을 하려다가 한숨을 푹 내쉬었다.

몇몇 사람들은 도준과 같이 있는 자신에게 와서 왜 L기업과 약혼을 하냐며 대놓고 그를 무시하기도 했고, 자신을 어디에 팔려 가는 사람 보듯 안쓰럽게 보는 이도 있었다.

"왜요? 무슨 일 있었어요?"

"아니, 딱히 그런 건 아니고 그냥 말들이 많으니까. 그리고 중간에 도준 씨가 다 커버해 줘서 괜찮았어."

"그럼 다행이고요."

다행이라는 말에 세빈은 그의 허리를 꼭 끌어안았다. 가짜 약혼이라도 이리저리 바빠서 같이 있을 시간이 없었는데 이렇게 단둘이 있으니 너무 좋았다.

"혹시 모르니까 문 잠가야 하지 않을까."

"응?"

불현듯 떠오른 생각에 그녀가 고개를 들어 경후를 보며 물었다. 뜬금없는 말에 고개를 갸우뚱거리던 그는 진지한 표정의 그녀를 보며 씩 웃었다.

"뭘 하시려고 문까지 잠가요?"

"아니, 혹시 다른 사람이 갑자기 들어오면 곤란하니까."

원했던 반응은 이게 아닌데.

너무 담백한 대답에 그가 가만히 쳐다보자 세빈은 눈을 빠르게 깜빡이다가 뒤늦게 그 뜻을 알아차린 듯 얼굴이 붉게 변했다.

"뭘 하려던 건 아니고. 흠흠."

그녀가 괜히 부끄러운 마음에 목을 가다듬으며 경후에게서 떨어져 테라스 쪽으로 향했다.

"저기 봐. 아직도 저렇게 손님들이 오는데, 뭘 해? 하기는."

그녀는 커튼을 살짝 걷어서 밖을 내다보며 애써 담담하게 말했지만 이미 얼굴은 물론이고 귀에 목까지 빨갛게 된 상태였다.

"그렇게 말하면서 왜 그렇게 빨개졌을까요?"

"내, 내가?"

"네."

그가 씩 웃으며 그녀 뒤로 다가갔다.

"오, 오빠?"

"커튼 너무 젖히지 마세요. 다 보이니까."

"뭐…… 하려고?"

"세빈 씨가 지금 생각하는 거요."

귀에 속삭인 그가 세빈이 뭐라고 할 틈도 없이 손으로 그녀의 허벅지를 쓰다듬었다. 스타킹 때문에 거칠 줄 알았던 촉감이 매끄럽게 느껴지자 그가 당황한 표정을 지었다.

"스타킹 신은 줄 알았는데, 아니에요?"

"시, 실내에서 하는 거라서 메이크업으로 대신했어."

"다리에도 메이크업을 하는구나."

"아웃……."

그가 중얼거리며 손을 점점 위로 올렸다. 쓰지 않는 방이라 보일러가 틀어져 있지 않아서 찬 공기 속에 뜨거운 그의 손이 천천히 위로 올라오자 아찔함이 몰려온다. 앞으로 벌어질 일에 대한 기대와 혹시라도 커튼 사이로 누가 볼까 하는 불안한 마음에 심장 소리가 불규칙하고 빠르게 뛴다.

"너무 흐트러지면 안 되니까, 적당히 할게요."

"자, 잠깐……!"

적당히 한다는 그의 손길은 거침없었다.

끊임없이 파고들고 민감한 곳을 스치며 다리가 후들거릴 정도로 거칠었다.

한순간에 몰아친 뜨거운 상황에 흘러내린 드레스를 부여잡은 세빈이 거칠게 숨을 몰아 내쉬었다.

"적당히 한다더니, 거짓말쟁이."

어느새 세빈의 목소리가 덜덜 떨리고 있었다.

경후는 어느덧 말끔한 집사의 모습으로 돌아와 상큼하게 싱긋 웃었다.

"적당히 한 겁니다. 더 하면 못 서 계실 걸요."

경후의 시선이 세빈의 다리에 닿았다가 떨어졌다.

"변태."

세빈이 밉지 않게 노려보자, 그가 작게 웃으며 시계를 보았다.

"그나저나 호출이 올 때도 된 거 같은데 조용하네요."

그는 마치 아무런 일도 없던 사람처럼 자연스럽게 테라스 창문으로 가서 커튼을 살짝 젖혔다.

"마침 기다리던 사람이 오네요."

"응? 기다리던 사람?"

"네. 저 먼저 내려갈 테니, 조금만 더 있다가 오세요."

"알았어."

그는 가볍게 입을 맞추고 방에서 조용히 나갔다.

그녀는 아직도 온몸에 남은 여운에 숨을 길게 내쉬고 침대에 앉았다. 아직도 다리가 부들부들 떨리는 느낌이라 너무 아무렇지 않아 보는 경후를 보며 심술이 날 지경이다.

"다음에 진짜 덮쳐 볼까 보다."

자신이 생각해도 어림도 없는 생각에 어이가 없어진 세빈은 피식 웃으며 탁상 위에 있는 시계를 봤다. 조금 있다가 내려오라고 했으니, 5분 정도면 될까.

놀 때는 순식에 지나가던 시간이었는데 아무것도 안 하고 있자니 이것만큼이나 지루한 게 없었다.

쨍!

"응?"

시간을 세면서 가만히 기다리는데, 방문 너머로 요란한 소리가 들린다. 고개를 돌리니 그가 나갈 때 문을 다 안 닫고 나갔는지 살짝 열려 있었다.

"뭐지?"

무슨 일이라도 벌어진 건가 싶어서 조심스럽게 문 쪽으로 다가가 천천히 문을 열고 얼굴을 빠끔히 내미는데 사람들이 한곳에 모여 있었다.

"이 나쁜 새끼야!"

앙칼질 여자 목소리가 울려 퍼진다. 뭔가 싶어서 내려가려는데, 그녀를 본 경후가 고개를 내저었다.

나 내려가지 마?

손짓과 몸짓으로 말하니, 그가 고개를 끄덕이고는 성급히 시끄러운 쪽으로 고개를 돌렸다.

"여기서 이러시면 안 됩니다."

"이거 놔! 박도준, 너 아이 낳자며! 결혼하고 아이 낳고 행복하게 살자며! 근데 다른 여자랑 약혼? 우리 애는 어쩌고, 이 개자식아!"

유민 언니?

사람들 사이로 힐끗 보이는 유민의 모습에 그녀가 두 눈을 크게 떴다. 이게 무슨 일이야. 임신이라니?

유민의 등장에 사람들은 숙덕거리며 난리였다. 그 술렁이는 와중에 뒤에 가만히 서 있는 기창이 가볍게 손짓하자 박 회장의 경호원에 의해 끌려 나가던 유민을 경후가 잡았다. 박 회장은 난감한 표정을 지으면서도 기창의 눈치가 보여 유민을 결국 놔주었다.

경후의 손에 이끌려 거실 중간으로 들어온 유민을 가만히 보던 기창이 미간을 찌푸리며 한숨을 푹 내쉬었다.

"무슨 말인지 정확히 좀 들어야겠군요."

"아니, 지 회장님. 저런 미친 여자 말을 왜 듣습니까. 시간 낭비일 뿐이에요."

박 회장의 다급한 말에 유민이 고개를 돌려 그를 노려보았다. 살벌한 눈빛에 세빈이 움찔거리며 방문에 찰싹 붙었다.

전에 자신이 본 사람이 맞는데 풍기는 분위기는 너무 달랐다. 이전에 봤을 때 생머리에 거의 민낯이었는데 오늘은 스치듯 보면 누군지 모를 정도로 진한 화장에 웨이브 머리를 하고 있었다.

표독스러운 표정에 사람들과 몸싸움을 벌인 듯 흐트러진 머리가 유민을 더 낯설어 보이게 했다.

"미친 여자요? 미친 건 내가 아니라, 당신 아들이지! 싸지르고 다니는 건 부자가 똑같네!"

"이봐!"

"왜요!"

유민이 당당하게 고개를 들고 소리 지르더니 굳은 표정으로 서 있는 도준을 노려보았다.

"왜? 너도 너희 아버지처럼 나 버리고, 내가 아들 낳으면 27년 뒤에 찾아오려고 했니? 죽어 가는 너희 엄마 살리고 싶으면 조용히 따라오라고 협박하면서?"

유민의 시선은 도준을 향하고 있지만, 박 회장을 겨냥한 것임을 깨달았다. 2년 전에 갑자기 나타난 아들인 만큼 대놓고 말하진 않아도 도준이 박 회장의 사생아라는 건 다들 알고 있었다. 다만 어떤 식으로 데리고 왔는지는 모르고 있던 터라 유민의 발언은 큰 파동을 일으켰다.

그녀의 말에 순간 당황한 박 회장이 손을 뻗어 잡으려 했지만 유민은 성큼 뒤로 물러났다.

"뭐예요? 이제는 손찌검까지 하시려고? 아니면 내가 틀린 말 했어요?"

"아니, 누가 그런 유언비어를……!"

당당한 유민의 말에 박 회장이 반박하려 했지만, 모인 이

들은 삼삼오오 모여 숙덕거리기 바빴다.

"저 아들을 어떻게 데리고 왔나 했더니, 엄마가 미끼였어?"

"박 회장도 참 대단하다."

박 회장이 아니라고 말해도 사람들은 듣는 척도 하지 않았다. 혼란스러운 와중에도 홀로 변함없는 표정으로 서 있던 기창이 작은 한숨을 내쉬며 유민을 보았다.

"임신이라고요?"

"네. 15주라고 하더군요. 못 믿으시겠으면 이 사진 보세요."

유민이 가방에서 사진을 건넸다.

"6개월 동안 만난 남자는 박도준밖에 없었고, 심지어 불과 3주 전에는 호텔에서 하룻밤까지 보냈어요. 그때 프러포즈까지 받았고요. 결혼해서 예쁜 아이도 낳고 행복하게 살자고. 근데……."

당당하게 말하던 유민이 말끝을 흐리며 울먹이기 시작했다.

"오늘 친구를 통해 박도준이 약혼을 한다는 사실을 알게 됐죠. 어제만 해도 나한테 사랑을 속삭이던 사람이, 내 남편으로서, 내 아이의 아빠로서 행복하게 살게 해 주겠다던 사람이 다른 여자와 약혼하게 된다는 사실을 알게 된 기분, 이해하실 수 있으세요?"

유민이 굵은 눈물을 뚝뚝 떨어트렸다.

말없이 초음파 사진만 보고 있던 기창이 미간을 찌푸리며 이러지도, 저러지도 못하는 박 회장을 보았다.

"아무래도 신뢰는 깨진 거 같군요. 아무리 그래도 그렇지, 임신한 여자를 이런 식으로 버리다뇨."

"아니, 지 회장님. 제 말을 좀……!"

"일을 친 본인도 아무런 말을 안 하는데, 그 아버지 되는 분께서 무슨 말씀을 하십니까."

기창이 서늘한 웃음을 지어 보였다. 박 회장이 아무런 말도 못 하자 그는 도준을 돌아보았다.

"그렇게 듣길 원하시면 본인에게 직접 묻죠. 이 아가씨가 한 말, 모두 사실입니까?"

기창의 물음에 모든 시선이 도준에게로 향했다. 도준이 아랫입술을 깨물다 입을 열었다.

"사실……입니다. 회장님께는 면목 없습니다."

"박도준!"

박 회장의 큰 목소리가 그녀의 집에 울렸다.

부자를 번갈아 가며 보던 기창은 미간을 찌푸렸다.

"결국 세빈이와의 결혼은 그저 투자를 받기 위한 대비책일 뿐이었다는 말이 되는군요."

기창은 고개를 끄덕이며 망설임 없이 뒤를 돌았다.

"이 사실을 알았으니 더 할 말은 없네요. 투자를 위한 대비책이라니. 약혼은 물론이고 투자 건에 대해서도 없던 일로 하겠습니다."

"아니, 회장님!"

박 회장이 기창을 애처롭게 불렀지만, 그는 발걸음을 돌려 방으로 들어갔다. 갑자기 일어난 일에 웅성거리던 이들 중 몇몇은 대놓고 박 회장을 노려보았다.

"그렇게 I기업 운운하면서 투자 요구하더니 잘못했으면 돈만 날릴 뻔했네."

"별꼴이야, 정말."

사람들이 하나둘 집에서 나가기 시작했다. 애초에 박 회장이 투자를 목적으로 데리고 온 사람들이다. 약혼했으니 결혼은 시간문제고, I기업과 한 집안이 되었으니 믿고 투자하겠다는 사람이 꼬였던 상황이었다. 하지만 약혼이 깨지면서 모든 게 물거품이 된 모양이었다.

사람들이 모두 빠져나가고 거실에는 박 회장 내외와 도준, 유민, 경후가 남았다. 그리고 그들 주변에는 경호원이 자리 잡고 있었다.

짜악!

박 회장의 부인이 도준의 뺨을 내리쳤다. 손가락에 화려하게 낀 반지 때문인지, 아니면 온갖 파츠로 치장한 손톱 때문인지 도준의 볼에는 피가 주르륵 흘러내렸다.

"배은망덕한 놈! 네 어미 살려 준 값을 이따위로 갚아?"

앙칼진 여자의 목소리에 도준이 피식, 웃었다.

"우, 웃어? 네가 지금 웃음이 나와?"

"살려 줘? 누가? 당신들이 내 어머니를?"

아까 입만 꾹 다물고 있던 도준의 모습이 아니었다. 씩 웃는 모습이 유난히 살벌해 보였다.

"숨기려면 제대로 숨겼어야지. 수술 한 번도 제대로 안 시켰으면서 산소 호흡기만 끼고 죽어 가게 만들어 놓고!"

도준의 큰 목소리에 당황한 박 회장이 경후와 2층에서 빤히 내려다보고 있는 세빈을 힐끔거리며 그에게 다가갔다.

"그 이야기는 집에 가서 얘기하자. 여기서 할 얘기는 아니다."

"저는 더 할 얘기 없습니다."

"박도준."

"앞으로 약혼이든 어떠한 만남이든 성사되지 않을 테니, 제가 L기업에 몸 담그고 있을 이유가 완벽하게 없어졌군요. 사표는 어제 미리 책상 위에 올려 두고 왔으니 처리 부탁드립니다. 그럼 실례하겠습니다."

도준이 유민의 어깨를 감싸 안으며 발걸음을 옮겼다. 얌전히 도준에게 안겨 따라 나가는 유민을 보던 박 회장이 뒷목을 잡았다.

"박도준 너 이 자식! 너 혹시 그 여자랑 일부러……!"

"그건 회장님 상상하시기 나름입니다."

현관문을 나서려던 도준이 뒤를 돌아보았다.

"나가기 전에 한 가지만 여쭤보죠."

"뭐?"

박 회장이 미간을 찌푸렸지만 도준은 꿋꿋하게 입을 열었다.

"저희 어머니를 살릴 마음은 있으셨습니까?"

"쓸데없는 소리!"

박 회장의 말에 도준이 쓰게 웃었다.

"당신의 아이를 낳은 사람이고, 당신 때문에 아름다웠던 시절을 통째로 버린 여자의 목숨 이야기가 쓸데없다니. 알 만하군요. 앞으로 부디 평안하시길 바랍니다."

도준이 나가고 박 회장의 부인이 바닥에 주저앉았다. 그 모습을 가만히 보던 세빈은 이제 내려가도 되겠구나 싶어서 1층으로 향했다.

사뿐히 계단을 다 내려오자 박 회장은 세빈에게 달려와 냅다 손부터 잡았다.

"아가, 너는 우리 아들 믿지? 원래 저런 녀석이 아닌데. 만난 지 얼마 안 됐어도 둘이 잘 지냈잖아. 응?"

박 회장의 말에 세빈이 손을 억지로 빼내고 미간을 찌푸렸다.

도준을 어머니를 미끼로 이용한 것도 모자라서 치료도 제대로 안 해 주고 죽게 했다니. 굳이 연기가 아니더라도 박 회장이라는 사람에 대해 경멸이 올라왔다.

"네. 잘 지냈죠. 하지만 다른 여자가 있는 줄 알았다면 이 약혼 진행하지도 않았을 겁니다. 그리고 방금 그 여자분이 호텔 얘기하시던데, 3주 전이면 딱 제 생일 때 같네요. 어쩐지. 주 집사한테 방 두 개 잡아 놓으라고 할 때부터 뭔가 이상하더라니."

"……두 개라니. 그게 무슨!"

박 회장은 처음 듣는 소리에 욕이 나오려는 걸 억눌러 참았다.

세빈은 박 회장의 마지막 희망이었다. 둘이 밤을 같이 보낼 정도로 열렬한 사이에 그 밤의 일로 하여금 임신이라도 하면 더할 나위 없었다. 그런데 밤을 같이 보낸 게 아니라고?

오만 가지 생각에 머리 굴리기 바쁜 박 회장을 본 세빈은 한숨을 내쉬었다.

"무슨 생각하시는지 알겠는데, 도준 씨하고 저, 에스코트한다고 팔짱이나 꼈지 손도 한 번 안 잡은 사이예요. 허튼 희망은 접으시는 게 좋을 거 같습니다."

세빈은 기창이 그렇듯 망설임 없이 뒤를 돌아 경후를 힐끔 보았다.

"주 집사."

"네, 아가씨."

"대문까지 모셔다드려."

"네. 알겠습니다. 가시죠."

"아, 아가! 아가!"

방금 전 자신을 애처롭게 부르는 박 회장의 목소리에 그녀가 뒤를 돌았다.

"아가, 우리는……."

"도준 씨도 인정한 일이고, 사람 목숨으로 장난치는 분에게 아버님이라고 부르고 싶은 마음도 없습니다. 안녕히 가세요, 회장님."

세빈이 딱 자르며 말하고는 경후를 돌아보았다. 고개를 끄덕이자 경후의 손짓에 열 명 정도 되는 경호원이 몰려와 박 회장과 그의 부인 주변을 둘러쌌다. 쫓겨나면서도 박 회장은 그녀와 기창을 불렀지만, 누구도 대답하지 않았다.

✻ ✻ ✻

기말고사가 끝난 세빈은 경후와 딱 달라붙었다. 생전 안 하던 벼락치기를 지금 하려니 힘든 것도 있었지만 무엇보다 그와 있을 시간이 없어서 제일 힘들었다.

"아, 오빠. 간지러워."

그의 손이 배와 가슴을 간질인다. 세빈이 몸을 비틀며 그에게 몸을 밀착시키자, 경후가 씩 웃으며 끌어안았다. 덩달아 그의 허리를 끌어안은 그녀가 경후의 가슴에 살짝 입을 맞추고 고개를 들었다.

"나 아직 힘들어. 자제 좀."

"한 시간 드리죠."

"에이, 여친한테 그게 무슨 딱딱한 소리야."

"딱딱하긴요. 이것만큼 부드러운 게 어디 있다고."

웃는 얼굴로 말하는 경후를 보면서 그녀가 그의 가슴을 툭, 쳤다.

"변태!"

"세빈 씨한테만 변태인 거 모르고 있었어요?"

싱글싱글 웃으며 말하는 그가 조금 얄미우면서도 웃겨서 볼을 쿡, 찌르고는 몸을 빙글 돌렸다. 세빈은 자연스럽게 경후의 품을 빠져나가 제 휴대폰을 집어 들었다.

"그나저나 요즘에 유민 언니가 바쁜가 연락이 없네."

약혼식 일 이후, 유민은 아예 도준의 집에 들어가 산다고 들었다. 보복이라도 할까 봐 그렇다고 하는데 자세한 내막까지는 알 수가 없었다.

"언니 임신했다고 소문 다 났는데, 정말 둘이 결혼해야 하는 거 아니야?"

엎드린 상태로 그를 보며 말했다. 덩달아 옆으로 와서 엎드린 경후가 베개에 얼굴을 묻었다.

"글쎄요. 저도 요즘 도준 씨랑 연락을 잘 안 해서."

"하긴, 바쁜 거 같긴 하더라. ……어라?"

"응?"

그와 대화를 나누며 휴대폰을 보던 그녀가 포털 사이트 메인을 보며 두 눈을 크게 떴다.

"왜 그러세요?"

"박 회장님 도망가려다 잡혔다는데."

"네?"

뜬금없는 그녀의 말에 그가 바짝 붙어 휴대폰을 봤다. 그녀가 본 기사에는 회계 조작으로 이익을 부풀린 L기업이 은행에서 대출을 받아 사업체를 유지하고 있었다는 내용 쓰여 있었다.

보통 회계 조작으로 대출을 받더라도 실질적인 이익이 있는 게 아니라서 조작은 또 다른 조작으로 계속 이어지게 된다. 반복되는 악순환에 박 회장은 재산을 외국으로 빼돌리고 몰래 내뺄 계획이었던 모양이다.

"약혼으로 급하게 투자금 모으려는 이유가 있었구나."

"도준 씨도 어느 정도 눈치채고 유산 문제로 얽히기 싫다고 호적에도 따로 안 올린 모양이더라고요."

"현명했네."

"그렇죠. 거기다가 박 회장은 어머니 일 숨긴다고 도준 씨 영업직으로 빼서 여기저기 뺑뺑이 돌린 모양이고."

경후의 말에 세빈은 고개를 끄덕였다. 얽히지 않는다면 됐다. 유민에게 들어 보니 어머니가 세상을 떠나기 전까지도 그렇게 힘들게 살았다는데, 죽도록 원망해도 모자라는 판국에 피만 섞인 아버지라는 사람의 죄까지 같이 감당할 필요는 없으니까.

"그리고 다행인 건, 약혼식 때의 일어난 일이 퍼지고, 도준 씨가 왜, L기업에 들어오게 됐는지 알려지면서 꽤 동정표를 사고 있어요."

"그래?"

"네. 임신한 여자를 두고 약혼한 건 잘한 짓이냐 반박하는 이들도 있다고 하는데, 그 약혼의 목적이 박 회장이 투자를 받기 위한 목적이라는 걸 모르는 사람이 없었으니까요. 어찌 되었든 도준 씨가 이용당했다는 사실은 변하지 않는 거죠."

"흠. 알다가도 모를 심리네."

"원래 사람들은 자극적인 걸 좋아하니까요. 약혼식 당일에 있던 분들도 남 얘기하기 좋아하는 사모님들이 대부분이었고."

그의 말에 그녀가 고개를 끄덕였다. 완벽까지는 아니었지만 나쁘지 않은 결과인 것 같았다.

저녁 먹을 시간이 다 되어서 같이 씻고 나오는데 인터폰이 울린다. 자연스럽게 받으려던 경후는 세빈의 방이라는 걸 깨닫고 그녀에게 인터폰을 넘겼다.

"네."

—아가씨, 식사하세요.

"네. 주 집사랑 같이 내려갈게요."

—예.

이미 우강댁에게는 예전에 들킨 것 같아 편하게 말했다. 그녀도 이상함을 느끼지 못했는지 자연스럽게 대답을 하고 인터폰을 끊었다.

"밥 먹으러 내려오래."

"네. 옷 입혀 드릴까요?"

이건 집사 모드야, 남자 친구 모드야.

그를 빤히 올려 보며 생각하던 그녀가 고개를 저었다.

"아니. 내가 입을게. 그리고 남친이면 남친, 집사면 집사, 하나만 해. 헷갈리잖아."

"헷갈릴 게 뭐가 있습니까. 집사가 남친인데. 그냥 편히 받아들이세요."

그가 싱긋 웃는다. 쓸데없이 잘생겨서는.

방에서 나온 두 사람은 주방으로 향하는데 보는 사람들마다 두 사람을 보며 슬그머니 웃거나 속닥거리며 즐거워했다. 나쁜 말을 하는 것 같지는 않은데 묘하게 이상한 기분이다.

"왜 저러지?"

"글쎄요. 한 일주일 전부터 이런 거 같은데."

전반적인 고용인들 관리는 그가 하기에 뭔가 알 거라고 생각했는데, 경후도 모르는 일이라니. 고개를 갸웃거리며 발걸음을 옮긴 두 사람은 어김없이 정갈하게 차려져 있는 밥상을 보고 자리에 앉았다.

"왔니?"

두 사람이 나란히 자리를 잡으니 유정이 웃으며 반겨 주었다. 평소에는 같이 퇴근하지만, 요즘 기창이 바빠 유정은 따로 퇴근하는데 오늘도 그런 모양이다.

"둘이 같이 있었구나?"

이런 건 그냥 모르는 척 좀 해 주지.

그녀가 마음을 담은 눈으로 빤히 쳐다보자 유정이 키득키득 웃었다.

"두 사람 요즘 이상한 거 못 느꼈니?"

"이상한 거요?"

유정의 말에 두 사람은 서로 눈을 마주 보다 유정을 보았다.

"무슨 말씀이세요?"

"내가 소문냈거든. 약혼 깨진 일로 마음 세빈이가 마음 아파하는데 주 집사가 달래 주다가 두 사람이 사귀게 되었다고."

"엥?"

소녀처럼 들떠서 말하는 유정을 보며 세빈이 바보 같은 표정을 지었다.

“소문이요? 엄마가?”

세빈의 되물음에 고개를 끄덕이던 유정이 주변을 둘러보고 상체를 숙여 조용히 말했다.

“그 일에 대해서는 모르니까, 두 사람이 자연스럽게 사귀게 된 과정을 알려야 할 필요가 있을 거 같았거든. 오랜만에 소녀 감성 돋고 좋았어. 회사에서도 집사와 아가씨의 러브스토리라며 좋은 반응을 얻고 있지.”

유정이 호호, 웃는다.

집 안도 모자라 회사까지 소문이 났다니.

세빈은 유정이 너무 즐거워 보여서 아무런 말도 못 하고 밥만 입어 밀어 넣었다. 대부분 일하는 사람들은 그 약혼 계약 건에 대해서 아는 게 없으니 이렇게 소문이 나는 것도 나쁘지 않을 거 같았다.

그럼 대놓고 더 붙어 있어야겠다.

차라리 잘됐다 싶어서 헤실헤실 웃으며 고개를 드니, 자신을 빤히 보고 있는 경후와 눈이 마주쳤다. 싱긋 웃는 경후를 보니 자신과 비슷한 생각을 하는 것 같았다.

❈ ❈ ❈

경후는 기창의 호출에 서재 앞에 서서 긴 숨을 내뱉었다. 무슨 말을 할지 이미 알고 있었지만, 긴장되는 마음은 어쩔 수가 없었다.

똑똑—

"회장님, 주 집사입니다."

"어, 들어와."

기창의 대답에 경후가 문을 열고 들어가서 고개를 꾸벅였다. 서류를 보고 있던 기창은 안경을 벗고 의자에서 일어나 소파 쪽으로 걸어 나왔다.

"일단 앉지."

언제 준비된 건지 테이블이 이미 세팅이 되어 있었다.

"그래, 준 자료는 다 훑어봤고?"

"네."

"그걸 보여 준 이유는 파악했나?"

기창의 질문에 경후가 고개를 끄덕였다.

"네."

"그럼 말이 빠르겠군. 생각은 좀 해 봤나?"

손을 마주 잡고 꼼지락거리던 그가 고개를 들어 기창을 봤다. 자신 같은 애송이는 상대도 안 될 정도로 눈빛 하나에서 느껴지는 위압감이지만 오늘만큼은 당당하게 받아친 경후가 입을 열었다.

"네."

"그래, 좋은 답이었으면 좋겠는데."

기창이 희미하게 웃는다. 잘 안 웃던 사람의 미소는 오히려 더 강압적이었다. 하지만 경후는 여전히 시선을 피하지 않고 숨을 길게 내쉬며 다시금 입을 열었다.

"입사하겠습니다. 대신."

"대신?"

"세빈 아가씨를 저에게 주십시오."

당당하게 말한 그가 싱긋 웃었다.

"후, 음식 하는 게 쉽지 않네."

어느덧 마지막 학기를 보내고 졸업식을 앞둔 세빈은 찬합을 하나하나 정리하며 중얼거렸다.

대학교 졸업인데 부모님은 해외 출장에 언니와 오빠는 바쁘다고 하고, 경후는 도대체 아빠와 무슨 말이 오간 건지 I기업 본사에 떡하니 들어가서 한창 바쁘다.

그 사실을 입사하기 바로 전날 말해 줘서 사흘간 말을 안 하기도 했지만 결국 경후와는 화해한 지 오래다.

그리고 오늘은 24년 인생 처음으로 도시락이라는 걸 쌌다.

꼭 졸업식에 오라는 일종의 뇌물이라고나 할까.

"도와주셔서 고맙습니다. 혹시 이거 모자라진 않겠죠?"

그녀가 옆에서 도와준 우강댁을 보며 물었다. 우강댁이 고개를 끄덕이며 엄지를 척, 내보이자 세빈은 얼른 마실 음료까지 식탁 위에 챙기고는 후다닥 방으로 들어가 나갈 채비를 했다.

"아가씨."

그녀가 도시락을 챙겨 서둘러서 나가는데 이 기사가 불렀다. 이 기사는 차 키를 그녀에게 내밀며 불안한 표정이었다.

"정말 괜찮으시겠어요? 제가 모셔다드려도 되는데."

"괜찮아요. 오빠가 연수 다 해 줬어요. 오빠도 인정한 운전 실력인 걸요? 안전 운전할게요."

이 기사는 여전히 불안한 얼굴로 세빈에게 차 키를 넘기고는 한숨을 꾹 눌러 참았다.

"다녀오겠습니다!"

"아가씨, 조심해서 다녀오세요!"

"네!"

세빈은 사람들의 걱정스러운 눈빛을 한 몸에 받으며 집에서 나왔다. 장롱면허를 벗어나기 위해 그에게 연수를 받고 연습한답시고 경후 차를 종종 끌고 나갔었는데, 그 사실을 모르는 듯했다.

그녀는 콧노래까지 부르며 이젠 제법 능숙하게 차를 몰고 회사로 향했다.

여유롭게 나온 터라 점심시간 전에 도착한 그녀는 회사 외부 주차장에 차를 세워 놓고 얌전히 기다렸다. 회사 건물을 지나가다 본 적은 있지만 들어간 적은 없어서 조금 긴장된다.

똑똑—

얼마나 기다렸을까. 아침 일찍 일어난 터라 피곤해 하품을 하려던 찰나, 누군가 문을 두드린다. 뭔가 싶어서 고개를 돌리니 그가 씩 웃으며 손을 흔들었다.

"지하 주차장에 세워 놓지, 왜 여기 있어요."

반가운 마음에 세빈이 얼른 차에서 내리자 그녀의 얼굴을 보며 경후가 잔소리를 했다.

"이거 아빠가 종종 끌고 다니던 차잖아. 출장 가 있는 아빠 왔다고 난리 날까 봐."

그녀의 말뜻을 알아들은 경후가 웃음을 터트리며 고개를 끄덕였다.

"그럴 수도 있겠어요."

"야외 주차장은 따로 체크 안 하잖아. 그래서 괜찮겠다 싶었지. 그나저나 배고프겠다. 도시락 챙기자."

"제가 챙길게요."

집사 일을 하지 않아도 경후의 말투는 여전했다. 그녀가 반말을 해 보라고도 했지만, 결국 포기하고 그의 존댓말을 받아들이기로 했다. 언젠가는 변하는 날이 오지 않겠나, 생각하면서.

"어, 주 팀장님! 제일 먼저 나가시더니 거기서 뭐 하세요?"

"응?"

그가 찬합을 꺼내고 차 문을 닫는데 남자 목소리가 들린다.

팀장을 가리키는 거면 그를 말하는 건가 싶어서 뒤에 있던 세빈이 고개를 빠끔히 내미니 여섯 명의 사람들이 움찔 놀란 모습이다.

"안녕하세요."

그녀는 본능적으로 앞에 있는 이들이 경후의 팀원이라는 걸 깨닫고 싱긋 웃었다. 여섯 사람은 그녀의 인사에 어정쩡하게 고개를 숙이고는 서로 작게 숙덕거렸다.

"혹시 팀장님 여자 친구분이세요?"

세빈은 질문을 던진 사람의 사원증에 안반우 대리라 쓰여 있는 걸 캐치하고는 싱긋 웃었다.

"네. 지세빈이라고 합니다. 반갑습니다."

다시금 웃으며 인사를 건네자 여섯 명이 딱딱하게 굳었다.

어느 날 뚝 떨어진 자신들의 젊은 팀장에 대해서 사장 줄이다, 회장 줄이다, 사원들 사이에서 말이 많았다. 일 처리를 제대로 못 하면 바로 욕먹을 자리라고 숙덕거렸는데, 그 와중에 소문이 돌았다. 자신들의 젊은 팀장은 I기업 회장 자택의 집사였고, 회장의 막내딸과 교제 중인 남자라고.

그 소문을 뒷받침하는 사람이 영업팀 김 부장이었는데 분명 작년 창립 기념일에 참석했다가 회장님과 같이 있던 경후를 봤다며 호들갑이었다.

집사인 건 맞다고 치더라도 회장 딸과 만난다는 건 떠도는 소문일 뿐, 정확한 사실을 알 수가 없었다. 왼손 약지에 있는 반지가 만나는 사람이 있다는 증거가 됐다고 볼 수 있지만 상대방이 회장 딸이라는 증거가 없었다. 모두 혹시 모르는 일이라며 조심스럽게 대하기만 했는데 오늘 그 소문의 진실과 맞닿게 되었다.

"실례지만 혹시 그……."

"네?"

반우가 질문을 시도했지만 회장님 딸이냐는 말이 입에서 나오질 않았다. 그녀가 커다란 눈을 깜빡이며 빤히 쳐다보자 반우가 얼굴을 붉히며 시선을 다른 곳으로 돌리고는 결심한 표정으로 입을 다시금 열었다.

"회장님 막내 따님 맞으십니까?"

반우가 조심스럽게 물었다. 어차피 회사에도 소문이 다 나 있을 거라고 했으니, 아니라고 해 봤자 경후만 이상한 사람 될 거 같아서 그녀가 여전히 웃는 얼굴로 고개를 끄덕였다.

"네."

"대박."

세빈의 시원스러운 답변에 반우는 자신도 모르게 나온 말에 입을 틀어막았다. 반우의 반응에 소문났다더니, 어정쩡한 소문만 돌았구나 싶어서 그녀가 시원하게 웃었다.

"죄송합니다. 소문이 사실인 걸 지금 알아서."

"괜찮아요. 놀라실 수도 있죠."

"아, 네."

그녀가 싱글싱글 웃으며 말하자 반우가 여전히 붉어진 얼굴을 하고 머쓱하게 뒤통수를 긁적였다.

남자에게 싱글싱글 웃는 세빈의 모습이 마음에 안 들었던 경후가 그녀의 어깨를 확 끌어당겨 안았다.

“그럼 인사도 했고, 확인도 했으니 그만 식사하러 가시죠.”

경후의 시선이 반우에게 향했다. 미소는 짓고 있지만, 눈은 웃고 있지 않아서 당황한 반우가 뒤로 주춤 물러났다.

“네. 그럼 식사 맛있게 하세요.”

“식사 맛있게 하세요.”

도망치듯 빠르게 가는 반우의 뒤를 따라 다른 팀원들도 꾸벅 인사를 건네고 졸졸졸 따라갔다. 어느덧 뒷모습만 보이는 반우를 보며 경후가 못마땅한 표정을 짓고 있자 세빈이 그의 볼을 쿡, 찔렀다.

“표정.”

“아.”

그녀의 지적에 그가 움찔 놀라며 표정을 풀었다.

“안 대리 보고 너무 싱글싱글 웃고 있는 게 질투 나서 그만.”

“오빠 팀원인데 그럼, 웃어야지.”

“……그래도 너무 웃지 마세요. 질투 납니다.”

그가 마음을 숨기지 않고 드러내는 게 너무 좋다. 그녀는 자신도 모르게 고개를 끄덕였다.

“알았어. 그나저나 우리도 들어가자. 춥다.”

두 사람이 향하는 공간이 회사 건물인 만큼 터치는 하지 않고 나란히 서서 들어갔다.

경후를 따라 들어간 곳은 지하 1층에 있는 식당이었다. 다른 곳에서 산 음식을 먹거나, 사내 식당을 먹거나, 싸 온 도시락을 먹는 등 자유분방한 분위기였다.

그러나 경후와 나란히 들어가니 순식간에 두 사람에게 쏠리는 시선을 느낀 세빈은 아까 팀원들의 반응을 생각하며 덤덤히 받아들였다.

“세빈 씨, 부담스러우면 사무실로 갈까요?”

“아니야, 괜찮아. 저기 자리 비었다. 저기 앉자.”

북적북적한 사람들 사이에 딱 두 자리 남는 공간이 있었다. 하필 식당의 가운데라서 사람들이 오가며 쳐다보기 딱 좋은 자리였지만, 이왕 이렇게 된 거 이 남자가 내 남자라는 걸 도장을 콱 찍어 두는 것도 나쁘지 않을 것 같았다.

“내가 우강댁 이모랑 같이 열심히 만들었거든. 이모는 맛 괜찮다고 하는데, 오빠 입맛에는 어떨지 모르겠다.”

“세빈 씨가 만든 거면 나무 껍데기라도 먹어야죠.”

“아우, 진짜. 그 정도는 아니거든요?”

그의 장난에 세빈이 눈을 가늘게 뜨고 노려보며 말했다. 경후가 웃기 시작하자 사람들이 더 힐끔힐끔 쳐다보는 것 같았다. 그녀는 애써 시선을 무시하며 찬합을 열었다.

연어 샐러드, 오리고기 쌈밥, 팽이버섯 베이컨 말이, 꼬마 김밥에 후식으로 먹을 과일까지.

특별한 메뉴는 없었지만, 요리 초보인 세빈이 준비했다는 것만으로도 경후에겐 의미 있었다.

“이걸 다 세빈 씨가 했다고요?”

“이모가 도와줬어.”

“라면도 제대로 못 끓이던 세빈 씨가 이런 걸 하다니. 감동이에요, 진짜.”

“아이 참. 몇 년 전 이야기를 하는 거야. 나 라면 잘 끓여.”

푸스스 웃어 보인 경후는 그녀가 건네준 젓가락으로 음식을 하나하나 집어 먹으며 연신 감탄을 내뱉었다.

“어때? 괜찮아?”

“네. 간도 딱 맞고, 아주 맛있어요.”

“다행이다. 많이 먹어. 나는 오빠 먹는 거 보고 먹어야겠다. 이게 내 애피타이저.”

그녀가 다시 그의 볼을 쿡, 찌르며 말했다. 사랑스러운 애교에 경후는 정성에 보답하듯 평소보다 더 열심히 먹는 모습을 보여 줬다.

“아, 그리고 오빠.”

“네?”

“내일 나 졸업식인 거 알고 있지?”

그녀가 최대한 자연스럽게 지나가는 것처럼 말을 툭, 던졌다.

질문을 마치자마자 빠르게 움직이던 그의 입이 느려지는 걸 본 그녀가 입술을 삐죽 내밀었다.

“아빠랑 엄마는 출장 가셨지, 언니랑 오빠는 일 때문에 바쁘다고 그러지. 설마 오빠도?”

세빈의 원망 섞인 말에 그가 고개를 저으며 입에 있던 걸 꿀꺽 삼키고 입을 열었다.

“아니, 그게 아니라 당연하게 가죠. 세빈 씨도 당연하게 제가 간다고 생각할 줄 알았는데, 의외의 질문이라서 조금 놀랐어요."

"진짜? 올 거야?"

"그럼요."

그의 대답에 그녀가 안도의 한숨을 푹 내쉬었다.

"아니, 내가 진짜 아무도 못 오는 줄 알고 얼마나 마음 졸였는데. 오빠도 알잖아. 나 고등학교 때 졸업식 날에도 혼자였던 거. 괜찮다고 생각했는데 그날은 혼자 있으니까 되게 서럽더라."

그녀의 말에 그가 다른 말은 하지 못하고 고개를 푹 숙였다.

세빈의 고등학교 졸업식 전날 계열사 한 곳에서 사고가 나는 바람에 수습한다고 온 집안 식구들이 졸업식을 까맣게 잊어버렸었다. 세빈은 그저 바빠서 못 온 거로 생각하고 있지만 경후는 차마 그 사실을 말할 수가 없어서 일부러 더 환하게 웃으며 그녀의 손을 잡았다.

"내일은 안 그래요. 꼭 갑니다."

"알았어."

그의 말에 세빈이 그제야 다시금 웃는다.

안도의 한숨을 내쉰 경후는 쌈밥을 입에 꾸역꾸역 넣으며 잡고 있는 그녀의 손을 놓지 않았다.

❈ ❈ ❈

졸업식 행사는 길지 않았다.

학사모와 가운을 대여하고 식전에 추억 삼아서 학교 사진을 두루두루 찍었다. 같이 졸업하거나 졸업 전이더라도 축하해 주러 온 동기와 사진을 찍으며 시간을 보냈다.

하지만 막상 행사가 시작했는데도 경후는 보이지 않았다. 성적 우수 졸업자라서 상장도 받았지만, 그런 세빈의 사진을 찍어 주는 건 미주네 부모님이었다.

"세빈아, 사진 찍자."

식이 끝나고 그녀가 주변을 두리번거리며 경후를 찾는데, 미주가 그녀에게 다가와 어깨를 툭, 쳤다. 그녀가 침울한 표정으로 돌아보자 미주가 미간을 찌푸렸다.

"뭐야, 너 표정이 왜 그래?"

"오빠가 안 와."

"오빠? 경후 오빠?"

"어. 온다고 했는데 안 오네. 연락도 없고."

"부모님은?"

"출장 가셨어. 뭐, 부모님이야 출장이 일상이니까 그러려니 해. 언니랑 오빠 졸업식 때도 못 가셨으니까. 근데 경후 오빠는 온다고 해 놓고."

그녀가 한숨을 푹 내쉬며 입술을 삐죽 내밀었다. 그렇게 안심시켜 놓고 이렇게 뒤통수를 치는 건가 싶기도 했다. 연락이라도 한 통 해 주면 좋으련만, 그렇게 연락을 자주 하던 사람이 연락도 한 통 없었다.

"미워, 정말."

"누가요?"

"누구긴, 주경…… 응?"

두 사람 대화에 다른 사람이 끼어들었다. 귀에 익은 목소리에 그녀가 천천히 뒤를 돌아보니, 경후가 싱긋 웃으며 서 있었다.

"미안해요. 너무 늦었죠."

연락 한 번이 없어 포기할 때쯤 나타난 그를 보며 세빈은 울컥 치솟는 눈물에 입술을 삐죽거렸다.

"……한참 늦었잖아."

"미안해요. 예약했는데도 포장이 늦어져서."

그가 손에 든 커다란 꽃다발을 내밀며 말했다. 적어도 백 송이는 되어 보이는 꽃다발에 그녀가 눈물을 뚝뚝 떨구며 경후를 올려 보았다.

"바보야. 나는 오빠만 오면 되는데……."

"아뇨, 그래도 프러포즈하는데 꽃다발 정도는 있어야겠다, 싶어서."

"……뭐라고?"

밥 먹었다고 말하듯 자연스럽게 흘러가는 그의 말에 그녀가 잘못 들은 줄 알고 되물었다. 놀란 마음에 눈물도 쏙 들어가서 볼에 남은 물기를 훔치고 다시 입을 열었다.

"방금 뭐라고 했어? 프, 프러포즈?"

예상했던 반응에 웃어 보인 경후가 주머니에 넣었던 반지를 꺼내 그녀에게 내밀었다.

"오빠……."

"이제 졸업도 했으니, 제 아내로 입학하는 건 어떠세요?

자격 요건은 제 눈앞에 있는 지세빈이라는 여자면 되는데."

특별한 이벤트가 있는 것도 아니었고, 다른 로맨틱한 말이 있는 것도 아니었는데 예상치 못한 상황만으로도 충분히 놀란 세빈이 또다시 울먹이기 시작했다.

"울면 코 나와요."

"아, 진짜. 놀리지 마!"

엉뚱한 경후의 말에 그녀가 피식 웃으며 어깨를 툭, 쳤다. 이 순간에도 장난을 치는 그가 얄미우면서도 웃게 만들어 주는 게 고마웠다.

"대답은요?"

대답을 채근하는 그를 보며 세빈은 눈가에 눈물을 닦아 내고 경후를 빤히 보았다.

"우리 만난 지 얼마 안 된 거 알고 있지?"

"얼마 안 됐다뇨. 처음 본 게 기저귀 차고 있을 때였는데."

다 알면서도 또 울까 봐 저러는 거구나 싶어서 세빈은 피식 웃으며 다시금 입을 열었다.

"그리고 나 아직 어려."

"음, 그건 할 말 없습니다."

"결혼하기에 부족하고."

"결혼하기에 완벽한 사람이 어디 있겠습니까."

"집안일 정말 못 해."

"집안일을 해 본 적이 없으니, 당연히 못 하시죠."

덤덤하게 받아들이는 경후를 보며 그녀가 웃었다.

"아니, 그런 나랑 왜 결혼하겠다는 거야?"

"당연한 거 아닙니까?"

그가 씩 웃으며 한쪽 무릎을 꿇고 그녀에게 반지를 내밀었다.

"앞으로 마음 아픈 일 없게 모시고 살 테니까요. 그러니 저와 결혼해 주시지 않겠습니까?"

잘생긴 남자와 커다란 꽃다발의 등장에 힐끔거리던 사람들이 그의 프러포즈를 대놓고 보기 시작했다. 흥미진진하게 보는 사람들 사이에 껴 있던 미주가 환호성을 내지르자, 그 소리가 전염되듯 점점 커졌다.

"세빈 씨."

한참이 지나도 대답이 없자 불안해진 경후가 그녀를 올려다봤다. 커다란 눈을 깜빡이며 빤히 보는 세빈의 표정에서는 생각을 읽을 수가 없어서 침만 꿀꺽 삼켰다. 그러던 중 세빈은 말없이 왼손에 있던 커플링을 빼고 그에게 내밀었다.

"좋아."

승낙이 떨어지자 환호성은 더 커지고 세빈의 약지에는 반지가 끼워졌다. 경후는 자리에서 일어나 그녀를 와락 끌어안았다.

"세빈 씨. 정말, 정말 고마워요."

서로 사랑한다는 걸 의심하진 않지만 프러포즈는 자신 없었다. 특별한 이벤트가 있는 것도 아니고, 특별한 장소도 아니었다. 그녀가 한 말처럼 나이가 어리기까지 하니, 결혼은 나중 문제라며 거절할 줄 알았는데.

그가 벅찬 마음에 긴 숨을 내뱉으며 그녀를 더 꽉 끌어안았다.

"앞으로 더 사랑하며 살게요."

"나도. 우리 서로 변하지 말자."

행복하게 웃는 두 사람의 미소가 바람에 흩어지며 그들의 사랑을 알렸다.

❈ ❈ ❈

5월의 결혼식은 아름다웠다. 비록 비공개로 한 결혼이라 좋은 날씨에도 불구하고 밖에서 하진 못했지만, 사랑하는 사람과 함께라는 사실만으로도 주인공들을 들뜨게 했다.

비공개인 만큼 결혼식은 조용히 진행됐다. 유명 인사만 인사차 몇 명 왔다 갔을 뿐, 기자들은 걸리자마자 쫓겨나는 신세라 호텔 근처에는 접근도 하지 못했다.

결혼식을 무사히 끝낸 두 사람이 추모 공원에 도착했다. 주차한 경후가 옆을 돌아보니, 새벽부터 일어나 피곤했던 세빈은 새근새근 잠이 든 상태였다.

아기처럼 자는 모습이 귀여워서 피식 웃으며 그녀의 머리를 귀 뒤로 넘겨 주었다.

"세빈 씨. 다 왔어요."

깨우고 싶지 않았지만 뒤풀이를 가려면 서둘러 움직여야 해서 하는 수 없이 세빈을 흔들어 깨웠다.

"도착했어?"

세빈이 떠지지 않는 눈을 억지로 뜨며 미간을 찌푸렸다.

경후 같은 경우는 새벽에 일어나고 움직이는 게 익숙하지만 그렇지 않은 그녀에게는 힘든 하루였으리라.

"힘들면 좀 쉬다가 움직일까요?"

"아니야. 인사드리고 호텔 가서 쉬자. 오빠도 힘들 텐데."

졸린 눈으로 자신을 걱정스럽게 쳐다보는 그녀가 귀여워서 그가 피식 웃으며 가볍게 입을 맞추고 차에서 내려 조수석 문을 열어 주었다.

"내리시죠."

한 번씩 툭툭 튀어나오는 집사 모드에 그녀가 피식 웃으며 그의 손을 잡고 차에서 내렸다.

"고마워."

"별말씀을요."

꽃 같은 신랑, 신부는 두 손을 꼭 마주 잡고 발걸음을 옮겼다.

기일마다 같이 경두의 묘를 찾던 터라 두 사람은 자연스럽게 한 방향으로 걸어갔다.

세빈은 손에 쥔 꽃다발을 품에 끌어안았다.

"아버지. 저희 왔어요."

경두의 묘 앞에 선 경후가 먼저 입을 열었다. 경두의 묘에 꽃다발을 놓으며 세빈은 싱긋 웃었다.

"저도 왔어요, 아저씨."

웃고 있는 그녀의 목소리가 떨린다. 경두의 묘에 오면 일단 눈물부터 고이는 그녀라서 경후는 당황하지 않고 세빈의 어깨를 끌어안았다.

"오늘 같이 좋은 날에 왜 또 울어요."

"아니, 그냥. 오기만 하면 그러네."

그녀가 괜스레 더 밝게 말하며 눈물을 톡톡 닦아 내고는 숨을 길게 내뱉었다. 그 모습에 그가 피식 웃으며 세빈의 코를 톡, 쳤다.

"그리고 아저씨가 아니지 않아요?"

"버릇처럼 그만."

그녀가 코를 훌쩍이며 코 밑을 쓱 문지르고는 일부러 방긋 웃었다.

"아버님, 저희 오늘 결혼했어요. 오늘따라 아버님이 더 많이 생각나는 거 있죠? 살아 계셨으면 누구보다 좋아하셨을 텐데."

웃으며 말하던 그녀의 눈가에 다시금 눈물이 촉촉이 젖었다. 울지 않으려고 억지로 웃고 있는데도 살아생전 자신을 보며 웃던 경두의 모습이 떠올라서 눈물이 울컥울컥 치솟는다.

"어우, 왜 자꾸 눈에서 물이 나오지."

하늘을 보며 중얼거리자 눈꼬리에서 눈물이 또르르 떨어졌다. 경후는 애써 눈물을 참는 그녀가 안쓰러워서 품에 꼭 끌어안았다.

"여기서 이러면 좀 곤란한데."

애써 밀어냈지만, 그는 아랑곳하지 않고 그녀를 안고 등을 쓸어내렸다.

"울고 싶은 거잖아요."

"……울만큼 슬픈 날이 아니니까, 울지 않으려고 했단 말이야."

"울만큼 행복한 날이라고 하죠."

"뭐야, 그게."

투박한 위로에 세빈은 코를 훌쩍이다 결국 그의 옷을 붙잡고 참았던 눈물을 터트리며 꺼이꺼이 울었다.

다른 날에는 이 정도는 아니었다. 오늘따라 경두가 더 생각나고, 더 눈물이 나는 건 제일 행복한 시간에 함께할 수 없음에 다가오는 슬픔이 더 크기 때문이었다.

함께했으면 어떻게 말할지 상상이 가서, 얼마나 좋아할지 상상이 가서, 어떻게 웃을지 상상이 가서 더 슬퍼졌다.

한참 동안 경후를 부여잡고 울고 나니 마음이 많이 가라앉았다. 여전히 경두를 떠올리면 눈물이 치솟지만, 마음을 컨트롤할 정도는 되었다.

"이제 괜찮아졌어요?"

"응."

세빈은 그가 준 손수건으로 조심스럽게 눈물을 닦아 내며 다시금 경두의 묘를 마주 봤다.

"오늘은 결혼했다고 인사드리려고 온 건데 울기만 잔뜩 울고 가네요."

그녀가 헤실 웃으며 말하고는 경후의 손을 꼭 잡았다.

"앞으로 행복하게 잘 살게요. 지켜봐 주세요."

그녀의 말에 그가 웃으며 손을 마주 잡았다.

"정말, 꼭 지켜봐 주세요, 아버지. 제가 누구보다 잘할 테니까."

서로 마주 본 두 사람은 싱긋 웃고는 뒤로 성큼 물러났다.

"나중에 또 찾아뵐게요."

"나중에 봬요, 아버님."

두 사람은 꾸벅 인사를 올리고 조용히 발걸음을 옮겼다.

말없이 주차장까지 가던 두 사람은 차에 올라타자 동시에 긴 숨을 내뱉었다.

"무슨 한숨을 그렇게 쉬어요?"

"그러는 오빠야말로."

그녀의 말에 그가 그저 웃는다.

아버지에게도 인사를 드렸으니 어머니에게도 해야 하지만 경후를 낳자마자 버린 어머니는 이름이 뭔지, 어떻게 생겼는지 알 수가 없었다. 몇 년 전에는 생사의 여부라도 알고 싶어서 조사까지 해 봤지만 결국 알아낼 수 있는 건 아무것도 없었다. 그 속사정을 아는 세빈은 더 캐묻지 않았다.

"그나저나 오빠."

"네."

"호칭 말이야. 우리도 좀 제대로 정리해야 하지 않을까."

갑작스러운 주제에 움찔, 놀란 그가 쳐다보지도 못하자 세빈은 눈을 가늘게 뜨고 노려보았다.

"신부 대기실에서 신랑이 신부한테 '아가씨' 라고 불렀다고 사람들이 얼마나 수군거린 줄 알아?"

당황한 경후가 어설프게 웃었다. 평소에 입에 익던 '아가씨' 라는 호칭 대신 '세빈 씨' 라는 호칭을 신경 쓰며 불렀는데, 아닌 척해도 긴장을 해 자신도 모르게 '아가씨'라는 호칭이 툭툭 튀어나와 버렸다.

"저도 실수를 할 때가 있죠."

"그래, 실수할 때가 있지. 하지만 그게 자꾸 반복되면 곤란해."

그녀의 단호함에 그가 대답 대신 고개를 끄덕였다. 믿음직스러운 대답은 아니었지만 언젠가는 익숙해지겠지 싶어서 고개를 덩달아 끄덕였다.

"그리고 오빠가 반말이 어려우면 나도 존댓말 쓸 테니까, 그렇게 알아요."

"저야 상관은 없지만 괜찮으시겠어요?"

아장아장 걸으면서 말하기 시작할 때부터 자신에게 반말했던 세빈인데 이제 와 존댓말을 할 수 있을까.

경후의 걱정스러운 표정을 본 그녀가 싱긋 웃었다.

"힘들긴 하겠지만 차라리 서로 존대하는 게 사람들이 보기에도 더 좋을 거예요."

생각보다 자연스럽게 존댓말이 나오는 걸 보며 그도 싱긋 웃었다.

운전할 때도 사이좋게 손을 잡은 두 사람은 뒤풀이 전에 잠깐이라도 쉬고자 호텔로 향했다.

"새신랑이랑 새신부가 사이가 너무 좋은가 보다."

좋은 날씨 덕에 푹 잠이 들어서 결국 30분 정도 늦게 뒤풀이 장소에 도착한 두 사람은 한결같이 능글맞은 표정으로 자신들을 쳐다보는 지인들에 어설프게 웃었다. 그녀 같은 경우는 씻고 바로 나오느라 차에서 비비크림만 대충 바른 상태였다.

"죄송해요. 피곤해서 좀 쉬고 온다는 게……."

"괜찮아요. 피곤하면 쉬어 줘야죠."

다른 사람이 뭐라고 하기 전에 민기가 선수 쳐서 싱긋 웃으며 말했다. 돈을 떼먹고 잠수 탄 여자 세 명을 잡는 일에 세빈의 도움을 톡톡히 받은 민기는 모든 면에서 그녀 편이었다. 하지만 뒤풀이에 참석한 사람 중 대다수는 능글맞게 웃으며 늦은 신랑, 신부를 놀려 먹으려는 사람들이라 막아서긴 쉽지 않을 듯했다.

"에이, 그래도 주인공이 너무 늦었다. 그런 의미로 두 잔씩 쭉 들이켜시죠?"

우경이 싱긋 웃으며 앞에 있는 네 잔의 술을 두 사람에게 내밀었다. 그러자 민기가 경악하며 우경을 보았다.

"야, 그거 이따가 게임해서 진 사람 벌칙 주라며!"

"늦게 온 벌칙도 있어야지. 어차피 두 사람 술 세서 이 정도는 술도 아니야. 그러니까."

우경이 두 사람을 보며 여전히 웃는 얼굴로 잔을 더 밀었다.

"빨리 마시세요."

두 사람은 아주 옅은 노란색 액체로 채워진 잔들을 보며 한숨을 쉬고 서로 쳐다봤다.

아무리 봐도 폭탄주 비율 같았다.

"마십시다."

그녀가 결심한 표정으로 말하자, 경후도 고개를 끄덕였다.

"좋습니다."

평범하지 않은 말투의 신혼부부를 보며 다들 환호성을 질렀다. 물론 그중에서도 미주와 몰래 껴 있는 세하, 그리고 세빈의 도움을 받은 민기는 영 못마땅한 표정이었지만 결심한 두 사람은 한 치의 망설임도 없이 술을 벌컥벌컥 마셨다.

"안주, 안주."

순식간에 두 잔씩 해치운 두 사람은 서로 안주를 먹여 주며 알코올 냄새가 풍기는 숨을 길게 내쉬었다.

"자, 그럼 이제 본격적으로 시작해야겠죠?"

몇 명을 뺀 나머지는 싱글싱글 재미있는 얼굴이었다. 앞으로의 펼쳐질 일을 알아차린 세빈과 경후는 마음을 굳게 먹고 뜬금없이 시작한 게임이 성실히 임했다. 하지만 애초부터 두 사람에게 술 먹일 계획을 가진 게임인지라 몇 번을 빼고는 전부 세빈과 경후의 패배로 돌아갔다.

"세빈 씨 괜찮아요?"

경후가 세빈의 손을 잡았다. 술을 잘 마시는 건 집안 내력이라 크게 걱정하진 않았는데, 경후보다 더 많이 진 세빈은 이미 눈이 풀려 있었다.

"어어, 우리 아가씨 눈이 풀리네? 슬슬 술의 효과가 오나?"

세빈의 친한 고등학교 동창들이 말했다. 집안에 따라서 친구를 하고, 안 하고 따지는 건 아니지만 세빈의 정체에 대해 이제껏 알고 있던 사람이 미주밖에 없다는 사실이 충격이었던 이들은 그녀를 더 골려 먹을 생각인 거 같았다.

"어우, 너희."

그녀가 입술을 삐죽 내밀며 미간을 찌푸리고 친구들을 보았다. 취한 그녀의 모습을 처음 보는 친구들은 키득키득 웃으며 물을 챙겨 주었다.

"7년 동안 숨긴 벌이다."

술은 술대로 먹이고 미안하긴 했는지 슬금슬금 와서 안주 챙겨 주고, 편의점 다녀온다는 친구는 혹시 모를 일에 대비해서 숙취 해소 음료와 배로 만든 음료도 사다 주었다.

"오빠, 얘들이 나 술 주고 약 준다."

"그러게요."

눈이 조금 풀리긴 했지만, 세빈보다는 상태가 양호한 경후가 그녀를 챙기며 친구들이 챙겨 준 숙취 해소 음료를 마시고 글라스에 가득 담긴 소주를 보았다.

"자, 숙취 해소할 준비까지 하셨으니 마저 드셔야지요."

하지만 그건 그거고 게임은 게임이다. 어쩌면 마지막 잔이 될지도 모르는 술을 가만히 보는데 그녀가 잔을 턱, 잡았다.

"까짓것! 마시지, 뭐!"

"오, 지세빈! 세게 나오는데!"

아니, 말려야 되는데.

경후는 직감으로 세빈은 저걸 마시는 순간 쓰러질 걸 알고 그녀의 손에서 잔을 낚아챘다.

"제가 마시겠습니다."

“오?”

누가 뭐라고 하기도 전에 그가 소주를 벌컥벌컥 마셨다. 그도 이미 많이 마신 상태라 쭉 들어가는 소주에 정신이 조금 혼미해졌지만 이내 정신을 차렸다.

“오, 흑기사! 그럼 이대로 끝내면 서운하죠.”

태호가 술에 살짝 취한 채로 팔을 크게 움직이며 박수를 쳤다.

“키스해. 키스해.”

태호 저 자식.

그가 뭐라고 한마디 하려다가 지금 분위기에 뭐라고 해 봤자 도움될 거 없겠다 싶어서 입을 꾹 다물었다.

사람들은 태호의 영향을 받아 다 같이 박수를 치며 키스하라고 외쳤다. 심지어 믿고 있던 미주와 세하마저도.

“키스?”

사람들의 외침에 고개를 숙이고 있던 세빈이 슬그머니 고개를 들며 중얼거리더니 자리에서 벌떡 일어났다.

“그게 뭐 어렵다고, 우린 매일 하는 건데!”

“우와, 신부님 화끈하다!”

세빈의 말에 다들 웃으며 박수를 계속 쳤다. 서로 시선을 마주 보는 두 사람을 본 태호가 두어 번 박수를 크게 치고는 이목을 집중시켰다.

“키스하라고 하면 자꾸 뽀뽀들 하는데, 뽀뽀 아니고, 키스다. 딥키스. 알지?”

태호가 혀를 삐죽 내밀며 눈을 찡긋거린다. 그걸 본 경후가 못 볼 걸 봤다는 표정으로 고개를 돌리자, 그녀가 헤실 웃으며 그의 손을 잡고 테이블 밖으로 빠져나왔다.

"주 집사, 우리 할까?"

술에 취한 그녀의 입에서 버릇이 된 호칭이 튀어나왔다. 그 말에 그가 씩 웃으며 세빈의 허리를 끌어당겼다.

"저야 좋죠. 할까요, 아가씨?"

주변에 아무도 없다는 듯 두 사람은 서로를 끌어안고 입을 맞췄다.

집사와 아가씨라는 호칭이 뭔가 야릇해서 모두 멍하니 앉아 있는데, 생각보다 짙어지는 키스에 분위기가 후끈 달아올랐다.

태호는 슬쩍 본 두 사람의 얽힌 혀에 얼굴이 터질 것 같이 빨갛게 변해서 자리에서 벌떡 일어났다.

"그만 좀 해라, 이 닭살 부부야!"

태호가 혼신의 힘을 다해서 외치자 천천히 입술을 뗀 두 사람이 동시에 고개를 돌려 그를 보며 동시에 입을 열었다.

"하라면서?"

"하라면서요?"

"……아니야. 됐어. 내가 졌다."

태호가 자리에 털썩 앉자 후끈한 분위기가 조금 가라앉으며 다들 웃음을 터트렸다.

"앞으로 또 해 보라고 하세요. 기꺼이 응해 드릴게요."

한술 더 뜨는 그녀의 말에 태호가 질색하며 손을 흔들었다.

"그건 두 사람만 있을 때 많이 하세요."

태호의 말에 경후가 만족하다는 듯 싱긋 웃고는 세빈의 입술에 살짝 입을 맞추고 떨어지며 속삭였다.

"그럼 이따 마저 하기로."

여러 가지 뜻을 포함하고 있는 그의 말에 사람들이 장난스럽게 야유를 내질렀지만 두 사람은 마주 보며 웃기만 했다.

—*Fin*

'섹시한 집사를 남자 주인공으로 써 보고 싶다!' 라고 생각하며 쓴 게 엊그제 같은데 어느덧 종이책 출간이네요.

비록 섹시한 집사는 없고, 고지식하고 정석대로 행동하는 남자 주인공이 나왔지만요.;;

이렇게 부족한 글을 사랑해 주신 독자분들 감사합니다! 그리고 부족한 글을 꼼꼼하게 봐 주신 봄 미디어 출판사 편집자 관계자 분들도 정말 고생 많으셨고, 감사합니다! 여러모로 부족한 곳을 콕 집어 주셔서 수월하게 진행한 것 같아요.

그리고 항상 자신감 바닥에 땅 파고 있는 저를 응원해 주시는 로맨스화원 작가님들!

사, 사, 사…… 사는 동안 많이 벌어요, 우리…….

나중에는 세빈과 경후의 이야기뿐만 아니라, 후에 도준과 유민의 이야기도 써 넣고 싶었지만, 참았습니다. 나중에 기회가 된다면 도준과 유민의 이야기는 다른 글로 찾아뵙고 싶어요. 물론 아직은 마음만 한가득이라 언제가 될지 모르겠지만, 그때가 된다면 많은 사랑 부탁드립니다!

어느덧 봄은 가고 여름이 오고 있네요.
주변에 감기 걸린 분들이 많은데, 여러분도 감기 조심하세요!

감사합니다!

—루연 올림.